Thilo Corzilius
Epicordia

PIPER

Zu diesem Buch

Die Fortsetzung von Thilo Corzilius' phantastischem Debüt »Ravinia« führt den Leser in eine geheimnisvolle Welt tief unter der Erde. In Epicordia lebt das Mondvolk, das eifersüchtig über sein Territorium wacht. Den Bewohnern Ravinias ist der Zutritt verboten. Als jedoch die tiefsten Tunnel Epicordias von feindlich gesinnten mechanischen Tieren blockiert werden, wendet sich Francesco Bastiani ratlos an Tom Truska und Lara McLane. Er führt seine Freunde gegen den Willen des Mondvolks tief hinab in die Höhlen, wo sie einen beunruhigenden Verdacht schöpfen: Ist ihr alter Feind Ruben Goldstein verantwortlich für die Armee der mechanischen Wesen? Mit Entsetzen müssen die Gefährten feststellen, dass die Sturmbringer zu einem erneuten Schlag ausholen: Sie wollen Laras neue, wundervolle Welt in ihre Gewalt bringen, koste es, was es wolle …

Thilo Corzilius, 1986 in Dortmund geboren, studiert in Münster Evangelische Theologie und schreibt nach eigenen Angaben »schon immer irgendwie«. Er geht häufig ins Kino, spielt in diversen Bands und reist leidenschaftlich gerne in Länder mit rauem Klima – zum Beispiel nach Schottland. Der bekennende Whisky-Liebhaber fand für sein Debüt »Ravinia« sehr schnell eine Agentur und brachte es dann praktisch über Nacht beim Piper Verlag unter. »Epicordia« ist die spannende Fortsetzung der Geschichte um die junge Lara.
Weiteres zu Thilo Corzilius unter: www.thilocorzilius.de

Thilo Corzilius

Epicordia

Roman

Piper München Zürich

Entdecke die Welt der Piper Fantasy:

Piper-Fantasy.de

Von Thilo Corzilius liegen bei Piper vor:
Ravinia
Epicordia

MIX
Papier aus verantwortungsvollen Quellen
FSC www.fsc.org FSC® C083411

Originalausgabe
Juni 2012

Umschlaggestaltung: www.guter-punkt.de
Umschlagabbildung: Sophie Freiwald unter Verwendung von Motiven von Shutterstock
Karte: Daniel Ernle
Satz: Fotosatz Amann, Aichstetten
Papier: Munken Print von Arctic Paper Munkedals AB, Schweden
Druck und Bindung: CPI – Clausen & Bosse, Leck
Printed in Germany ISBN 978-3-492-26863-9

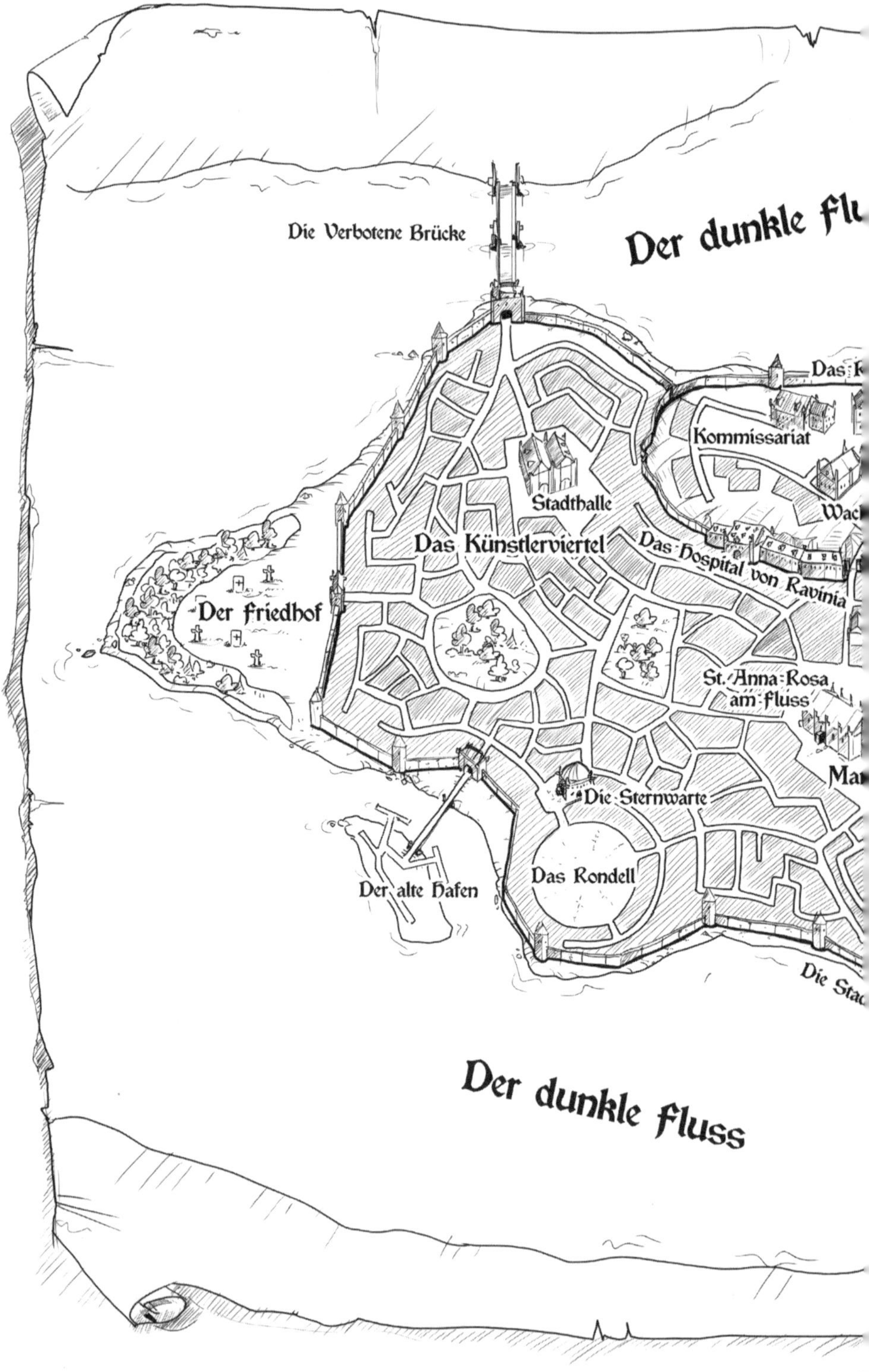
Die Verbotene Brücke
Kommissariat
Stadthalle
Das Künstlerviertel
Das Hospital von Ravinia
Der Friedhof
St. Anna-Rosa am Fluss
Die Sternwarte
Das Rondell
Der alte Hafen
Der dunkle Fluss

Ravinia
ebäude
Die Burg Ravinia
Die Oberstadt und das Villenviertel
alte Kino
Die botanischen Garten
atz
Der Uhrenturm
Die Bibliothek
as Handwerkerviertel
Jacobs-Synagoge
N
W
O
S
Die Verbotene Brücke

Das Rabenblatt

Erneut rätselhafte Entführung
Kommissariat ratlos – Beamte halten sich bedeckt.

Ravinia – Vor wenigen Wochen verschwand der Schuster Nathaniel C. unter mysteriösen Umständen, um nach wenigen Stunden ohne Erinnerung an den Vorfall wieder aufzutauchen. Vorgestern wurde nun erneut ein Einwohner Ravinias Opfer einer rätselhaften Entführung. Diesmal handelte es sich jedoch um ein unschuldiges Kind.

Nora B. (8) wurde in der Nacht von Dienstag auf Mittwoch vermisst gemeldet. Etwa zwölf Stunden später tauchte das Mädchen in seinem Elternhaus wieder auf, ohne jegliche Erinnerung an das Geschehene, sonst aber unverletzt. Dieses Muster lässt auf den gleichen bisher unbekannten Täter schließen, der in den letzten Monaten immer wieder Bewohner Ravinias entführt hat.

»Das Kind weist keinerlei Anzeichen eines Angst- oder Schockzustands auf«, teilte Naomi Steiner, leitende Ärztin der psychiatrischen Abteilung des Hospitals, mit.

Die Suche nach Schuldigen geht indes weiter. Die Ermittler stehen jedoch vor einem Rätsel. Hermann Falter vom Kommissariat in Ravinia gab zu Protokoll, dass »bisher keinerlei verdächtige Personen festgenommen wurden«. Die Polizei scheint dem Geschehen machtlos gegenüberzustehen.

In der Zwischenzeit wachsen Angst und Unruhe unter den Eltern in Ravinia, besonders im Viertel der Oberstadt. »Wo sollen wir denn noch hin, wenn uns die Kommissare und die Nachtwächter nicht schützen können?«, fragte eine besorgte Mutter. »Wozu haben wir die denn?«, empörte sich eine weitere.

Kommissar Falter versicherte, dass die Ermittlungen oberste Priorität genössen und »alles in unserer Macht stehende« getan werde, um die Entführungen möglichst schnell aufzuklären und eventuelle Schuldige der Gerichtsbarkeit zu überantworten. Zusammen mit der kleinen Nora sind in den vergangenen achtzehn Monaten sieben Personen verschwunden gewesen.

»Ich verspreche Ihnen bei allem, was mir heilig ist, dass die Verantwortlichen für diese Taten eine Ewigkeit in Dismas schmoren werden«, versprach Falter. Abel Vonnegut, Vorsteher der Nachtwächter von Ravinia, pflichtete dem bei: »Die Sicherheit der Bürger Ravinias muss jeden Tag gewährleistet sein, wir tun unser Möglichstes.«

Wir können nur hoffen, dass die Ermittlungsleiter ihren Floskeln auch Taten folgen lassen. Trotz der Bekundungen, um die Sicherheit der Einwohner Ravinias besorgt zu sein, scheint gerade diese aktuell nicht immer sichergestellt.

1. Kapitel, *in dem Lara McLane einige Dinge über den Tod und das Leben herausfindet.*

She'll be gone – soon you can have me for yourself

Eirik Glambæk Bøe & Erlend Øye

Gefühle sind wie ein Sturm.

Er wirbelt unverhofft die See der Emotionen auf, flaut ab, schwillt wieder an. Licht und Schatten wechseln sich ab wie warme und kalte Luftschichten – und dann, wie aus dem Nichts, entladen sich Gewitter, wühlen die Wogen auf und lassen das Wasser des Lebens über einem zusammenschlagen.

Der Sturm brachte Regen mit sich. Leisen, stetigen Regen. Sehr britisch, hätte man einem Reiseführer glauben geschenkt, trotz der sommerlichen Jahreszeit. Beständig trafen die kleinen Tropfen auf das dichte Blattwerk des größtenteils ungepflegten Parks – die wenigen freiwilligen Helfer waren der Masse der Flora nicht im Mindesten gewachsen.

Und mittendrin stand ein Mädchen, nein, eine junge Frau. Sie war sehr schlank und trug einen dunkelblauen Regenanorak, der ihr bis zu den Knien reichte. Überaus bemerkenswert war ihr Haar, das wie ein Bernstein vielfarbiges, facettenreiches blondes Feuer in die Grün- und Brauntöne ihrer Umgebung schickte, und ihr in Wellen bis auf den Rücken fiel. Und wer einen Blick in ihre Augen geworfen hätte, hätte sich aus Versehen in einem tiefen Kastanienbraun verlieren können.

Neben ihr stand ein hochgewachsener Mann – offenbar mitten in den Dreißigern –, dessen blasses Gesicht von einem Dreitagebart und pechschwarzem, zerzaustem Haar gerahmt wurde. Einen schwarzen Mantel trotz der sommerlichen Temperaturen um sich geschlungen, starrte er am eigentlichen Zentrum des Geschehens vorbei. Doch das war nicht untypisch für ihn.

Ihnen beiden war anzusehen, dass ihnen nicht besonders wohl in ihrer Haut war. Und das lag an dem Ort, an dem sie sich befanden.

Highgate Cemetery.

Der verwunschene Friedhof in Londons Norden, der auf gleicher Höhe mit Hampstead Heath liegt, hatte seine Spuren in den Leben von Lara McLane und Tom Truska hinterlassen.

Ein weiterer Mann gesellte sich mit langen Schritten zu ihnen. Er hatte seine besten Jahre seit langer Zeit hinter sich, wirkte jedoch rüstig und keinesfalls verkalkt.

Lara umarmte ihn kurz und drückte ihm einen Kuss auf die Wange, bevor sie sich wieder nervös umsah. So hatte sie bereits die letzten zehn Minuten des Wartens verbracht.

»Henry«, grüßte Tom Laras Großvater knapp. Dass er damit kurioserweise einmal mehr Worte beisteuerte als Lara, sein Lehrling und Schützling, gab der Situation beinahe etwas Absurdes.

Ja, Lara McLane fühlte sich ganz und gar nicht wohl auf diesem Friedhof, auch wenn sie sich auf dem öffentlich zugänglichen Ostteil befanden. Drüben, auf der anderen Seite der Swain's Lane, lag hinter gusseisernen Toren der alte Westteil mit der Egyptian Avenue und dem Circle of Lebanon. Der Ort, an dem vor zwei Jahren ein widernatürlicher Sturm getobt, Baltasar Quibbes in den Tod gerissen und das Selbstvertrauen der stolzen Stadt Ravinia stark erschüttert hatte.

Noch jemand kam auf sie zu. Ebenfalls groß, allerdings auf eine gemütliche Art und Weise untersetzt und rundlich. Der Mann war vielleicht noch einmal zehn Jahre älter als Tom, trug seinen Bart jedoch nicht wie dieser in unrasierten Stoppeln, sondern als sehr gepflegten Vollbart.

Robert Garbow, der exzentrische katholische Priester von Ravinia, legte Lara eine Hand auf die Schulter und hielt mit der anderen einen Regenschirm über sie. Er war ihr die letzten beiden Jahre ein teurer Freund geworden und so konnte es ihr nur recht sein, dass er sich mit ihr unter die wenigen Trauergäste mischte, die der Bestattung beiwohnten.

Die übrigen Gesichter der vielleicht fünfzehn Anwesenden kannte Lara nicht. Sie waren offenbar Mitglieder der hiesigen jüdischen Gemeinde, denn die Männer trugen allesamt eine Kippa.

Warum der Körper der alten Frau seinen geschundenen Geist genau zu diesem Zeitpunkt entlassen hatte, gab den versammelten Medizinern der düstergoldenen Rabenstadt Rätsel auf, allen voran einer gewissen Mrs Steiner, die die Leitung der psychiatrischen Abteilung des Hospitals innehatte. Schließlich hatte sie vorsichtig den Verdacht geäußert, dass der Lebenswille von Elisabeth Joel vielleicht am Ende schlicht aufgebraucht gewesen war.

Seitdem waren nun zwei schlaflose Nächte vergangen, in denen Lara nicht gewusst hatte wohin mit ihren Gedanken.

Hatte sie Trost gesucht? Trost für diese Frau, die sie niemals kennengelernt hatte, zumindest nicht so, wie sie einst wohl gewesen sein musste?

Es hatte förmlich gepocht in ihrem Kopf, das Denken, das scheinbar so willkürliche Aneinanderreihen von Gedanken.

Elisabeth Joel war ihre Großmutter gewesen. Die Mutter ihrer Mutter. Sie hatte geschrieben und zwar ganz wundervoll. Sie hatte es auf eine magische Weise verstanden, die Worte hintereinander zu setzen, ineinander zu verflechten, sodass sie ihre Leser betörten.

Einst hatte sie den finsteren Roland Winter mit einem Gedicht in ein Bild gesperrt. Doch warum nur und ausschließlich sie dazu in der Lage gewesen war, das hatte Lara nie gefragt. Wie hätte sie auch? Als sie einander schließlich begegnet waren, war Elisabeth eine gebrochene Gestalt gewesen, die sich in alten Büchern und Tee mit zu viel Rum verloren hatte.

Und sie hatte diesen Ort geliebt. Highgate. Wohl, weil sie hier ihre Ruhe vor der Welt gehabt hatte.

Roland Winter hatte Laras Eltern auf dem Gewissen und Elisabeth damit etwas angetan, das ein Leben zerstören kann: Niemand sollte seinen eigenen Kindern ins Grab folgen. Wirklich niemand.

Doch im Gegensatz zu Henry McLane, dem Winter zudem noch die Frau genommen hatte, hatte sich Elisabeth nie wieder fangen können. Alles war ihr egal geworden. Während Henry tapfer seine Enkelin großzog, wurde sie zu einer absonderlichen Alten, die sich der Pflege eines Friedhofs verschrieb. Man könnte sagen, dass das Leben von Elisabeth Joel seit jenen Tagen vorbei gewesen war.

Doch gab es etwas, das niemand wusste und von dem auch niemand Lara hätte mehr erzählen können, da niemand mehr lebte, der das vermochte. Einzig die alte Alchimistin Keiko Ito vielleicht. Doch Meisterin Ito hatte Ravinia verlassen und niemand wusste, wohin sie gegangen war.

Nachdem Roland Winter durch seine einstigen Vasallen befreit worden war und Genesung erfahren hatte, hatte das erneute Treffen Elisabeths verwundeter Seele den letzten, alles entscheidenden Schlag versetzt.

So hatte die alte Frau die letzten beiden Jahre in einem Zustand völliger Apathie in der psychiatrischen Abteilung des Hospitals von Ravinia verbracht.

Anfangs hatte Lara sie dort besucht. Doch die Besuche waren seltener geworden. Elisabeth hatte nicht gesprochen, bloß vor sich hin gestarrt. Sie hatte gegessen und getrunken, aber weder selbstständig noch mit irgendeiner erkennbaren Lust. Im Grunde war von Elisabeth Joel nur eine Hülle geblieben.

So war sie für Lara auch nicht zu einem weiteren Fenster in die Vergangenheit geworden. Doch es fiel der jungen Frau mit den bernsteinfarbenen Locken noch immer unendlich schwer, zu akzeptieren, dass auch der beste Erzähler und das schönste Tagebuch weder ihre Eltern zurückbringen, noch die Zeit, die sie nie zusammen gehabt hatten, zurückdrehen konnte.

Gefühle sind wie ein Sturm.

Und so hatten Henry und Lara McLane beschlossen, dass Elisabeth Joel auf dem Highgate-Friedhof beerdigt werden solle, denn sie hatte in den letzten Jahren ihr Herz an die freiwillige Pflege des überwucherten Parkfriedhofs gehängt. Außerdem hatte sie immer noch ihren Wohnsitz in Highgate gehabt, eine Voraussetzung dafür, auf demselben Totenacker wie Douglas Adams oder gar Karl Marx ruhen zu dürfen.

Ein Mann gesetzten Alters sprach das Kaddish vor dem Grab, dann wurde der schlichte hölzerne Sarg hinabgelassen und jeder Anwesende warf eine symbolische Hand voll Erde darauf.

Schließlich war es vorbei.

Henry McLane, der sich mit dem Papierkram auseinandergesetzt hatte, dankte dem Rabbi für das kurzfristige Engagement. Man tauschte verhalten ein wenig Small Talk aus, bis die jüdischen Gemeindemitglieder von dannen zogen.

Henry, Robert, Tom und Lara sahen sich schweigend an, dann liefen sie zusammen in Richtung Ausgang und die Swain's Lane nach Norden hinauf.

Lara fröstelte, als sie die Außenmauern des Westteiles passierten, hinter denen Roland Winter sie um ein Haar alle umgebracht hätte.

So erreichten sie den Stadtteil Highgate. Hier hatte Elisabeth ein Haus besessen, um dessen Auflösung sich zu kümmern Robert versprochen hatte. Lara brannte nicht gerade darauf, sich dieser unheimlichen Aufgabe zu widmen, und auch ihrem Großvater Henry, hinter dessen oftmals so fröhlicher und freundlicher Fassade es allem Anschein nach brodelte wie in einem viel zu salzigen Meer, war es nicht zuzumuten.

Nach einigen Hundert Metern fanden sie endlich eine Seitengasse, die an diesem Freitagvormittag unbelebt genug schien.

Lara zog einen Bund voller Schlüssel an einem langen, mit der Aufschrift *Tom Waits* bedruckten Band aus ihrer Tasche und fischte unter der Vielzahl von Türöffnern einen ganz bestimmten, golden schimmernden heraus, auf dessen Kopf in feinen Linien der Schriftzug *Victoria Street* eingraviert war. Das sanfte Kribbeln, das beinahe wie ein Flüstern auf der Haut war, beruhigte sie zum ersten Mal, seit sie den Highgate-Friedhof betreten hatte. Vielleicht sollte sie die Schlüssel öfter in die Hand nehmen, wenn sie aufgewühlt war? Die Schlüssel waren ihr Element, da war sie sich ganz sicher.

Sie steckte ihn in das Schloss einer Haustür, und die eigenartige Magie des Schlüssels entfaltete ihre Wirkung. Statt eines Flurs befand sich auf der anderen Seite der Tür nun eine nach Westen hin abfallende, kopfsteingepflasterte Straße. Die Victoria Street in Edinburgh lag vor ihnen und gegenüber ein Laden mit lange nicht mehr geputzten Fenstern.

Schlüssel, Uhren, Feinmechanik. Inhaber T. L. Truska stand in metallenen Buchstaben über der Tür geschrieben.

Zu Hause.

Zumindest zu einem Teil.

Ironischerweise war das Wetter hier deutlich besser als im mehrere Hundert Kilometer südlicher gelegenen London.

Sie traten hinaus auf den Gehweg, wo niemand wirklich bemerkte, dass aus der Tür vier Personen mit regennassen Mänteln und Schirmen traten. Menschen sehen nun einmal nur, was sie sehen wollen, und glauben, was sie gerne glauben möchten.

Dann überquerten sie die Straße und betraten den Schlüsselladen.

And the ones you have to watch are the ones that keep coming back, sang Kate Cooper passenderweise gerade aus den Boxen der Stereoanlage.

»Hallo Leute!«, rief ein junger Mann mit halblangem, feuerrotem Haar ihnen von jenseits der Ladentheke zu, ohne den Blick zu heben. Stattdessen starrte er angestrengt auf etwas, das vor ihm und somit hinter der Registrierkasse lag. Angesichts des etwas irren Blicks, den er dabei aufsetzte, schien es kaum verwunderlich, dass sich in dem kleinen Laden keine Kundschaft befand.

Tom war mit drei langen Schritten bei der Anlage und drehte sie auf eine erträgliche Lautstärke herunter, was den jungen Kerl aufblicken ließ.

»Hey«, protestierte er.

»Hallo Lee«, begrüßte Robert Garbow den Rotschopf schnell, bevor Tom sich in irgendeiner Weise über die Musik zu äußern imstande war.

»Hallo Robert.«

Lees Blick wanderte zu Lara, musterte sie vorsichtig.

»Hi«, sagte er schließlich. »Wie geht's dir?«

Sie zuckte mit den Schultern und ließ sich erschöpft auf einen Stuhl sinken.

»Geht so«, gestand sie. »War nicht so schön, wieder in Highgate zu sein.«

Einige betretene Sekunden lang wusste niemand etwas zu sagen.

»Was haltet ihr von Tee?«, schlug Robert schließlich vor und versuchte, die möglichst beste Miene zum miesen Tag zu machen. Doch ihm war anzusehen, dass auch ihn das Begräbnis mitgenommen hatte.

Einst war er ein guter Freund von Laras Eltern gewesen und hatte auch ihre Großeltern gekannt. So oft hatte er ein offenes Ohr für Lara gehabt. Sie vermutete, dass er darin selbst etwas

Trost fand. Schließlich hatte er Laras Eltern sehr viel besser gekannt als Lara selbst. Und es war gut, Robert und all die anderen um sich zu wissen.

»Eine gute Idee«, ging Henry McLane auf den Vorschlag ein und Tom verschwand sogleich wortlos in der kleinen Küche im hinteren Teil des Ladens.

Lara wusste, was sie vorhatten. Sie gedachten, die trübe Laune zu überspielen.

Lee jedoch zog seine Lederjacke über Flanellhemd und Cordhose an und versuchte, sich zu verabschieden.

»Ich bin dann weg«, rief er hinter Tom her.

»Vielen Dank fürs Aufpassen«, tönte es aus der Teeküche zurück, etwas leise, aber doch vernehmbar.

Lee ließ etwas, das aussah wie eine Glaskugel, von der Ladentheke in seine Tasche gleiten und zog seinerseits einen Schlüsselbund aus der Tasche, der jedoch bedeutend kleiner als diejenigen von Tom oder Lara war.

»Warte!«

Lara war aufgesprungen.

»Ich komme mit. Ich ... ich muss ein wenig auf andere Gedanken kommen.«

Unsicher blickte Lee zu Henry und Robert, die bereits Tisch und Stühle verrückt hatten.

»Geht ruhig«, sagte der rundliche Priester. »Ist wahrscheinlich ganz gut so, nicht mit uns hier rumzuhängen. So ein Leichenschmaus ist auch nicht immer lustig.«

»Wie ihr meint«, murmelte Lee, zog die Tür zum hinteren Ladenteil zu, steckte einen Schlüssel hinein und schloss auf. Die Gasse, die nun auf der anderen Seite der Tür lag, hätte einem mittelalterlichen Film entsprungen sein können. Lee schlüpfte hindurch. Lara folgte ihm und zog hinter sich zu.

Einen Moment später öffnete sich die Tür wieder und Tom trat von der anderen Seite hindurch, ein Tablett mit frisch aufgebrühtem Tee und Keksen auf einer Hand balancierend.

»Sind sie etwa hier durch?«, fragte er leicht irritiert.

»Genau da«, bestätigte Robert ihm mit einem unterschwelligen Grinsen.

»Verrückt«, Tom schüttelte den Kopf. »Dieser Junge ist einfach verrückt. Der saugt Ravinia mit jeder Faser seines Körpers auf. Ich wäre in dem Alter nie auf die Idee gekommen, mal eben so eine Tür zu benutzen, durch die gleich wieder jemand zurückkommt.«

»Wärst du doch«, entgegnete Robert und ließ das Grinsen weiter anschwellen. »Du warst genauso … *verrückt*, wenn du es so nennen willst.«

Tom seufzte.

»Möglich, wenn ich recht drüber nachdenke«, überlegte Tom laut. »Aber es ist soviel passiert seitdem.«

»Ach«, winkte Robert ab. »Nun hör aber auf. Du redest wie ein Rentner, dabei bist du noch gleich wie alt?«

»Fünfunddreißig.«

»Siehst du?«

»Trotzdem ist eine Menge passiert«, beharrte Tom.

»Schicksal?«, erkundigte sich Robert, wohl wissend um den Phrasengebrauch des Schlüsselmachermeisters.

»Ja«, antwortete Tom ihm und stellte das Tablett ab. »Jede Menge Schicksal ist seitdem passiert, wenn du so willst.«

Verrückt.

Ja.

Aber was bedeutet verrückt?

Sind nicht Leute, die mithilfe eigenartiger Schlüssel zwischen Städten und Ländern wechseln schon per se verrückt?

Vielleicht.

Lara zumindest verspürte so etwas wie Bewunderung für Lee, den sie vor zwei Jahren eher versehentlich nach Ravinia mitgenommen und der sich dann als großes Talent für einige schwer fassbare Künste erwiesen hatte.

Doch war es eigentlich Lara McLane gewesen, die sich ein wenig allein gelassen gefühlt und nach einem Zuhause für ihre Seele gesucht hatte.

Gefunden hatte sie es, ja. Doch noch viel mehr Zuhause als für sie war Ravinia für Lee Crooks geworden, den Waisenjungen aus den Vereinigten Staaten, dessen Augen stets vor Begeisterung loderten, Abgründe und Sprungbretter zugleich waren.

Hier in den Straßen von Ravinia fanden manche Seelen ihren Frieden und manche nie.

Ravinia.

Ja, das hier war Ravinia, die düstergoldene Stadt der Raben.

Immer noch, nach all der Zeit, lief Lara ein Schauder über den Rücken, wenn sie diesen magischen Ort betrat. Autos waren hier verpönt – sie hätten aber auch wohl keinen Platz in den engen Gassen gefunden. Alles wirkte urtümlich und alt. Die Häuser schienen wie ein lebendiger und flüsternder Wald aus Balken, Klinkersteinen und Dachschindeln, wie sie da teils seit Jahrhunderten standen und sich neugierig über jeden beugten, der durch die von ihnen bewachten Gassen huschte. Hatte er Gutes im Sinn, so schien ihm die Stadt zumeist ebenso wohlgesonnen.

Menschen gingen vorüber. Alt und jung, in Jeans und Hemd oder altem Gehrock. Mit Baseballmütze oder Zylinder, Sonnenbrille oder Monokel.

Ravinia war nicht völlig aus unserer Welt – oder doch, denn niemand wusste, wo es überhaupt lag – aber die Toleranz anderen gegenüber war hier um einiges höher als in der Welt, in die Lara und Lee geboren worden waren. Zumindest die Toleranz gegenüber den vielen ungewöhnlichen Talenten, die die Leute meist nach Ravinia mitbrachten.

Man munkelte, das Geheimnis von Ravinia hätte mit den Raben zu tun und daher käme auch der Name der Stadt. Doch im Grunde wusste niemand etwas Genaues.

Tatsache war, dass die Raben in gewisser Weise zur Seele der Stadt gehörten. Die großen, eleganten Kolkraben waren nämlich in der Lage zu sprechen. Hochintelligent, frech wie Rohrspatzen und dennoch loyal einzig dem Wohl dieses Ortes ergeben. Post, welche die Belange von Ravinia oder ihrer Bewohner betraf, wurde von ihnen höchstpersönlich befördert. Und sie waren sehr viel zuverlässiger als mancher E-Mail-Service.

Zwar war Ravinia letztlich alles andere als eine Wunschtraum, aber ein Ort, über den Lara endlich eines ganz mit Sicherheit sagen konnte: Zuhause.

»Brauchst du Ablenkung?«, wollte Lee wissen.

»Weiß Gott, ja!«, sagte Lara, die sich ihrem Bedürfnis nach Zerstreuung gerade bewusst geworden war.

»Ich könnte mir freinehmen«, schlug er vor.

»Könntest du nicht.«

»Natürlich, ich würde einfach nicht wieder zurückgehen.«

»Und Berrie?«

»Ich erzähl ihr einfach …«

»Das funktioniert nicht«, fiel Lara ihm ins Wort. »Was willst du einer Frau erzählen, die man nicht belügen kann?«

»Moment«, protestierte Lee. »Wer sagt das?«

»Ich dachte, die Wahrsager kann man nicht belügen.«

»Du sprichst von Mama Zamora, richtig?«

Lara nickte.

»Für Berrie würde mir schon etwas einfallen, keine Sorge«, beteuerte Lee und hielt ihrem Blick einen irritierenden Augenblick lang stand.

»Ich könnte ihr allerdings auch einfach die Wahrheit sagen«, fuhr er schließlich fort. »Nämlich, dass ich einer guten Freundin etwas Ablenkung verschafft habe.«

»Und das geht bei ihr einfach so?«

»Warum nicht? Ist doch ein guter Grund. Berrie ist schließlich auch nur ein Mensch.«

»Ein Mensch? Sicher?«

»Na ja, fast!«, gab Lee zu und verdrehte die Augen.

Eine Sekunde lang herrschte Stille zwischen ihnen, dann prusteten sie los.

Ja, so war Lee. Oft – manchmal etwas zu oft – völlig unbekümmert, aber vor allem herzensgut. Er bewohnte nun die Wohnung über dem Schlüsselladen in der Victoria Street, in der einst Baltasar Quibbes gelebt hatte, und startete von dort allmorgendlich in die düstergoldene Stadt, um bei der Wahrsagerin Berrie die abstrusesten Dinge zu lernen. Was er später damit anfangen wollte, darüber war er sich vielleicht selbst noch nicht im Klaren. Fest stand nur, dass er ebenso wie Lara ein Zuhause in der düstergoldenen Stadt der Raben gefunden hatte.

»Krah«, machte es von oben und ehe sich Lee und Lara umgesehen hatten, landete auf einer Regenrinne über ihnen ein großer, leicht zerzaust wirkender Kolkrabe. Er flatterte etwas tollpatschig mit den Flügeln, bis er einen sicheren Halt auf dem Rand der Rinne gefunden hatte, aber schließlich verharrte er ruhig über ihnen, beäugte sie und legte den Kopf schief.

»Guten Tag die Herrschaften«, krächzte der Vogel. »Wie war es in Highgate?«

»Elendig«, antwortete Lara wahrheitsgemäß. »Aber schön, dich zu sehen, Dexter.«

»Danke«, krächzte Dexter. »Es ist ja nicht so, als ob wir uns nicht tagtäglich zu sehen bekämen.«

»Na ja, ich kann verstehen, dass du nicht mitwolltest.«

»Du wolltest ja selbst nicht, stimmt's?«

»Aber ich musste.«

»Siehst du?«

Dexter war einer der Raben von Ravinia. Er hatte Lara seit seiner Bekanntschaft mit ihr und seit den Vorfällen um Roland Winter ins Herz geschlossen. Ohnehin hatte er mit Menschen immer ein wenig mehr anzufangen gewusst als mit seinen eigenen Artgenossen, und so hatte Lara ihn aufgenommen. Mit der etwas verhaltenen Zustimmung Tom Truskas, dem die Raben wohl immer schon ein wenig suspekt gewesen waren.

»Hey Dexter«, grüßte Lee artig.

»Hallo Lee«, sagte der Vogel. »Wohin wollt ihr eigentlich? Noch ist kein Wochenende.«

»Schabbat«, redete der junge Amerikaner sich raus.

»Blödsinn, der ist erst ab heute Abend. Außerdem lauft ihr dafür zu viel draußen herum.«

»Lee will mich aufheitern«, verteidigte Lara ihn.

»Na, sieh an.«

»Was sagt denn deine Freundin dazu, dass du andere Frauen *aufheiterst*?«

Wären Raben in der Lage, ein süffisantes Lächeln aufzusetzen, hätte Dexter es in diesem Moment wahrscheinlich getan.

»Was soll sie schon sagen?«, meinte Lee schulterzuckend. »Vielleicht *Jeden Tag eine gute Tat* oder so etwas in der Art.«

»Aha«, machte der Rabe bloß. »Und wie heitert man verwirrte *Freunde* auf?«

Ein breites Grinsen stahl sich auf Lees sommersprossiges Gesicht.

»Mit heißer Schokolade!«, verkündete er beinahe feierlich. »Und anschließend zeige ich euch noch etwas Einmaliges. Ihr werdet es mögen, ganz sicher!«

Geborgenheit war vielleicht das ultimative Gefühl aller Gefühle für Lara.

Zumindest bisweilen.

»Ah, Miss McLane«, begrüßte sie der kleine und sehr dicke Mann, als sie die mit Gästen gut gefüllte Chocolateria betraten. Melvin hieß er und sah ein wenig aus, wie man sich im Allgemeinen einen französischen Wirt aus den Zwanzigerjahren vorstellte: Dickbäuchig, mit einem alten Hemd und darüber die Hosenträger einer hochwasserverdächtigen Cordhose. Allein die rote Nase fehlte ihm. Dafür war er mit einem leicht federnden Gang gesegnet.

»Wie schön, dass Sie uns besuchen. Wo ist Meister Truska?«

»In Edinburgh, Tee trinken«, gab Lee zur Antwort. »Melvin, mach uns doch bitte etwas, das trübe Mienen vertreibt!«

Der Chocolatier sah ihn mit einem milden Lächeln an.

»Ich schenke keinen harten Alkohol aus. Schon gar nicht an Minderjährige.«

»Du weißt, was ich meine. Es gab da eine Beerdigung.«

»Oh ja, ich hörte davon«, entsann Melvin sich und huschte von dannen.

»Außerdem ist Lara achtzehn«, rief Lee ihm hinterher.

»Also doch einen Cognac?«, tönte es hinter einem Regal aus den Tiefen der Chocolateria hervor.

Lara musste nun doch lachen.

»Nein danke.«

Kurze Zeit später dampften vor ihnen zwei Tassen heiße Schokolade. Schokolade, die nach Winter und innerer Wärme, ja Geborgenheit eben, schmeckte. Und mit jedem Schluck schien ein wenig von der Schwere auf Laras Seele weggespült zu werden.

Dexter bearbeitete mit Hingabe ein Amarettini, während der Chocolatier die junge Schlüsselmacherin und den Wahrsager an einen langen Tisch vor einem seiner Ausstellungsfenster komplimentiert hatte, ohne dass andere Gäste dafür hatten weichen müssen. Von hier aus hatten sie einen wunderbaren Blick auf das skurrile Ravinia und das Leben, das vor ihnen auf der Straße tobte wie ein avantgardistisches Theaterstück.

»Danke«, sagte Lara zu Lee.

»Ich tue nur, was jeder tun würde.«

Der Rabe sah ihn kurz an, sagte aber nichts, sondern widmete sich wieder seinem Gebäck.

Als sie fertig waren, verkündete Lee schließlich: »Und jetzt machen wir etwas Kindisches.«

Auf Fragen nach dem Wohin antwortete er nicht, sondern scheuchte Lara und den Raben hinaus in die gewundenen Gassen der Stadt.

Was sie allerdings erwartete, war – wie so vieles in Ravinia – einmal mehr einfach phantastisch.

Seit jeher ist das Spiel mit dem Feuer spannend für Kinder. Denn es sieht nicht nur interessant aus, nein, seine ganz besondere Faszination erhält es durch zweierlei Faktoren: Es ist hochgradig gefährlich – und es wird ihnen von ihren Eltern strengstens verboten.

Welch ungeheure Anziehungskraft also die Geschwister Skinner auf die Kinder Ravinias ausübten, stand außer Frage.

Auf der Bühne taten die Geschwister Skinner nämlich ausschließlich die Dinge, die aus Elternsicht gefährlich *und* verboten waren.

Mit dem Feuer zu spielen, war nur ein Teil ihrer Kunst.

Aber auch Erwachsene – und überhaupt Leute jeden Alters – zeigten sich begeistert von den Harlekin-Geschwistern, die seit einigen Wochen die Stadt mit ihrer Anwesenheit beglückten.

Es war nicht so, dass ihr Talent unter den Fittichen einer der sieben Gilden herangereift wäre. Nein. Sie waren einfach eines schönen Tages in der Stadt erschienen und bisher hatte niemand sie öffentlich infrage gestellt. Warum auch? Sie waren auf jeden Fall außergewöhnlich.

Neider gab es sicherlich zuhauf, doch das Gehabe der beiden Harlekine erinnerte ein wenig an die Stadtvaganten, die erst im Laufe der letzten Jahre angefangen hatten, die Stadt zu verlassen. Sie störten sich einfach nicht daran, wenn sie jemanden störten.

Hätte man nicht erfahren, dass es sich bei den beiden um Bruder und Schwester handelte, man hätte sie kaum voneinander unterscheiden können. Beide waren ausnehmend schlank, ja drahtig, und strotzten nur so vor Körperbeherrschung. In ihren bunten Flickenanzügen und mit ihren schwarzen Masken huschten, wirbelten und tanzten sie in waghalsigen Saltos und irrsinnigen Flickflacks über ihre aus Holz gezimmerte Bühne.

Das Publikum auf dem Marktplatz von Ravinia johlte vergnügt. Vor allem aber waren es die Kinder, denen es den allergrößten Spaß zu bereiten schien, den Akrobaten zuzusehen.

»Wer von euch kennt das Märchen von Rapunzel?«, rief Jacob Skinner in die Menge, die sich bis zu dem eher dürftigen Absperrband vor die Bühne gedrängt hatte.

»Ich«, kam es aus vielen Mündern.

»Und wer von euch weiß, was der Prinz sagte, um zu Rapunzel in den Turm zu gelangen?«

»Rapunzel, Rapunzel, lass dein Haar herunter!«, riefen die Kinder.

»Richtig.«

Der Harlekin applaudierte den Kindern gönnerhaft.

»Aber wisst ihr auch, dass der Prinz Rapunzels Haare vielleicht gar nicht nötig gehabt hätte?«

Staunen spiegelte sich in den Kinderaugen.

Ein kleiner Junge, er war vielleicht fünf oder sechs Jahre alt, meldete sich schließlich etwas schüchtern zu Wort: »Aber der Turm hatte doch gar keine Treppe.«

»Ha ha«, rief der Harlekin vergnügt. »Das macht aber nichts.«

Und schon war er von der Bühne gesprungen und lief auf die nächste Häuserwand zu. Einen kurzen Augenblick schien es, als wollte er geradewegs durch die Wand hindurchlaufen, dann nahm er all seinen Schwung zusammen und stieß sich ab. Sein Fuß fand das Sims eines Fensters im Erdgeschoss und der Harlekin schoss in die Höhe. Seine Füße fanden beinahe fliegend Halt in Mauerritzen und an hervorstehenden Steinen, seine Hände ergriffen die Regenrinne und er machte einen Salto, um schließlich mit einer Schraube auf dem Giebel des alten Daches zu landen und dort sitzen zu bleiben.

»Der Prinz hätte einfach nur ein Harlekin sein müssen«, rief er über den Platz und die Kinder tobten begeistert, während der Rest der Menge applaudierte.

»Na? Habe ich zu viel versprochen?«, raunte Lee Lara zu, während sie beide in die Hände klatschten, um dem Artistenpärchen ihre Hochachtung zu zollen.

»Nein, ganz und gar nicht.«

Und tatsächlich hatten die beiden Harlekine es fertiggebracht, Lara die Unannehmlichkeiten der letzten Tage nahezu vergessen zu lassen. Natürlich hatte sie von den beiden bereits gehört, jedoch hatte sie den Kopf zu tief in ihrer eigenen Arbeit vergraben gehabt. Schlüsselmachen war für sie zu einer Art Lebenseinstellung geworden, auch wenn es zugegebenermaßen einfach war, die Welt vor lauter Arbeit zu vergessen.

Doch das Leben spielte in Ravinia – drüben, hinter den Schleiern des verregneten Sommers in England, lag der Tod.

So ließ Lara McLane das Leben auf sich regnen, einer Vorahnung gleich, dass es galt, die letzten Momente von Unbeschwertheit zu inhalieren. Was sie nicht wusste, war, dass hinter dem Leben ein Abgrund lauerte. Bald, sehr bald schon würde Lara sich sehr viel ernsthafter mit der Thematik Leben und Sterben auseinandersetzen müssen als geplant – dass sie damit eines der größten Rätsel um die Stadt Ravinia lösen würde, war eine Nebensache.

Im Hier und Jetzt hingegen hatte derweil der weibliche

Harlekin das bunte Flickenhemd gegen ein eng anliegendes Ledertop getauscht und ließ sich nun Fackeln reichen. Erst zwei, dann drei, mit denen die vollkommen durchtrainierte Frau jonglierte.

»Untersteht euch, das hier jemals zu Hause nachzumachen!«, warnte ihr Bruder lachend die Schar der staunenden Kinder, während er immer mehr brennende Fackeln anzündete und weiterreichte. Jede einzelne wurde umgehend und mit fließenden Bewegungen in das Kunststück eingebaut, bis schließlich ein Bogen aus zehn oder zwölf Fackeln über dem schwarz maskierten Haupt der Akrobatin wirbelte.

Während die Menge dem Kunststück noch die Gefälligkeit eines tosenden Applauses zollte, fing die Frau die Fackeln auf, fünf in jeder Hand. Sie spreizte sie, als hielte sie einen brennenden Fächer in den Händen, und begann, sie um ihren Körper kreisen zu lassen, was den Anschein erweckte, als wäre sie in einer flammenden Hülle gefangen.

Die Fackeln wichen bald brennenden Schleudern. Bolas, deren entzündete Enden sie wie Schlangenköpfe um sich kreisen ließ. Die Augen der gebannten Zuschauer sahen flitzende Schlieren durch die Luft sausen. Plötzlich riss die Akrobatin die Arme in die Luft und spie einen immensen Feuerball hinauf in den leicht bewölkten Nachmittagshimmel von Ravinia.

Alles klatschte Beifall, pfiff und jubelte, selbst Dexter auf Laras Schulter krähte vergnügt.

Und auch Lara selbst fieberte nach Kräften mit der Darbietung mit.

Doch dann – während die Harlekin-Geschwister umständlich und unter Aufbietung all ihres akrobatischen Könnens ein Hochseil spannten – geschah etwas, das Lara mit einem Mal wieder auf den Boden der düsteren Tatsachen zurückholte.

Eine Hand griff nach Lee.

Aber es war nicht Laras Hand – und obwohl Lara sich gerne gegen diese banale Eingeschnapptheit gewehrt hätte, lag es doch in ihrer Natur, sich in ihrem Innern gehen zu lassen.

Es war die Hand von Liza, dem Efeumädchen – Lees Freundin.

Und Lara mochte Liza nicht. Nicht bei ihrer ersten Begegnung im botanischen Garten, nicht in den Monaten danach und seitdem sie mit Lee zusammen war schon gar nicht. Liza war eingebildet, arrogant und herrisch. Und Lee – der verliebte Idiot – ließ sich darauf ein.

Das Efeumädchen zog den Kopf des jungen Amerikaners nach unten, um ihn zu küssen. Auf eine sehr demonstrative Art, wie Lara befand, bevor sie sich zwang wegzusehen.

»Hallo Lara«, grüßte Liza sie schließlich, nachdem sie (sicherlich eine lange Zeit später) fertig war.

»Hi«, antwortete Lara bloß, während um sie herum die Menge plötzlich wieder in heftigen Beifall ausbrach. Einen Augenblick lang schien es Lara so, als applaudierten sie Lizas Erscheinen. Das zugegebenermaßen bildhübsche Mädchen in den Wildlederkleidern, das mit Rankenpflanzen sprechen konnte, rief in Lara einen tiefen Widerwillen hervor.

Nur mit Mühe konnte Lara sich beherrschen, nicht das Spielfeld zu räumen.

Mit jeder hätte Lee Crooks, ihr bester Freund, sich einlassen können. Warum gerade mit ihr?

»Geht's dir wirklich gut?«, wollte Dexter zum wiederholten Male wissen, als Lara sich nach der Vorstellung entschuldigte und einen ratlosen Lee auf dem Marktplatz stehen ließ.

»Ich brauche Ruhe«, brummte Lara im Gehen.

»Du bist also nicht scharf auf eines meiner famosen psychologischen Gutachten?«

»Dexter, bitte! Dieser Tag heute ist einfach nur … dumm gelaufen.«

»So könnte man es wohl ausdrücken. Also gut, ich lass dich in Ruhe, aber versprich mir, dass sich deine Laune bessert!«

»Ich würde ja …«

Dexter stöhnte entnervt, zumindest machte er das Pendant eines Raben dazu.

»Lara, du hast ein bemerkenswertes Talent, dir selbst leidzutun. Dass Lee nichts von einem wunderhübschen, aber völlig launenhaften Geschöpf wie dir will, ist doch klar.«

»Quatschkopf!«

Lara blieb stehen.

»Darum geht es doch gar nicht.«

»Erzähl mir nichts, Mädchen!«

»Blödsinn, Dexter. Ich mag *sie* nicht, das ist alles. Von mir aus jede andere, aber nicht sie!«

Der Rabe ließ sich auf einer Regentonne nieder.

»Krah. Es geht dir also nur darum, dass du denkst, sie behandle deinen Freund Lee schlecht?«

»Genau.«

Der Rabe legte den Kopf schief und betrachtete sie aus seinen klugen, schwarzen Knopfaugen.

»Ich glaube dir nicht«, stellte er schließlich fest. »Aber von mir aus, suhl dich bloß darin, dass dich niemand lieb hat und die Welt ein furchtbarer Ort ist. Ich muss dich allerdings warnen: Das macht es nämlich auf Dauer auch nicht besser. Und jetzt entschuldige mich! Ich fliege irgendwohin und werde Spaß haben, dann ertrage ich dich morgen vielleicht wieder.«

Und damit war er auf und davon und ließ Lara allein auf der Straße in Richtung Oberstadt stehen.

Sie seufzte.

Und weigerte sich beharrlich, sich einzugestehen, dass sie vielleicht ab und an ein wenig … kompliziert war. Natürlich wusste sie es tief im Innern, aber … ach nein, der Gedanke wurde schneller verworfen, als er zu Ende gedacht war.

Sie würde lesen, das konnte man in der Wohnung gut, die

sie mit Tom im Torhaus der Burg zu Ravinia bewohnte. Schließlich besaß Tom eine unbestimmte Anzahl alter und neuer Wälzer und schaffte regelmäßig neue an.

Und Musik.

Vor allem würde sie Musik hören.

Was für ein elender Tag.

2. Kapitel, *das in die Dunkelheit führt.*

Um dich rum ist es dunkel
Und in dir drin ist es Nacht
Und dort wo die Dunkelheit herkommt,
habe ich dich hingebracht

Felix Popp

– Szenenwechsel.

Es gibt Bilder, die brennen sich wie Säure in unser Gedächtnis. Sie durchstoßen mühelos jede Membran, die uns vor den Grausamkeiten der uns umgebenden Welt schützt. In jenen einzigartigen Momenten, in denen alles zusammenzustürzen droht, was unser Leben bis dorthin zu bestimmen schien, fühlt man sich wie ein verdorrtes Tal. Hilflos wird hier nach Leben spendendem Wasser gesucht, Tag für Tag. Doch plötzlich gibt es nur noch Durst um einen herum.

Der schlanke, ja beinahe hagere Mann, der dort in der Tür zu seinem Leben stand, fühlte in diesem Augenblick exakt auf diese Art und Weise. Doch noch drang der Schmerz nicht mit seiner vollen Wucht zu ihm vor. Noch blieben ihm wertvolle Sekunden, ja vielleicht Minuten der Betäubung. So sah er rein äußerlich wahrscheinlich sogar bemerkenswert gefasst aus. Er ließ die Schultern nicht hängen und atmete ruhig. Auch wenn er das Bild der Verwüstung gerade erblickt hatte.

Er war fein gekleidet. Ein edler schwarzer Anzug über einem beinahe noch edleren Hemd. Dezente Manschettenknöpfe und matt polierte Schuhe ließen ihn beinahe wie einen Bestatter wirken. Einzig seine kurze Stehhaarfrisur aus blondierten Haaren und der kleine, aber sichtbare Ohrring in seinem linken Ohr verrieten, dass er zumindest nicht täglich mit Trauergästen zu tun haben konnte.

Um die Wahrheit zu sagen, lag es einfach in seinem Wesen, sich schick und teuer zu kleiden. Er leistete gute Arbeit, vielleicht die beste, also ließ er sich stattlich dafür entlohnen. Den eigenen Status durfte man nach außen hin durchaus sichtbar machen, hatte er schon vor langer Zeit befunden.

Langsam, ganz langsam verlor er die Fassung. Ein Tropfen Blut lief aus seiner Nase, an seinem Mundwinkel vorbei. Nach einer kurzen Weile folgte ein zweiter und dann ein dritter. Sie sammelten sich am Kragen seines sündhaft teuren Hemdes und zogen tief in den Stoff ein. Das edle Kleidungsstück war zum Teufel.

Doch das interessierte Jasper in diesem gnadenlosen Moment nicht.

Jasper hatte er sich genannt, seit er das allererste Mal mit einer besonderen Begabung aufgefallen war.

Einfach Jasper, ohne Nachnamen.

Selbstverständlich hatte er sich einen Nachnamen zugelegt, um Dokumente mit irgendetwas unterzeichnen zu können und vor Ämtern nicht völlig ohne Identität dazustehen.

Doch seine Existenz stand gerade auf dem Prüfstand, wieso also nicht auch sein Name?

Langsam begann er tiefer zu atmen. Immer noch nicht auf sein Nasenbluten achtend, fasste er sich ein Herz und schritt in den Raum hinein, in dem sein Schaffenswerk zersprungen dalag.

Scherben, abertausende Scherben. Große, kleine, lange, schmale und winzige. Sie füllten den Raum völlig aus. An einigen Stellen bloß knöcheltief, doch es gab auch kleinere Haufen, die Jasper bis zu den Knien reichten.

Langsam watete er durch das Meer der Zerstörung, spürte, wie die Spitzen der Glasstücke an ihm kratzten und zogen. Doch wer sich über einen so langen Zeitraum hinweg mit ihnen auseinandergesetzt und sich mit ihnen angefreundet hatte, dem taten auch die schärfsten Scherben kein Leid mehr an.

Nur die Tatsache, dass sie da waren – und dass es so außer-

gewöhnlich viele von ihnen gab, schmerzte ihn. Alles, was er geschaffen, aber noch nicht verkauft hatte, war zerstört.

Doch Jasper wäre nicht Jasper gewesen, wenn er im Wahn schreiend die Kontrolle über sich verloren hätte. Das, was er ein Leben lang geschaffen hatte, war mächtig. Und viele Facetten dieser Macht kannten nur die allerwenigsten. Denn im selben Maße, wie sich sein Schaffen als nützlich erweisen konnte, konnte es ebenso zum alles vernichtenden Fluch werden.

Kalte Wut stieg in ihm auf. Hass, destilliert, kontrolliert und nur auf ein Ziel ausgerichtet: Rache.

Er überlegte, was er vorzuweisen hatte. Drei gut gefüllte Konten bei äußerst ehrbaren Kreditinstituten fielen ihm ein, darüber hinaus eine Reihe exzellenter Kontakte bei seinen Versicherungen und Rohstoffhändlern. Auch wenn sich sein Schaden wohl in keiner Weise durch finanzielle Aufwendungen ersetzen ließe, so bot ihm Geld doch immerhin eine Grundlage, von der aus er zu operieren imstande war.

Wer auch immer für die vollkommene Zerstörung verantwortlich war: Wenn Jasper ihn fand, würde er sich eine Hölle nach Hieronymus Bosch als wohlige Zufluchtstätte der Heilung wünschen.

Doch das Allererste, was Jasper brauchte, war eine Basis, von der aus er seinen Rachefeldzug starten konnte. Noch wusste er nicht, dass sich die Gelegenheit dazu in wenigen Tagen bieten würde, wenn zwei Menschen in seiner Tür erscheinen würden.

Leben ist Lernen.

Wer vergisst, stetig vom Leben zu lernen, verlernt zu leben.

Laras Eifer darin, sich die Fähig- und Fertigkeiten des Schlüsselmachens anzueignen, war beinahe beängstigend groß. Selbst am Wochenende war es immerzu wahrscheinlich, Lara im Schlüsselladen in der Victoria Street anzutreffen und an irgendetwas herumwerkeln zu sehen.

Sehr bald schon, nachdem Baltasar Quibbes gestorben war und Tom ihr angeboten hatte, ihre Ausbildung weiter in die Hand zu nehmen, hatte sich etwas verändert. Tom hatte keine Lektionen zur Hand, die er Lara aufzählte, keinen Lehrplan. Da war nichts, das er vor ihr zurückhielt in dem Glauben, sie sei noch nicht so weit. Im Gegenteil. Er ließ Lara tun, was sie wollte.

Ob dies nun Toms pädagogischem Geschick oder eher seiner eigenen Einstellung gegenüber Bevormundungen entsprang, war nicht so ganz klar. Tom überließ es ganz einfach Lara selbst, sich so schnell oder langsam zu entwickeln, wie es ihr entsprach. Und meistens war das eben sehr schnell.

Nach ihren gemeinsamen Erlebnissen schien etwas von Tom abgefallen zu sein. Etwas, das den weltoffenen Teil seiner Persönlichkeit jahrelang hinter Schloss und Riegel versteckt gehalten hatte. Er beantwortete Lara geduldig alle Fragen, ließ oft auch sogar seine eigene Arbeit stehen, um mit seinem Lehrling stundenlang über Möglichkeiten – und auch Unmöglichkeiten – des Schlüsselmachens zu diskutieren.

Laras Sinn für magische Schlüssel war unbeschreiblich und ihr Talent nahezu unendlich groß. Doch sagte ihr Tom dies nicht. Wozu auch? Sie würde es früher oder später selbst herausfinden. Zu viele Vorschusslorbeeren waren nicht gesund für die Seele.

Was allerdings die Mechanik anging, war Lara zwar in der Lage, die rudimentären Dinge zu begreifen, nicht jedoch, solche Wunder zu vollbringen, wie Tom es konnte. Eine Uhr anzufertigen, die die Zeit anhielt, war wohl weit jenseits dessen, was sie jemals zustande bringen würde. Das war eine Tatsache, die sie ärgerte und anspornte zugleich. Ja, sie hatte eingesehen, dass sie es in puncto Mechaniken wohl nie so weit bringen würde wie Tom. Aber was das Schlüsselmachen anging, so kannte sie nur ein Ziel: die beste Schlüsselmacherin von allen zu werden.

Doch obwohl sie in vielerlei Hinsicht gleichauf mit Tom zu liegen schien, hatte sie es noch nicht geschafft ihn einzuholen.

Tom ahnte, woran es lag, und wusste gleichzeitig, dass es sich dabei wohl tatsächlich um eine Art Lektion handelte, jedoch eine, bei der er seiner Schülerin nicht helfen konnte. Es blieben scheinbar doch einige Dinge, die sich nicht durch pures Wissen weitergeben ließen, sondern die es am eigenen Leib zu erfahren galt. So sehr Tom dies auch missfiel, sah er letztlich doch ein, dass auch er einst diese Hürde hatte nehmen müssen.

Laras Fleiß war in jedem Fall nicht zu bändigen. Einem ohnmächtigen Zorn gleich, arbeitete sie oft bis zur mehrmaligen Ermahnung, es doch für den Moment gut sein zu lassen.

Und auch wenn sie keine Werkzeuge in der Hand hatte, las und dachte und philosophierte sie.

Sie erlernte die normalen, aber auch die absonderlichsten Techniken, um sowohl Metalle als auch unzählige andere Werkstoffe zu verarbeiten. Viel handwerkliches und künstlerisches Geschick war erforderlich, um all die Feinarbeiten zu verrichten.

Darüber hinaus aber waren vor allem Philosophie und Projektion die wichtigsten Bestandteile der magischen Schlüsselmacherei – eine Dimension des Ganzen, die Lara vielleicht ein wenig unterschätzt hatte, als sie Balthasars Angebot angenommen hatte, bei ihm in die Lehre zu gehen. Denn dass die wichtigste Zutat für einen magischen Schlüssel die eigene Phantasie war, war eine unumstößliche Tatsache. Und es war bemerkenswert, zu was die Phantasie imstande war, wenn man sie nur mit genug Wissen anfütterte. Das Wissen darum, wie die Dinge funktionierten, oder wie sie funktionieren könnten, entfachte ein Feuer im Geist des Denkenden. Kannte man die phantastischen Details der Welt, konnte man sie zerlegen, immer wieder neu zusammenfügen, fehlende Teile selbst erdenken. Der eigene Verstand konnte zu einem Monument werden.

Wie man Blei schmolz, bog, es in neue Formen brachte, war eine Sache. Zu wissen, dass man versucht hatte, aus Blei Gold zu machen, was misslang, bis man stattdessen Projektile für Waffen daraus fertigte – das war eine neue Dimension. Und die dritte war, Blei mit etwas zu assoziieren. Für Lara, aber auch für viele weitere Schlüsselmacher, war Blei das Metall der Zerstörung. Es war schwer, immens giftig und wurde oft für niedere Zwecke gebraucht.

Platin war das edelste unter den elementaren Metallen. Gold das schönste, dicht gefolgt von seiner Prinzessin, dem Silber. Zinn und Kupfer legierte man zu Bronze, nach der eine ganze Epoche benannt worden war. Magnesium wurde meistens verbrannt, ob in Unterwasserfackeln oder als Blitzlicht in der Fotografie. In Lampen aller Art verwendete man Wolfram. Eisen begründete und beherrschte die Architektur der letzen beiden Jahrhunderte. Geschützt vor Korrosion wurde es von Zink – so es denn nicht ohnehin zu Stahl verarbeitet wurde.

Diese Dinge waren von immenser Wichtigkeit.

Doch noch weitaus schwerer war es, die verborgenen Dinge in Metallen und in Schlüsseln sichtbar zu machen. Wieso führte ein Schlüssel aus Blech auf einen Schrottplatz? Und warum taten es nicht alle Blechschlüssel? Als was hatten die Menschen das Stück Metall betrachtet, das zu einem Schlüssel verarbeitet wurde? Und was sah der Schlüsselmacher darin? Was musste man mit einem derartigen Blechschlüssel tun, damit er zum Beispiel nach Prag führte? Es reichte sicherlich nicht aus, beim Formen des Schlüsselbartes nur an Prag zu denken. Es mussten weitere Werkstoffe her. Vielleicht ein wenig Gold, denn schließlich war Prag ja die Goldene Stadt. Es half, kunstvoll das Stadtwappen in die Reide zu gravieren oder einen Ausspruch von Kafka.

Es waren eine Menge Faktoren, die letztlich dazu führten, dass ein liebevoll gefertigter Schlüssel eines magischen Schlüsselmachers seine Wirkung erzielte. Handelte es sich um schlampige Arbeit, wurde womöglich eine falsche Tür geöffnet. So erklärte Lara sich auch, dass die meisten Schlüssel, die einen nach Ravinia brachten, seinen Benutzer scheinbar wahllos in irgendeiner Gasse absetzten. Sie waren quasi Fließbandarbeit aus der Zeit, als Ravinia gerade entdeckt worden war und der Wunsch, die Stadt zu betreten, Hochkonjunktur gehabt hatte. Düstergolden. Wer hatte sich diese Beschreibung einmal ausgedacht? Egal, sie traf den Kern der Sache und so waren die meisten Schlüssel, die nach Ravinia führten, düstergoldene Stücke. Erst ein Mal hatte Lara eine Ausnahme gesehen, einen mit Grünspan übersäten Kupferschlüssel.

Phantasie und Wahrnehmung waren die wichtigsten Werkzeuge des Schlüsselmachers. Es war Lara anfangs schwergefallen, ihre Gedanken zu kanalisieren. Sie hatte Dutzende von Schlüsseln angefertigt und kein einziger hatte an einen Ort geführt, der eigentlich gar nicht hinter der Tür hätte liegen dürfen, die man mit ihm aufschloss. Immer verbissener hatte sie es versucht, und Tom hatte sie einfach machen lassen, hatte ihr geduldig erklärt und gezeigt, was sie verbessern konnte, wie man dieses und jenes anstellte oder verarbeitete und hatte ihr Bücher zu lesen gegeben. Sartre, Wittgenstein, Aristoteles, aber auch Poe, Hemingway oder gar Gaiman. Sie sollte lernen, mehr und mehr ihren Geist zum Schaffen zu gebrauchen, denn die Möglichkeiten des menschlichen Geistes waren unendlich.

Und schließlich war er gekommen, der Moment des Wandels, der Augenblick, die Erfüllung.

Sie konnte sich noch genau erinnern, wie sie eine CD eingelegt hatte, auf der Yann Tiersen zusammen mit einem großen Orchester spielte. Da war sie gewesen, die düstergoldene Musik, die ihre Gedankenwelt durchströmt hatte. Sie hatte einen Rohling genommen, den sie schon vor einiger Zeit angefertigt hatte und der jetzt und in diesem Augenblick tatsächlich zu dem werden konnte, wozu sie ihn bestimmt hatte: ihrem persönlichen Schlüssel nach Ravinia.

Sie hatte kunstvoll einen winzigen Rabenflügel aus Hämatit geschliffen und ihn in die Mitte der Reide gesetzt. Unter diesen hatte sie in geschwungenen Lettern *Ravinia* graviert und von dem Schriftzug aus haarfeine Linien aus Graugold über den Schlüsselbart laufen und sich zu dessen Spitze hin verflechten lassen. Zum Schluss hatte sie eine Umrandung aus Prinzessmetall angefertigt und die Reide darin gefasst.

Als sie fertig gewesen war, war der Nachmittag zum größten Teil herum gewesen. Das Doppelalbum von Yann Tiersen war beinahe zweimal durchgelaufen.

Doch Lara würde niemals den Moment vergessen, in dem sie mit dem neuen Schlüssel probehalber die Hintertür des Ladens geöffnet hatte – und dahinter tatsächlich die düstergoldene Rabenstadt gelegen hatte. Staunend und mit Herzrasen war sie hindurchgetreten und hatte zu ihrer übergroßen Freude auch noch feststellen müssen, dass sie soeben aus der Haustür des Häuschens in der Gobelingasse gekommen war, das einst ihren Eltern gehört hatte.

Tom hatte sich über die Maßen mit ihr gefreut – jedoch war ihm im Laufe des Abends doch das ein oder andere Augenrollen anzusehen gewesen, nachdem Lara über Stunden hinweg mit einem verklärten Grinsen durch die Wohnung gelaufen war.

Schließlich hatte Tom ihr ihren ersten Schlüssel nach Ravinia weggenommen, den er ihr vor Monaten gegeben hatte. Daraufhin hatte sich für einen kurzen Augenblick Empörung auf das Gesicht seiner Schülerin gelegt, bis er ihr erklärt hatte, sie benötige die Leihgabe ja nun nicht mehr.

»Stimmt«, hatte sie daraufhin geflötet und war in ihrem Zimmer verschwunden.

Nun war sie also eine Schlüsselmacherin.

Wann sie ihre Gesellenprüfung ablegen würde, wusste sie noch nicht genau, aber sie schätzte, dass es nicht mehr viel länger als ein Jahr dauern sollte, bis sie so weit war, sich dem Schiedsgericht des Stadtrates zu stellen. Und dann – ja dann würde sie vermutlich weiter bei Tom arbeiten. So lange, bis sie gut genug war, ein Meisterstück anfertigen zu können. Und eines wusste Lara jetzt schon: Sie würde die hohen Herren von Ravinia mit ihrem Können hinwegfegen. Das war ihr Ziel: nicht mehr und nicht weniger, als die beste Schlüsselmacherin der Welt zu werden.

Doch wie die meisten Tagträume endete auch dieser sehr bald wieder. Grund dafür war ein leises, beharrliches Klacken, das Lara zuerst in die Straßengeräusche draußen vor der Ladentür eingeordnet hatte. Es mischte sich leise und unverschämt in den Klang von Dolores O'Riordans sich überschlagender Stimme. *Twenty one*, tock-tock, *twenty one*, tock-tock. Vielleicht einer der Bauarbeiter auf dem Gerüst vor dem Nachbarhaus? In der Victoria Street wurden ständig irgendwelche Fassaden repariert und wieder hergerichtet. Alles, was die Zeit oder der saure Regen langsam zerstörten. Doch das Klacken schien seltsam nah. Endlich sah Lara auf, in Richtung Ladentür. Draußen hockte Dexter auf dem Türgriff und hämmerte in einem steten Rhythmus gegen die Türscheibe. Tock-tock, tock-tock.

»Ist ja gut«, rief Lara, legte ihre Werkzeuge zur Seite und ging hin.

»Warum klingelst du nicht?«, fragte sie den Raben durch die Scheibe.

Dexter sah sie leicht verdrießlich an, sagte: »Krah«, und hackte anstatt auf die Scheibe auf den Klingelknopf ein. Nichts geschah. Der Schnabel traf den Knopf erneut. Wieder nichts.

»Ok, ok«, Lara hatte verstanden. Die Klingel war offenbar kaputt. Da die meisten Kunden des Ladens Menschen waren und daher die Tür von selbst zu öffnen imstande waren, hatte sie bisher nicht bemerkt, dass die Klingel nicht funktionierte. Sie öffnete die Tür und der Rabe schwang auf dem Türgriff balancierend mit in den Schlüsselladen hinein. Diesmal ertönte immerhin das blecherne Geläute, das das Öffnen der Tür ankündigte. Na wenigstens waren nicht gleich alle Sicherungen rausgeflogen, dachte Lara. In alten Häusern wie diesem konnte die Elektrizität die verrücktesten Dinge tun, wenn man sie nur ließ.

»Hallo Lara«, krächzte der Rabe. »Ich hoffe, du hast dich ein wenig beruhigt.«

»Geht so«, antwortete sie wahrheitsgemäß. Arbeit lenkte sie ab und war somit immer ein adäquates Mittel, um nicht über unangenehmere Dinge nachdenken zu müssen.

Sie schnappte sich einen Phasenprüfer und schraubte geschwind die Haustürklingeln für den Schlüsselladen und die Wohnung darüber ab.

»Hm«, machte sie, nachdem sie die Kabel überprüft hatte. »Schon wieder kein Strom. Gibt es Mäuse oder Ratten, die in Wänden wohnen und Kabel durchbeißen?«

»Krah, gute Frage. Wahrscheinlich. Aber ich habe von Elektrizität nicht besonders viel Ahnung, wenn du verzeihst.«

»Nein, stimmt. Woher auch? Aber von Mäusen und Ratten hast du Ahnung.«

»Ja, aber nicht davon, was sie so fressen. Das will ich lieber gar nicht erst wissen.«

Lara drückte das Schutzblech der Klingel wieder in die dafür vorgesehene Aussparung in der Wand, zog die Schrauben fest und machte die Ladentür zu, sodass der freche Rabe rechtzeitig abspringen musste, um nicht wieder draußen auf der Victoria Street zu landen. Er flatterte einige Sekunden lang durch den Schlüsselladen, vergeblich nach einem Plätzchen Ausschau haltend, auf dem keine Werkzeuge, Schlüssel, Teile von Uhren oder andere Dinge herumlagen. Schließlich ließ er sich auf der großen Registrierkasse nieder.

»Warum bist du eigentlich hier?«, fragte Lara ihn, während sie sich wieder an ihre Werkbank setzte. »Hast du Sehnsucht?«

»Nein, krah. Ich glaube, ich seh dich öfter, als gesund für mich ist.«

Lara hatte sich schon wieder mit einer Handfräse bewaffnet, um damit erneut auf ein Stück Metall loszugehen.

»Was treibt dich dann her?«, wollte sie wissen.

»Eusebius schickt nach dir. Und Tom auch.«

»Eusebius und Tom suchen mich *beide*? Hab ich irgendwie Mist gebaut?«

Lara ließ das Werkzeug sinken und blickte Dexter entgeistert an. Was sollte *das* denn jetzt? Was hatten Tom Truska und Eusebius Lanchester miteinander zu schaffen? Soweit Lara wusste, hielt Tom sich nicht gerade besonders häufig im Uhrenturm auf. Und *das* lag nicht nur daran, dass er mal eine Sache mit der dortigen Sekretärin verbockt hatte – Tom hatte sie abgewiesen und seit jenem Tage war sie sauer auf Tom. Es gab für ihn auch nicht viel dort zu tun. Seit er sich endlich *Meister* seines Fachs nennen durfte, war er genau zwei Mal dort aufgekreuzt. Einmal, um seinen Titel im Zunftbuch verewigen zu lassen, und ein weiteres Mal, als Mick Klinghoffer – lange Zeit der einzige Lehrling der Mechaniker außer Lara – seine Gesellenprüfung bestanden hatte, zu deren Bewertung man Tom herangezogen hatte. Immerhin galt er unter vorgehaltener Hand als größtes Talent der Gilde.

Eusebius hingegen hatte Lara noch einige Male auf den Straßen von Ravinia getroffen, nachdem er sie offiziell bei den Mechanikern im Turm begrüßt hatte. Bei diesen Gelegenheiten erkundigte Eusebius sich immer nach Laras Befinden. Außerdem war da noch die Befragung vor dem Stadtrat zum Fall Roland Winter gewesen.

»Also gut«, Lara stand auf. »Soll ich in den Uhrenturm kommen?«

»Krah, erfasst.«

Ohne Umschweife griff Lara nach ihrem Schlüsselbund

und hängte das *Geschlossen*-Schild ins Fenster. Dann verriegelte sie die Ladentür, griff zu ihrem Ravinia-Schlüssel und ging ins Hinterzimmer.

»Willst du hierbleiben?«, rief sie dem Raben zu, der vor sich hin geträumt hatte und sich nun sputete, mit ihr mitzukommen. Nicht auszumalen, was passieren würde, träfe Tom ihn alleine im Laden an. Womöglich würde er ihn mit irgendwelchen Schlüsseln wer weiß wohin sperren.

Von der Gobelingasse war es nicht weit bis zum Marktplatz der düstergoldenen Stadt, der schon seit vielen Jahren von zwei Türmen dominiert wurde: dem der Kathedrale St. Anna Rosa am Fluss und natürlich dem Uhrenturm, der der Gilde der Mechaniker als Zunfthaus diente. Er war ein beeindruckendes Gebäude. Von der Gestalt ein wenig wie der Big Ben anmutend, ragte er zig Meter in die Höhe und verkündete jedem Interessierten mit je einem großen Ziffernblatt auf jeder der vier Seiten die Uhrzeit – in Europa, in Amerika, in Nahost und in Fernost. Ein goldener Blechabdruck des jeweiligen Erdteils prangte jeweils unübersehbar darunter. Da sich die Tageszeit in Ravinia wenigstens so ungefähr an derjenigen in Europa orientierte, war natürlich auch dieses Ziffernblatt für die meisten Bewohner Ravinias von größerer Bedeutung. Es zeigte in Richtung Marktplatz, hin zur Kathedrale, die – natürlich – mit einer eigenen Turmuhr aufwartete. Diese Turmuhr war das Werk von Laras Mutter Layla gewesen.

Jedoch war St. Anna Rosa irgendwie *nur* eine gotisch angehauchte Kathedrale. Der Uhrenturm hingegen war ein Konstrukt aus purer Mechanik. Die Wände bestanden aus Tausenden und Abertausenden von Zahnrädern, Speichen, Streben, Achsen und Gelenken, die auf eigentümliche Weise alle miteinander funktionierten und agierten. Ein wenig musste Lara dabei stets an die mechanischen Männer denken, die einst Ruben Goldstein in Tschechien auf sie gehetzt hatte.

Dexter setzte sich auf ihre Schulter, während Lara sich der Außenwand des Turmes näherte. Zwar gab es auch ein offizielles Tor, aber viel beeindruckender war die Art und Weise, wie der Turm einem Mechaniker den Eintrittswunsch quasi von den Fingern ablas.

Lara streckte eine Hand aus und legte sie flach auf eine massive Stahlschuppe, die aus der Wand ragte. Der Turm erkannte sie und augenblicklich begann es in der Wand leise zu klicken und zu klacken. Es wurde lauter, ratterte und flüsterte und schließlich faltete sich ein Stück der Wand in sich zusammen, bis ein unförmiger Eingang vor Lara lag.

Lara lächelte. Ja, diese Magie berührte sie wirklich. Jeden Tag und jede Stunde. Auch wenn sie sich vielleicht gerade nicht so wohlfühlte, schlug sie das Unfassbare auch nach über zwei Jahren noch in seinen Bann.

Sie trat ein, und hinter ihr schloss sich das Tor wieder ratternd, als wäre dort nie etwas gewesen, außer der scheinbar so wirren Anordnung von mechanischen Schuppen. Die Empfangshalle des Turms nahm das gesamte unterste Stockwerk ein. Es war angenehm kühl, denn die dicken Wände hielten den Sommer draußen. Lara umrundete den Brunnen in der Mitte der Halle und trat auf den Schreibtisch zu, hinter dem Victoria saß. Sekretärin, Empfangsdame und irgendwie Mädchen für alles bei den Mechanikern. Sie strich geistesabwesend über den Rand ihrer eckigen Brille, während sie Zahlen in Tabellen schrieb.

»Du willst zu Eusebius?«, fragte sie Lara.

Lara zögerte.

»Geht in Ordnung«, fuhr Victoria fort, ohne Lara auch nur eines Blickes zu würdigen, geschweige denn, eine Antwort abzuwarten. Sie war es, die Tom nicht – oder besser gesagt wohl nicht mehr – leiden konnte. Toms Schülerin war dummerweise davon ebenso betroffen. Dass Tom von jemandem, der derart nachtragend war, nichts wollte, konnte Lara sich lebhaft vorstellen. Auf der anderen Seite konnte Lara sich jedoch auch nicht so recht vorstellen, wie man überhaupt etwas für Tom Truska empfinden konnte, um mit ihm zu flirten. Sicher, sie selbst fand ihn liebenswert, allerdings als guten Freund. Er war schweigsam und bisweilen mürrisch, obwohl sich das immer mehr gelegt hatte in den letzten Jahren. Auch Toms Äußeres fand Lara zwar originell, aber ansonsten wenig anziehend: Hochgewachsen war er, zwar nicht schlaksig, dafür allerdings stets sehr blass. Seine rabenschwarzen Haare waren eine wild wuchernde Katastrophe und mit dem Dreitagebart übertrieb er es meistens auch. Tom mit einer festen Freundin konnte sie sich nun wirklich beim besten Willen nicht vorstellen.

Ein Stückchen aus dem Boden des Turms löste sich und wurde von einem mechanischen Arm rasant in die Höhe getragen.

Dexter sprang von Laras Schulter und flatterte neben ihr her, während die Bodenplatte bereits automatisch an einen anderen Arm übergeben wurde.

»Krah, da flieg ich doch lieber selbst«, schimpfte er über die unorthodoxe Fortbewegungsmethode.

»Das ist ja auch nicht für Raben gebaut worden«, neckte Lara ihn.

»Sehr witzig.«

Dexter umkreiste Lara, während diese sich aufrecht stehend ganz der Bewegung ihres etwas ungewöhnlichen Aufzugs hingab und die steile Fahrt durch das Innere des Turmes genoss.

Schließlich hielt die Plattform vor einer Wand an, die sich sogleich zusammenfaltete. Das Zimmer, das dahinter lag, hatte Lara bisher genau ein einziges Mal betreten.

Die Wand hatte sich zu einem Balkon geformt, auf dem vier Personen standen und sich gleichzeitig zu ihr umdrehten.

»Geneva«, rief Lara erfreut. Sie hatte die Nachtwächterin mit der grünen Strähne im Haar schon seit Wochen nicht mehr gesehen.

Sie umarmten einander herzlich. Dann wandte Lara sich direkt an Tom.

»Wieso sollte ich herkommen? Ist irgendetwas passiert?«

»Hallo Lara«, unterbrach Eusebius Lanchester sie allerdings sofort und reichte ihr die Hand. Sein mechanischer Finger klickerte leise, als sich Laras Griff darum schloss. »Ja, es ist etwas passiert. Aber keine Sorge, es ist nichts, was dich persönlich betrifft.«

»Na dann«, murmelte Lara verwirrt.

»Darf ich dir Myra Jones vorstellen?«, sagte der Gildemeister und deutete auf eine Frau, die sich bisher im Hintergrund gehalten hatte. Lara warf einen Blick auf sie. Sie mochte ungefähr so alt sein wie Geneva oder Tom, war sehr schlank, trug einen knielangen, beigen Trenchcoat und außerdem dünne Lederhandschuhe – eigenartig bei dem blendenden Wetter, eigentlich konnte doch niemand frieren. Die Männer mussten ihr zu Füßen liegen, denn zu allem Überfluss hatte sie auch noch feuerrotes langes und glänzendes Haar. Es verwehte leicht, als eine Sommerbrise von draußen hereinhauchte. »Sexy«, wäre wohl die richtige Beschreibung, überlegte Lara.

Sie gaben sich die Hand.

»Myra ist Kommissarin in Ravinia«, fuhr Eusebius fort.

Aha. Das erklärte zwar den Trenchcoat, aber immer noch nicht, warum sie ihn mitten im Sommer trug.

»Angenehm«, meinte Lara.

»Freut mich ebenfalls«, gab Myra zurück. Es klang äußerst ernst gemeint. »Hermann Falter hat von dir erzählt.«

»So?«, hakte Lara nach. Warum sollte Kommissar Falter von ihr erzählen?

»Keine Panik«, ein unwiderstehliches Lächeln huschte über Myras Mundwinkel. »Ich arbeite gewöhnlich mit ihm zusammen, seit sein ehemaliger Partner Mr Cooper – na ja, du warst ja wohl dabei. Zumindest ist Falter anderweitig beschäftigt und meinte, ich solle in dieser Sache auf die Mitarbeit von Tom Truska bestehen. Und er sagte außerdem, dass das wohl oder übel deine Bekanntschaft mit sich bringen würde.

Lara schüttelte den Kopf.

»Ich verstehe nicht ganz.«

»Ganz einfach«, mischte Tom sich nun ein. »Das Kommissariat möchte meine Hilfe und ich möchte, dass du ebenfalls dabei bist.«

»Aber warum?«

»Weil ich dich in deinem Job für ziemlich gut halte«, brachte Tom es auf den Punkt.

Oha, ein derartiges Lob aus Toms Mund hieß vor allem, dass Lara sich wohl nicht dagegen würde wehren können, selbst wenn ihr missfallen sollte, worin diese Mithilfe eigentlich bestehen sollte.

»Worum geht es denn jetzt überhaupt?«, fragte sie dennoch.

Eusebius setzte eine betont wichtige Miene auf.

»Warum setzen wir uns nicht?«, schlug er vor und sogleich erhoben sich aus dem Boden seines Büros diverse Sitzgelegenheiten aus Gelenken und Zahnrädern, die sich um den großen Schreibtisch in der Mitte herum gruppierten. Lara setzte sich.

»Tee?«, fragte Eusebius höflich. Tom und Geneva nahmen dankend an, während Myra und Lara ablehnten.

»Also?«, fragte sie schließlich erneut, nachdem Eusebius ein Teeservice mit drei Tassen für sich und die beiden Teetrinker gebracht hatte.

Eusebius räusperte sich.

»Es geht um das Mondvolk«, begann er.

Lara warf Tom schnell einen Blick zu.

»Francesco ist so einer, oder?«, vergewisserte sie sich.

»Äh ja«, stimmte Eusebius ihr zu, der wegen der Unterbrechung etwas ungehalten war. »Woher weißt du von ihm?«

»Ist er nicht der Mann von Berrie?«

»Von wem?«

»Oh, ich wusste nicht, dass ihr euch nicht kennt. Sie ist Wahrsagerin im Rondell. Na ja, eigentlich weiß ich gar nicht, ob sie wirklich verheiratet sind, aber –«

»Sind sie«, bestätigte Geneva.

Irritiert sah Eusebius in die Runde. Als niemand mehr Anstalten machte, sich über Berrie oder Francesco zu äußern, fuhr er fort.

»Dieser Francesco Bastiani gehört einem der Clans des Mondvolks an und er kam gestern Nacht zusammen mit Ms Jones zu mir und bat mich in einer merkwürdigen Angelegenheit um Hilfe.«

Lara machte große Augen.

»Francesco kam zu dir, mitten in der Nacht?«

»Das ist nicht ungewöhnlich, Lara«, sagte Tom. »Das Mondvolk hat so eine Art Sonnenallergie. Deshalb leben sie ja auch in Epicordia.«

»Wo?«, hakte Lara nach. Sie hatte den Eindruck, dass es immer verwirrender wurde, je mehr man ihr erzählte.

Myra Jones räusperte sich nun ihrerseits. Es klang wie eine Lehrerin. Unsexy.

»Pardon, das geht mir alles ein wenig durcheinander. Ich fasse mal kurz zusammen. Mr Bastiani kam zum Kommissariat und hatte ein Anliegen: Die Clans des Mondvolkes werden in letzter Zeit von eigenartigen Tieren heimgesucht. Mechanischen Tieren, um genau zu sein. Er berichtete davon, wie diese Konstrukte ihnen den Zugang zu den tieferen Tunneln in Epicordia verwehren. Und er meinte, es fühle sich zwar niemand ernsthaft bedroht, jedoch sei die Angelegenheit äußerst lästig und darüber hinaus natürlich auch sehr, sehr befremdlich.«

»Hm«, machte Lara.

»Ich habe also nachts in Begleitung von Mr Bastiani Mr Lanchester aufgesucht, da wir der Meinung waren, die Mechaniker würden vielleicht Rat wissen.«

»Na ja«, übernahm Eusebius an dieser Stelle. »Zumindest ist es schon äußerst merkwürdig, wenn sich das Mondvolk an die Menschen von Ravinia wendet und um Hilfe bittet. Wir leben eigentlich getrennt voneinander. Das liegt natürlich vor allem daran, dass man zu unterschiedlichen Tageszeiten wach ist.«

»Aber nicht nur«, berichtigte Geneva. »Sondern auch daran, dass die Menschen von Ravinia sich immer noch reichlich beschämend anstellen, wenn es darum geht, anderen Zugang zu ihrer heiligen Stadt zu gewähren.«

»Nun ja –«

Eusebius blickte etwas betroffen drein.

»Nun ja, *was?*«, fragte Geneva.

»Lassen wir das lästige alte Thema«, versuchte Tom zu beschwichtigen.

»Ach ja?« Genevas Kopf fuhr herum.

»Ja«, sagte Tom gefasst und hielt dem gereizten Blick von Geneva anscheinend mühelos stand. »Was hier zwischen Menschen und anderen Wesen geschieht, ist unfair, keine Frage. Aber es ist nicht Thema dieser Runde.

Geneva schwieg. Tom hatte sie dabei ertappt, wie sie nicht mit professioneller Kühle agiert hatte. Dass sie sich darüber ärgerte, sah man ihr an.

»Die wollen also, dass wir als Mechaniker einen Blick auf die Sache werfen?«, fragte Lara, um aufs Thema zurückzukommen. »Haben wir eines von diesen mechanischen Tieren hier?«

Eusebius schüttelte den Kopf.

»Bedauerlicherweise nein, und das ist auch der Grund, warum ich euch herbestellt habe. Francesco Bastiani erzählte mir, wie diese Dinger sich todesmutig zur Wehr setzen gegen alle Versuche, sie zu verscheuchen. Gleichzeitig scheint es aber auch ihr größtes Anliegen zu sein, dass niemand eine solche Mechanik in die Finger bekommt. Immer wenn so ein Tier funktionsuntüchtig gemacht wurde, haben die verbleibenden alles darangesetzt, die zerstörte Mechanik mit zurück in die Tunnel zu nehmen.«

»Das ist wirklich ziemlich seltsam«, gab Lara irritiert zu.

»Wir kamen also überein«, fasste Eusebius zusammen, »dass wir eine Gesandtschaft nach Epicordia schicken. Ich habe mich mit Tom und Ms Jones beraten und sie schlugen vor, einen Nachtwächter mit auf die Reise zu nehmen. Und so kamen wir auf Ms McNamar, die ja schon mit dir und Tom zusammengearbeitet hat.«

Geneva zwinkerte Lara mit ihren smaragdgrünen Augen zu. Dass eines davon nicht echt war, fiel tatsächlich kaum auf.

»Aber was ist Epicordia denn jetzt überhaupt?«, wollte die junge Schlüsselmacherin wissen.

»Epicordia ist ein labyrinthartiges System aus Katakomben und Höhlen, das sich im Fels unter Ravinia erstreckt«, erklärte Tom ihr. »Ich war noch nie dort, aber das war auch so gut wie niemand sonst. Es soll viel größer sein, als die Stadt hier oben. Das Mondvolk hat diesen Ort für sich beansprucht, da sie sich bei Tageslicht ohnehin nicht oben aufhalten könnten. Und da sich niemand auf einen Streit um Territorien mit dem Mondvolk einlassen wollte, ist man wohl übereingekommen, dass die Menschen oben in der Stadt leben und das Mondvolk – und was sonst nicht alles – darunter. Der Einflussbereich der Stadt erstreckt sich nicht bis Epicordia.«

»Die leben in der Kanalisation?«, fragte Lara verunsichert.

Tom schüttelte den Kopf.

»Darunter, Lara, tief darunter.«

Also war es beschlossene Sache. Ablehnen hätte Lara ohnehin nicht können. So etwas schlug man nicht aus, wenn man von hoher Stelle darum gebeten wurde.

Sie waren übereingekommen, dass sie mindestens eine Übernachtung in den Tiefen von Epicordia in Erwägung ziehen sollten. Immerhin wusste niemand so genau, was sie dort erwartete. Niemand, den sie kannten, war jemals dort gewesen, Francesco einmal ausgenommen, doch er gehörte ja auch zum Mondvolk. Und mit ihm waren sie nun verabredet. Am Nachmittag, wenn das Sommerfest im Rondell in vollem Gange sein würde, würde kaum jemand es bemerken, wenn eine Kommissarin, eine Nachtwächterin und zwei Schlüsselmacher sich heimlich an den eigenartigen Ort begaben.

»Brauchen wir Schlafsäcke?«, rief Lara durch die offen stehende Tür ihres Zimmers die Treppe hinunter.

»Nein«, tönte es zurück. Seine Einsilbigkeit hatte Tom immer noch nicht vollends abgelegt. Vor allem dann nicht, wenn er genervt war. Na ja, wer konnte es ihm verdenken? Immerhin packte sie ihre paar Sachen schon seit geraumer Zeit zusammen. Sollte sie warme Socken mitnehmen oder nicht?

Sie hörte Schritte auf den knarrenden Holzstufen, kurz darauf erschien Tom im Türrahmen.

»Und?«, fragte er.

Lara packte ihren Kulturbeutel in den Rucksack, zog den Reißverschluss zu und warf ihn mit Schwung auf ihren Rücken.

»Fertig«, sagte sie und kam sich so albern dabei vor, wie eines der Mädchen aus ihrer früheren Schule, von denen sie immer gedacht hatte, dass sie nie so werden wollte. Hatte sie wirklich eine Stunde gebraucht, um sich zu entscheiden, was sie im Dunkeln an einem ihr unbekannten Ort anziehen wollte? Verrückt.

Wortlos folgte sie Tom hinunter in die Diele der Wohnung, die sie gemeinsam bewohnten. Sie lag im Torhaus der Burg Ravinia, in der auch die Raben und Lord Hester, der Rabenlord von Ravinia, zu Hause waren. Verwinkelt und über mehrere Etagen und Halbetagen war die große Wohnung irgendwie ins Torhaus und in die Mauern der Burg integriert und über und über mit Büchern vollgestopft. Mancher Bibliothekar wäre blass vor Neid geworden, hätte er die Tausende von Büchern gesehen, die Tom hier hortete und von denen er auch jedes einzelne verschlungen hatte im Laufe der Zeit. Nur für die Art und Weise, wie er sie aufbewahrte, hätte Tom jede Menge Schelte bekommen. Es gab zwar Regale, doch waren sie auf- und übereinandergestapelt und ließen nur selten einen Blick auf die grauen Bruchsteine der Burgmauer dahinter frei.

Lara liebte diese Wohnung über alles. Sie war ihr zusammen mit dieser von Seltsamkeiten durchwebten Stadt zum neuen Zuhause geworden.

Sie durchquerten – wie so oft schon – das Viertel des Adels in der Oberstadt, stiegen die stark abfallende Straße zur Unterstadt hinab, bogen vor dem Hospital Richtung Westen ab und folgten den unauffälligen Gassen bis zur Sternwarte von Ravinia. Das Rondell lag nur zwei Straßenecken entfernt von hier und man konnte hören, wie das Sommerfest die Leute begeisterte. Der Lärm einer ausgelassenen Masse wehte durch die Straßen wie ein heißer, aber milder Wind.

Die Sternwarte von Ravinia diente dem russischen Forscher Dr. Pitrov als Heim und Arbeitstätte, der dort drinnen sein unbehelligtes Leben führte und den sich ständig wandelnden Nachthimmel über der düstergoldenen Rabenstadt durch Teleskope beobachtete.

Myra Jones erwartete sie bereits mit einem beschämend schönen Lächeln. Genau so, wie sie sie noch am Vormittag verabschiedet hatten. Neben ihr musste sich jede andere Frau der Welt unsagbar dumm und hässlich vorkommen – zumindest wurde sie gewiss dazu verleitet, sich so zu fühlen, dachte Lara resigniert. Das Schlimme daran war, dass die Kommissarin darüber hinaus auch noch einigermaßen nett war.

»Mr Truska, Ms McLane, da sind Sie ja«, empfing sie die beiden. Und auch wenn ihre Art eher kühl und professionell war, so brachte sie diese Worte doch mit einem unvergleichlichen Charme hervor.

»Nennen Sie uns beim Vornamen«, meinte Tom, und Lara blickte abrupt in seine Richtung. Aber da war keine Vernarrtheit in seinem Blick. Tom hätte es sich jedoch auch nicht anmerken lassen, wäre er dem Charme einer rothaarigen Beamtin so einfach erlegen.

Er hatte den Blick bemerkt und ein sachtes Grinsen huschte über seine Züge. »Es macht die ganze Sache einfacher«, erklärte er. »Oder sollen wir uns die ganze Zeit Ms McLane, Ms Jones und so weiter nennen?«

»Na ja«, gab Lara zu bedenken. »Das wäre professionell.«

»Wie uncool«, gab Tom zurück und zwinkerte, wie Baltasar es immer getan hatte. Lara klappte den Mund auf, um etwas zu erwidern, hätte aber beim besten Willen nicht gewusst, was. Hatte Tom Truska gerade »uncool« gesagt? Wahrlich, es passierten verrückte Dinge auf der Welt.

Myra Jones führte sie auf die Rückseite der Sternwarte. Dicht an der Außenmauer war ein kleines, unscheinbares Kellertreppchen mit einem rostigen Geländer. Sie ging hinunter und verschwand hinter einer Tür.

Im Keller der Sternwarte war es unspektakulärer, als Lara gehofft hatte. Dafür jedoch erwartete sie ein weiterer alter Bekannter. Groß und schlaksig, blass wie ein Blatt Papier und mit langem, pechschwarzem Pferdeschwanz. Francesco. Sie hatte ihn wirklich lange nicht gesehen. Zuletzt während eines Weihnachtsessens im vorletzten Winter. Mein Gott, dachte sie. Sie hatte nicht einmal seinen Nachnamen gekannt. Bastiani. Dabei war er ihr immer sympathisch gewesen, trotz seiner etwas unbeholfenen Art.

»Hallo Lara«, begrüßte er sie und gab ihr die Hand. Wiedersehensfreude funkelte in seinen Augen, aber einem Lächeln gab er sich nicht hin. Die Geschehnisse, wegen derer sie hier waren, schienen ihn zu beschäftigen.

»Tom Truska, richtig?«, stellte er sich weiter vor.

Tom nickte und gab ihm freundlich die Hand. »Ist mir eine Ehre.«

Die Kellertür ging erneut auf und eine kleine Welle des fröhlichen Lärms aus dem Rondell schwappte herein. Mit ihm huschte Geneva in den kleinen feuchten Raum, katzen- und schattenhaft, wie es nur die Nachtwächter von Ravinia vermochten.

»Hallo Geneva«, nuschelte Francesco. Diese Begrüßung war unerwartet kühl und Lara fragte sich, woher die beiden sich wohl kennen mochten.

»Hallo«, gab sie bloß zurück und beide wirkten einen Augenblick lang, als fühlten sie sich nicht besonders wohl in ihrer Haut.

»Seid ihr bereit?«, fragte Francesco schließlich in die Runde.

»Bereit?«, fragte Lara etwas nervös zurück.

»Ja, bereit. Das, was euch unten in Epicordia erwartet, ist – sagen wir *anders*. Ihr steht da unten unter meinem Schutz, deshalb wird man euch nichts tun. Glaubt jedoch nicht, dass ihr besonders willkommen geheißen würdet.«

»Na, das klingt ja schon mal vielversprechend«, murmelte Tom.

»Kannst du es ihnen verdenken?«, raunte Geneva zu ihm hinüber.

Er drehte den Kopf in ihre Richtung und schwieg vielleicht den Bruchteil einer Sekunde zu lange. Aber es genügte, um Lara feststellen zu lassen, dass sich Toms und Genevas Blicke getroffen hatten. Sie war jedoch zu aufgeregt, als dass sie sich weitere Gedanken darum hätte machen können. Auch war die Ablenkung zu groß, denn in diesem Moment drückte Francesco die Klinke an der schweren Stahltür hinunter, die dem Kellereingang gegenüber in die Betonwand eingelassen war.

Dahinter herrschte tiefste schwarze Dunkelheit. Die ewige Nacht schien wie ein Tier dahinter zu lauern und wie ein Tier sprang sie auf sie zu.

Lara duckte sich und Geneva glitt reflexartig zur Seite, sodass nur Myra Jones umgeworfen wurde. Sie schrie.

»Was –«, rief Tom, doch ein kehliges Knurren ließ ihn verstummen. In einer fließenden Bewegung glitt Genevas Schwert aus dem Köcher auf ihrem Rücken.

Das Wesen, das Myra zu Boden drückte, sah einem Menschen entfernt ähnlich. Es hatte Arme und Beine, jedoch zu lange und spindeldürre. Dort, wo nicht spärliche Borsten auf seinem Körper wuchsen, war es in so etwas wie Spinnfäden eingewickelt. Es dreht den Kopf und Lara erschrak erneut, als sie sein Gesicht sah. Ein breites Maul mit Fangwerkzeugen mahlte dort vor sich hin. Darüber befanden sich in zwei Reihen acht nachtschwarze Augen.

»Halt!«, ging Francesco dazwischen. »Diese Menschen stehen unter meinem Schutz. Sie sind Gäste der ehrwürdigen Familie Bastiani«.

Das Spinnwesen krabbelte auf allen vieren von der in Schockstarre verharrenden Myra. Flink baute es sich vor Francesco auf, sodass sein unheimliches Gesicht nur einige Fingerbreit von Francesco entfernt war. Geifer lief ihm aus den Mundwinkeln.

»Menschen?«, knurrte es. »Dass du dein Weib ab und an mitnimmst nach Elo, mag ja sein, Bastiani. Aber weitere vier Menschen?«

Es spähte in die Runde.

»Es ist, wie es ist«, entgegnete Francesco bloß. »Sag der Garde, sie sollen es akzeptieren. Sie kommen nicht her, um uns zu schaden, sondern um uns zu helfen.«

»Bastiani«, schrie das schaurige Wesen auf und Lara konnte sehen, wie Francesco Fäden von Geifer ins Gesicht spritzten. Gemäßigter fuhr es fort. »Ich nehme dich beim Wort, Francesco. Doch das reicht mir nicht. Sag deinem Clan, dass sie der Garde gegenüber persönlich haften werden, falls diese Menschen auch nur den kleinsten Schaden anrichten.«

Francesco wischte sich über das Gesicht.

»Ihr würdet es ohnehin nicht wagen, die ehrwürdige Familie Bastiani zur Verantwortung zu ziehen.«

»Ah«, machte das Wesen. »Bedenke nur Folgendes: Würden Resto Nello oder Milan Petric uns daran hindern? Und was würde Fernando Bastiani wohl sagen, wenn wir ihn von deiner Schande erlösen?«

Francesco stieß das Spinnwesen fort.

»Tu, was ich dir sage«, sagte er grob. »Es gibt Regeln, die wir befolgen. Und ja, ich stehe für sie ein.«

Das Spinnwesen schnaubte, schüttelte den Kopf und verschwand schließlich mit zwei Sprüngen in der Dunkelheit hinter der Tür.

Myra ließ sich von Geneva und Lara auf die Füße helfen.

»Was war das denn?«

»Ein Mann von der Spinngarde«, erklärte Francesco. »Sie bewachen die Zugänge nach Epicordia, und zwar rigoros. Wie euch aufgefallen sein dürfte, mögen sie da unten keine Menschen.«

»Das war ja ziemlich anschaulich«, machte Myra ihrem Schrecken mit einer guten Portion Sarkasmus Luft.

»Tja«, meinte Geneva. »Wie schon im Uhrenturm erwähnt, waren die Menschen von Ravinia alles andere als freundlich. Überall haben wir Angst vor dem, was anders ist. Sogar in Ravinia.«

»Ja«, bekräftigte Francesco. »Epicordia ist da ähnlich. Nur … andersherum. Dort hat man Angst vor allem, was Mensch ist.«

Als ob er mit diesen Worten ihren Ausflug in die Dunkelheit untermauern wollte, ging er einen Schritt auf die Tür zu. Geneva folgte ihm unerschrocken.

»Gibt es Lampen dort unten?«, fragte Myra vorsichtig hinter ihnen.

Zur Antwort entzündete Francesco eine bengalische Fackel, die das, was vor ihnen lag, in schauriges Orangegelb tauchte.

Spinnennetze. Wände aus Spinnennetzen. Dicht gewebt wie seidene Vorhänge, und giftiger Schleim tropfte von ihnen hinunter. Sie waren versetzt und ineinander verschoben, sodass man mit einigen Seitwärtsschritten um sie herumgehen konnte. Doch war dies in völliger Dunkelheit keinem Menschen möglich. Lara hätte nicht einmal zu sagen gewusst, ob die Nachtwächter, deren Verbündete die Schatten waren, hier ohne Licht hindurchgefunden hätten.

Nein, an diesem Ort waren Menschen wahrlich nicht willkommen, das spürte sie ganz deutlich. Und mit jedem Schritt wurde ihr bewusster, wie sehr sie doch der Gnade und dem guten Willen der Bewohner Epicordias ausgeliefert sein würden.

Ein Schauer lief ihr über den Rücken, während sie Geneva mutig folgte, um bald von der Dunkelheit Epicordias verschluckt zu werden.

3. Kapitel, *in dem das Fremde in der Dunkelheit doch so überaus menschlich erscheint.*

Da ist ein kleines Haus,
das auf meinem Herzen steht.

Joachim Neethen

Drei Sterne, ein Gebet und die Dämmerung.

Das war es, worauf der Mann mit der düsteren Fassade wartete.

Die Hitze des Tages wehte mit dem Abend fort durch die sandsteinfarbenen Gassen, in denen der islamische Teil der Bevölkerung Tee trank und Schach spielte und der jüdische Teil ruhte. Denn am siebten Tage sollte der Mensch ruhen, wie es jener ferne Schöpfergott im ersten Buch Mose getan hatte.

Doch sobald der dritte Stern aufginge, würde der Schabbat enden und das Leben mit einem Male zurückfluten in die Straßen und Gassen. Die Menschen würden bis spät in die Nacht arbeiten, feiern und leben.

Doch noch herrschte Ruhe.

Von seinem Platz hier oben, über jener berühmten Mauer, schien ein Rest der Taghitze über den Dächern zu flirren.

Doch das Wichtigste an diesem noch kurz anhaltenden Zustand war die Tatsache, dass auch er Ruhe hatte.

Hier war der einzige Ort, den er kannte, an dem er Ruhe fand, an dem er nicht beständig von jenem Bösen bedrückt wurde, in dessen Diensten er dieser Tage Dinge tat, die selbst für sein Gewissen eine Überwindung darstellten. Warum ihm also ausgerechnet hier eine Verschnaufpause gestattet wurde, blieb ihm schleierhaft.

Welcher Gott – so es denn einen gab – in diesem großen weiten Universum, könnte auch nur erwägen, ihm jemals für das, was er tat, Vergebung zuteilwerden zu lassen? Oder war es gar kein Gott, sondern am Ende bloß eine Lücke in dem ihn umspannenden, dichten Netz aus Dunkelheit?

Einerlei.

Am Ende war es ohnehin nur das Resultat, das zählte. Und das hieß in diesem Fall: Aufatmen. Für eine kleine Weile noch. Nur noch ein wenig.

Dann würde er einmal wieder nach Ravinia gehen und dort sein niederträchtiges Werk verrichten. Er würde weiterbauen an diesem Turm, dessen Gerüst er seit Jahren, ja seit Jahrzehnten zu stützen versuchte – was er trotz der langen und erfolglosen Versuche noch nicht aufgegeben hatte. Wozu auch? Gäbe er auf, würde sich sein ganzes Dasein in Nichts auflösen. Nein, vor dem Nichts kämen unendliche Schmerzen, dessen war er gewiss – Gott hin oder her.

Und so blickte er ein letztes Mal hinab über die Stadt, in der die Raben grau waren und nicht sprachen – und einem nicht die Augen auszuhacken trachteten.

Einen kurzen Moment noch.

Dann würde er gehen.

Müssen.

Die Dunkelheit hat ihre eigenen Gesetze.

Sie als düstere Antagonistin zum Licht zu betrachten, wäre fehlgeleitet, denn ein einziges Licht in der Dunkelheit ist noch meilenweit zu sehen. Was jedoch wäre ein winziger Tropfen Dunkelheit in einem Meer aus Licht?

Die Dunkelheit im massiven Fels unter Ravinia jedoch war wiederum ganz und gar eigen. Magisch, wie so vieles in dieser Welt. Verwunschen und menschenverachtend wie eine Fee. Doch voller Wunder. Sie war bunt, die Dunkelheit in Epicordia.

Zunächst hatten sie ein System aus alten Katakomben durchwandert. Gänge und Gewölbe, zu großen Teilen verschüttet. Sie kündeten davon, dass auch die düstergoldene Rabenstadt im Laufe der Zeit oft neu auf ihrer eigenen Vergangenheit errichtet worden sein musste. Zu Anfang wirkte es eher trostlos, doch je weiter sie kamen, desto mehr wandelten sich die Katakomben hin zu einfachen Tunneln und Gängen im Fels. Und desto farbenfroher wurde es um Lara herum. Die grellen Neonfarben lumineszierender Pilze wucherten über die unebenen Wände der Höhlen und die flüsternden Steine uralter Katakomben, die wie Straßen und Gassen hin zum Herz unter der Stadt führten.

Bald schon begannen rot und gelb leuchtende Glühwürmchen die Luft zu füllen, und seltsame lichtspendende Steine wuchsen an den Höhlenwänden.

»Sind das dieselben leuchtenden Steine, wie sie die Alchimisten in Ravinia besitzen?«, fragte Lara, die für den Moment vergaß, wie unfreundlich sie hier unten willkommen geheißen worden waren. Sie dachte bei der Frage an ihren Besuch mit Tom bei Keiko Ito, deren Labors und Arbeitszimmer tief in den Fels unter der Oberstadt getrieben worden waren, wo ebenfalls lumineszierende Steine die Gänge und Büros erhellten.

»Ja«, erklärte Francesco. Ein wenig Stolz schwang in seiner Stimme mit, schließlich war dies hier seine Heimat. »Sie sind essbar.«

»Essbar?«, staunte Myra Jones.

»Die Glühwürmchen leben von ihnen, um nur ein Beispiel zu nennen.«

Deshalb wurde es auch immer heller, je tiefer sie in das Höhlenlabyrinth vordrangen. Die leuchtenden Steine wurden häufiger und mit ihnen nahmen auch die Glühwürmchen zu, die durch die Luft surrten. So war es nach einer Weile nahezu taghell. Auch die Farben mischten sich auf eine Art und Weise zusammen, dass sie denen bei echtem Tageslicht sehr ähnelten.

»Gibt es Tag- und Nachtwechsel hier unten?«, erkundigte Tom sich interessiert.

»Ja, tatsächlich. Ihr werdet merken, dass die Farben gegen Abend in gelbe und rötliche Töne abdriften, während es nachts eher dämmrig bläulich ist.«

»Und man muss stets den langen Weg hier hinunter kommen? Gibt es keine Schlüssel?«

Francesco drehte sich zu ihm um.

»Nein.« Er schüttelte den Kopf. »Wozu auch? In Epicordia sind Menschen unerwünscht, so wie alles, was hier unten lebt, oben in der Stadt unerwünscht ist. Was sollten also Abkürzungen zwischen beiden Orten? Die Spinngarde sorgt schon dafür, dass niemand auf dumme Ideen kommt.«

Ja, das durften sie nicht vergessen. Sie waren eigentlich nicht erwünscht. Wie viel Überwindung es gekostet haben musste, sie um Hilfe zu bitten, wurde Lara erst in diesem Augenblick bewusst.

»Sind denn wirklich niemals Menschen hier unten?«, hakte Myra Jones nach.

»So gut wie nie. Nehmen wir Berrie einmal aus, fällt mir da nur dieser Junge namens Patrick ein. Ein Schriftsteller. Hat eine Menge Eigenarten der Kerl, aber da er absolut friedlich ist, lassen wir ihn.«

»Das ist ja spannend«, warf Tom ein. »Und wie ist der hergekommen?«

»Meine schwärmerische Nichte ist schuld.«

»Ja?«

»Ja, ich denke, ihr werdet sie noch kennenlernen. Sie ist eine Träumerin. Das Mondvolk kann Epicordia jederzeit verlassen. Und sie hatte so eine Phase, da war sie öfter oben in der Stadt. Wenn wir nicht wollen, fallen wir nämlich auch nicht besonders auf.«

Das war tatsächlich etwas, was Ravinia sehr eigen war. Ein Ort, an dem sich eine derartige Masse von Exzentrikern versammelt hatte, war eigentlich ein guter Ort, um nicht aufzufallen. Außer man war einigermaßen normal. Nur, von wem in dieser Runde konnte man das schon behaupten?

»Aber wenn ihr nicht besonders auffallt, warum lebt ihr dann hier unten?«, wollte Lara wissen.

»Erinnerst du dich, dass wir nicht in die Sonne können?«

»Ach ja«, sagte Lara und fühlte sich dumm, weil sie einen kurzen Moment lang gar nicht mehr daran gedacht hatte. Wer sich ausschließlich nachts in der Stadt bewegte, würde selbstverständlich früher oder später auffallen. Und wenn es sich bei dem Mondvolk tatsächlich um ein ganzes Volk handeln sollte, wäre das schon ein sehr deutliches Indiz für Andersartigkeit.

Wobei es bei genauerer Betrachtung eigentlich ziemlich pervers anmutete: *Alle* Leute in Ravinia waren anders. Das war nicht zu übersehen und noch schwerer zu leugnen. Selbst die Kommissare oder die wenigen verbliebenen Stadtvaganten hoben sich ja deutlich von der Masse der Menschen in der Welt hinter den magischen Schlüsseln ab. Was sollte also der Zirkus wegen des Mondvolks und dem, was in Epicordia vermutlich sonst noch so lebte?

»Also hat deine Nichte einen Menschen?«

»Na ja«, lachte Francesco kurz auf. »Irgendwann brachte sie diesen schwärmerisch veranlagten Kerl mit. Er ist nur ein guter Freund, was auch in Ordnung ist. Immerhin gibt es schon ein schwarzes Schaf in der Familie Bastiani, das sich mit jemandem von oben eingelassen hat.«

»Wie gefällt es Berrie denn hier unten?«, fragte Geneva etwas zögerlich.

Francesco überlegte einen Moment lang.

»Sie findet es faszinierend. Aber eigentlich kannst du dir ja denken, was in ihrem Kopf so vorgeht. Fakt ist, dass meine Familie nicht so scharf darauf ist, sie allzu oft zu sehen. Aber von Zeit zu Zeit müssen sie damit leben. Dauerhaft hält es jedoch kein Mensch hier unten aus.«

»Aber der Schriftsteller tut es?«, forschte Geneva nach.

Francesco sah sie unvermittelt an.

»Ja«, sagte er dann. »Bisher hält er sich ganz gut, obwohl er schon wirklich lange hier unten ist. Aber auch der wird noch seinen Lagerkoller kriegen.«

Geneva erwiderte nichts.

Sie bogen einmal mehr ab. Lara hatte aufgehört, die Abzweigungen zu zählen, und tröstete sich mit dem Gedanken, dass es sicherlich einfacher wäre, nach oben zu finden als nach unten.

Schatten huschten über die Steine und ein Wispern ertönte.

»McLane.«

»Hier entlang.«

»Nein hier.«

»Morgen geht die Welt unter.«

»Nein übermorgen.«

»Nein, nächste Woche.«

»Der dunkle Fluss greift nach der Stadt.«

»Und nach den Menschen.«

»Halt die Klappe.«

Ein Keckern folgte, wie von einer Bande wild gewordener Eichhörnchen.

»Nimmerchen?«, fragte Lara vorsichtig.

»Kluges Kind«, flüsterten hohe Stimmchen zurück.

»Nein, nein, gar nicht dumm.«

»Doch, doch, nur ein Menschchen.«

»Ein Menschchen hier unten?«

»Ja, hier unten.«

»Oh nein, oh nein.«

Tom packt sie an der Schulter.

»Hör nicht hin«, warnte er sie. »Sie treiben gerne ihre Späße. Aber eigentlich sind sie scheu. Und sie reden jede Menge, wenn genügend Zeit da ist. Eine Eigenschaft, auf die sie unheimlich stolz sind.«

»Oh ja, stolz, stolz, stolz«, hallte es von den Wänden wider.

»Ich hab mal eines gesehen«, erinnerte Lara sich. »Auf dem Friedhof von Highgate, kurz bevor –«

Sie brachte den Satz nicht zu Ende.

»Ja«, meinte Tom nur. »Sie treiben sich häufig an solchen Orten herum. Man könnte sagen, sie haben eine Vorliebe für Verwunschenes. Aber glaub mir, sie können auch ganz schön nervig sein.«

»Nervig.«

»Nerv, nerv.«

»Oh ja, Menschchen sind so schnell genervt.«

Ein verschmitztes Lächeln huschte über Toms Gesicht, das Lara nur im Profil sehen konnte. Und dann bemerkte sie, wie Geneva ihn für einen kurzen, verhuschten Augenblick förmlich anstarrte.

Schon wieder, dachte Lara. Sie konnte sich selbst ein Grinsen nicht verkneifen. Sollte Tom wirklich das Interesse einer Frau geweckt haben? Lara würde das auf jeden Fall gespannt verfolgen, schwor sie sich.

»Nimmer, nimmer, Nimmerchen«, begann eines der kleinen Wesen zu singen, während es neben ihnen her über die unebenen Wände huschte.

Francesco klatschte unerwartet und sehr laut in die Hände. Lara fuhr zusammen, aber auch die Nimmerchen. Sie quiekten und raschelten einige Sekunden lang, dann waren sie verschwunden. Irgendwo in den Schatten, hinter einem Felsen oder einem der leuchtenden Steine, wer wusste das schon.

»Wovon leben die Nimmerchen?«, fragte Lara.

»Von den Glühwürmchen.«

»Oh.«

»Und wovon leben sie dann oben in der Stadt?«, wollte Tom wissen.

Francesco zuckte mit den Schultern.

»Entweder von den kleinen Glühwürmchen dort oben oder aber von allerlei anderen Insekten.«

Lara war ganz Ohr. Sie wusste, dass es Nimmerchen auch in Ravinia gab und dass sie mancherorts als eine Art Rattenplage betrachtet wurden. Dabei musste sie sich eingestehen, dass sie die kleinen Biester eher süß fand als nervig. Ihr Äußeres lag irgendwo zwischen Ratte, Eichhörnchen und Meerschweinchen. Sie hatten lange und kräftige Hinterbeinchen, ein wenig wie kleine Kängurus, sodass sie auch aus dem Stand höhere Sprünge schafften. Auf der anderen Seite konnten sie sprechen. Oder zumindest plappern. Wahrscheinlich konnten sie einem – wie Tom sagte – also tatsächlich nach einer Weile ziemlich auf den Geist gehen. Eine belustigende Vorstellung, fand Lara, die sich nach diesem Vorfall mangels weiterer Unterhaltung seitens ihrer Mitreisenden in Träumereien flüchtete, die davon handelten, was sie wohl noch an schönen, aber auch schaurigen Wundern in Epicordia erwarten könnten. Und davon, wie wohl gesinnt ebendiese ihnen wohl sein mochten. Oder eben nicht.

Doch wie das so oft ist mit der Gedankenverlorenheit, löst sie sich beim Anblick der Realität im Nichts auf.

Laras Überlegungen zu den Nimmerchen zumindest waren wie fortgeweht, als sie einige Zeit später den Ort erreichten, den man in Epicordia *Die Große Halle* oder einfach *Das Herz* nannte.

Lara wusste nicht, wie tief sie in der vergangenen halben Stunde – Oder war es länger gewesen? Lief die Zeit hier unten überhaupt auf vergleichbare Weise ab? – hinabgestiegen waren in die Wunder dieser steinernen Welt. Doch was sie sah, bekräftigte sie darin, dass sie sich schon *ziemlich* tief unter Ravinia befinden mussten.

Vor ihnen tat sich eine Höhle auf, deren Ausmaß sich letztlich nur erahnen ließ. Ihre Decke war viele, vielleicht sogar Hunderte Meter hoch und umfing alles Darunterliegende wie eine große Glocke. Sie war über und über besetzt mit leuchtenden Steinen. Die Luft war voll mit großen Glühwürmchen. Und tief unter ihnen lagen Gebäude. Richtige Gebäude, Häuser und Straßen, erbaut aus Bruch- und Sand- und Kalkstein. Es gab Hütten und Paläste, getaucht in die diffuse Imitation des Tageslichtes, das die Höhlendecke abgab.

Ein geschäftiges Treiben herrschte hier. Beinahe hätte Lara

schwören können, sie sähe vor sich ein schummriges Spiegelbild ihrer geliebten düstergoldenen Stadt Ravinia.

Mit einem Blick nach links und rechts erkannte Lara, dass sie nicht als Einzige überrascht war. Neben ihr schienen ihren Begleitern einem nach dem anderen die Kinnladen herunterzufallen. Selbst der so beherrschten Geneva stand das Staunen förmlich ins Gesicht geschrieben. Francesco wartete hinter ihnen mit verschränkten Armen. Offenbar genoss er, wie sie mit der epischen Andersartigkeit zusammenprallten. Sie ließ den Blick erneut über das unglaubliche Panorama vor ihren Augen schweifen und stellte sich vor, wie an dieser Stelle *Emerson, Lake and Palmer* zu einer progressiven Fanfare ansetzen würden. *Why do you stare? Do you think I care? You've been mislead by the thoughts in your head.* Das war der Wahnsinn – wenngleich die Düsternis, die aus allen Ecken zu ihnen strömte, unheimlich war.

»Das ist Elo«, sagte Francesco. »Eine Kleinstadt unter der Oberfläche. Mitten im Herzen von Epicordia.«

Er führte sie einen Weg entlang, der in den Fels geschlagen war und von einer niedrigen Balustrade eingerahmt wurde. Die Rundung des Pfades war der Außenwand der Höhle angepasst. Langsam, langsamer stiegen sie tiefer hinab in das sogenannte Herz.

»Ich werde euch bei meiner Familie unterbringen«, erklärte Francesco ihnen im Vorangehen.

Lara war nicht bewusst, was es hieß, wenn man zu Gast bei einer Familie der Mondmenschen war. Sie hielt es für ein nettes und zuvorkommendes Angebot, so als würde man Geschäftspartner bei sich im Haus unterbringen – eine Tatsache übrigens, der die Schlüsselmacher von Ravinia nie ins Auge zu blicken brauchten. Besuchte ein Schlüsselmacher die Werkstatt des anderen – was zugegebenermaßen selten genug vorkam – dann blieb er nicht über Nacht. Warum auch? Er konnte ja einfach mit einem seiner Schlüssel irgendeine Tür aufschließen und wieder nach Hause zurückkehren. Es war einfach ein wenig verrückt, dachte Lara, was sie wiederum zu der Überlegung führte, ob es in Ravinia vielleicht auch einen verrückten Hutmacher gab? So einen wie bei Lewis Carroll? Vielleicht hatte es ja tatsächlich mal einen gegeben, der Carrol Modell gestanden hatte?

Sie betraten den Boden der Großen Halle. Hier, aus verändertem Blickwinkel, wirkte das, was man von oben noch für ein verwinkeltes Städtchen gehalten hatte, ein wenig anders. Viele Häuser waren zu größeren, palastartigen Komplexen zusammengefügt. Teils mit verwinkelten Anbauten, kleinen Türmen und anderen Auswüchsen, die mit der Zeit angefügt worden sein mussten. Kein Wunder, dass dieses architektonische Durcheinander von oben an eine wirre Kleinstadt hatte denken lassen. Von Nahem betrachtet waren einzelne große Anwesen durch hohe Gartenmauern voneinander getrennt. Zwischen ihnen lagen größere oder kleinere Plätze mit buckligem Kopfsteinpflaster.

Francesco machte eine ausladende Handbewegung, die alles umfasste, was sich vor ihnen ausbreitete.

»Hier leben die Clans des Mondvolkes.«

»Clans?«, fragte Tom.

»Die verschiedenen ehrwürdigen Familien«, erklärte Francesco. »Die Pucettis, die Monellis, die Capris, die Bastianis und einige andere.«

»Italiener durch und durch?«

Francesco schüttelte den Kopf.

»Viele sind italienischstämmig. Längst nicht alle, aber die meisten, das stimmt wohl. Doch genau da liegt es ja auch im Argen. Hier steckt viel Stolz in den Gemütern. Guter alter italienischer Stolz.«

»Woran liegt das?«

»Keine Ahnung«, gestand Francesco. »Warum die meisten unserer Leute aus dem italienischen Raum kommen, weiß ich nicht. Klar ist, dass das, was uns zum Mondvolk macht, sich in den alten Familien immer vererbt hat.«

»Gab es denn nie Verbindungen mit Menschen?«

»Na ja«, gab Francesco zu bedenken. »Sind wir denn keine Menschen?«

»Ich weiß es nicht«, sagte Tom. »Sag du es mir!«

Francesco seufzte.

»Wir können nicht ans Tageslicht. Das unterscheidet uns eklatant von anderen Menschen, richtig?«

Tom nickte.

»Aber wir saugen den Menschen nicht das Blut aus, um davon zu leben. Wir verwandeln uns auch nicht in Fledermäuse und mit Knoblauch kochen wir ausgesprochen gern. Damit wäre die Behauptung, wir seien Vampire, schon einmal deutlich widerlegt. Und das ist nur das dumme Geschwätz, das durchweg oben in den Gassen von Ravinia gemunkelt wird.«

»Zumindest keine Bram-Stoker-Vampire«, raunte Geneva Lara mit einem Grinsen ins Ohr.

»Stimmt«, gab Francesco ihr laut recht. »Zumindest nicht so, wie die Welt sie sonst so beschreibt.«

Geneva blickte peinlich berührt weg.

»Und um Toms Frage zu beantworten: Ja, es gab Verbindungen zwischen uns und anderen Menschen. Diejenigen, die daraus hervorgingen, waren jedoch zumeist keine glücklichen Figuren. Entweder hatte sich die Empfindlichkeit gegen Sonnenlicht vererbt oder nicht. In beiden Fällen unterschied sich das Kind auffallend von einem seiner Elternteile. Also alles andere als eine wünschenswerte Situation.«

»Und so bleibt ihr lieber unter euch?«, wollte Lara wissen.

»Ach Lara«, sagte Francesco. »Das ist alles nicht so einfach. Zwar ist es einem Erwachsenen, der sich über die Schwierigkeit der Situation im Klaren ist, möglich, so eine Beziehung aufrechtzuerhalten. Aber Kinder sind doch immer bloß die Opfer des Ganzen. Ein Kind würde mit der Gewissheit leben, niemals so zu sein wie seine Eltern. Womit identifiziert es sich also? Was soll es denken? Wem eifert es nach? Eifert es seinen Eltern nach, deren Beziehung zueinander quasi automatisch eine Sollbruchstelle hat? Oder macht es sich auf und sucht einen eigenen Weg? Wie wäre es später in der Lage, selbst eine vernünftige Partnerschaft zu führen? Es kennt die Dinge doch gar nicht so, wie sie im Idealfall sein sollten. Es kennt nur die Schwierigkeiten, die so etwas birgt, weil es sein Leben lang nichts anderes mitbekommen hat.

Stell dir doch mal ein Kind vor, dessen Mutter oder dessen Vater zu uns gehört. Wie ist das zu erklären? In welche Welt gehört es? Nach Ravinia, auch wenn es keinerlei magisches Talent besitzt? Nach Epicordia, wo es keine Sonne gibt? Wie soll es zur Schule gehen, wo wohnen, wie jemals eine vernünftige Beziehung zu seinen Eltern aufbauen? Ein entfernter Cousin von mir hat sich darauf eingelassen. Er arbeitet abends und nachts als Aushilfe in Fabriken, als Taxifahrer. Die eine Hälfte des Jahres verbringt die Familie in Johannesburg, die andere in Trondheim. Das Kind kennt nur den Winter, da es nur dann eine halbwegs gute Zeit mit seinem Vater verbringen kann. Wir können uns im Sommer nicht in Mitteleuropa aufhalten, wenn es nachts nur fünf Stunden lang dunkel ist. Wo sollten wir hin? Sie haben eine Weile überlegt, ob sie in Richtung Äquator ziehen sollten, aber auch das ist nur eine halbherzige Lösung. Die Familie hat keine wirklichen Freunde. Ihren Eltern hat man erklärt, ihr Schwiegersohn leide unter einer Krankheit. Seine Eltern haben sich wegen ihres verlogenen Familienstolzes von ihm abgewandt. Sag mir Lara, ist das ein Leben?«

Lara blieb stumm. Sie hatte die Frage nicht böse gemeint. Warum auch? Diese Welt hier unten war anders. Aber dass diese Tatsache vor allem in empfindsamen Seelen wie der Francescos eine gewisse Verbitterung hervorrief, war ihr nicht bewusst gewesen. So schien es ihr beinahe ein wenig so, als sei das Mondvolk ein Haufen Verbannter. Und wenn das so sein sollte, tat es ihr furchtbar leid.

»Das wusste ich nicht«, gab sie schließlich etwas kleinlaut von sich.

Francesco seufzte.

»Entschuldige, dass ich mich in Rage geredet habe. Du kannst ja nichts dafür.«

Lara blickte hoch.

»Ist es nicht seltsam, dass es mit Epicordia dann einen Ort gibt, an dem ihr dennoch leben könnt?«

Da huschte ein Lächeln über Francescos Gesicht.

»Ich glaube, das ist die Magie, die diesem Ort hier innewohnt. So, wie es wohl Magie ist, die für eine Menge vermeintlicher Zufälle sorgt. Wie kommt es, dass die Dinge manchmal einfach irgendwie zueinanderpassen? Denk nur an deine eigene Welt, Lara. Warum sieht man nie die Rückseite des Mondes? Oder warum passt er bei einer Sonnenfinsternis exakt wie eine Schablone vor die Sonne? Zufall? Fügung? Oder könnte ich auch einfach zugeben, dass ich solche Dinge für den Anteil halte, den die Magie an allem hat?«

Lara war platt. So hatte sie es noch nie gesehen. Sicher, sie war über Descartes zur Philosophie gekommen und hatte über solche Dinge gelesen. Über unbewegte Beweger und Gottesbeweise und so vieles mehr. Aber sie hatte sich eigentlich nie gefragt, warum die Welt so funktionierte, wie sie es tat. Oder waren es Welten? Was war Magie? Wieso wussten nicht einmal die schlausten Köpfe, wo Ravinia überhaupt lag? Ob sie diesem Geheimnis jemals auf den Grund gehen könnte?

In den Straßen und Gassen von Elo merkten sie bald, wie unfreundlich und naserümpfend sie von jedem angesehen wurden, dem sie begegneten. Und es waren viele Leute auf den Straßen unterwegs. Sogar beschimpft wurden sie. Lauthals und ziemlich unverschämt.

Jemand flitzte vor ihnen über die Plaza. Erst sah Lara es gar nicht richtig, dann wurde sie der Tatsache gewahr, dass es sogar mehrere Jemande waren.

»Lutins«, rief sie entzückt aus. Und hielt sich erschrocken die Hand vor den Mund, als sie bemerkte, wie laut sie gewesen war.

Die kleinen Kerle mit ihren spitzen Ohren und großen Augen drehten verwundert die Köpfe in Laras Richtung.

»Ms McLane«, sagte einer von ihnen mit hohem Stimmchen, löste sich von der Gruppe und kam auf sie zugeeilt.

»Lipdidl.«

Diesmal konnte sie ihre Überraschung nicht verbergen.

»Was machst du denn hier?«

Der Lutin, der ihr ungefähr bis zum Knie ging, kam auf seinen großen Füßen angewatschelt, während Lara ihrerseits auf die Knie gehen musste.

»Ms McLane«, rief der Kleine erneut. »Es war einfach die nächstbeste Idee, hierherzukommen.«

Er sah viel besser aus als bei ihrem letzten Treffen. Die zerschlissenen Kleider hatte er gegen neue eintauschen können, die wirkten, als wären sie ursprünglich für Babys oder Kleinkinder gefertigt worden.

Tom hüstelte und Lara wandte den Kopf.

»Ist das nicht der kleine Lutin von Mr Nuenko?«, fragte er. Der Tadel in seiner Stimme war gespielt und Lara erinnerte sich wieder an ihren ersten Tag auf dem Markt von Ravinia, als sie Tom angeschrien hatte, nachdem der ihr erklärt hatte, wieso sich Dimitri Nuenko einen Lutin als Sklaven hielt.

»Oh, nicht mehr«, verkündete Lipdidl stolz. »Ms McLane und ihr Freund haben mich gerettet.«

»So, so«, machte Tom. »Na, das sieht meinem Lehrling mal wieder richtig ähnlich.«

»Hör nicht auf ihn«, meinte Lara. »Wie geht es dir?«

»Hervorragend«, strahlte der Lutin sie an. »Aber – was um alles in der Welt machen *Sie* hier?«

Lara überlegte kurz, ob sie es ihm erzählen sollte, aber in Anbetracht dessen, dass sie nicht allein unterwegs war, entschied sie sich dagegen.

»Ich bin geschäftlich hier«, versuchte sie es mit einer Halbwahrheit.

Einer von Lipdidls Lutin-Kameraden kam heran und tippte ihm auf die Schulter.

»Ach ja«, unterbrach sich Lipdidl. »Ich muss weiter. War schön, Sie wiedergesehen zu haben. Vielleicht seh' ich Sie ja nochmal, solange sie hier sind.«

»Gerne«, sagte Lara.

»Also dann«, verabschiedete Lipdidl sich und gab Lara artig die Hand. Sie fühlte sich irgendwie ledrig an, wie ein alter Schuh. Aber dennoch fand sie den Lutin weiterhin sehr süß. Dann lief er mit den anderen Lutins davon.

»Dimitri Nuenko hat also keinen Lutin mehr, der ihm die Hosen wäscht«, resümierte Tom mit einem breiten Grinsen. »Wie schade.« Er fixierte Lara.

»Allerdings erwarte ich, dass du mir bei Gelegenheit erzählst, wie es dazu gekommen ist.«

Lara schluckte. Eigentlich war es dazu gekommen, weil Tom sie mit seiner Gleichgültigkeit provoziert hatte. So herzlich er auch geworden war, nachdem er sie als Lehrling bei sich aufgenommen hatte, so war er ihr doch immer erschreckend gleichgültig erschienen, wenn sie in ihrer ersten Zeit bei ihm Dimitri Nuenko dafür angeprangert hatte, dass er Lipdidl gefangen hielt und zum Arbeiten zwang.

Vielleicht hatte er sie ja bewusst provoziert, ging es ihr durch den Kopf. Nachdem Lara ihre ersten funktionstüchtigen Schlüssel gefertigt hatte, hatte sie mit Lee einen Plan entwickelt. Dieser Plan hatte ein Nachtschränkchen, einen besonderen Schlüssel und eine schwere Kneifzange beinhaltet. Und so war Dimitri Nuenko seinen kleinen Sklaven auf dem nächsten Markt losgeworden. Dimitri Nuenko war weiß vor Zorn gewesen, aber gleichzeitig hatte er gewusst, dass er den beiden jungen Lehrlingen nichts am Zeug flicken konnte. Seitdem wartete sie insgeheim darauf, dass er sich eines Tages mit einer Gemeinheit an ihnen rächen würde.

So kam das Zauberhafte manchmal also doch zu dem Ende, das es verdiente.

Das gefährlich Zauberhafte von Epicordia hingegen nahm in Laras Augen erheblichen Schaden, als Francesco sie durch ein schweres Eisengatter auf eines der größeren Anwesen führte. Eine prächtige Villa lag dahinter, düster irgendwie, aus dunklem Bruchstein, verziert mit Ornamenten aus Obsidian und schwarzem Marmor. Ein Weg führte vom Tor in der Mauer durch einen Garten, der eigenartiger nicht hätte sein können. Gras und Bäume wuchsen hier nicht, dafür seltsame Moose und Pilze. Er war herbstlich bunt, nur fehlten ihm die Blätter. Bäume gab es keine, dafür überlebensgroße Skulpturen aus schwarzem Glas oder zumindest einem Werkstoff, der so wirkte wie das Glas, das Lara kannte. Der Garten duftete beängstigend echt – doch was hieß *echt*? Es roch genauso, wie der Garten einer Villa in Ravinia oder irgendwo sonst gerochen hätte.

Die Eingangstür, die sie schließlich erreichten, war aus schwerem Holz gefertigt. Ein Türklopfer in Form eines Löwenkopfes, allerdings mit schlanker Mähne, ragte ihnen entgegen. *Das ehrenwerte Haus Bastiani* stand in verschnörkelten Lettern darüber. Francesco zögerte eine Sekunde, dann betätigte er den schweren Bügel. Metall schlug auf Metall. Nichts geschah. Eine Minute verging, vielleicht zwei.

Dann öffnete sich die Tür.

Eine untersetzte Frau sah zu Francesco auf. Sie war mindestens ebenso blass wie er und hatte aschgraues Haar.

»Francesco«, begrüßte sie ihn. Es klang erleichtert.

Francesco beugte sich vor und wurde in einer Umarmung beinahe erdrückt.

»Mama«, gab er mit hörbar italienischem Akzent zurück.

Aus dem Hintergrund trat ein ebenfalls ergrauter, schlanker Mann. Er trug einen feinen Nadelstreifenanzug. Auch ihm war die wohl typische Blässe ins Gesicht geschrieben.

»Hallo Sohn«, sagte er deutlich reservierter als seine Frau.

»Hallo Vater«, nickte Francesco ihm zu.

Dessen Blick fiel auf Tom, Geneva, Myra und Lara.

»Menschen«, spie er quasi aus und blickte mit einer Mischung aus Abscheu und Traurigkeit drein. »Du hast also tatsächlich noch mehr Menschen hergebracht?«

»Ich habe dir gesagt, dass wir sie um Hilfe bitten sollen«, brauste Francesco auf.

»Francesco«, ging seine Mutter dazwischen, »untersteh dich, so mit deinem Vater zu sprechen. Und Fernando«, sie wandte sich ihrem Mann zu. »Leg doch wenigstens einen Hauch von Freundlichkeit und Anstand an den Tag!«

»Pah«, machte dieser nur und verzog sich ins Innere des Hauses.

»Sie müssen entschuldigen«, sagte Francescos Mutter. »Helena Bastiani«, stellte sie sich vor und gab jedem die Hand. »Kommen Sie doch herein.«

So betraten Lara McLane und ihre Begleiter zum ersten Mal ein Haus des Mondvolkes. Es war eine prächtige Villa, deren holzvertäfelte Eingangshalle schon darauf schließen ließ, dass offenbar ein gewisser Wohlstand in der Familie Bastiani herrschte.

»Francesco«, hallte es von oben herunter.

Lara folgte der Stimme und sah, wie eine junge Frau in ihrem Alter mit wehendem roten Haar die Treppe herunterlief und Francesco stürmisch begrüßte. Auch sie war unglaublich blass, ohne jedoch kränklich auszusehen.

»Das ist Robina, meine Nichte«, erklärte Francesco ihnen lachend.

Robina strahlte sie an.

»Du hast Menschen hergebracht«, stellte sie fest. Erleichtert nahm Lara wahr, dass keine Wertung in ihren Worten zu liegen schien.

»Ja«, sagte er. »Sie wollen uns helfen, die Sache mit den mechanischen Tieren aufzuklären.«

»Das ist gut«, strahlte sie. »Hallo, ich bin Robina Bastiani.«

»Tom Truska«, stellte Tom sich als Erster vor und reichte ihr mit einer angedeuteten Verbeugung die Hand.

Robina tat der angespannten Stimmung im Raum gut. Sie war unbefangen ihnen gegenüber und das zeigte sie bei der Vorstellung auch deutlich. Ihre Großmutter hingegen, Francescos Mutter, schien zwar ihrer Rolle als Gastgeberin gerecht zu werden, doch wirkte sie unsicher, was sie von dem fremden Besuch nun eigentlich halten sollte.

Schließlich scheuchte sie sie allesamt in den Salon, wo sie die Gruppe auf Sesseln und Kanapees Platz zu nehmen bat, bis sie das Abendessen bereitet hätte.

»Signora Bastiani«, versuchte Tom es. »Es ist nun wirklich nicht nötig, dass Sie uns auch noch versorgen. Wir sind nicht einmal willkommene Gäste.«

»Ach was«, winkte sie ab. »Gäste sind Gäste. Obwohl ich gestehen muss, dass Sie tatsächlich etwas ungewöhnlich sind. Wie auch immer, Francescos Gäste sind auch Gäste des Hauses. Immerhin wird er den ganzen Besitz hier einmal erben.«

Francesco machte kein glückliches Gesicht bei dieser Anmerkung.

»Wir haben allerdings nur zwei Gästezimmer, da meine beiden anderen Söhne mit ihren Familien den gesamten Rest des Hauses bewohnen«, fuhr Signora Bastiani in reger Geschäftigkeit fort. »Ich würde also vorschlagen, dass Sie – ganz Gentleman – vielleicht hier unten auf einer Couch oder Liege übernachten, damit die Damen sich nicht zu dritt ein so winziges Zimmerchen teilen müssen.«

»Äh«, Tom war etwas sprachlos. »Sie müssen nicht –«

»Natürlich, natürlich. Setzen Sie sich jetzt einfach und warten Sie, bis das Essen fertig ist. Francesco wird Sie alle so lange unterhalten.«

So wirbelte Helena Bastiani aus dem Salon in Richtung Küche. Die anderen blieben verdutzt zurück.

Dass das Mondvolk unter mangelnder Gesprächigkeit litt – wie die kleine Gruppe um Lara anhand von Francescos Verhalten vermutet hatte –, konnte man im Verlauf des späteren Abends niemandem vorwerfen. Oder lag die angeregte Unterhaltung doch mehr daran, dass überall, wo Leute zusammenkamen, auch eine gewisse Geräuschkulisse entstand? Wer konnte das schon sagen.

Unter dem Dach des Hauses Bastiani lebten drei Generationen zusammen und vertrugen sich mehr oder weniger gut. Neben Fernando und Helena Bastiani wohnte natürlich auch Francesco hier, ältester Sohn und Erbe von Haus und Vermögen. Dass ausgerechnet er sich eine Frau aus Ravinia ausgesucht hatte, machte seinem Vater sehr zu schaffen und offensichtlich war das Wort »Enterbung« schon das ein oder andere Mal gefallen. Francesco war nicht glücklich über diesen Umstand, dennoch konnte Fernando Bastiani seinem Sohn auf diese Weise nicht ernsthaft drohen – zumindest hatte Robina Bastiani es ihnen so erklärt. Robina und Lara hatten die jeweils andere mit Erleichterung als Gesprächspartner für den Abend auserkoren, da keine von ihnen besonders viel Lust hatte, sich in muffige Diskussionen um Menschen und Mondleute zu verfangen.

Robina war die Tochter von Francescos jüngstem Bruder Giovanni – derjenige, auf den Robinas Großvater ganz besonders stolz war, da er der Erste war, der ihm Enkelkinder geschenkt hatte. Ihr Bruder Nico war ein ganzes Stück jünger. Fernandos drittes Enkelkind war Rafael, der Sohn von Guido Bastiani, Francescos zweitem Bruder.

»Ganz schön verwirrend, oder?«, fragte Robina Lara schmunzelnd. Lara blickte nacheinander in die Gesichter, die dort um die riesige, mit vielen mediterranen Köstlichkeiten überhäufte Tafel versammelt waren, und versuchte, in Gedanken alles noch einmal richtig zu ordnen. Da waren natürlich

Geneva, Tom und Myra – Letztere hatte einen leicht verstimmten Magen und wollte nichts essen. Fernando Bastiani saß am Kopfende des Tisches, daneben seine Frau Helena. Ihre Söhne waren also Francesco, Guido und Giovanni, zu den beiden Letzteren gehörten ihre Frauen Claudia und Federica sowie die jüngste Generation: Robina, Nico und Rafael.

Lara staunte zufrieden. Das war eine ganze Menge Familie. Mehr als sie sich jemals hätte für sich selbst erträumen können. Ihr wäre es schon recht gewesen, nur ihre Eltern und ihre Großeltern zu haben. Aber das würde immer ein Wunschtraum bleiben. Denn das Schicksal war bisweilen ein Verräter und Lara allein von ihrem Großvater Henry großgezogen worden.

»Es muss schön sein, eine so große Familie zu haben«, stellte Lara fest und überlegte, ob sie vielleicht später einmal selbst eine Familie haben mochte. Sie war sich unschlüssig, hatte bisher nie so recht darüber nachgedacht.

»Glaubst du?«, fragte Robina erstaunt.

»Aber klar«, meinte Lara. »Was hätte ich dafür gegeben, unter so vielen Leuten groß zu werden.«

»Du bist komisch«, grinste Robina sie an. »Oder vielleicht sind wir es beide? Manchmal wünsche ich mir das genaue Gegenteil. Weißt du, eine große Familie hält nicht nur Rückhalt für dich bereit, sondern auch einen Haufen Erwartungen.«

»Zum Beispiel, dass ihr jemanden von euresgleichen heiratet?«

»Zum Beispiel. Ich habe dir ja schon erklärt, dass es nur Streit zwischen Francesco und meinem Großvater gibt, seitdem er mit Berrie verheiratet ist.«

Lara verlor ungeschickt eine Ravioli von ihrer Gabel.

»Ist ja auch ein wenig … verrückt?«

Robina blickte sie erstaunt an.

»Sag nicht, du hast auch Vorurteile.«

»Nein«, sagte Lara etwas verlegen. »So sollte das nicht klingen. Nur ist es ja nun mal wirklich nicht alltäglich. Zugegeben, ich sehe die beiden äußerst selten, aber in meiner Vorstellung sieht eine Ehe irgendwie … anders aus.«

»Tja, ich fürchte, die beiden haben keine Wahl.«

»Was meinst du?«

»Wochenendbeziehung.«

Lara stutzte.

»Aber warum?«

»Na ja, nicht ganz eine Wochenendbeziehung. Aber Francesco kann wegen des Tageslichts nicht zu lange dort oben bleiben und nur in Berries Hütte herumzuhocken macht depressiv. Genauso macht es jedoch auch Menschen depressiv, wenn sie zu lange in Epicordia sind.«

»Also keine klassische Wochenendbeziehung, sondern eher eine Art Modellversuch für eine moderne Ehe?«

»Nenn es, wie du willst.«

»Nein ehrlich, ich habe großen Respekt davor.«

Robina sah Lara eine Sekunde in die Augen. So, wie Laras Augen von einem satten Kastanienbraun waren, strahlte Robinas Iris in reinem Violett.

»Weißt du, was merkwürdig ist?«, sagte Robina plötzlich.

Lara schüttelte den Kopf.

»Nein.«

»Nicht alle von euch scheinen hier unten in Depressionen zu verfallen.«

»Wie meinst du das?«

»Der Schriftsteller zum Beispiel nicht.«

»Schriftsteller?«

Lara überlegte.

»Stimmt, jemand hat ihn vorhin erwähnt.«

»Genau. Patrick Davenport. Der wohnt schon ewig hier.«

»Davenport?«

»Jepp.«

»Wie *Christopher* Davenport?«

»Wer?«

»Ach egal. Kann man ihn besuchen?«

Robina dachte kurz nach und schob sich eine weitere Gabel Ravioli in den Mund.

»Klar«, sagte sie schließlich. »Warum nicht. Am besten gleich nach dem Essen, dann bleiben uns die peinlichen Gespräche im Salon erspart, zu denen sicherlich ohnehin niemand Lust hat.«

Sie zwinkerte vergnügt.

»Schön, dass du da bist, Lara. Wenigstens einer hier, der vernünftig ist.«

»Zumindest ist es spannend«, gab Lara fröhlich zurück und machte sich über den Rest ihres Ravioliberges her.

Die Dunkelheit hält häufig Überraschungen bereit. Ob angenehme oder nicht, entscheidet wiederum das Schicksal – und das hat bekanntermaßen noch nicht besonders viele Preise für seine Barmherzigkeit gewonnen.

Auch die Begegnung, die die Dunkelheit diesmal für Lara bereithielt, war in gewissem Sinne schicksalhaft. Etwas, dass Lara schnell herausfinden sollte.

»Aber wie hat er denn überhaupt Zugang zu Epicordia erhalten?«, wollte Lara wissen, während sie Robina Bastiani durch den eigenartigen Garten der Villa folgte.

»Durch viel Überzeugungsarbeit. Vor allem von Francesco. Aber ich fürchte, er wird dieses ewige ›Oben und Unten akzeptieren sich nicht‹-Spielchen langsam leid. Er wirkt schon immer so müde, wenn er davon spricht.«

Müde, ja, das war vielleicht der richtige Ausdruck. Francesco wirkte darauf angesprochen tatsächlich wie jemand, der es absolut satthatte, ständig den Kopf für eine eigentlich so lächerliche Sache hinzuhalten. Es wirkte, als wäre er resigniert daran, andauernd Akzeptanz zu predigen.

Zwischen all diesen Dingen war es für Lara oftmals schwer, das eigene Leben noch als den Herbstregen wahrzunehmen, der es war. Eisig kalt und von Sprühregen durchsetzt, und doch konnte man sich immer auf den warmen Platz vor dem Kamin freuen, denn man kam unweigerlich nach Hause. Doch heute wurde Lara an diesen Herbstregen erinnert, denn so, wie der Herbstregen manchmal in ihr Leben hineinwehte, so wehte sie jetzt ins Leben eines jungen Mannes mit sonderbaren Augen.

Sonderbar traf es vielleicht am ehesten, denn Patrick Davenports Augen hatten verschiedene Farben. Das eine war braun, oktoberbraun wie Herbstlaub, während das andere wie ein tiefblauer See war. Auch sonst hatte die Erscheinung des Schreibers etwas ganz Eigentümliches – zumindest empfand Lara es so. Er war vielleicht ein paar Jahre älter als die beiden jungen Frauen, trug ein helles Leinenhemd und eine Cordhose, hatte braunes, halblanges und völlig zerzaustes Haar. Von drinnen drangen die Klänge von Led Zeppelins *Your Time Is Gonna Come* nach draußen, was in Lara sogleich eine beruhigende Grundsympathie weckte. Er hörte definitiv die richtige Musik!

»Hallo Robina«, begrüßte er das Mondmädchen mit einer Umarmung. Er war sichtlich freudig überrascht.

»Patrick Davenport«, reichte er Lara die Hand, während sein verschiedenfarbiger Blick ihren kastanienbraunen Augen zum ersten Mal traf.

»Lara McLane«, nahm sie die Begrüßung freundlich an.

Überrascht zog der junge Schreiber seine Augenbrauen nach oben.

»*Die* Lara McLane?«, fragte er.

»Welche ist denn *die* Lara McLane?«

»Na ja … die Lara McLane, von der man sich seit einiger Zeit allerlei Geschichten erzählt.«

»Was sind denn allerlei Geschichten?«, hakte Lara nach. Eigentlich mochte sie diese merkwürdige Halbberühmtheit nicht, die sie in Ravinia erlangt hatte. Sie konnte sich denken, was Patrick Davenport gleich von sich geben würde: Tochter des berühmten Mechaniker-Ehepaares McLane, lange Zeit hatte niemand von ihrer Existenz gewusst, dann war sie in die Stadt gekommen und hatte auch gleich knöcheltief im erneuten Aufstand um Roland Winter gesteckt.

»Eigentlich ist es auch gar nicht so wichtig«, meinte Patrick Davenport jedoch bloß. »Ich kenne dich ja auch noch gar nicht. Aber bitte, kommt doch rein!«

Er scheuchte sie ins Innere seiner Laube.

»Was treibt euch denn überhaupt her?«

»Die Familie, Patrick«, meinte Robina bloß und verdrehte dabei die Augen.

»So schlimm?«, wollte der Schreiber wissen und bedeutete ihnen, auf einer alten, durchgesessenen Couch Platz zu nehmen.

Lara sah sich um. Luxuriös war das Domizil des Schreibers wirklich nicht. Eine kleine Hütte – oder so etwas Ähnliches – in der sich ein Bett, ein Schreibtisch samt Stuhl, eine improvisierte Küchenzeile mit einer Herdplatte und einer Kaffeemaschine sowie eine Couch befanden. Aus einem Gettoblaster erklang immer noch das erste Album von Led Zeppelin.

Das Faszinierendste im Raum jedoch hing an der Wand direkt über dem Bett. Es sah aus wie ein Fenster in einem Bilderrahmen. Es mochte auch etwa so groß sein wie ein größeres Gemälde. Dahinter war eindeutig der Marktplatz von Ravinia zu erkennen, der nun beinahe völlig dunkel und bloß von altmodischen Straßenlaternen erleuchtet dalag. Es wirkte so echt, so lebhaft, dass Lara beinahe nicht –

»Alles in Ordnung, Lara?«

Abrupt fuhr Lara aus ihren Gedanken hoch.

»Ich … O ja, klar. Natürlich.«

»Ist etwas mit dem Spiegel?«

»Spiegel?«

Lara sah genauer hin – natürlich, was sie hier sah, war ein Spiegel. Ein magischer Spiegel aus Ravinia.

»Hm, ich habe noch nie zuvor einen gesehen.«

»Dafür sitzt deine Frisur aber ziemlich gut«, amüsierte Robina sich.

»Sehr witzig. Ich meine einen *magischen* Spiegel. Er ist … wie ein Fenster.«

»Mein Fenster nach Ravinia«, stimmte Patrick ihr zu. »Es stimmt schon, so häufig sind sie nun auch wieder nicht, dass man sie alle naselang zu sehen bekäme. Zumal ich natürlich auch gestehen muss, dass es der größte ist, den ich selbst kenne.

»Woher hast du ihn?«

»Er gehörte meinem Vater. Und nach seinem Tod haben mein Bruder und ich die besonderen Dinge aus seinem Haushalt untereinander aufgeteilt. Den Spiegel konnte ich ganz gut gebrauchen, da er mich jeden Tag daran erinnert, wo ich eigentlich hingehöre.«

Wo er eigentlich hingehörte?

»Und zwar?«

»Komische Frage, oder? Nach Ravinia natürlich. Wo sonst werden Leute wie wir denn bitte schön akzeptiert?«

»Na ja«, gab Lara zu bedenken. »Ich verdiene mein Geld auch als normale Schlüsselmacherin in einer normalen Stadt.«

»Na klar, das können du und deine Gilde ja auch. Aber was soll ich tun? Soll ich in einer *normalen* Welt Gedichte verkaufen, die sich auf magische Weise selbst vorlesen? Ich bitte dich, wie soll das denn gehen?«

Gutes Argument, dachte Lara. Sie hatte sich nie Gedanken darüber gemacht, dass nicht jeder mit einem besonderen Talent sein Geld auch außerhalb der düstergoldenen Stadt verdienen konnte.

Patrick winkte ab.

»Ist ja nicht wild. Nur hab ich es etwas schwerer, wenn ich ausgerechnet aus meinen besonderen Begabungen Profit schlagen will.«

»Ich dachte, genau dazu wäre Ravinia da?«, schaltete Robina sich ein.

»Nicht so ganz. In Ravinia findest du Gleichgesinnte und immer jemanden, der dir unter die Arme greift. Aber wie du dein Geld verdienst, musst du letztlich selbst wissen. Es gibt nicht wenige Leute, die trotz ihrer Talente einen anderen Beruf ergriffen haben. Auch wenn sie in Ravinia gelernt haben.«

»Geht das denn?«

»Na klar. Was meinst du, wie viele Leute noch in eine weitere Lehre gehen, außerhalb von Ravinia? Oder wie viele anschließend noch studieren?«

Lara stellte erstaunt fest, dass sie sich noch nie Gedanken darüber gemacht hatte.

»Was ist mit dir?«, fragte sie schließlich. »Ich meine, du musst ja auch von irgendwas leben. Und ich glaube nicht, dass du hier unten besonders viele Gedichte verkaufst.«

»Stimmt.« Patrick lächelte sie an. Es war kein Grinsen, dafür war ihm das, was er sagte, viel zu ernst. Es war mehr ein tiefgründiges Lächeln, das sich in seinen breiten Mundwinkeln versteckte.

»Momentan lebe ich von dem Geld, das mein Vater mir vermacht hat. Ich bin recht anspruchslos – wie man ja sehen kann –, also reicht das vollkommen aus. Aber ich nutze dieses Zeitfenster, um einige Experimente zu schreiben.«

»Was kann man denn für Experimente *schreiben*?«

Die Wortwahl erstaunte Lara.

»Zum Beispiel Gedichte, die sich selbst vorlesen. Aber das ist noch nicht alles. Ich versuche irgendwas zu finden, womit ich auch außerhalb von Ravinia mein Geld verdienen kann. Einen klassischen Roman zu schreiben, wäre zum Beispiel etwas. Aber ich muss … sagen wir mal, etwas *abspecken* dabei. Wenn ich aus dem Vollen schöpfe, passieren seltsame Dinge. Zum Beispiel können die Emotionen der Leser zu stark werden. Oder andere Merkwürdigkeiten geschehen.«

Robina betrachtete ihn skeptisch.

»Das heißt, du versuchst einen Weg zu finden, dich unter Wert zu verkaufen?«

»Ich schätze, das ist ein wenig wie bei uns Schlüsselmachern«, sagte Lara. »Wenn wir einen Schlüssel kopieren, tun wir ja schließlich auch etwas, das eigentlich weit unter unseren Möglichkeiten liegt.«

»Aber ihr bestreitet den Hauptteil eures Einkommens damit, richtig?«, folgerte Patrick.

Lara nickte.

In gewisser Weise faszinierte sie der Schreiber. Er wirkte so vertrauenerweckend auf sie.

Aus dem batteriebetriebenen Gettoblaster tönte weiter die Stimme von Robert Plant und in Lara begann der Herbstregen zu fallen – so weit fort war sie in Epicordia von dem stickigen Sommer der Welt über ihr. Und für dieses Gefühl war Lara mehr als empfänglich, seit jenem Tag, an dem der alte Baltasar Quibbes ihr bewiesen hatte, dass es tatsächlich eigenartige magische Schlüssel gab, die bestimmten, was hinter einer Tür wartete.

»Wie ist es so hier unten?«, wollte Lara wissen. »Ich meine, das Mondvolk steht ja nicht so besonders auf Besuch aus Ravinia.«

»Stimmt. Begeistert sind sie nicht. Ich weiß auch nicht so richtig, was ich mir dabei gedacht habe, aber irgendwie funktioniert es. Hauptsächlich beruht mein gutes Verhältnis zum Mondvolk wohl darauf, dass wir uns gegenseitig in Ruhe lassen.«

Robina grinste verschmitzt.

»Die meisten jedenfalls.«

»Die Ausnahmen sind natürlich die besten«, grinste Patrick zurück, ließ seine Augenbrauen einmal nach oben hüpfen und stand auf. »Da fällt mir ein, dass ich meine Manieren offenbar auch oben in Ravinia gelassen habe. Kann ich euch etwas anbieten? Tee, Kaffee, Wasser?«

»Tee wäre nett«, nahm Lara an, während Robina dankend ablehnte.

Und während ein kleiner Wasserkocher auf einer Ecke von

Patrick Davenports Schreibtisch zu rauschen begann, fuhr Lara fort, einen jungen Mann mit verschiedenfarbigen Augen kennenzulernen. Und sie fühlte sich ausgesprochen wohl dabei.

Die Nacht war in und um Ravinia immer schon eine wichtige Tageszeit gewesen, dachte Lara McLane, als sie mit Robina durch das Herz von Epicordia zurückhuschte. Zurück zur Villa Bastiani, dorthin, wo ein Bett auf Lara wartete.

Es war viel zu spät geworden, aber mit jemandem in ihrem Alter zu sprechen – oder zumindest mit jemandem, der ihrem Alter näher kam als ihre anderen Begleiter – hatte Lara zu sehr in den Bann geschlagen, als dass sie hätte früher gehen können. Dabei dachte sie normalerweise eher schlafökonomisch und verdrängte nun erfolgreich, dass sie eigentlich aus einem ganz anderen Grund lange bei Tee und Keksen und noch mehr Tee und noch mehr Keksen bei Patrick Davenport geblieben war. Das würde sich noch früh genug aus den Tiefen ihres Unterbewusstseins ans Tageslicht schälen. Sofern man in einem riesigen Gewirr aus Gängen und Höhlen tief im Fels unter einer magischen Stadt überhaupt von Tageslicht reden durfte. Und außerdem war es ja überhaupt nicht mehr Tag.

Lara sah an die Decke der riesigen Herzhöhle über Elo. Die fluoreszierenden Steine und Pilze hatten – wie von Francesco prophezeit – eine dunklere, bläuliche Färbung angenommen und ihren Ausstoß an Licht verringert. Weit über Lara funkelten sogar einige Sterne. Oder zumindest etwas, das auf die Entfernung sehr ähnlich aussah. Und Lara überlegte, ob man nicht hinaufklettern und diese Sterne zu pflücken vermochte, wenn man es denn schon bei den Sternen außerhalb Epicordias nicht konnte.

Auf möglichst leisen Sohlen betraten Robina und Lara die Villa der Bastianis. Das Mondmädchen wünschte Lara eine gute Nacht und verschwand in einem anderen Teil des Gebäudes.

Lara hingegen schlich in Richtung des Gebäudeflügels, in dem Helena Bastiani ein Gästezimmer für Geneva und sie hergerichtet hatte. Doch auf dem Weg zur Treppe lenkte sie ein Lichtschein ab, der von der Küche herzurühren schien. Vielleicht war Helena Bastiani noch auf und kümmerte sich um den Abwasch? Dann sollte sie ihr noch helfen. Immerhin hatten die Bastianis trotz ihrer offensichtlichen Abneigung – oder zumindest Verunsicherung – ihnen gegenüber eine bemerkenswerte Gastfreundschaft an den Tag gelegt. Schlafen würde Lara diese Nacht ohnehin nicht mehr genug. Da konnte sie genauso gut auch noch einen Abstecher in die Küche machen.

Leise schob sie die Küchentür auf und war überrascht, wen sie dort auf zwei Stühlen sitzend und mit einer Flasche Wein auf dem Tisch vorfand: Geneva McNamar und Tom Truska.

»Hey Lara«, sagte die Nachtwächterin.

»Hey«, erwiderte Lara.

Das war wirklich seltsam. Da saß ihr sonst so oft muffelnder und mürrischer Schlüsselmachermeister mit einer wunderschönen Frau nächtens an einem Tisch und trank Wein.

»Möchtest du auch etwas?«, fragte Tom sie umgehend. Völlig unbefangen. Zu Laras heimlicher Enttäuschung ließen die beiden nicht durchschimmern, dass sie vielleicht lieber allein gewesen wären.

»Klar, warum nicht. Was trinkt ihr denn da?«

»Brunello von 1990.«

Lara sog scharf die Luft ein. Sie hatte nicht viel Ahnung von Weinen, wusste bloß, dass Brunello eine rote Traube war, aber 1990 war ganz schön alt. Älter als sie selbst.

Geneva grinste.

»Keine Panik, Lara. Ist schon okay. Helena hat sie uns als Entschädigung für die verkorkste Gastfreundschaft gegeben. Die Bastianis haben ganze Gallonen davon im Keller. Aber ich muss zugeben«, sie schwenkte ihr großes Ballonglas unter dem Schein einer einzelnen Küchenlampe, »das ist schon richtig gutes Zeug.«

Tom hatte ein weiteres bauchiges Glas aus einem der riesigen Geschirrschränke entwendet und schenkte Lara ein paar Finger breit ein.

Der Wein war wirklich ein Erlebnis, das musste Lara ihm lassen, obwohl sie sonst eher wenig mit Wein anzufangen wusste. Wie ganz allgemein mit alkoholischen Getränken. Den Whiskys aus ihrer schottischen Heimat konnte sie hervorragende malzige Gerüche abgewinnen, aber sie waren ihr zu scharf im Geschmack. Weine waren ihr meist zu süß oder zu sauer. Bier sagte ihr schlichtweg nicht zu – bis auf ganz tiefdunkles Schwarzbier, aber das trank außer ihr niemand, den sie kannte; und so war das also auch irgendwie unpraktisch. Und was es so an Alcopops gab … Lara verlor nicht gerne Worte darüber, aber sie wunderte sich, dass man sich mit etwas betrinken sollte, das wie Limonade schmeckte, wenn man doch auch gleich Limonade trinken konnte.

Dieser Wein jedoch war voll und weich. Vielleicht, nahm sie sich vor, würde sie ihre Erfahrungen mit Wein einmal in diese Richtung ausweiten.

»Also, was tut ihr beiden noch hier?«, fragte sie schließlich.

»Reden, Wein trinken?«, kam die rhetorische Frage zurück.

Es klang von Tom ausgesprochen schon beinahe grotesk. Er war niemand, der sich mit anderen Leuten zusammensetzte, um zu reden. Wenn jemand zu ihm kam, dann vielleicht. Aber Reden war nichts, das Tom Truska einfach bloß zum Zeitvertreib tat.

»Ach, na klar«, meinte Lara und setzte ein vielsagendes Grinsen auf. »Entschuldige bitte, dass ich diese Angewohnheit von dir ansonsten wohl einfach noch nicht bemerkt habe.«

»Es ist keine Angewohnheit, boshafte kleine Schlüsselmacherin«, verteidigte Tom sich, jedoch ohne sich dabei zu ereifern. »Bloß darf ich dich daran erinnern, dass wir hier weit weg von meinen sonstigen Beschäftigungen um diese Tageszeit sind?«

»Weit weg von einem Bett zum Schlafen?«, bohrte Lara nach.

»Was mich wiederum zu der Frage bringt, was *du* eigentlich um diese Uhrzeit hier tust?«

Ups, erwischt. Na klar, wer solche Fragen stellte, musste auch mit Gegenfragen rechnen. Sie schalt sich selbst einen Dummkopf. Dennoch musste sie jetzt wohl oder übel damit herausrücken.

Und so erzählte sie den beiden von dem langen Abend mit Robina und vor allem Patrick Davenport.

»Und du fragst uns also, was wir hier tun?«, amüsierte sich Geneva. »Aber sag mal, dieser Patrick Davenport, ist das zufällig ein Verwandter des Bibliothekars aus Ravinia?«

Lara zuckte mit den Schultern.

»Er sagte etwas von einem Bruder und davon, dass sein Vater nicht mehr lebte. Da sie beide geerbt haben, denke ich, dass es auch keine Mutter mehr gibt.«

Wie unheimlich das aus einem gewissen Blickwinkel betrachtet war, stellte sie erst fest, als sie diese Worte von sich gab. Ein alter Mann hatte ihr einmal etwas über Ravinia erzählt, als –

»Die Stadt der Waisen«, murmelte Tom wie zur Bestätigung.

»Was?«

Geneva schüttelte irritiert den Kopf.

»*Die Stadt der Waisen* ist eine Phrase von Alistor Sullivan.«

»Hast du uns damals auf der Parkbank belauscht?«, verlangte Lara mit einem Anflug von Empörung zu wissen.

Tom verneinte.

»Aber der alte Mann bindet das jedem auf die Nase. Genauso wie seine These von der *Stadt der alten Meister*.«

»Aber es sind nicht nur Waisen in Ravinia«, stellte Geneva fest. »Ich zum Beispiel bin keine.«

»Natürlich nicht«, ergänzte Tom. »Auch sind lange nicht alle Meister alte Leute – ich zum Beispiel nicht. Was Alistor damit meint, ist wohl, dass es einen erstaunlich hohen Anteil an Waisen und alten Meistern in Ravinia gibt.«

»Hm«, meinte Lara. »Das zumindest steht außer Frage. Aber jetzt erzählt doch mal, was hier bei den Bastianis den ganzen Abend lang los war.«

Geneva und Tom warfen sich einen bedeutungsschweren Blick zu.

»Ganz ehrlich«, hob die Nachtwächterin an, »die haben die ganze Zeit gestritten. Entweder darüber, wie erwünscht wir aus Ravinia hier unten sind, oder darüber, welcher der anderen Clans sicherlich die Schuld an dem Problem hat, das uns letztendlich hergeführt hat.«

»Die mechanischen …«, Lara suchte nach einem Wort, »… Viecher?«

Nachtwächterin und Schlüsselmachermeister nickten unisono.

»Was wir rausbekommen haben ist, dass das Ganze schon vor mehreren Monaten begonnen hat. Es gibt kleine, garstige mechanische Tiere, die den Zugang zu den sogenannten *Tiefsten Tunneln* versperren. Sie lassen einfach niemanden durch.«

»Na und? So ein paar Tiere sollten doch nicht das Problem sein für die Mondleute.«

»Wenn es denn nur *ein paar* Tiere wären«, gab Tom zu bedenken. »Denn offenbar sind es eine ganze Menge. Und weniger scheinen es auch nicht zu werden. Nur, anstatt etwas zu unternehmen, schieben sich die Mondvolk-Clans offenbar lieber gegenseitig die Schuld zu.«

»Wie absurd«, stellte Lara fest.

»Wie temperamentvoll«, säuselte Geneva.

»Auf jeden Fall ziemlich komisch«, beharrte Tom. »Aber schauen wir mal, was wir noch so an seltsamen Dingen herausfinden.«

»Apropos herausfinden«, sagte Lara. »Wo ist eigentlich Ms Jones?«

»Der war schlecht«, meinte Geneva bloß. »Die hat ja schon nichts zu Abend gegessen. Und als die Bastianis während ihrer hitzigen Wohnzimmerdebatte nicht zur Ruhe und noch weniger zu irgendeinem Ergebnis kamen, ist sie einfach ins Bett gegangen.«

Aha, dachte Lara. Na dann. Vielleicht war sie also nicht die Einzige, die sich hier unten ziemlich blöd vorgekommen war.

Zumindest, bis sie Patrick getroffen hatte …

4. Kapitel, *das eine Menge Geschichten aus der Tiefe heraufholt.*

Und ich steh auf und renne los und stoße blind
gegen die immer gleichen Fragen.
Die kleinen Teufel meiner Angst sind immer bei mir
Schießen mir Pfeile in den Magen.

Gisbert zu Knyphausen

Die Welt tanzt, wenn man es nur möchte.

Lara war schon immer schlecht darin gewesen, sich zum frühen Aufstehen zu zwingen. Doch hatte sie ohnehin kaum eines ihrer kastanienbraunen Augen zugetan. Diese Reise in die Dunkelheit hatte ihr bisher weit mehr Herzklopfen bereitet als sie im ersten Moment für möglich gehalten hätte. Und wie Tom es anstellte, mit so dermaßen wenig Schlaf auszukommen, würde ihr wohl auf immer und ewig ein Rätsel bleiben.

Als Lara die Treppe hinuntergekommen war, hatte Tom bereits gefrühstückt, während Geneva gerade noch dabei war. Brauchten Erwachsene weniger Schlaf? Dabei war Lara nominell mit ihren achtzehn Jahren ja selbst schon erwachsen – und gleichzeitig noch so unendlich weit davon entfernt.

Mit schweren Augen stürzte sie eine Tasse Espresso hinunter, dann noch eine. Ihrer Umwelt gab sie mittels ihrer Kopfhörer zu verstehen, dass nicht mit freundlichen Antworten zu rechnen war. Nick Cave beschallte diesen viel zu frühen Morgen.

Sie verließen die Villa des Bastiani-Clans, nachdem Francesco und Myra Jones ebenfalls aufgetaucht waren, was aus Laras Sicht viel zu schnell geschehen war. Lustlos an einer Brötchenhälfte knabbernd, folgte sie ihren Begleitern nach draußen.

Epicordia hatte wirklich erstaunlich viel von der Oberwelt. Ebenso wie sich des nachts eine bläuliche Dunkelheit über Elo legte, machte sich am frühen Morgen eine Stimmung breit, die einem Sonnenaufgang wohl am nächsten kam. Ohne Sonne wohlgemerkt. Und auch hier sammelten sich wabernde Nebelschwaden, die in der bläulichen Morgendämmerung über dem Boden trieben.

Sie wurden von Francesco durch die langsam erwachenden Gassen von Elo geführt und machten sich weiter an den Abstieg durch das Höhlensystem, während die ersten Glühwürmchen anfingen, ihre schwerfällig schwebenden Tänze wieder aufleben zu lassen, die – mitsamt den schimmernden Moosen und Steinen – bald diese unterirdische Welt wieder in einen taghellen Glanz tauchen würden.

Während ihre Expedition durch einige Seitentunnel bald an Tiefe gewann, blieb Nick Cave vorerst Laras einziger akustischer Begleiter. Unwillkürlich ertappte sie sich dabei, wie ihre Gedanken zu dem jungen Schreiber drifteten. Er hatte versucht ihr zu erklären, warum er sich in Epicordia aufhielt. Letztlich war es nichts weiter als Neugierde und die Suche nach neuen Eindrücken, aber sie hatte ihn nicht richtig verstehen können. So umgab ihn weiterhin etwas Geheimnisvolles wie eine schimmernde Aura, und Lara interessierte es immens, hinter seine Fassade zu blicken – wenngleich sie das unangenehme Gefühl hatte, dass Robina Bastiani in dieser Hinsicht vielleicht schon einen entscheidenden Schritt weiter war. Immerhin kannten die beiden sich schon erheblich länger.

Aber warum dachte sie überhaupt über so etwas nach. Sie wischte ihre Gedanken zur Seite. Immerhin war sie wegen eines Jobs in Epicordia. Und daran wurde sie genau in diesem Augenblick erinnert, da sie wieder eine größere Höhle betraten.

Sie war noch heller als die Herzhöhle. Das Licht in ihr war beinahe so gleißend wie an einem heißen Sommertag.

»Das hier ist eines der Geheimnisse, die uns unsere Unabhängigkeit sichern«, begann Francesco wieder mit seinen Erklärungen, die Lara an einen Touristenführer erinnerten. Herrgott, dachte sie. Es war an diesem Morgen leicht, sie zu nerven.

»Hier wachsen Steine, die UV-Licht in ähnlicher Intensität und in ähnlichen Dosen aussondern wie die Sonne. So können wir tatsächlich Ernten einfahren.«

Er machte eine ausladende Handbewegung, die etwas umfasste, was einem großzügigen Gemüsebeet wohl sehr nahekam.

»Das hier existierende Ökosystem ist mit dem in Europa in etwa vergleichbar«, fuhr Francesco fort. »Aber es regnet nicht so viel. Die Luftfeuchtigkeit der Höhlen reicht jedoch vollkommen aus.«

Ja, die Luftfeuchtigkeit war Lara nicht entgangen. Ihre Haare waren am Abend vorher unangenehm strähnig gewesen. Und hätte sie früher um den Besuch bei Patrick Davenport gewusst, hätte sie sie zuvor gewaschen.

»Wie viele von diesen Höhlen gibt es?«, fragte Tom interessiert.

»Genug«, sagte Francesco bloß und führte sie wieder in einen Seitentunnel. Lara hatte aufgehört, die Abzweigungen und Stufen zu zählen, die sie hinter sich gelassen hatten. Ohne Francesco würden sie sicherlich nirgendwohin zurückfinden. Möglicherweise würden sie zurück an die Oberfläche finden, wenn sie immer aufwärts gingen. Aber sicher war Lara sich da nicht.

Sie passierten weitere Ernte-Höhlen. Etwas, das Lara völlig abstrus erschien. Das Mondvolk zog also tatsächlich Getreide und Gemüse unter der Erde. Selbst an einem unterirdischen Hain voller Obstbäume kamen sie vorbei, doch für die Gruppe gab es keine Pause, es ging bloß tiefer und tiefer und tiefer.

Manchmal gab es kleinere Windstöße. »Tunnelwinde«, nannte Francesco die Böen, die ihnen ab und an entgegenbliesen und das prächtige rote Haar der Kommissarin verwirbelten, die vor ihnen herging.

Myra Jones war wirklich hübsch, befand Lara ein weiteres Mal. Stolz schritt sie mit ihren langen Beinen über den teils unebenen Boden der Höhlen. Auch Geneva war elegant. Aber ihre Eleganz rührte von Talent und der Ausbildung zu einer katzenhaften Nachtwächterin. Bei Myra schien es irgendwie natürlicher, wenn auch nicht ganz. Wieso war diese schöne Frau so schweigsam? Ständig schien eine Art melancholischer Glanz in ihren Augen zu schimmern. War es vielleicht eine Eigenart von Lara, dass sie derartige Leute anzog, die sich ihrerseits in einen seichten Schleier aus Melancholie hüllten? Ihr Blick wanderte von einem Begleiter zum nächsten. Was waren die Geschichten hinter ihren Gesichtern? Die wirklichen, wahren Geschichten, die so tief gingen, dass sie ihre Wesenszüge formten? Sie betrachtete wieder die hübsche Kommissarin in ihrem Trenchcoat. Wenn ihr eigenes Leben oft wie ein Herbstregen war, wie war dann dasjenige von Myra Jones?

Manchmal tanzt die Welt auch von allein. Mal im Ballsaal, mal unter der Abendsonne und mal im Sturm.

Wieder war einige Zeit vergangen, wieder waren sie tiefer gestiegen. Mehrere Stunden waren sie nun wohl schon unterwegs. Francesco hatte immer weniger erklärt, da sich die Wunder und Phänomene der Welt unter Ravinia oftmals wiederholten. Ihre anderen Begleiter waren ebenfalls schweigsam gewesen. Sei es, da sie es von Natur aus waren oder da sie staunten, so wie Geneva.

Doch in die schläfrige Stille Epicordias mischte sich bald ein Geräusch. Schabend und schleifend, klickernd und klackernd. Es wurde lauter, je weiter sie gingen, und unheimlicher mit jedem Schritt.

Schließlich blieb Francesco stehen. Die Geräuschkulisse war bereits erheblich angeschwollen. Vor ihm hatte sich etwas aufgebaut, das wie ein großes Insekt anmutete. Eine Sonnenanbeterin von der Größe eines Hundes. Die Existenz eines solchen Wesens wäre Lara schon suspekt genug gewesen – und hätte möglicherweise für einen beinahe mädchenhaften Anfall von Ekel geführt. Doch das große Insekt vor ihnen schien vollständig aus Mechaniken zu bestehen, so wie es ihnen bei Eusebius Lanchester berichtet worden war. Filigrane Speichen, Zahnräder, Achsen und Drähte bildeten Gelenke, Rumpf und Beine.

Francesco stupste die Gottesanbeterin mit dem Fuß an, wodurch diese sich genötigt sah, klackend und ratternd einige Schritte zurückzuweichen.

»Das ist wirklich interessant«, murmelte Tom und trat näher an das mechanische Rieseninsekt heran, um es genauer in Augenschein zu nehmen.

Er drehte den Kopf und winkte Lara herbei, die etwas widerwillig neben ihn trat und in die Hocke ging, um die Mechanik von Nahem zu beobachten.

Obwohl die Gottesanbeterin still verharrte, liefen in ihrem Innern viele Zahnräder, Achsen und Federn. Wie in einem Uhrwerk, dessen Innenleben stets in Bewegung ist.

»Das ist ganz schön … widerwärtig«, meinte Lara nach einigen Augenblicken, und während sie die Worte aussprach, kroch ihr ein kalter Schauer über den Rücken.

Tom nickte bedächtig.

»Ja«, sagte er. »Und mir fallen nicht einmal eine Handvoll Personen ein, die fähig wären, so etwas herzustellen.«

Er trat einen Schritt vor und tippte ebenfalls mit dem Fuß an das unheimliche Insekt. Wieder wich es scheu zurück, diesmal deutlich weiter, hinter die nächste Tunnelecke.

Tom folgte ihm ungerührt und mit ihm der Rest. Lara warf einen Blick über die Schulter. Geneva verfolgte alles mit wachsamem Blick, während die Kommissarin schockiert schien.

Wäre ihre Haut unter den roten Haaren nicht ohnehin schon sehr blass gewesen, wäre sie es vermutlich in diesem Augenblick geworden. Aber vielleicht lag es auch an den sonderbaren Lichtverhältnissen in Epicordia, wer wusste das schon?

Doch Lara ließ diese kurze Überlegung abrupt fallen, als sie sah, was sich hinter der Höhlenbiegung befand. Denn dort lag der Ursprung des Geräuschmeers, das jetzt fast unangenehm laut war.

Dutzende Gottesanbeterinnen bevölkerten den Höhlengang vor Tom und Lara, deren Herz auf einmal bis zum Hals springen wollte.

Es pochte schneller, während Laras Blick die kleine Armee von mechanischen Insekten erfasste und die junge Schlüsselmacherin abzuschätzen versuchte, mit wie vielen der unheimlichen Tiere sie es wohl zu tun hatten.

»*Das* ist euer Problem?«, fragte Tom, ohne sich direkt an Francesco zu wenden. Er sprach lauter als sonst, um den mechanischen Lärmpegel zu übertönen.

»Sì«, sagte Francesco bloß.

»Und ihr wollt wissen, warum die alle hier sind?«

Dabei deutete er mit der Hand auf das Getümmel vor ihnen.

»Nicht nur das«, meinte Francesco. »Ich will, dass sie wieder verschwinden. Die Tiefsten Tunnel werden zwar so gut wie nie gebraucht, deshalb stört es die wenigsten meiner Leute. Doch dass diese … Dinger hier sind, ist … einfach *nicht richtig.*«

Tom nickte stumm.

»Dazu müssten wir aber erst mal herausfinden, wer die überhaupt gebaut hat«, schaltete Lara sich ein. »Und dann auch noch in dieser Menge?«

»Und wie gedenkst du das herauszufinden?«, hakte Tom nach.

Kurz entschlossen kämpfte Lara das Herzklopfen, das bis an ihre Kehle drang, für eine Sekunde nach unten, schnellte nach vorne und griff nach der Gottesanbeterin vor ihr.

Doch das mechanische Tier war unglaublich schnell. Viel schneller, als Lara es einem solchen Konstrukt jemals zugetraut hätte.

Es wich aus, schlug einen Haken mit seinen staksigen Beinen und sprang. Lara fasste nach und erwischte es gerade noch so.

Ein metallisches Quieken erklang und roter Schmerz durchfuhr Laras Hand, die sie sofort reflexartig zurückzog, dann fiel sie auf den Hosenboden.

»Lara«, rief Tom voller Sorge und war augenblicklich bei ihr.

Ein bedrohliches Rascheln und Klicken lief durch die Reihen der Gottesanbeterinnen.

Binnen eines Sekundenbruchteils war Geneva mit gezogenem Schwert zwischen die verdutzte Lara und die mechanischen Riesenheuschrecken gesprungen.

Jetzt erst fiel Laras Blick auf ihre Hand und der Schmerz ersetzte den Schock. Blut sickerte zwischen den Fingern hervor, doch sie hielt das ausgerissene, mit hässlichen Widerhaken besetzte Fangbein der Gottesanbeterin fest.

»Verflucht, Lara«, zischte Tom, während er ihre Hand in Augenschein nahm. Sie öffnete die Finger und nahm das abgerissene Bein vorsichtig in die andere Hand. Dann fiel ihr Blick erneut auf die Wunde. Ein tiefer, ausgefranster Schnitt zog sich über ihre rechte Handfläche.

Tom stöhnte.

»Was zum Teufel sollte *das* denn?«

Lara zuckte bleich vor Schreck mit den Schultern.

»Ich … ich dachte, wir brauchen etwas von ihnen, um sie identifizieren zu können.«

Ungläubig betrachtete sie ihre zerstörte Hand, von der weiterhin Blut tropfte. Tom suchte fieberhaft in seinen Taschen nach etwas, doch Francesco war schneller, drückte Lara ein Tuch fest auf die Wunde und verknotete die Enden stramm auf ihrem Handrücken.

»Das war ziemlich dumm«, schalt er sie. »Glaubst du etwa, ich habe aus Spaß gesagt, dass die Dinger nichts von sich preisgeben?«

Das Klicken und Rascheln wurde lauter und mit einem Blick an Toms Schulter vorbei sah Lara, wie sich die mechanischen Gottesanbeterinnen zu einem Schwarm formierten.

Myra Jones trat ebenfalls neben Geneva und zog einen Revolver. Eine ähnliche Waffe, wie Lara sie schon früher bei Mr Falter und Mr Cooper gesehen hatte.

»Nein, nein, nein«, rief Francesco und fischte vergeblich nach dem abgerissenen Bein, doch Lara war mit ihrer gesunden Hand schneller und hielt es außer Reichweite.

»Das ist eine völlig beschissene Idee von euch. Die Viecher bringen uns um«, heulte Francesco auf.

In diesem Moment rasselte die geballte Kraft von mehreren Dutzend wild gewordener Mechaniken los. Der Schwarm sprang und flog auf sie zu.

Myra Jones feuerte ihre Revolvertrommel leer und mehrere Male spritzten Zahnräder und Speichen aus den mechanischen Tieren heraus. Zwei blieben liegen und schienen bewegungsunfähig. Schnell fischte die Kommissarin neue Patronen aus ihrer Tasche, doch da prasselte der Schwarm schon auf sie nieder.

Mit einer tödlichen Drehung schraubte sich nun Geneva hinein in die vielgliedrige Wolke und mechanische Teile flogen in alle Richtungen. Ihr goldenes Haar mit der grünen Locke verschwamm, wie auch der Körper der Nachtwächterin, in einer Abfolge unsagbar eleganter und tödlich präziser Bewegungen. Der Schwarm teilte sich in einzelne Grüppchen, von denen eine direkt auf Lara und das ausgerissene Fangbein zusprang.

»Nein.«

Tom schlug die erste Heuschrecke mit seiner Hand aus der Luft und warf sich mit Lara zu Boden, bevor die nachfolgenden beiden sie erreichten.

Ein Schlitzen ertönte und Tom schrie vor Schmerzen auf.

»Das Bein!«, rief Francesco und schlug eine Gottesanbeterin von Tom herunter. Er packte Laras Arm und bog ihr die Finger auf, um ihr das Bein zu entreißen.

Gerade noch rechtzeitig, bevor sich eine der Kreaturen daran machen konnte, Lara die Finger einzeln zu zerhacken.

In hohem Bogen warf Francesco das abgetrennte Glied in Richtung des Schwarms, der sich gerade neu formierte und vor dem Geneva in einem knöcheltiefen Metallhaufen ihr Schwert drohend kreisen ließ.

»Geneva«, rief Francesco. »Komm zurück!«

Im selben Augenblick fasste Myra Jones die Nachtwächterin an der Hand und zerrte sie zurück.

Sofort beruhigten sich die mechanischen Insekten. Teile des Schwarms lösten sich und begannen augenblicklich und in Windeseile alle herumliegenden Teile einzusammeln und davonzutragen, tiefer und tiefer hinein in die dahinter liegenden Höhlen und Gänge.

»Das gibt's doch nicht«, echauffierte Geneva sich kopfschüttelnd und etwas atemlos. Doch sobald sie merkte, dass den Heuschrecken mit der Rückeroberung all ihrer Bestandteile jegliche Kampfeslust abhanden gekommen war, drehte sie sich um und stürzte zu Tom, der blutend am Boden lag.

»Nein«, wimmerte Lara, während sie über dem schwer atmenden Tom kauerte. »Nein, nein.«

»Beiseite«, fauchte Geneva sie an und riss sie an der Schulter zurück, nur um sich selbst über Tom zu beugen.

Mit wenigen geübten Bewegungen hatte sie Toms Rollkragenpullover und das T-Shirt darunter zerrissen und legte seinen Rücken frei. Zwei lange Schnitte erstreckten sich von Toms Schulterblättern bis zu den Hüften.

Geneva atmete hörbar aus.

»Das sieht schlimmer aus, als es ist«, gab sie voller Erleichterung von sich und machte sich daran, aus den Überresten von Toms Oberbekleidung behelfsmäßige Verbände zu basteln, während Myra Jones und Francesco den Schlüsselmachermeister auf die Beine stellten.

Mühevoll hielt er sich aufrecht, schweißnass, zerzaust und mit vor Schmerz zusammengebissenen Zähnen, und erinnerte Lara auf einmal wieder an den unnahbaren Mann, den sie einst in der Victoria Street kennengelernt hatte.

Ein leicht pochender Schmerz meldete sich in ihrer Hand zurück, während die Sturzfluten des Lebens einmal mehr über ihr zusammenschlugen.

Sie hatte wieder alles falsch gemacht.

Keine Lügen mehr, um dahinter in Deckung zu gehen. Keine Geschichten mehr, um die Tatsachen zu relativieren. Keine Worte mehr, um die Dinge zu beschönigen.

»Kannst du mir verraten, warum ich so dumm bin?«, jammerte Lara und schlug mit dem Hinterkopf gegen die Holzwand der kleinen Laube von Patrick Davenport. Sie war den Tränen nahe, alles schmeckte nach bitterer Selbsterkenntnis, da sie wieder einmal absolut leichtsinnig und unüberlegt gehandelt hatte.

»Du bist vielleicht etwas voreilig«, gab Patrick nun zu bedenken.

Aha. So falsch lag Lara mit ihrer Selbsteinschätzung also offenbar doch gar nicht. Gott, was fühlte sie sich klein und dumm. Warum nur tat sie so etwas?

Dann setzte Patrick sich mit zwei Tassen frisch gebrühtem Tee an das andere Ende seines Sofas und reichte Lara eine von ihnen.

»Danke«, murmelte Lara kleinlaut.

»Dumm bist du aber ganz sicher nicht«, griff der Schreiber den Faden wieder auf.

Danke, dachte Lara. Aufrichtig. Doch sagte sie nichts.

Ihre Hand pochte unter dem dicken Verband, aus dem nur ihre Finger herauslugten.

Geschlagen hatten sie sich zurückgeschleppt, den ganzen weiten Weg von den tiefsten Höhlen hinauf in das Herz von Epicordia. Die meiste Zeit über hatten sie geschwiegen. Auch Tom, ihr tapferer, tapferer Meister Tom Truska hatte keinen Ton von sich gegeben. So häufig hatte Lara ihn verstohlen angeblickt und beobachtet, wie er alle paar Schritte das Gesicht vor Schmerzen verzogen hatte, wenn die Schnitte auf seinem Rücken ihn bei einer Bewegung gepeinigt hatten. Ab und an hatten Francesco und Geneva ihn gestützt, doch den größten Teil des Weges hatte Tom ohne Hilfe zurückgelegt.

Aus irgendeinem Grund jedoch hatte sie ihrerseits keine vorwurfsvollen Blicke von ihm geerntet. Wenn sich ihre Blicke trafen, dann waren Toms zumeist erfüllt gewesen von einer stummen, nachdenklichen Traurigkeit.

Vorwürfe hatte es von Geneva gehagelt, die Lara zunächst nicht oft genug hatte vorhalten können, wie absolut dämlich und bescheuert sie sich verhalten hatte.

Und so etwas von einer Freundin zu hören, tat weh. So furchtbar weh.

Tom hatte ihr Einhalt geboten, sie beruhigt und ihr trotz seiner nur notdürftig bandagierten Verletzungen eine Hand auf die Schulter gelegt. Er hatte Lara in Schutz genommen vor der wütenden Tirade Genevas, bis diese letztlich verstummt war. Warum er das getan hatte, blieb Lara auch weiterhin ein Rätsel. Doch die darauffolgende Periode des verschämten Schweigens war ihr ebenfalls wie eine Strafe vorgekommen.

Warum hatte sie auch nicht abwarten können? Was war los gewesen? Für einen winzigen Moment hatte es ausgesehen, als wäre es das Einfachste auf der Welt, die Gottesanbeterin zu fangen. Übte denn mittlerweile alles Mechanische eine derartige Anziehungskraft auf Lara aus, dass sie ihr Misstrauen in den Wind schlug?

Schließlich waren sie wieder im Herzen Epicordias angekommen und von Dottore Lippi, einem Alchemisten, versorgt worden, der zusammen mit Dottoressa Petrelli die medizinische Versorgung Epicordias und des Mondvolkes innehatte. Sie führten so etwas wie eine Praxis, nicht weit von der Villa der Bastianis. Urig wie diese, strahlten auch die Behandlungszimmer Ruhe aus, selbst wenn die Wände über und über mit Arzneien und medizinischem Gerät zugestellt waren. Auch hier gab es einen magischen Spiegel, so wie Patrick Davenport einen besaß. Doch dieser Spiegel zeigte einen Salon in irgendeinem alten Herrenhaus. Voll und übervoll mit den Bücherregalen einer in die Jahre gekommenen Bibliothek. Lara dachte, dass das Haus, zu dem die Bibliothek gehören mochte, sicherlich in der Oberstadt von Ravinia stand, wusste es aber nicht mit Gewissheit. Immerhin war auch sie verletzt, und so gab es Wichtigeres zu tun.

Laut Lippi konnte Lara von echtem Glück sprechen, dass es sich um einen zwar tiefen, aber ansonsten harmlosen Schnitt handelte. Nicht auszudenken, was es für ihre Laufbahn als Schlüsselmacherin bedeutet hätte, wären Sehnen, Knochen oder Gelenke in Mitleidenschaft gezogen worden.

So hatte der Dottore mit dem dünnen grauen Haar die Wunde unter lokaler Betäubung genäht und Lara angewiesen, alle paar Tage bei einem seiner Kollegen außerhalb Epicordias vorstellig zu werden. Auch er gehörte zum Mondvolk und so war er nur bedingt für die Idee empfänglich, dass sich Menschen aus Ravinia in sein Reich verirrt hatten, obwohl er ihnen gegenüber nicht offensiv unfreundlich war. Im Gegenteil, er wirkte eher ein wenig nachsichtig.

Toms Behandlung hatte länger gedauert. Auch er war mit mehr Glück als Verstand aus der Sache herausgekommen. Dass die Gottesanbeterinnen bei ihrer Jagd nach dem ausgerissenen Bein keinen bedeutend größeren Schaden angerichtet hatten, war Toms dickem Rollkragenpullover zu verdanken, den er in Epicordia trug. Im Gegensatz zu den drückend sommerlichen Temperaturen an der Oberfläche waren die Höhlen von Epicordia angenehm kühl. Doch Lara hatte Tom im Alltag noch nie mit kurzärmeliger Kleidung gesehen. Selbst im Sommer trug er meistens dunkle Hemden oder dünnere Pullover und schien dabei so gut wie nicht zu schwitzen. So waren die Schnitte der Gottesanbeterinnen zwar lang und schmerzhaft ausgefallen, doch Lippi hatte erfreut festgestellt, dass Nerven und Muskeln nicht dauerhaft geschädigt worden waren. Der Dottore hatte die Wunden mit einer Art Tacker geklammert, sodass zwei parallele Linien quer über Toms Rücken verliefen. Er sah aus, als wäre er ausgepeitscht worden. Und seinem Gesicht nach zu urteilen, war sein persönliches Befinden offensichtlich nicht weit davon entfernt.

Erschöpft war er ins Bett gegangen, obwohl der Nachmittag gerade erst begonnen hatte. Der Dottore hatte ihn ausdrücklich gemahnt, sich in den nächsten Tagen zu schonen.

Und Lara?

Lara hatte sich der Gegenwart ihrer Zimmergenossin und – zu recht – stinksauren Freundin mit der grünen Haarlocke entzogen. Und da sie keinen Schimmer gehabt hatte, an wen sie sich wenden sollte an einem Ort wie diesem, an dem es für sie keine Freunde gab, war sie schließlich zu Patrick Davenport gegangen, der sie verwirrt und besorgt aufgenommen hatte.

»Ganz ehrlich«, holte Patrick sie nun in die Gegenwart zurück. »Hör auf, dir so einen Kopf darum zu machen!«

»Aber es war doch saudämlich.«

Patrick wand sich etwas.

»Ja schon«, gestand er und wischte sich eine verirrte Haarsträhne aus der Stirn. »Aber sieh es mal so: Du kannst dich jetzt stundenlang selbst beschäftigen, indem du dir immer und immer wieder vorbetest, wie bescheuert du dich doch aufgeführt hast. Oder aber du dankst wem auch immer dafür, dass ihr halbwegs heil aus dem ganzen Schlamassel herausgekommen seid, und versuchst einfach, es in Zukunft besser zu machen.«

»Aber das *ist* ja gerade das Schlimme«, maulte Lara. »Ständig versuche ich, mich besser unter Kontrolle zu haben, und jedes Mal vergeblich. Ich bin impulsiv, lasse mich von unbestimmten Gefühlen leiten und bin schnell beleidigt.«

»Aber«, ergänze Patrick, »du erkennst es immerhin. Sagt man nicht, Einsicht sei der erste Schritt zur Besserung? Ich glaube, was dir am meisten fehlt, Lara, ist Geduld. Du brauchst einfach ein wenig mehr Geduld mit dir selbst.«

»Mag sein.«

Schweigend schlürfte sie ihren Tee. Er war noch heiß, und das war gut. Und auch der junge Mann mit seinem unrasierten Gesicht und dem braunen Wuschelkopf ihr gegenüber schwieg. Aufmunternd blinzelte er ihr zu.

Schweigen war etwas, das man auch mit Tom Truska immer konnte. Sehr gut sogar, denn es war mit eine der bestechendsten Eigenschaften von Laras Meister, dass er nicht viele Worte brauchte, um die wichtigsten Dinge auszudrücken.

Aber das hier zwischen Patrick und ihr war … anders. Nicht besser, nicht schlechter, sondern anders.

So saßen sie da, eine ganze Weile. Und Patrick Davenport ließ sie einfach sein, wer sie in diesem Moment war. So kläglich sie sich auch fühlte, er tat, was ihr am meisten half: Er war einfach da.

So schwamm einige Zeit lang der Nachmittag herein und beruhigte Atem und Herz und klebte vorsichtig die ersten Pflaster über die brennenden Wunden auf Laras Seele. Ganz zaghaft, vorsichtig, so wie ein guter Arzt sein sollte.

Dann fing es an zu grollen draußen. Erschrocken suchten Laras Augen Patrick, aber der schien alles andere als beunruhigt zu sein.

»Ein Gewitter«, erklärter er, als sei es das Normalste auf der Welt.

Lara schaute verdutzt drein.

»Ein Gewitter? Hier?«

Patrick nickte nur, während es sich anhörte, als fielen vereinzelt Regentropfen auf das Wellblechdach seiner Laube.

Plitsch.
Plitsch.
So tröpfelte es über ihnen, erst seicht und leise, dann immer dichter und lauter.

Regen, dachte Lara und wusste, wie richtig sie doch in diesem Moment an diesem Ort war. Ja, ihr Leben war ein Regen.

Step out the front door like a ghost into the fog where no one notices the contrast of white on white.

Adam Duritz' Stimme tanzte vor seinen Counting Crows her und aus dem kleinen Gettoblaster, der Patricks Refugium stetig mit Musik versorgte. Lara seufzte leise, stand auf und ging zum Fenster. Sie schlang sich die Arme um die Hüften und sah hinaus in die Unwirklichkeit.

Leiser Regen ging hernieder. Hier, an einem Ort, der doch im Grunde nur eine große Höhle tief im Felsen war. Die Steine und Moose schimmerten und winzige Wassertröpfchen stoben dort auf, wo der Regen ein Dach oder einen Pflasterstein dieses seltsamen mediterranen Städtchens unter der Welt traf. Ein Schleier begann sich über das Herz von Epicordia zu legen, während es grollte von der fernen Höhlendecke her ab und an.

Regen.

Ihr ganzes Leben war ein Regen.

War es Schicksal?

Patrick trat neben sie ans Fenster und seine Augen glitten ebenfalls irgendwohin ins Unbestimmte des Gewitters.

»Mein Leben ist ein Regen«, sagte Lara. Sie wusste, dass es nicht falsch sein konnte, in diesem Moment davon zu sprechen. »Es fühlt sich so oft an wie ein Herbstregen. Als würde man an einem Novembernachmittag das Haus verlassen, nur um vom Regen durchnässt in die Dämmerung zu ziehen und später zurückzukehren. Zurück zu einem warmen Kamin, einer Fensterbank und einer Tasse Kakao.«

Patrick sah sie nicht an, blickte nur hinaus.

»Meines wäre wohl ein Sommerregen«, meinte er schließlich. »Ich mag es, wenn sich warme Tage abends in Regengüssen entladen und man behütet unter einem Verandadach sitzen kann und träumen darf. Es wäre ein bisschen so wie jetzt.«

Lara drehte den Kopf in seine Richtung.

»Aber das hier ist doch gar kein richtiger Regen.«

»Ist er das nicht?«

»Es gibt keinen Himmel.«

»Oder der Himmel ist hier nur ein wenig anders.«

Er klang wie jemand, der noch nicht weiß, wo das Leben ihn hintreibt und dennoch offen für alles ist, was es ihm bietet.

Es tat gut, nicht allein zu sein.

Wirklich, wirklich gut.

Und so standen sie dort und lauschten dem Plätschern und dem Rauschen, dem Tröpfeln und Trippeln des Regens unter der Welt.

Nicht allein.

Es gab einen Moment in Epicordia, in dem wurde die Stimmung derjenigen in Ravinia zum Verwechseln ähnlich.

Es war die Dämmerung, wenn die Glühwürmchen sich zur Ruhe betteten und die leuchtenden Steine ihre Farbe wechselten. Dann nahm die Welt unter der Erde kurz – nur für wenige Augenblicke – einen düstergoldenen Farbton an, der sich in einer Mischung aus Hingabe und Drohung über die gesamte Stadt legte.

Und genau in diesem Moment machte Lara sich auf ihren Weg zurück zur Villa der Familie Bastiani.

Die Stadt unter der Stadt dampfte noch von ihrem eigenartigen Regen und Lara tapste mit ihren Sportschuhen durch Pfützen zwischen den Steinen des Kopfsteinpflasters. Es roch sogar nach Regen an diesem Ort. Nach Ende und Hoffnung und Vertrautheit. Denn der Regen war wie Laras Leben. Und das Leben war von Zeit zu Zeit ihr Freund.

Das Abendessen verlief eher ruhig. Die Bastianis sahen sich offenbar nicht mehr zu besonderer Redseligkeit genötigt in Gegenwart ihrer Gäste und die wiederum hatten ebenfalls nicht besonders viel zu sagen. Nicht nach einem Tag wie diesem, der gründlich schiefgegangen zu sein schien. Und so legte sich Lara früh ins Bett. Sie hörte noch ein wenig Musik mit ihrem MP3-Player, während sie in Gedanken in eine kleine Laube zurückkehrte, wo ein junger Mann lebte, der sie zu verstehen schien.

Doch der Schlafmangel der letzten Nacht sowie die Erschöpfung durch den Kampf und die Verwundung taten bald ihr Übriges. Und so schlief Lara McLane ein. Quer über das Bett geworfen, den Kopf gesäumt von einem Meer bernsteinfarbener Haare, beschallt von Adam Duritz' alles durchweichender Stimme.

I am the rain king.

Wozu jedoch wäre die Dunkelheit dunkel, wenn nicht, um in ihrem schwarzen Gefieder immer wieder Geheimnisse bereitzuhalten?

Es war Adam Duritz, der die schlafende Lara mitten in der Nacht weckte. Die Counting Crows, die in einer Endlosschleife durch Laras Ohren purzelten, kitzelten sie mit melancholischer E-Gitarrenmusik wieder wach.

Langsam öffnete sie die Augen.

Ihre Hand pochte. Es tat weh – doch wenn sie sich früher geschnitten und es unter dem Pflaster gepocht hatte, hatte Henry McLane ihr erzählt, dass dies ein gutes Zeichen sei. Sie wollte es gerne glauben, blendete alle Gedanken an die Hand aus und setzte sich auf.

Das Zimmer war dunkel. Das hieß, dass Geneva sich im Bett an der gegenüberliegenden Wand schlafen gelegt haben musste.

So leise es ging, schlich sie zum Fenster, schob eine der schweren Gardinen zur Seite und blickte hinaus in die steinerne Welt der Höhlen.

Es war nicht ganz so dunkel wie an der Oberfläche, aber durchaus äußerst schummrig und dämmrig. Konturen waren nur mit Mühe zu erkennen.

Oh man I said I'm under the gun round here.

Sie ließ ihre Gedanken schweifen.

Wenn Epicordia ein Ort war, den man nur in Ausnahmefällen und mit Erlaubnis betreten konnte, dann musste irgendjemand aus Epicordia wissen, warum sich die mechanischen Gottesanbeterinnen hier aufhielten. Irgendjemand musste sie hereingelassen haben.

Bloß wer?

Lara ließ ihren Blick über die nach südländischer Art meist flachen Bauten schweifen, die gelblich verputzt und mit roten Dachschindeln bedeckt waren. Doch in der Nacht waren auch die Häuser hier unten bloß grau in grau. Das eigenartige, nächtlich schwache Licht der Steine fiel durch Hunderte kleiner Torbögen, die Häuser und Villen und all deren Auswüchse verbanden. Alles, was hier erbaut war, wisperte ebenso Geschichten durch die Straßen und Gassen, wie es die Häuser in Ravinia taten.

Wie viele Leute mochten wohl in Epicordia leben?

Tausend?

Vielleicht mehr.

Auf jeden Fall zu viele, als dass es einfach werden würde, herauszufinden, wer etwas wissen könnte.

Oder waren es vielleicht die grässlichen Spinnmenschen? Die Spinngarde, die die Eingänge in diese unterirdische Welt bewachte?

Aber was hätten sie davon?

Was hätte überhaupt irgendjemand davon, dass die Gottesanbeterinnen die Tunnel bevölkerten?

Da. Eine Bewegung.

Im Dunkel.

Zuerst hatte Lara es nur am Rande ihres Blickfeldes und eher nebenher wahrgenommen. Doch nun konzentrierte sie sich, blinzelte, kniff die Augen zusammen, um zu erkennen, was dort vor sich ging.

Zwei menschliche Schemen schienen aus dem Tor des Anwesens zu schlüpfen.

Laras Neugier war geweckt. Jetzt musste es schnell gehen – und vor allem leise. Alles andere war einmal mehr egal. Lara huschte so leise wie es eben ging aus dem Zimmer. Noch während sie die Treppe hinuntereilte, pulte sie ein Zopfgummi aus ihrer Hosentasche und klemmte es Sekunden später in die schwere Eichenholztür der Villa, um später wieder hineinzukommen und nicht stundenlang in der Nacht dieser eigenartigen Höhlen herumirren zu müssen, bis man ihr Verschwinden bemerkte und sie wieder einließ.

Am Ende des kantigen Kopfsteinpflasterweges waren die beiden Gestalten so gerade noch auszumachen. Lara beeilte sich, ohne auffällige Geräusche zu machen.

Nach einigen Straßen- und Häuserecken erreichten die von ihr Verfolgten ein weiteres Anwesen, das an Größe und Pomp dem der Familie Bastiani in Nichts nachstand.

Lara kniff die Augen zusammen, um etwas mehr erkennen zu können …

… und stolperte auf dem Kopfsteinpflaster.

Instinktiv versuchte sie sich mit der Hand an der Häuserecke abzustützen, hinter der sie sich verborgen hatte. Ein Schmerz durchfuhr sie und Lara stieß unwillkürlich einen Schrei in die Nacht aus, während sie auf dem Hosenboden landete.

Verflucht.

Aber es war zu spät. Sie hörte Schritte herannahen.

Na klasse, dachte sie. Wenn das nicht die zweite Riesendummheit innerhalb von vierundzwanzig Stunden war.

Sie versuchte sich an der Mauer hochzurappeln, doch bevor

sie wieder auf den Füßen stand, waren die beiden Umrisse vor ihr aus der Dunkelheit aufgetaucht.

»Lara?«, fragte eine Stimme.

»Robina?«, fragte sie ungläubig zurück. »Was *tust* du hier?«

»Das Gleiche könnten wir dich fragen«, warf Francesco ein und wollte Lara am Arm wieder aufhelfen. Doch Lara zuckte erneut vor Schmerz zusammen und so ließ er sie selbst aufstehen.

»Ich folge euch«, erklärte sie pampig.

»Ja, offensichtlich«, seufzte Robina. »Aber warum?«

»Warum? Warum?«, äffte Lara sie nach. »Weil wir irgendjemanden suchen, der etwas mit diesen mechanischen Mistviechern zu tun hat. Und jetzt sag mir doch bitte, dass es völlig okay ist, wenn sich nachts heimlich Leute davonschleichen.«

»Hm«, machte Francesco. Er schien dabei zu schmunzeln, aber Lara konnte es in der Dunkelheit nicht wirklich erkennen. »Ich glaube dennoch, dass du auf dem Holzweg bist, wenn du uns folgst. Die Frage ist bloß, was wir nun mit dir machen?«

»Wie? *Was ihr mit mir macht*?«

»Ach komm«, sagte Robina schließlich. »Was soll denn der ganze Blödsinn? Lara ist in Ordnung. Außerdem fliegt die ganze Sache doch ohnehin irgendwann auf.«

»Gut«, meinte Francesco. »Aber mir wäre lieber, wenn das nicht gleich heute Nacht passieren würde.«

Robina seufzte.

»Lara, hältst du die Klappe, wenn du mitkommen darfst?«

»Okay.«

Was blieb Lara auch anderes übrig?

So ging sie mit Onkel und Nichte zurück zu dem großen Anwesen. Am Tor warteten zwei weitere Gestalten. Als sie sich näherten, fiel Robina einem der Schemen um den Hals.

»Milan«, flüsterte sie fast zu laut. Und man hörte ein Kussgeräusch im Dunkeln.

»Wer ist das?«, fragte der andere Schatten.

»Eine Freundin«, versicherte Francesco ihm. »Sie ist völlig in Ordnung.«

Sein Gegenüber schnaubte leise – offensichtlich passte ihm Laras Anwesenheit trotzdem nicht.

»Gehen wir zu dem Dichter?«, fragte er schließlich.

»Kommt ihr zurecht?«, erkundigte sich Francesco bei dem Schatten, der Milan hieß. Der nickte und Robina umarmte ihren Onkel flüchtig, bevor sie mit ihrem Milan im Haus verschwand.

»Lasst uns gehen«, drängte Francesco. »Hier zu lange herumzustehen ist vielleicht nicht gut.«

Und so folgte Lara den beiden Männern durch ein dunkles, mediterranes Örtchen tief unter der Welt. Verwirrt ob dieses geheimnistuerischen Versteckspiels. Und wer war Milan? Robinas Freund? Und wieso traf sie ihn bei Nacht?

Wie eigenartig vertraut einem doch Orte vorkommen können, die man selbst erst seit Kurzem kennt.

In Patricks Fenster brannte noch Licht.

Es war, als würden sie bereits erwartet, und tatsächlich öffnete der junge Schreiber ihnen die Tür, noch bevor sie angeklopft hatten.

»Lara«, entfuhr es ihm voller Überraschung. »Was um alles in der Welt machst *du* denn hier?«

»Schicksal«, zuckte sie mit den Schultern.

»So könnte man es auch nennen«, bekräftigte Francesco Bastiani. »Lass uns schnell rein! Das Staunen kannst du dir für später aufheben.«

»Die Bastianis«, murmelte Patrick bloß und ließ sie ins Innere seiner bescheidenen Behausung. »Die Freundlichkeit in Person.«

»Entschuldige«, sagte Francesco und parodierte einen Hofknicks. »Soll ich jetzt vor Dankbarkeit auf die Knie fallen?«

»Oh ja, das würde mir in der Tat gefallen. Und wenn du schon dabei bist, könntest du mich auch gerne konsequent als *Ihre Majestät vom hinterletzten Unterschlupf* anreden.«

Ein Grinsen huschte über Francescos Gesicht.

»Eure Majestät. Würdet ihr uns einen Eurer erlesenen Tees kredenzen?«

Sie mussten beide lachen.

Während der kleine Wasserkocher fröhlich brodelte und sprotzte, betrachtete Lara ihren neuen Begleiter, der sich ihr als Nero Nello vorgestellt hatte. Eine breite Narbe zierte seine eine Gesichtshälfte und wirkte ein wenig, als wäre er einst von einem viel zu großen, wilden Tier angefallen worden. Ansonsten schien er dieselbe Vorliebe für schwarze Kleidung zu hegen wie Francesco oder Tom. Mit der Ausnahme, dass Nero sich ungleich stilvoller zu kleiden vermochte. Er trug einen schwarzen Anzug zu einem schwarzen Hemd, sein dunkles Haar war kurz und an seinem rechten Ringfinger trug er einen Siegelring, auf dem eine stilisierte Lilie zu erkennen war.

Er und Francesco sprachen eine Weile über Ansichten und Meinungen verschiedener Leute aus den großen Familien des Mondvolkes. Offenbar versuchten sie beide, ihre Familien sachte davon zu überzeugen, dass deren Animositäten gegeneinander überflüssig und falsch waren. Jedoch schienen ihre Bemühungen bisher nicht sonderlich von Erfolg gekrönt zu sein.

»Was passiert eigentlich, sollte jemand Milan und Robina erwischen?«, fragte Lara schließlich irgendwann dazwischen.

»Oh, dann würde ich lieber nicht in deren Haut stecken«, meinte Nero Nello grimmig.

»Und was soll das heißen? Geht ihr dann alle mit Waffen aufeinander los?«

Nero zuckte mit den Schultern.

»Wie gesagt, eigentlich möchte ich es lieber nicht wissen. Wir kommen alle aus Kulturkreisen mit … na ja … nennen wir es mal temperamentvollen Gemütern.«

»Deswegen machen wir uns ja solche Sorgen«, pflichtete Francesco ihm bei.

»Und genau deshalb«, führte Nero weiter aus, »ist es auch an der Zeit, wieder zu gehen. Wenn sie sich ausgerechnet in unserer Villa erwischen lassen müssen, sollte ich lieber im Haus sein.«

Und damit verabschiedete er sich elegant, wie es wohl seine Art war, und verließ Patricks kleine Heimstatt.

Lara, nach wie vor verwirrt, hatte er zuvor galant die Hand gegeben. Jetzt starrte sie dem gut gekleideten Mann hinterher.

Dann sah sie fragend Patrick an, der seine Tasse Tee schlürfte und ganz zufrieden wirkte.

»Und warum bin ich jetzt hier?«, fragte sie schließlich, da weder der junge Schreiber noch Francesco irgendwelche Anstalten machten, eine Erklärung zu liefern.

»Jetzt kennst du ein Geheimnis«, antwortete Francesco endlich. »Und ich warne dich: Sollte irgendjemand außer dir davon Wind bekommen –«

»– dann was?«, nahm Lara die unausgesprochene Herausforderung an. Es war ja nicht so, als hätte sie nicht verstanden, worum es hier ging.

In Francescos Augen blitzte es kurz, aber er sagte nichts.

»Tu es einfach nicht«, nahm Patrick den Faden auf. »Bitte!«

Sie sah ihn an und erkannte die aufrichte Besorgnis in seinem Blick.

»Es ist Teil eines Plans, warum ich hier unten weilen darf«, setzte er schließlich zu einer Erklärung an. »Es gab und gibt gewisse Uneinigkeiten unter den großen Familien des Mondvolkes. Streitigkeiten sozusagen.«

»Pah«, fiel Francesco ein. »Streitigkeiten ist schön gesagt. Es ist sogar so, dass einige Clans einander regelrecht *hassen.*«

Er spuckte diese Worte aus, als hätte er etwas Bitteres gegessen.

»Und wie dir vielleicht schon aufgefallen sein mag, sind die Bastianis auch nicht gerade die toleranteste Familie der Welt.«

Mit krauser Stirn sah er zu Boden, schwieg eine Sekunde lang, bevor er weitersprach.

»Die Bastianis hassen die Nellos und umgekehrt. Das ist quasi das Paradebeispiel. Warum weiß eigentlich niemand so genau. Es gibt da eine Legende, nach der vor Hunderten von Jahren ein Mitglied der Nellos eine junge Frau aus unserem Clan geraubt haben soll. Fakt ist, dass wir uns spinnefeind sind. Aber eigentlich nur noch aus Prinzip.«

Er sah Lara an.

»Klingt ziemlich bescheuert, oder?«

»Irgendwie schon«, gab Lara zu.

»Tja, so ist das beim gesamten Mondvolk. Manche sind der Meinung, dass nur die italienischstämmigen Familien ein Recht auf Epicordia hätten. Um das durchzusetzen, gibt es aber zu viele Linien. Serbische, russische, böhmische, deutsche, ungarische und viele mehr. Seitdem Paola Nello und Laszlo Petric geheiratet haben, fluchen die Verfechter dieser bescheuerten Sippentheorie noch mehr und schüren quasi das Feuer. Die Nellos haben sich da etwas ausgegliedert. Aber wie das mit den Gemütern so ist, halten sie nun natürlich die anderen per se für beschränkt.«

Er seufzte.

»Mein Vater gehört übrigens auch zu den Befürwortern der Sippentheorie.«

Es klang ziemlich niedergeschlagen, wie er davon sprach.

»Nun wollte es der Zufall aber, dass sich der Sohn der beiden – Milan Petric – in meine Nichte verliebt und sie sich in ihn.«

»Das klingt ja ein wenig wie bei Shakespeare«, warf Lara ein.

»So könnte man es tatsächlich nennen.«

»Und dann?«

»Tja, dann bekam Nero Nello irgendwann Wind von der ganzen Sache, als er sie zufällig entdeckte. Das Glück an der ganzen Geschichte ist, dass Nero diese ganzen Familienfehden als genauso sinnlos und falsch betrachtet wie ich. Auch wenn wir nicht unbedingt die gleiche Meinung in Hinblick auf unseren Lebenswandel haben, sind wir uns zumindest darin einig. Und da er darüber hinaus wusste, dass ich – entgegen aller Sitten, Bräuche und Gewohnheiten – mit einer Frau aus Ravinia verheiratet bin, kam er zu mir. So beschlossen wir, die Beziehung zwischen seinem Neffen und meiner Nichte so lange zu fördern, bis wir daraus eine Basis für einen friedvollen Umgang der Familien miteinander schaffen können.«

»Ihr wollt also ein Zusammenkommen der Familien erzwingen?«

»Im Prinzip ja. Aber wir bearbeiten unsere Verwandten natürlich immens, um ihnen beizubringen, dass dieses ganze feindschaftliche Getue Blödsinn ist.«

Lara verstand. Also hatten Nero Nello und Francesco Bastiani gute Absichten, die sie mithilfe der Zeit umzusetzen und in die richtigen Bahnen zu lenken gedachten.

»Und was ist dein Part in der ganzen Geschichte?«, fragte Lara schließlich Patrick.

»Solange Nero und Francesco einen Ort brauchen, an dem sie sich völlig ungestört austauschen können, darf ich hier wohnen. Oder zumindest versuchen die beiden, mein Bleiberecht immer wieder zu verlängern.«

Das war es also.

Lara hätte sich eigentlich über alle Maßen wundern sollen. Doch wenn man täglich mit Wundern konfrontiert wird, dann relativieren sich diese irgendwann. Und genau so ging es Lara seit jenem Tag im Januar vor zwei Jahren, an dem sie die magischen Schlüssel für sich entdeckt hatte.

Schatten vermögen zu flüstern, wenn man nur genau hinhört.

Die seltsame Nacht von Epicordia schien noch ein wenig dunkler geworden zu sein, als Francesco Bastiani und Lara

McLane die Behausung des jungen Schriftstellers und Poeten verließen. Lara für ihren Teil gesättigt mit einer neuen, verwickelten Geschichte über junge Liebe und alten Hass. Doch es sollte nicht die letzte Geschichte bleiben, bevor sie wieder in ihr Bett im Obergeschoss der Villa der Bastianis fallen würde.

Sie schwiegen eine ganze Weile, während sie durch die Gassen des Ortes gingen.

»Warum erzählt ihr mir das alles?«, fragte Lara leise in die Stille hinein, über das unebene Kopfsteinpflaster balancierend.

Sie hörte Francesco einige Sekunden lang schwer in die Dunkelheit atmen.

»Zum einen warst du ja ohnehin bei uns«, murmelte er schließlich. »Zum anderen hoffe ich einfach, dass jüngere Generationen offener zu denken lernen, als wir es tun – sowohl hier unten in Epicordia als auch dort oben in Ravinia.«

Er blickte sich nach ihr um, aber es war zu schummrig, um sein Gesicht zu sehen.

»Und außerdem mag Patrick dich«, fügte er noch hinzu. Heimliche Freude strömte in Laras Herz. »Patrick hält ebenfalls nichts von all den Vorurteilen – vielleicht steckt er dich ja damit an.«

Lara war sich sicher, dass Francesco sie mit einem verschmitzten Lächeln bedachte, das irgendwo zwischen Hoffen und Wissen und dem Versuch lag, nicht zu resignieren angesichts der Umstände.

Dann stockte er.

Neben ihnen erstreckte sich eine Grundstücksmauer, die ihren Schatten eng an sich zu binden schien.

Dann strömte etwas aus ihm heraus, gewann schnell an Kontur – es wirkte beinahe wie ein dicker, rußiger Nebel, der menschliche Gestalt annahm.

Francesco trat einen Schritt vor Lara.

»Was –«, begann er, doch der Schatten machte bloß: »Schhhhh!«, und legte einen Zeigefinger dorthin, wo sich ein

Mund befinden musste. Die schlanken Umrisse einer Frau waren nun deutlicher auszumachen.

»Nicht erschrecken!«, sagte der Schatten und warf die tiefschwarze Dunkelheit ab wie ein altes Kleid.

Vor ihnen stand Geneva im Dämmerlicht der Höhlenwelt. Weder ihre grüne Locke noch die grünen Augen waren zu erkennen, aber ihre Stimme und die Art, wie sie sich bewegte, verrieten sie eindeutig.

»Geneva«, hauchte Lara erleichtert, während Francesco bloß die Luft ausstieß und sich sichtlich entspannte.

»Was machst du hier?«

»Ich bin dir gefolgt«, gestand die Nachtwächterin.

Lara seufzte leise.

»Irgendwie dachte ich mir schon, dass ich nicht einfach unbemerkt aufstehen und gehen kann.«

Das entsprach der Wahrheit. Es wäre ja auch naiv genug gewesen, zu glauben, man könne der Aufmerksamkeit einer Nachtwächterin entgehen, wenn man sich mit ihr im selben Raum befand.

»Aber warum?«, fragte Lara.

»Damit du nicht noch mehr Dummheiten anstellst?«, stellte Geneva die Gegenfrage. Der Ton gefiel Lara nicht.

»Ist ja gut, ich hab's kapiert«, meinte sie angefressen.

»Und?«, fragte Francesco.

»Wie und?«

Geneva stutzte.

»Was soll dieses ganze ›Ich-bin-dir-gefolgt‹-Gefasel und die Demonstration deiner Nachtwächter-Magie?«

»Du meinst den Tanz mit den Schatten?«

»Ist mir völlig egal, wie du es nennst, Geneva. Was machst du hier?«

Stille.

»Ich dachte, ich bin ehrlich und geb zu, dass ich euch belauscht habe.«

Wieder eine bedeutungsschwangere Pause.

»Und, dass ich die Dinge genauso sehe wie ihr«, fügte sie hinzu. »Ich finde ebenfalls, dass wir diese ganzen Engstirnigkeiten ablegen sollten.«

»Schön«, sagte Francesco verdrießlich. »Mein Bedarf ist für heute jedoch gedeckt. Ich gehe ins Bett. Ihr wisst ja sicher, wie ihr wieder reinkommt.«

»Keine Sorge«, versicherte Geneva ihm in ähnlich säuerlichem Tonfall.

»Gute Nacht«, erwiderte Francesco und verbeugte sich knapp, dann schlug er die Kapuze an seinem Shirt hoch und verschwand in Richtung Villa.

»Mann, ihr beiden habt euch ja richtig gern, was?«, frotzelte Lara.

»Ach, sei still!«

»Nein ehrlich, was soll denn das? Das ganze Gefasel davon, dass du die Dinge genauso siehst.«

Geneva fuhr herum. Wollte etwas sagen, tat es dann aber doch nicht.

»Komm, wir gehen schlafen«, brummte sie stattdessen nur.

»Nein, nein, nein«, widersprach Lara. »So einfach kommst du mir nicht davon. Ich will erst eine Erklärung.«

Und trotz der Dunkelheit konnte Lara spüren, wie Geneva sie wütend anfunkelte. Sie hielt dem Blick der Nachtwächterin stand, der bei Tageslicht sicherlich giftgrün gewesen wäre.

Doch dann entspannte sich Geneva.

»Also gut«, meinte sie. »Es nützt ja auch nichts, wenn wir nun Krieg untereinander führen.«

Lara hielt erwartungsvoll still.

»Lass uns ein Stück gehen«, sagte Geneva schließlich und Lara spürte, dass sie einen empfindlicheren Nerv getroffen hatte, als es die bloße Eingeschnapptheit vermuten ließ. Irgendetwas Unausgesprochenes stand zwischen Geneva und Francesco. Und die Antwort darauf war so einfach wie bitter.

»Es gab da ein paar Dinge, die sich vor vielleicht neun oder zehn Jahren zugetragen haben«, hob Geneva nach einer

Weile an und erzählte schließlich ihre eigene, leidgeprüfte Geschichte.

»Ich war eine junge Nachtwächterin, gerade fertig mit der Ausbildung, voller Tatendrang und Eifer. Gerne übernahm ich damals den Nachtdienst in den Straßen unserer düstergoldenen Stadt, zündete die Straßenlaternen an und rief die Stunden aus. Eines Nachts traf ich schließlich Berrie am Rondell. Sie war ebenso jung und eifrig wie ich. Auch sie war noch nicht lange fertig mit ihrer Lehre und versuchte trotzdem schon auf eigenen Füßen zu stehen. Wir verstanden uns gut, zu gut vielleicht. Wir mochten dieselben Witze und dieselben Filme und Bücher. Und irgendwann – ich weiß es noch ziemlich gut, es war einer der wenigen eisgrauen Tage um Weihnachten herum, an dem es tatsächlich in dicken Flocken schneite – ja, irgendwann an jenem Tag gestanden wir uns auch ein, dass wir ineinander verliebt waren. Gefühle sind wie ein Sturm, Lara.«

Lara lauschte aufmerksam. Geneva lag sehr viel daran, ihre Geschichte zu erzählen, das merkte sie.

»Es folgten einige wunderschöne Monate. Nie wieder hatte ich seither das Gefühl, mehr ich selbst gewesen zu sein als zu jener Zeit. Doch die Menschen wären nicht sie selbst, wenn sie sich berechenbar verhielten. Eines Nachts tauchte ein junger Mann im Rondell auf, der – wie der Zufall es wollte, der sich manchmal eben auch Schicksal nennt – seinen Weg zu uns fand. Francesco Bastiani war sein Name. Er war voller Visionen und Ideen, versprühte Begeisterung mit jeder Faser seines Körpers. Er wollte die lästigen Grenzen zwischen Epicordia und Ravinia verwischen, wollte, dass die Menschen von Ravinia gemeinsam lebten mit all den magischen Wesen, mit dem Mondvolk, ja selbst mit den Stadtvaganten.«

Das erstaunte Lara. Hatte sie doch immer geglaubt, Francesco habe Marcion von Anfang an nicht gemocht. Aber wer wusste schon, was in all den Jahren vorgefallen sein mochte.

»Und zu meinem Entsetzen begann Berries Herz bald schneller für den jungen Mann aus dem Mondvolk zu schlagen als für mich. Schließlich trennten wir uns und es zerriss mir das Herz in tausend kleine Fetzen, die ich erst im Laufe der Jahre allmählich wieder zusammensetzen konnte. Damals jedoch war ich erbost und verletzt. Ich passte Francesco eines Nachts ab, aber er wollte nicht reden. Worüber auch, frage ich mich heute. Doch ich war wie wild. Wir stritten uns eine Weile und während dieses Streits habe ich eine Menge hässlicher Dinge gesagt. Sie waren unfair, rassistisch und gemein.«

Einen Augenblick lang war sie ruhig, nur ihr Atem ging tief und sie rang um Beherrschung.

»Seither ist das Verhältnis zwischen mir und Francesco ... nicht das beste, würde ich sagen.«

Sie hatten das große Gatter erreicht, das in den Garten der Bastianis führte, und blieben stehen.

»Das ist keine gute Geschichte«, stellte Lara betroffen fest.

»Nein.«

Geneva schüttelte den Kopf.

»Aber sie war sehr ehrlich«, sagte Lara. »Danke.«

Und einem spontanen Impuls folgend umarmte sie ihre Freundin mit aller Herzensgüte, zu der sie fähig war. Und die Umarmung wurde erwidert.

»Danke«, sagte Geneva, als sie sich voneinander lösten. »Und entschuldige wegen heute, ich –«

»Ist schon gut«, winkte Lara ab. »Ihr habt ja alle recht. Das war einfach himmelschreiend dämlich. Nur gut, dass wir heil aus der Sache rausgekommen sind.«

Geneva nickte.

»Nur eins verstehe ich nicht«, brach es aus Lara hervor.

»Ja?«

»Ich dachte in den letzten Tagen, du und Tom, ihr ... na ja ... ich dachte, da würde was laufen. Aber wenn du nicht auf Männer stehst, dann –«

Sie wusste nicht, wie sie es weiter hätte ausführen sollen, aber sie spürte das Lächeln, das Genevas Lippen umspielte.

»Wir leben in einer Welt voller Möglichkeiten«, sagte sie nur. »Aber mehr verrate ich dir nicht. Oder soll ich dich nach Patrick Davenport ausfragen?«

Lara blickte zu Boden. Nein, das sollte Geneva ganz sicher nicht. Sie musste plötzlich grinsen. Es tat gut, nicht mehr böse aufeinander zu sein.

»Lass uns reingehen«, sagte sie. »Die Nächte hier sind mir irgendwie zu kurz.«

Und so huschten sie leise durch das Gatter und den Garten und mit Genevas Hilfe hinein ins Haus und in ihre Betten.

5. Kapitel, *das die Dinge ausnahmsweise einmal aus Lees Sicht erzählt.*

I didn't see it's like
living in a movie
twisting the plot
my friends and family
the little things I've got
I've got

Ben Bridwell

Verrückt.

Verrückt, was alles in Ravinia passierte.

Und verrückt, wie es sich anfühlte, in Ravinia zu sein.

Lee sog Ravinia mit jeder Faser seines Körpers ein, lebte diese Welt, die sich ihm erst erschlossen hatte, nachdem er fünfzehn Jahre in einem Waisenhaus in Neuengland verbracht hatte.

Nein, er vermisste gar nichts von damals. Nicht den kleinsten Hauch jenes Städtchens, in dem er stets nur schief angeblickt worden war ob seiner seltsamen Vorahnungen. Den anderen Kindern im Heim war er immer ein wenig unheimlich gewesen. Aber wie Kinder nun einmal so sind, hatten auch die Kinder vom Waisenhaus in Garden's End ihren Gefühlen Luft verschafft: Sie hatten ihn angefeindet und ihn zum Außenseiter gemacht.

Auch die Ungewissheit über den Verbleib seiner Eltern war davongeweht mit den Flügelschlägen der Raben. Sie waren gestorben in den Unruhen, die Roland Winter vor langer Zeit heraufbeschworen hatte. Doch Lee selbst hatte Winter vernichtet, hatte die gefrorene Melodie geschmolzen, an der dessen Leben gehangen hatte wie an einem seidenen Faden. Mithilfe seiner Freunde, die Lee in Ravinia gefunden hatte, war es ihm gelungen, das Leben auf jene Art und Weise kennenzulernen, die er sich stets erträumt hatte. Denn trotz all jener Ungerechtigkeiten, die Lara so oft mit sich und der Welt hadern ließen, fand Lee, dass es immer einen Funken Hoffnung gab. Und an die Hoffnung zu glauben war besser, als sich wegen verlorener Träume zu grämen.

Seine eigenen Talente hatten ihm den Weg nach Ravinia gewiesen, wo ihn Berrie, die Kreidefrau, aufgenommen und begonnen hatte, ihn die Kunst der Wahrsagerei zu lehren.

Seit seiner Ankunft in Ravinia waren die Leute, mit denen er sich umgab, stets gut zu ihm gewesen. Lara hatte in ihm einen Seelenverwandten gefunden, ebenfalls ohne Eltern, fremd und manchmal störrisch.

Und Tom – der Mann, der in den letzten beiden Jahren zu lächeln gelernt hatte – ließ ihn in der alten Wohnung über dem Schlüsselladen in der Victoria Street leben, die ihm seit Baltasar Quibbes' Tod gehörte.

Und dann hatte er seit einigen Wochen auch noch Liza – Lizzy durfte er sie nennen. Das Efeumädchen hatte ihm den Kopf verdreht. Aber das ließ er gerne mit sich machen, denn sie war hübsch und klug und manchmal vielleicht etwas biestig. Doch vor allem war sie magisch. So magisch wie das meiste in Ravinia, und letztlich war es wohl das, was sie so hinreißend machte.

Es gab nur eine Frage, die Lee insgeheim an sein unverschämtes Glück stellte: Gab es Leute, denen Ravinia verwehrt blieb? Menschen, Kinder oder Jugendliche, die auch noch eine besondere Begabung für die Dinge hatten, die sie am liebsten taten?

Sicher, die meisten Paare verließen Ravinia für einige Zeit, sobald sie Kinder bekamen, da es eine Übereinkunft gab, dass die besonderen Talente der Kinder erst erwiesen sein sollten, bevor sie die Stadt kennenlernten. Selten gab es Ausnahmen, bei denen sich darüber hinweggesetzt wurde. Oft war es der Adel aus der Oberstadt, jene stolzen, alteingesessenen Familien, die ihre Sprösslinge, oft schon bevor diese lesen konnten, gewissen Tests unterzogen, um sie rechtzeitig in die Gesellschaft von Ravinia einführen zu können. Zeit ließen sich meist die einfachen Leute, denen Status weniger wichtig war und die wussten, dass sie unabhängig davon in Ravinia stets willkommen sein würden.

Doch was war, wenn es irgendwo ein Kind gab auf dieser Welt, das zwar eines der besonderen Talente besaß, aber niemanden, der ihm von Ravinia erzählte? Gab es ein größeres Unglück auf der Welt, als nicht mit dem, was einem in die Wiege gelegt wurde, an seiner Bestimmung zu arbeiten?

Lee hatte Glück gehabt – er hatte durch seine träumerische Gabe einen Weg nach Ravinia gefunden. Nicht zuletzt, weil er im richtigen Moment reagiert hatte.

»Schicksal«, hätte Tom sicherlich gesagt.

Lee hatte in Visionen von Lara und Tom geträumt, und das Schicksal hatte ihm Lara im richtigen Moment in den Weg gestellt. So war er nach Ravinia gelangt, war seinem tristen Leben im Waisenhaus entflohen und war nun Lehrling in der düstergoldenen Stadt.

Seine Begegnung mit Lara McLane war der Moment gewesen, in dem das Glück Lee Crooks geküsst hatte. Er hatte es einfach nicht mehr losgelassen. Und seitdem schwelgte er darin.

Restlos glückselig machte Lee übrigens der Umstand, dass Wochenende war und er ausschlafen konnte. Lizzy hatte die Wohnung zwar schon früh verlassen, da in den botanischen Gärten einige, sicherlich bissige, Pflanzen ihrer Fürsorge bedurften, aber er selbst hatte wunderbar lange geschlafen.

Und er wusste außerdem schon, was er den restlichen Tag über tun würde. Es war Sommerfest im Rondell, jener ehemaligen Wagenburg, die hauptsächlich Wahrsager beherbergte. Er würde den alten Barker mit der Mundharmonika begleiten, während dieser Johnny-Cash-Songs spielte. Doch zuvor würden sie ein wenig üben und jammen.

Sich das Wasser von der späten Dusche abrubbelnd, entdeckte er ein erfreuliches, übrig gebliebenes Stück der Pizza, die Lizzy gestern für sie bestellt hatte. Nachdem er sich angezogen hatte, stopfte er es sich zwischen die Zähne, schnappte sich mit einer Hand seine alte, speckige Lederjacke, während er mit der anderen einen Schlüssel in die Wohnungstür steckte.

Er drehte ihn und öffnete die Tür. Voilà. Die düstergoldene Stadt lag vor ihm

Das Wetter auf der anderen Seite war gut. Alles deutete auf einen perfekten Tag hin. Er sprang auf das Kopfsteinpflaster und rannte übermütig wie ein kleiner Junge durch die verwunschene Stadt in Richtung Rondell.

Verrückt.

Ja, es war ein Tag zum Verrücktsein.

Das Rondell war üblicherweise schon ein Ort, an dem es von eigenartigen Gestalten nur so wimmelte. Doch gab man ihnen Grund zum Feiern, gerieten sie völlig außer Kontrolle. Als Lee die äußeren Häuserreihen passierte, erblickte er auch schon Heinz und Karla, zwei Gaukler aus Bayern, und ihr fahrendes Klavier. Das fahrende Klavier sah weitestgehend aus wie ein Klavier, auch funktionierte und klang es wie eines, doch war es zum leichteren Transport auf Räder montiert worden. Den Hocker hatte man davor fixiert, sodass man den spielenden Heinz ganz getrost während seiner Darbietung durch die Gegend schieben konnte. Das wirklich Besondere an der Vorrichtung war jedoch, dass sie ein massives, flaches Holzdach aus Bühnenbrettern hatte, die wiederum Karla als Bühne diente, während sie Schuhplattler und diverse Stepptänze über dem Kopf von Heinz zum Besten gab.

Lee begrüßte Jackie, der angeblich ein Piratenkapitän war und der seinen hölzernen Papagei sprechen lassen konnte. Jedoch fluchte der Holzvogel meistens, und den Rest der Zeit war Jackie betrunken.

»Hallo Jackie«, grüßte Lee im Vorbeigehen und überlegte, ob er den Papagei auch grüßen sollte, wobei er jedoch gar nicht wusste, wie der Vogel eigentlich hieß.

»Dreckspatz!«, keifte das hölzerne Federvieh jedoch in diesem Moment, womit sich die Begrüßung erledigt hatte.

Süßliche Gerüche von schwelenden Kräutern und exotischem Tabak lagen schwer in der Luft. An jeder Ecke wurde getrunken – schimmernder Tee mit Zimt, pechschwarzer Kaffee mit Kardamom, giftgrüner Absinth, kastanienbrauner Cognac, goldfarbener Whisky und hausgemachte Limonade in allen Farben des Regenbogens.

»Lee Crooks!«, donnerte plötzlich eine Frauenstimme durch das bunte Treiben. Wer den Ruf gehört hatte, hätte vermutlich eine eifer- oder herrschsüchtige Ehefrau erwartet, die ihren Angetrauten zurechtwies.

Doch Lee, der zusammengezuckt war, wusste sofort, wem die Stimme gehörte. Berrie, der Kreidefrau. Seiner Meisterin und Ausbilderin.

Er trottete auf dem kürzesten Weg zu Berries Haus, auf dessen Veranda sie sich mit ihrer beinahe nachtschwarzen Haut und den raspelkurzen Haaren über das mit mysteriösen Kreidesymbolen vollgekritzelte Geländer lehnte.

»Was gibt's?«, fragte Lee so unschuldig, wie es nur eben ging.

Berrie fasste ihn scharf ins Auge.

»Lee Crooks«, zischte sie. »Du verdammter Kerl von einem Wahrsager *hast nicht aufgeräumt*!«

Die letzten Worte hatten beinahe gedröhnt, so laut hatte sie gesprochen.

»Ich dachte … äh … ich tue es …«

»Ja?«

»Jetzt gleich?«, versuchte Lee es.

»Das will ich dir auch wirklich geraten haben.«

Sie schüttelte mahnend den Kopf, während Lee ins Innere des Holzhauses huschte.

»Du wärst pures Gold wert, Junge«, tadelte Berrie hinter ihm. »Wenn du nur ordentlich wärst.«

Berrie zog die Tür hinter sich zu und besah sich den Versuchstisch, der neben ihrer ziemlich altertümlichen Küchenzeile aufgebaut war. Er war mit kleinen und großen Kristallkugeln, zwei Flakons mit zähflüssigen Inhalten und einer Art Edelstein, der in grünlichem Licht strahlte, schon gut gefüllt. Daneben, drüber und drunter türmten sich jedoch aufgeschlagene Bücher, Skizzen und vollgeschmierte Notizzettel, als wäre ein wild gewordener Mathematiker plötzlich von einer irren Schreibwut erfasst worden.

Während Lee eilig die Zettel zusammensuchte, sah Berrie ihm über die Schulter.

»Was machst du da überhaupt?«, wollte sie wissen.

»Ach«, Lee tat, als ob es unwichtig wäre. »Nur einige oneirologische Experimente.«

Berrie trat neben ihn und nahm eine der Kugeln in die Hand. Sie schien mit einer Art dunklem Rauch gefüllt zu sein. Das Innere der Kugel wirkte beinahe wie schwarze Tinte. Unnatürlich schwarz. Nachtschwarz.

»Ich frage noch mal deutlicher: *Was ist das?*«, fragte Berrie nun strenger. Die Antwort, die Lee ihr gegeben hatte, war alles andere als zufriedenstellend. Und selbst wenn ein Wahrsager nie hundertprozentig alles verstand, was ein anderer Wahrsager tat, so gab es doch eine Grundlage, die jeder von ihnen beherrschte und die es ihnen ermöglichte, das meiste wenigstens zu erahnen.

»Ein … äh … Traum«, erklärte Lee zögerlich.

»In *dieser* Farbe?«

»Es ist ein Albtraum.«

»Du hast einen Albtraum isoliert?«

»Genau.«

»Und wessen?«

»Keine Ahnung.«

»Du hast also *keine Ahnung*, wessen Albtraum du hier gefangen hältst? Noch dazu einen Albtraum, der nur *andeutungsweise* aussieht wie einer?«

»Äh … ja, genau das wollte ich sagen.«

Berries Augen wirkten in ihrem dunklen Gesicht manchmal wie zwei zuckende Geister. Besonders, wenn sie ihrem Gegenüber nicht glaubte.

»Ich brauche nichts von iberischer Wahrsagerkunst zu verstehen, um zu sehen, dass du mir nicht die ganze Wahrheit sagst.«

»Na ja …«, wand Lee sich. »Es ist ein Experiment und ich möchte erst sehen, ob es überhaupt funktioniert.«

»Hm«, machte Berrie.

Schließlich gab sie ihm die düster wabernde Kugel zurück.

»Also gut. Aber ich warne dich, Lee Crooks! Mach keinen Unfug! Ich zieh dir das Fell über die Ohren, hörst du? Und ich bin sehr kreativ, was das angeht.«

»Ja«, sagte Lee kleinlaut und machte sich hastig daran, weiter Ordnung auf dem Tisch zu schaffen, während Berrie wieder auf die Veranda trat.

Lees Gedanken rasten.

Gut, dass Berrie nicht herausgefunden hatte, an was Lee tatsächlich arbeitete. Die Sache mit dem Albtraum war noch nicht einmal wirklich gelogen. Und dass er nicht wusste, woher dieser Albtraum kam, eigentlich auch nicht. Doch woher der Traum stammte, war egal. Denn vielmehr hätte die Rede von *Träumen* sein sollen. Es waren mehrere.

Lee hatte versucht, die *Essenz* von Albträumen zu isolieren. Das Experiment lag schon einige Tage zurück, zuvor war er wochenlang auf Traumfang gewesen. Nun waberte in der Kristallkugel ein beinahe undurchsichtiges, nebelhaftes Etwas, von dem Lee glaubte, es käme der Essenz von Albträumen schon recht nahe. Jedoch hatte er noch keine Idee, wie er herausfinden konnte, ob dies auch wirklich der Fall war, denn: Wie bekam man die Essenz von Albträumen aus der Kugel, in der sie gefangen war? Vielleicht konnte man sie mit einem Lichtgeist hervorlocken. Doch dass das eine besonders sichere Methode war, bezweifelte Lee.

Er steckte die Kugel in eine Umhängetasche, außerdem zwei weitere Kugeln, in denen er Lichtgeister gefangen hatte. Dann verkorkte er die Flakons sachgemäß und stellte sie in das kleine Regal, das Berrie ihm für seine Bedürfnisse zugestanden hatte und das natürlich ebenfalls mit ihren merkwürdigen Kreiderunen vollgeschrieben war.

Zwar durfte Lee mittlerweile weitestgehend allein experimentieren, aber Berrie bestand darauf, dass es in ihrem Haus bzw. ihrer Werkstatt geschah, solange Lee noch keine Gesellenprüfung abgelegt hatte. Und bis dahin war es noch eine Weile hin. Auch mit dem größten Talent wurde in Ravinia keinem Lehrling die Gesellenprüfung abgenommen, wenn er nicht mindestens zweieinhalb Lehrjahre zu verbuchen hatte. Und in dieser Zeitspanne schaffte es ohnehin so gut wie niemand. Zwar waren die Meister-Lehrling-Verhältnisse bei den Wahrsagern oft etwas ungewöhnlicher, als man es normalerweise bei Handwerkern oder ähnlichen Berufen erwartete, dennoch war ein Meister immer in einem gewissen Umfang für das verantwortlich, was sein Schützling anstellte.

So hängte Lee sich den Riemen der Tasche über die Schulter und verließ das Haus schnell wieder, bevor Berrie irgendwelche weiteren Einwände erheben konnte. Er überquerte den Platz in der Mitte des Rondells, da er mit Barker in einer Seitengasse verabredet war. Auf seinem Weg erhaschte er weitere Blicke auf die wirklichen Attraktionen dieses Tages. Die Bühne, auf der die Geschwister Skinner am Nachmittag ihre atemberaubenden Kunststücke zum Besten geben würden, war schon errichtet und vereinzelt trieben sich bereits Kinder und Eltern in ihrer Nähe herum – vermutlich, um sich im Falle des Falles schnell einen der vorderen Plätze sichern zu können. Zuckerwatte und andere Leckereien waren allgegenwärtig und wurden durch die völlige Abwesenheit von Bienen und Wespen in Ravinia nur noch begehrenswerter für die großen Kinderaugen.

In der Mitte des Platzes wurde Holz für das große Feuer am Abend aufgeschichtet, an dem Lee mit Liza verträumt Arm in Arm sitzen und den Liedern der Barden lauschen würde.

Schließlich bog er in eine Gasse ab, die zur Rückseite der riesigen ehemaligen Wagenburg führte. Hier befand sich der *Topf*. Der *Topf* war eine Kneipe, deren Aufmachung sehr an einen Saloon in einem Western-Film erinnerte. Luke, der Inhaber des *Topfes*, tat selbstverständlich auch alles dafür, diesen Eindruck aufrechtzuerhalten. Arbeitsuniform war bei ihm ein kariertes Holzfällerhemd, Jeans und ein Cowboy-Hut. Und wenn man über die Veranda durch die auf Hüfthöhe angebrachten Schwingtüren des *Topfes* trat, fühlte man sich tatsächlich ein wenig wie in einem alten Streifen mit John Wayne. Von dem verbogenen Kronleuchter aus Blech über die vielen runden Tische, teils aus Fässern gebaut, bis hin zum verstimmten Klavier war alles genau so, wie man sich einen Saloon vorstellte.

Die echten Bohemiens des Rondells mieden den *Topf*, weil die Auswahl von Bourbon und süffigem Bier nicht ihren so schein-elitären Ansprüchen genügten. Hier fand man eher die raueren Burschen Ravinias wieder, wie die Bühnenbauer, die dieser Tage bei Luke wohnten.

Barker saß draußen auf der Veranda. Die langen, grauen Haare waren zu einem Pferdeschwanz zusammengebunden und seinen alten Akubra hatte er tief ins unrasierte Gesicht gezogen, sodass er die wachsamen grünen Augen verdeckte. Er saß mit zerschlissener und mehrfach geflickter Jeans und Lederjacke auf einem Hocker und lehnte sich an einen Stützbalken der Veranda, während er einige einfache Akkorde auf einer alten *Martin & Co*-Gitarre spielte, deren Schlagbrett vom vielen Schrammeln nur noch teilweise vorhanden war.

»Ah, grüß dich, Junge!«, rief er mit einer Stimme, die durch viele, viele Biere und Whiskeys eine dröhnende Tiefe erlangt hatte.

»Hey Barker, wie geht's?«

»Könnte besser sein. Wie immer. Aber die Musik hält mich wach. Diese Songs *wollen* gespielt werden.«

»Aye«, machte Lee und zog seine kleine Mundharmonika aus angelaufenem Silber hervor, auf deren Unterseite *William Crooks* – der Name seines Vaters – eingraviert war. Und sogleich schmetterten sie zweistimmig *Hey Porter* zum Klang der alten Westerngitarre, bis Lee den Song schließlich mit einem stilsicheren Mundharmonikasolo beendete.

Luke brachte ihnen eiskalte, selbst gemachte Zitronenlimonade heraus und die Beschäftigung bis zum Nachmittag war gefunden.

Barkers Auftritt verlief insgesamt gelungen. Rund anderthalb Stunden donnerte er in bester Johnny-Cash Manier die alte Folkmusik über den Platz. Er und Lee wurden jedoch eher als musikalische Untermalung des Treibens unterhalb der hölzernen Bühne interpretiert. Höflichen Applaus gab es nach jedem Song, aber gesteigertes Interesse an der Musik zeigten nur wenige.

Lee jedoch hatte seinen Spaß und mit einem Lächeln, gemacht aus Zufriedenheit und Vorfreude auf den weiteren Nachmittag, half er Barker, den Verstärker und die Mikrofone zurück zum *Topf* zu tragen. Das Wetter hatte immerhin gehalten, was ein gutes Zeichen war. In Ravinia war das Wetter manchmal etwas unberechenbar. War in Europa und Amerika Winter, war es in Ravinia oft angenehm mild. Gegen Sommer wurde es zwar etwas wärmer, jedoch selten übertrieben heiß. Dafür regnete es viel in Ravinia. Allgemein vermutete man, dass sich die schweren Regenwolken zwischen den beiden Ufern des Flusses an den Hängen fingen und dort abregneten. Genau erklären konnte es jedoch niemand.

Als sie wieder die Veranda des *Topfes* erreichten, schlich sich ein Bild in Lees Kopf. Er konnte sich nicht dagegen wehren, es erschien einfach dort. Eine Vision. Das kam vor bei ihm und war Teil seiner Begabung als Wahrsager. Doch anstatt sich wie früher davor zu fürchten, tat er, was Berrie ihm gezeigt hatte: Er schloss die Augen, atmete tief durch und konzentrierte sich auf das Bild, das sich in seinem Kopf formte wie eine Skulptur aus schwerem Rauch.

Ein Mann in dunkler Kleidung an einer Häuserecke. Er kannte die Ecke. Sicher. Sie war nicht weit von hier. Und schon verblasste die Vision.

Solche Visionen waren so etwas wie Schicksal. Und Lee vertraute auf sie. Denn ohne sie hätte er Lara damals nicht gefunden und wäre niemals nach Ravinia gelangt. Dass eine solche Vision auch zu seinem Nachteil sein konnte, daran hatte er noch nie auch bloß einen Gedanken verschwendet.

Er verabschiedete sich eilig vom alten Barker und machte sich schnellen Schrittes auf in Richtung der Gasse, die er gesehen hatte. Sie lag lediglich einen Steinwurf weit entfernt.

»Kommissar Falter«, begrüßte Lee den Mann fortgeschrittenen Alters, dessen wildes Haar ihn wie einen alten, zerzausten Wolf wirken ließ. Er stand tatsächlich an derselben Ecke, die Lee gesehen hatte. Natürlich, Visionen kamen recht selten vor, doch das Ergebnis verblüffte den jungen Amerikaner immer wieder aufs Neue.

Hermann Falter jedoch bedeutete ihm mit einer Bewegung, den Mund zu halten. Lee bemerkte, dass der Kommissar einen dunklen Rollkragenpullover und Bluejeans trug. Eigentlich eher untypisch für ihn. Vielleicht war er inkognito unterwegs?

Spot, Falters kleiner Jack-Russel-Terrier, würdigte Lee keines Blickes, sondern starrte gebannt die Gasse hinab.

Seltsam. Wenn etwas in der Nähe des Rondells nicht mit rechten Dingen zugehen sollte, wollte Lee wissen, was es war.

Er näherte sich dem Beamten.

»Kommissar Falter, stimmt etwas nicht?«, fragte er und kam sich immer mehr vor wie in einem stilechten alten Western-Streifen.

Doch offenbar war der Kommissar nicht in derselben blendend fröhlichen Laune, in der Lee sich befand. Er packte Lee mit einem Ruck und drückte ihn mit einem Arm gegen die nächste Wand.

»Was?«, zischte er gereizt. »War ich nicht deutlich genug?«

Lee war im Bruchteil einer Sekunde alle Farbe aus dem Gesicht gewichen. Er wusste, dass er in seinem Übermut wahrscheinlich etwas zu weit gegangen war. Wenn der Kommissar tatsächlich arbeitete, hätte er ihn vielleicht in Frieden lassen sollen. Spot knurrte ihn leise an und Lee erinnerte sich daran, gelesen zu haben, dass diese Terrier verflucht spitze Zähne besaßen.

Jemand huschte an Falter vorbei und tippte ihm dabei auf die Schulter. Der Kommissar blickte sich nach dem Fremden um, der ihm still bedeutete, ihm zu folgen. Falter ließ Lee einfach los.

Lee riss sich zusammen und klopfte sich den Dreck von der Jacke. Erst jetzt erkannte er den anderen Mann. Er musste ein Nachtwächter sein. Er bewegte sich genauso tödlich präzise, wie Geneva McNamar es immer tat. Außerdem trug er schwarze Lederkleidung und einen jener schlanken Köcher, in denen sie ihre Waffen aufbewahrten. Zu zweit huschten der Nachtwächter und der Kommissar zu einer der nächsten Häuserecken, gefolgt vom eifrigen Spot.

Doch Lee wäre nicht Lee gewesen, wenn er hätte an sich halten können. So siegte im nächsten Atemzug Neugierde über Vernunft und er lief ihnen hinterher, natürlich mit gebührendem Abstand. Später sollte er oft an diesen Moment zurückdenken, und daran, wie vorschnell er gehandelt hatte. Aber in diesen Sekunden betäubte ihn der Rausch des Adrenalins. Es war wie im freien Fall.

Er folgte ihnen eine Gasse weiter, wo sie sich an eine Hauswand drückten, einen Moment zögerten und dann losstürmten. Blitzschnell zog der Nachtwächter sein schlankes Schwert.

Die beiden verschwanden aus Lees Sichtfeld und der beschleunigte seinen Gang, rannte schließlich über das staubige Kopfsteinpflaster. Jemand schrie auf, etwas klirrte. Lee stolperte und blieb an der nächsten Häuserecke stehen.

Was er sah, verschlug ihm den Atem.

»Was machen Sie denn da?«, rief er fassungslos.

Ein weiterer Nachtwächter war zu Falter und dem Nachtwächter gestoßen und zu dritt bedrohten sie mit gezogenen Waffen mehrere Personen, die Lee nicht erkennen konnte.

»Lassen Sie den Jungen los!«, blaffte Falter. »Sofort!«

Jetzt sah Lee, wer sich in ihrer Mitte befand.

Die Geschwister Skinner. Zwei erst halb geschminkte Harlekine in ihren weiten Kleidern. Und ein strohblonder Junge von vielleicht neun oder zehn Jahren.

Was sollte das denn?

Sarah Skinner ließ die Hand des Jungen los, der sich vor Schreck auf den Boden kauerte.

Wieso gingen Falter und die Nachtwächter denn derart auf die Harlekine los?

Auf einmal blitzte es auf. Eine grelle Wand aus Licht riss den Kommissar und die Nachtwächter von den Füßen, Lee hielt sich schützend den Arm vors Gesicht.

Das war ein Lichtgeist gewesen. Ein ziemlich großer Lichtgeist. Wer zum Teufel tat so etwas?

»Kommt mit!«, rief da jemand, und die Stimme trieb Lee einen Schauer über den Rücken. Sie kam ihm irgendwie bekannt vor. Er hatte –

Doch bevor Lee sich erinnern konnte, waren die Nachtwächter schon wieder auf den Beinen und irrten zwischen den gleißenden Lichtschwaden herum. Spot knurrte und kläffte.

»Jake?«, rief eine helle Frauenstimme offensichtlich in Panik, das musste Sarah Skinner sein.

Lee näherte sich dem Chaos vorsichtig. Er sah Falter am Boden liegen, packte ihn und half ihm auf die Beine. Der Kommissar rieb sich mit einer Hand die geblendeten Augen.

Lee hörte einen dumpfen Schlag und gleich darauf taumelte ein Nachtwächter gegen seinen Rücken, sodass Lee mit zu Boden gerissen wurde. Hastig rappelte der sich wieder auf.

»Jake!«, schrie Sarah erneut.

»Kommt endlich«, drängte der Unbekannte.

Der Junge schrie auf und weinte.

Dann endlich ebbte das gleißende Licht ab und Lee konnte einen hochgewachsenen Mann in einem schwarzen Kapuzenpulli erkennen, der den schreienden Jungen hinter sich herzerrte. Der Mann hielt auf eine Haustür zu, steckte einen Schlüssel hinein –

Doch Lee rannte ihn um.

»Lauf!«, rief Lee dem Jungen zu, aber der war wie paralysiert. »Lauf endlich!«

Dann umfasste eine Hand Lees Jackenkragen und zog daran. Und jetzt erkannte er den Mann im Kapuzenpullover endlich.

»Ma'Haraz«, hauchte Lee und war einen Wimpernschlag lang wie erstarrt.

»*Du*«, fauchte der Mann mit seiner Wüstensandstimme und schlug ihm ins Gesicht. Die Welt explodierte. Im Fallen trat Lee nach Ma'Haraz, aber der war schon wieder fort, riss die Tür auf und griff erneut nach dem Jungen, der Lees Befehl nicht gefolgt war. Der zweite Tritt war jedoch ein Treffer und der düstere Wahrsager taumelte.

»Lauf endlich!«, schrie Lee den Jungen erneut an, der nun wenigstens versuchte, davonzukrabbeln.

Diesen Moment der Verwirrung nutzte Jacob Skinner, um an ihnen vorbei durch die Tür zu sprinten, seine Schwester mit sich ziehend.

Lee, der den beiden hinterherstarrte, wurde von Ma'Haraz mit aller Wucht in die Rippen getreten. Wie betäubt griff er nach Ma'Haraz' Stiefel, war aber viel zu langsam. Der Wahrsager mit der Hakennase trat erneut nach Lee, traf dessen Finger, drehte sich um und verschwand durch die Tür.

Etwas klirrte. Der Nachtwächter hatte sein Schwert geworfen, mit der Spitze voran. Die Waffe landete zwischen Tür und Rahmen, sodass die Tür nicht ins Schloss fallen konnte. Sofort sprang der Nachtwächter über Lee hinweg und riss die Tür auf. Lee blinzelte. Er sah eine nächtliche, von honiggelbem Licht erleuchtete Gasse, durch die die beiden Harlekine und Ma'Haraz rannten.

Spot sprang durch die Tür und setzte zur Verfolgung an. Ebenso der Nachtwächter.

»Steh auf!«

Kommissar Falter stand plötzlich über Lee und zog ihn auf die Beine. Hinter ihnen schluchzte der Junge herzzerreißend.

Lee hörte Schritte und drehte sich um.

Barker und Luke kamen in Begleitung einiger Barbesucher angerannt und der Wirt nahm sich sogleich des verstörten Kindes an.

Falter packte Lee bei den Schultern und sah ihm ins Gesicht.

»Alles in Ordnung, Junge?«

Lee nickte benommen, aber Falter war schon durch die Tür, bevor er antworten konnte. Der zweite Nachtwächter folgte ihm.

Lee hielt sich für zwei Atemzüge am Türrahmen fest, um nicht wieder umzufallen. Dann schluckte er, riss sich so gut es ging zusammen – und verschwand ebenfalls ihm Türrahmen.

Ma'Haraz.

Ma'Haraz. Immer wieder nur dieser eine Gedanke, wie ein Fluch. Der widerliche Bastard mit der Hakennase war auf der Flucht, die Harlekine ebenfalls und Lee wollte, dass sie es bereuten. Dass Ma'Haraz es bereute, sich in Ravinia noch einmal blicken lassen zu haben.

Er hetzte einige Momente durch die ihm völlig unbekannte

Stadt. Hätte er sich umgesehen, wäre ihm die sandsteinfarbene Gasse aufgefallen, die er betreten hatte. Der gelbliche Stein, aus dem alle Gebäude ringsum errichtet waren, hoch, mit flachen Dächern, verwitterten Ornamenten und kleinen Vordächern.

Lee hastete unter einer Vielzahl von Torbögen hindurch, vorbei an Säulen und Fensterbänken, Treppen hinauf, Treppen hinab und durch enge Gassen. Manche Gassen schienen gar unter anderen zu verlaufen, doch er achtete nicht weiter darauf.

Schließlich traf er an einer der vielen Kreuzungen auf Falter.

»Wo sind wir hier?«, wollte Lee wissen.

»Jerusalem, Altstadt«, keuchte Falter nur. »Sie haben sich eben getrennt.«

»In welche Richtung?«

Falter deutete mit einer umfassenden Kopfbewegung an, dass sie offenbar alle drei in unterschiedliche Gassen abgetaucht waren.

Ohne auch nur den Funken eines vernünftigen Gedankens zu fassen, entschied sich Lee und rannte los.

»Halt, Junge. Halt!«, rief Falter ihm hinterher, aber Lee hörte ihn schon nicht mehr. Er sprintete vorbei an Tischen und Stühlen, Souvenirständen, die gerade abgebaut wurden, schob Touristen und Einheimische energisch beiseite.

Weiter vorne fluchte jemand böse und es klirrte.

Lee hastete weiter, drängelte sich so schnell es ging an den Menschenmassen vorbei, die immer noch die Gassen säumten.

Dann erhaschte er einen Blick auf ihn.

Ma'Haraz.

Da war er tatsächlich und schob sich eilig an den Leuten vorbei.

Lee beschleunigte, griff im Laufen in seine Umhängetasche und fischte nach einem Flakon.

Ma'Haraz schlug einen Haken, und Lee rannte hinter ihm her.

Nun wurde es deutlich leerer. Ma'Haraz hatte ihm vielleicht fünfzehn, zwanzig Meter voraus.

»Ma'Haraz«, brüllte Lee und warf den Flakon in hohem Bogen die Gasse hinunter.

Der Gerufene blickte kurz über seine Schulter, doch zu spät, der Flakon zerplatzte direkt hinter ihm auf dem Sandsteinpflaster.

Ein Lichtgeist stieg auf – nicht so mächtig wie derjenige, den Ma'Haraz eben noch in Ravinia entfesselt hatte, aber die Druckwelle reichte aus, um ihn stolpern zu lassen. Er überschlug sich und stürzte der Länge nach hin.

Um Ma'Haraz tobte das Chaos. Die wenigen Leute in der Gasse ergriffen panisch die Flucht, während der Lichtgeist sich in eine nahe Straßenlaterne verzog.

Lee stürzte sich auf Ma'Haraz. Doch der düstere Wahrsager hob die Arme zum Schutz, wehrte Lees Fäuste ab und wälzte ihn von sich herunter. Lee rollte sich ab und kam auf die Beine, nur um wieder nach Ma'Haraz zu treten. Der jedoch wich geschickt zur Seite aus, um den vor Wut fast blinden Amerikaner ins Leere laufen zu lassen.

Lee fuhr herum und funkelte Ma'Haraz aus zusammengekniffenen Augen an.

»Du entkommst mir nicht«, grollte er, während sie sich langsam, lauernd umkreisten. »Nicht jetzt!«

»Du bist ein Wahrsager geworden«, stellte Ma'Haraz anerkennend fest, während er seine zerzausten und verschwitzten Korkenzieherlocken aus dem Gesicht wischte. Lee dachte, dass sein Gegenüber mit Jeans und schwarzem Kapuzenpullover eine nicht annähernd so bedrohliche Aura besaß wie mit seiner wallenden, schwarzen und von Klunkern und Talismanen übersäten Kleidung, die er bei ihren letzten Begegnungen getragen hatte.

»Bei wem bist du in der Lehre?«, fragte Ma'Haraz.

»Das interessiert Sie doch einen Dreck«, spie Lee aus. »Sagen Sie mir lieber, was Sie mit den Skinners zu tun haben.«

»Ach«, Ma'Haraz winkte ab, er sprach fast im Plauderton. »Sagen wir mal, die beiden haben mir einen netten Dienst erwiesen. Aber dieser dämliche Kommissar hat natürlich alles vermasselt.«

Lee zog vorsichtig einen Flakon aus seiner Tasche hervor.

»Hey Mann«, meinte Ma'Haraz. »Du glaubst doch nicht ernsthaft, dass du dich mit mir duellieren kannst? Mit *mir*? Mit Meister Ma'Haraz?«

Als Antwort warf Lee den Flakon vor Ma'Haraz' Füße. Es klirrte, blitzte und Lee wurde nach hinten geschleudert. Ma'Haraz jedoch ging nur in die Knie. Er hielt ein Amulett mit einem riesigen Edelstein schützend vor sich und der Lichtgeist flog auf den Stein zu und verschwand. Lee versuchte, sich seine Überraschung nicht anmerken zu lassen. In dieser Geschwindigkeit hatte er noch niemanden einen Lichtgeist einfangen sehen. Lee griff erneut in seine Tasche.

»Lass es sein!«, rief Ma'Haraz. »Was glaubst du denn, wer du bist?«

Lee schnaubte und kam auf die Beine.

Ma'Haraz hielt das Amulett immer noch in einer Hand, sodass Lee einen Blick darauf erhaschen konnte.

»Ich lasse deinen eigenen Lichtgeist auf dich los, wenn du es versuchst. Was hältst du davon?«

Und Lee sah ein, das Ma'Haraz ihm einiges voraushatte. Doch noch gab er nicht auf.

Blitzschnell rollte er die nachtschwarze Kugel zu dem dunklen Meister.

Und es funktionierte. Ma'Haraz entließ seinen Lichtgeist wieder, ohne jedoch darauf zu achten, dass Lee es nicht ebenfalls mit einem weiteren Geist versucht hatte. Ma'Haraz' Geist schoss direkt in die nachtschwarze Kugel, die wild hin- und herzuckte. Der düstere Wahrsager griff sich an die Schläfen und ging vor Überraschung in die Knie. Die Kugel saugte an ihm, an seiner Seele oder seinem Verstand. Es schien beinahe wie ein Luftstrom, der an Ma'Haraz Konturen zehrte. Mit vor

Schmerz und Entsetzen verzerrtem Gesicht fiel er vollends zu Boden, schaffte es jedoch im letzten Moment noch, der Kugel einen Tritt zu verpassen, sodass sie über das Pflaster an den Rand der Gasse kullerte.

Stöhnend rappelte er sich hoch, stützte sich an einer Hauswand ab, aber Lee trat ihm nun seinerseits in die Rippen. Ma'Haraz zuckte zusammen, rutschte keuchend die Wand wieder hinunter, schaffte es irgendwie dennoch, Lee die Beine wegzufegen. Der junge Amerikaner fiel, stürzte auf die Schulter und ein stechender Schmerz durchzuckte ihn.

»Das war –«, stieß Ma'Haraz atemlos hervor, »beeindruckend, junger Freund. Höchst – beeindruckend.«

Lee rollte sich weg und stöhnte auf, als seine Schulter erneut heftig schmerzte. Sein Gegenüber hatte sich mittlerweile wieder aufgerichtet, etwas wackelig zwar, aber er stand.

»Ich sollte dich umbringen«, keuchte er und starrte Lee bösartig an. »Einfach umbringen.«

Er holte ein Armeemesser unter seinem hochgeschobenen Hosenbein hervor. Damit näherte er sich Lee und –

Ein Knall ertönte und Ma'Haraz wurde erneut von den Füßen gerissen. Sein Amulett und das Messer flogen durch die Gasse.

»Lee«, hörte der junge Amerikaner Falters Stimme, und Spots Kläffen mischte sich unter das Getrappel von Füßen.

Ma'Haraz fluchte, drehte sich um und rannte in die andere Richtung davon. Zwei weitere Schüsse ertönten, schlugen aber in die umliegenden Sandsteinwände und Fensterläden ein, dann war Ma'Haraz um eine Ecke verschwunden.

Lee kam langsam hoch, auch er torkelte ein wenig.

»Lee«, Kommissar Falter kam neben ihm zum Stehen. »Spinnst du, Junge?«

Lee bemühte sich, ihn nicht anzusehen. Doch Falter gab ihm keine Chance dazu.

»Schnell«, drängte Falter. »Wir müssen hier schleunigst

weg. Die Israelis reagieren mehr als empfindlich, was Explosionen und Schüsse in dieser Stadt angeht.

»Aber es gab keine Explosionen«, murmelte Lee.

»Völlig egal, diese Lichtviecher sind Furcht einflößend genug. Hey, was machst du da?«

Falter hatte ihn bei der Hand mit sich fortziehen wollen, aber Lee hatte sich losgerissen und suchte den Boden der von Laternen beleuchteten Gasse ab. Schließlich fand er, was er suchte. Vorsichtig umhüllte er die nachtschwarze Kugel mit seiner Jacke und steckte sie zusammen mit Ma'Haraz' Amulett in seine Tasche.

»Jetzt aber schnell«, drängte Falter und zusammen verließen sie ihre sandsteinfarbene Umgebung durch die nächstbeste Tür nach Ravinia.

Gefühle waren wie ein Sturm.

Ein Sturm in der Welt. Um einen herum. Vor den eigenen Augen. Ein Sturm selbst in der Kaffeetasse, die vor Lee auf dem Tisch stand und deren verheißungsvoller Duft ihn nicht im Mindesten tangierte.

Eine ganze Weile hatte er zitternd in eine Decke gehüllt auf dem Bürostuhl gesessen, bevor Hermann Falter erneut den Raum betreten hatte, dicht gefolgt von Spot.

»Woher wusstet ihr das von den Skinners?«, platze Lee heraus.

Der Kommissar hob überrascht die Augenbrauen, setzte sich jedoch erst mal an seinen Schreibtisch.

»Woher wir wissen, dass die Skinners Leute entführen?«

Lee nickte.

»Hm …«

Falter fixierte ihn.

»Ich denke, das kann dir erst einmal egal sein. Was zum Geier sollte diese Aktion vorhin?«

»Hey!«, protestierte Lee. »Immerhin hab ich Ma'Haraz gestellt.«

»Hast du nicht. Oder siehst du ihn hier irgendwo?«

Da hatte der Kommissar recht. Lee hatte sich zwar einen Schlagabtausch mit einem ekelhaft mächtigen Wahrsager geliefert – aber eigentlich war es nur seinem Glück zu verdanken, dass er noch lebte.

»Lass diesen temperamentvollen Blödsinn in Zukunft, hast du verstanden?«

Der Boden wirkte geradezu wie ein Magnet für Lees Blicke. Er nickte stumm.

»Was soll's«, winkte Falter ab. »Irgendwie ist alles ja noch so gerade eben gut gegangen. Ich habe nur ehrlich gesagt keine Lust, auch noch spätpubertäre Lehrlinge zu beaufsichtigen.«

Lee fühlte sich immer noch nicht an der Reihe, irgendetwas zu sagen. Immerhin war das ganz große Donnerwetter bisher ja ausgeblieben. Das würde sich aber möglicherweise ändern, wenn Berrie von dem Vorfall erfuhr.

»Aber nun etwas anderes«, wechselte Falter das Thema.

Jetzt erst sah Lee auf. Ein kleiner Hoffnungsschimmer, dass dieser Tag nicht in der ganz großen Depression enden würde, schien sich anzubahnen.

»Du bist doch Wahrsager-Lehrling, oder?«, erkundigte Falter sich überflüssigerweise.

Lee nickte vorsichtig.

»Dann kannst du mir vielleicht verraten, warum jemand wie dieser Ma'Haraz Leute entführt und sie kurze Zeit später wieder freilässt? Ohne Erinnerungen?«

Lee grübelte. Erinnerte sich an die Zeitungsberichte, die er über die eigenartigen Entführungen gelesen hatte.

»Sie meinen also, dass Ma'Haraz der Entführer ist?«

»Sieht wohl ganz so aus«, bestätigte Falter ihm. Spot nahm einige kurze Trippelschritte Anlauf und hopste dem Kommissar auf den Schoß.

Lee überlegte kurz. Schließlich schüttelte er den Kopf.

»Spontan fällt mir nichts ein«, gestand er.

Falter seufzte.

»Das macht nichts. War ja auch nur so eine Idee, jemanden vom Fach zu befragen. Vielleicht hör ich mich dann mal bei euch im Rondell und beim ausgebildeteren Personal um.«

Einen Moment lang sagte niemand von beiden etwas. Es ärgerte Lee, dass er nicht helfen konnte – ihn nervte seine Unzulänglichkeit. Oder zumindest seine fehlende Fantasie, was Ma'Haraz wohl mit den entführten Leuten tun könnte.

»Mr Falter?«

»Ja?«

»Was haben die Skinners mit Ma'Haraz zu schaffen?«

»Gute Frage, Junge. Aber das Ganze da eben wirkte nicht unbedingt wie das perfekt geplante Verbrechen.«

»Sie meinen, Ma'Haraz und die Skinners könnten zufällig zur selben Zeit am selben Ort gewesen sein?«

»Auszuschließen ist es jedenfalls nicht.«

»Aber warum hilft er ihnen dann?«

»Auch das müssen wir herausfinden.«

Beide grübelten erneut für eine Weile vor sich hin.

»Und was, wenn Ma'Haraz die Auftritte der Skinners nur für sich genutzt hat, um in dem Trubel unerkannt handeln zu können?«

»Guter Punkt, Junge. Aber wieso sind die Harlekine dann vor uns weggerannt?«

»Vielleicht haben Sie ihnen Angst gemacht.«

»Panikreaktion«, grübelte Falter vor sich hin. »Schon möglich. Trotzdem ist es ja eine Tatsache, dass die Harlekine getürmt sind. Das *kann* Panik sein. *Muss* es aber nicht.«

Lee nickte. Irgendwie schmeckte ihm das ganz und gar nicht, obwohl er den Gedankengang des Kommissars gut nachvollziehen konnte.

»Was wäre«, fragte Lee plötzlich einfach ins Blaue hinein, »wenn Roland Winter noch lebte?«

Kommissar Falter blickte den jungen Wahrsager erschrocken an. Ihm war anzusehen, dass ihm Lees Worte einen wahren Schauder über den Rücken jagten.

Schließlich schüttelte er aber den Kopf.

»Unsinn«, brummte er.

»Warum?«, fragte Lee. »Was sollte Ma'Haraz sonst vorhaben? Ravinia ist doch viel zu gefährlich für ihn. Hier gibt es die Nachtwächter, mit denen nicht zu spaßen ist. Hier gibt es das Kommissariat. Und außerdem gibt es hier auch genug andere talentierte Stadtbewohner, die ihm sicherlich gerne die ein oder andere Kopfnuss verpassen würden.

Es muss ihn doch etwas antreiben, hierher zurückzukehren. Inkognito, wohlgemerkt. Und Roland Winter – der ja über extreme Macht verfügt – als Gönner zu haben, wäre schon ein starker Beweggrund.«

»Aber Winter müsste lange tot sein«, stöhnte Falter.

»Ja klar. Aber das haben schon einmal eine ganze Menge Leute gedacht. Und außerdem hat Ma'Haraz schon einmal erheblichen Aufwand bei Winters Wiederauferstehung betrieben. Mit einer gefrorenen Melodie geht es diesmal nicht, denn derjenige, von dem sie stammte, lebt nicht mehr. Möglicherweise hat er einen anderen Weg entdeckt. Und vielleicht bekommt er von den Entführten etwas, das ihm dabei hilft.«

Für einen Augenblick schwiegen sie, nachdem Lee geendet hatte, verdauten den unangenehmen Gedankengang.

Dann meinte Falter sehr entschieden: »Nein! Das glaube ich nicht.«

»Warum nicht? Klingt bitter, aber nicht unlogisch, oder?«

»Junge, ich habe Roland Winter gesehen, dort auf dem Friedhof.«

Kommissar Falter war aus seinem Stuhl hochgefahren und der erschrockene Spot war auf den Schreibtisch gesprungen.

»Glaub mir, er war ein Wrack, kurz vor dem Ende. Er lag im Sterben.«

Spot kläffte auf dem Tisch wie zur Bekräftigung.

Falter ließ sich wieder hinter seinen Schreibtisch sinken.

»Entschuldigung«, murmelte Falter. »Irgendwie hat es mich gepackt.«

»Ich kann Sie ja verstehen«, gab Lee zu. »Aber was ist, wenn doch? Sie haben doch selbst gesagt, dass in dieser Stadt alles möglich ist. Und ja, Winter lag im Sterben: Aber haben Sie gesehen, dass er wirklich *tot* ist?«

»Unangenehme Vorstellung«, betonte Falter. »Höchst unangenehm.«

Der Kommissar spielte nervös an seinem buschigen Schnauzbart herum.

»Aber ich fürchte, dass ich das wohl zur Diskussion stellen muss. Oder?«

Wieder schwiegen beide. Lee grübelte verzweifelt darüber nach, was Ma'Haraz wohl planen könnte. Da schwang plötzlich die Tür auf und ein jüngerer Kommissar stürmte herein, völlig außer Atem. Spot bellte ihn lautstark an.

»Mr Falter«, rief der junge Kommissar über den Lärm hinweg. Mit seinen hochgekrempelten Hemdsärmeln und den Hosenträgern sah er ein wenig aus wie die Karikatur eines Börsenbrokers. »Mr Falter, wir haben eine der Zielpersonen.«

Erwischt.

Einer der Nachtwächter hatte Sarah Skinner erwischt, während Jacob Skinner wohl ebenso wie Ma'Haraz entkommen war. Man hatte sie unter Bewachung in das Hospital von Ravinia gebracht. Offenbar war sie verletzt – schwer genug, um der Obhut des Krankenhauses zu bedürfen. Genaueres brachte Lee nicht in Erfahrung, man schickte ihn weg, da es ohnehin hektisch wurde im Kommissariat.

Mit hämmerndem Herzen stiefelte Lee zurück durch die abendlich ruhigen Gassen der düstergoldenen Stadt. Als er aus der Oberstadt hinabstieg, malte die Sonne einen flirrenden Sonnenuntergang an den Himmel über der Hügelkette, die kein Mensch betreten konnte. Doch Lee stand weiß Gott nicht der Sinn nach Romantik. Er hatte Angst. Er war sich unsicher. Sein Gefühl sagte ihm, dass irgendetwas Größeres im Gange war. Und er hasste dieses Gefühl.

Ein Rabe segelte über ihm durch die Luft, gerade als er auf den Marktplatz trat.

»Corax!«, rief Lee und das Tier kam herunter und setzte sich mit seinen viel zu klugen Knopfaugen direkt auf seine Schulter.

»Du willst Post loswerden?«

Lee suchte in seinen Taschen nach irgendetwas, um darauf zu schreiben. Bloß fand er nichts.

»Kannst du auch mündliche Botschaften überbringen?«

»Klar, krah«, krächzte der Rabe. »Kostet aber extra.«

Natürlich!

»Blödmann«, nuschelte Lee.

»Rabe!«, sagte der Rabe.

»Hä?«

»Blöd-*Rabe*, wenn schon. Aber das macht den Tarif auch nicht gerade günstiger, weißt du?«

Lee stöhnte, holte seine Geldbörse hervor und fischte nach dem Zehn-Pfund-Schein. Seinem *einzigen* Geldschein.

»Oh«, machte er Rabe. »Dafür lege ich beim Überbringen sogar noch einen Zahn zu.«

»Schön«, unterbrach Lee ihn leicht genervt, aber doppelt so nervös. »Ich möchte, dass du Ms Lara McLane Folgendes übermittelst ...«

6. Kapitel, *das Lara in die Mitte eines Lavendelfeldes führt.*

Wo willst du heute schlafen?
Und worüber denkst du nach?
Es war wundervoll als wir uns trafen,
Wie lange lagst du wach?

Thees Uhlmann

Wer weiß schon am Anfang eines langen Tages, in welche Weiten es einen verschlägt?

Der Morgen war von Kaffee durchsetzt.

Mal wieder.

Denn Lara versuchte, mit einer Tasse nach der nächsten die Müdigkeit aus ihren Augen zu vertreiben. Doch es funktionierte nicht. Wie auch? Hatte sie doch mitten in der Nacht Gespräche über Heimlichkeiten, Familienkriege, alte und neue und verlorene Lieben verfolgt und war durch halb Elo gelaufen.

Schließlich waren sie aufgebrochen, noch während Lara an einem Croissant geknabbert hatte. Tolle Aussichten. Nicht einmal essen durfte man also in Ruhe. Toms Kommentar über schlaftrunkene Teenager hatte sie erst gekontert, als sie das Haus Bastiani schon längst verlassen hatten. Doch bezüglich der Geschehnisse ihrer kurzen Nacht hielt sie sich erst einmal bedeckt. Wer wusste schon, wo Epicordia überall Ohren hatte?

Tom bewegte sich steif, behindert durch dicke Bandagen unter seiner Kleidung. Ansonsten schien er seine Verletzungen auf beinahe beängstigend stoische Weise zu ignorieren. Ja, so kannte sie ihn: Rätselhaft bis zum Schluss. Er hatte ihr gegenüber bisher nicht ein einziges Wort zu den Vorfällen verloren. Und so hegte Lara immerhin leise Hoffnungen, dass er es ihr unterm Strich nicht so übel nahm, wie Geneva es getan hatte.

Eine ziemlich vage Hoffnung angesichts seiner Verletzungen. Lara vermied das Thema tunlichst – und hegte im Stillen ein schlechtes Gewissen.

Myra Jones – die Lara heute zum ersten Mal ohne ihren Trenchcoat sah, dafür aber in einer engen Lederjacke, die ihren Sex-Appeal um ein unverschämtes Maß steigerte – schlug schließlich vor, man solle sich doch zu Besprechungen von nun an in der Laube von Patrick Davenport treffen. Dort befände man sich immerhin auf neutralem Boden.

Großartig. Patrick wurde also nun auch mit in diese Geschichte hineingezogen. Obwohl, wenn Lara ehrlich war, steckte er sowieso schon mittendrin.

Schließlich hatten sie sich aufgeteilt, um sich umzuhören. Eine Arbeit – so fand Lara –, die Myra Jones auch gut alleine hätte tun können. Schließlich war das ihr Job als Kommissarin und sicherlich war sie auch erheblich besser darin als Schlüsselmacher. Schlafen wäre stattdessen eine hervorragende Idee gewesen. Sie schwor sich, genau *das* lange und ausführlich zu tun, sobald sie nur die Gelegenheit dazu bekäme.

Doch der Vormittag war lang und eigentlich auch recht öde.

Lara und Geneva waren zusammengeblieben. Ebenso Tom und Francesco, denen sie jedoch erheblich mehr Chancen auf Erfolg zutrauten als sich selbst. Immerhin gehörte Francesco selbst zum Mondvolk. Um die schöne Myra Jones machten sie sich indessen gar keine Sorgen. Sie als ausgebildete Schnüfflerin würde schon wissen, wo sie ihre Nase hineinzustecken hatte und wo nicht.

Und so ergaben sich die Nachtwächterin und die junge Schlüsselmacherin ihrem Schicksal.

Sie gingen eine Reihe von Haustüren ab. Doch obwohl beide eine gute Erziehung genossen hatten und wussten, wie man sich höflich benahm, ohne gleich wie ein nerviger Vertreter zu wirken, waren ihre Bemühungen völlig ernüchternd.

Dort, wo man sie nicht gleich an der Türschwelle abwimmelte, gab ihnen spätestens im Hausflur irgendein Familienmitglied zu verstehen, dass sie als Oberweltler hier nun absolut nichts verloren hatten.

Wäre dies ein Nest in irgendeiner europäischen Provinz gewesen, die für ihre Unfreundlichkeit bekannt war – ja, dann hätte Lara vielleicht darüber hinwegsehen können, andauernd abgewiesen zu werden. Aber das war sie nicht. Im Gegenteil: Elo war nach außen für nichts bekannt, weil es ja auch eigentlich niemand kannte. Und so war es einfach frustrierend. In höchstem Maße.

Sie kam sich vor, als schwömme sie in einem Strom aus verschwendeter Zeit. Stattdessen hätte sie an ihrer Werkbank sitzen und sich neue Konzepte für einzigartige Schlüssel einfallen lassen können. Sie hätte weiter an den Plänen für ihr Gesellenstück feilen können.

Aber nein, stattdessen ließ sie sich in einer unfreundlichen Unterwelt von skeptischen bis garstigen Bewohnern mit Floskeln abspeisen.

Schließlich fiel Lara bei Patrick auf die durchgesessene Couch. Bob Dylan gab im Hintergrund seine brillante Lyrik zum Besten, obwohl er doch niemals ein besonderes Gesangstalent besessen hatte.

»Schlafen«, murmelte sie, ließ sich zur Seite plumpsen und blieb regungslos liegen.

»Ist sie keine Nachtschwärmerin?«, fragte Patrick Geneva. Er hatte leicht reden, denn schließlich hatte er beinahe bis jetzt geschlafen.

Geneva schüttelte nur den Kopf.

»Sie ist bloß keine *Aufsteherin*«, meinte sie und trank einen Schluck Orangensaft.

Nach und nach trudelten die anderen ein.

Als Lara sich den Schlaf aus den Augen gerieben hatte, konnte sie die langen Gesichter sehen. Offensichtlich waren auch ihre Erkundigungen nicht von übermäßigem Erfolg gekrönt gewesen.

Die Musik aus Patricks Gettoblaster war mittlerweile auf Eric Clapton umgeschwenkt.

Etwas hilflos sah sie sich nach Kaffee um, entdeckte aber nur eine angebrochene Colaflasche und griff danach.

»Die würde ich nicht mehr trinken«, sagte Patrick schnell und nahm ihr die Cola weg. Kurz überlegte Lara, wie viel Kraft sie wohl besaß, um Protest einzulegen. Besser als das Koffein jedoch war der sanfte Griff, mit dem Patrick ihr Handgelenk ergriffen hatte. Flüchtig zwar, aber es hatte ausgereicht, um einen Eindruck auf ihrer Haut zu hinterlassen. Seine Handflächen waren erstaunlich rau für einen Schriftsteller. Zumindest war Lara immer davon ausgegangen, dass Menschen dieses Berufs eher zartere Haut an den Fingern hätten.

Myra Jones zickte Tom an – zumindest wirkte es so auf Lara. Es ging darum, dass er scheinbar nicht hartnäckig genug nachgehakt hatte, um an Informationen zu gelangen. Tom selbst sagte nicht viel dazu. Was auch? Geneva war es, die ihn in Schutz nahm. Schließlich sei er verletzt und ohnehin kein großer Redner und was sich die Kommissare von Ravinia wohl dabei denken mochten, wenn sie andere für ihre eigene Arbeit einspannten. Es geschehe viel zu häufig, dass sie in einen Fall verwickelt würde, bei dem sie nur zum Schutz der Beteiligten anwesend sein sollte und schließlich doch mitten in den Ermittlungen stecke. Die rothaarige Kommissarin konterte damit, dass sie ja wohl alle freiwillig mitgegangen seien.

So gifteten sie sich eine Weile lang an, während Tom unbeteiligt dabei stand. Wieder war aus seinem Gesicht nichts zu lesen, jedoch ahnte Lara, wie sehr ihn alles nervte.

Patrick hingegen hatte sich zu ihr auf das olle Sofa gesetzt und beobachtete die beiden Streithähne aufmerksam.

»Das macht Epicordia«, sagte er schließlich.

»Bitte was?«, erkundigte Lara sich völlig überrascht darüber, dass sich jemand anderes zu Wort gemeldet hatte.

Patrick sah sie ernst an.

»Das macht Epicordia«, sagte er erneut. »Die meisten Menschen sind nicht dafür gemacht, hier unten zu sein. Es schlägt ihnen aufs Gemüt. Sie werden unleidlich, depressiv, streitsüchtig.«

»Hm«, überlegte Lara und starrte wieder die beiden Frauen an.

Geneva argumentierte gerade erneut, dass sie viel zu viel Polizeiarbeit erledigen würden, als Lara eine Idee kam. Woher kamen die Tiere in den Tiefsten Tunneln überhaupt? Natürlich, das fragten sie sich schon die ganze Zeit. Doch bisher hatten sie den Gedanken nie verfolgt. Sie erinnerte sich. Zuletzt hatte sie ihn fallen lassen, als sie Francesco und Robina vor der Villa Bastiani entdeckt hatte. Und so war sie lieber den beiden gefolgt, statt ihren Überlegungen um die mechanischen Gottesanbeterinnen. Doch möglicherweise lag hierin tatsächlich einer der Schlüssel zu ihrem Rätsel. Denn die Tiere konnten nicht von selbst nach Epicordia gelangt sein. Irgendjemand musste sie hier hingebracht haben.

»Geneva«, sagte sie. Und als diese nicht reagierte, rief sie etwas lauter: »Geneva!«

Nachtwächterin und Kommissarin drehten sich zu ihr um.

Vorwurfsvoll blickte Lara sie an.

»Ist das nicht ganz schön albern? Bringt uns gegenseitiges Anschreien etwa weiter?«

Myra Jones schüttelte verächtlich den Kopf.

»Nein, aber voreiliges Begrapschen mechanischer Biester?«

Der hatte gesessen.

Zicke!

Aber das war unwichtig.

»Erinnerst du dich noch daran, wie es war, als wir das erste Mal gemeinsam unterwegs waren?«, fragte Lara die Nachtwächterin stattdessen.

Geneva sah sie an.

»Du meinst in Tschechien?«

»Ganz genau. Weißt du, wer uns fehlt?«

Die Nachtwächterin starrte sie nur weiter verständnislos an.

»Mama Zamora?«, riet sie schließlich.

»Bingo«, erwiderte Lara. »Eine Wahrsagerin. Jemand wie Mama Zamora, die den Durchblick behält.«

Geneva schien immer noch nicht zu verstehen.

»Aber Mama Zamora ist doch lediglich so etwas wie ein wandelnder Lügendetektor.«

»Genau«, beharrte Lara. »Und genau jemanden wie sie brauchen wir jetzt. Überleg doch mal! Irgendwer muss diese Gottesanbeterinnern hier hereingelassen haben. Die bauen ja keine Nester und vermehren sich einfach so. Und irgendjemand mit Zugang nach Epicordia muss dahinterstecken. Mit Mama Zamora können wir ihn überführen.«

Geneva wiegte nachdenklich den Kopf.

»Aber genau genommen müssten wir dazu erst mal jemanden befragen. Vorher hat er doch keine Möglichkeit, uns anzulügen.«

»Doch«, widersprach Lara. »Mama Zamora kann den Leuten ansehen, ob sie etwas zu verbergen haben. In Ruben Goldsteins Haus hat sie das auch gemacht. Erinner dich!«

Ihre Freundin schlug sich mit der flachen Hand gegen die Stirn.

»Natürlich! Du hast vollkommen recht. Lara, die Idee ist super.«

»Bleibt nur ein Problem«, merkte Myra Jones schließlich nüchtern an. »Wie bekommen wir Mama Zamora hierher?«

»Na ja, wir könnten sie einfach holen.«

»Äh«, schaltete sich nun auch Patrick ein. »Damit macht

ihr das alles nicht besser. Das Mondvolk bringt euch um, wenn ihr noch mehr Leute herholt.«

»Aber auf der anderen Seite wollen sie unsere Hilfe, oder wie?«

»Na ja … wollen sie die denn wirklich?«

Doch dann war es Tom, der die aufkeimende Diskussion einfach unterband.

»Schluss jetzt«, ging er dazwischen. »Es kümmert mich ehrlich gesagt mittlerweile kaum noch, was das Mondvolk mit seinen ganzen Cosa-Nostra-Familienfehden möchte oder nicht. Außer ein paar Ausnahmen wie Francesco scheint sich doch hier niemand um die Mechaniken dort unten zu scheren, geschweige denn darum, wer sie hergebracht hat. Aber wenn ich ehrlich bin: *Mir* bereitet das ein ungeheuer flaues Gefühl in der Magengegend.«

»Du meinst, das Mondvolk *will* die Dinger in den Tiefsten Höhlen haben?«, fragte Geneva entsetzt. »Glaubst du, die wollen einen Putsch gegen Ravinia oder so etwas anzetteln?«

Tom schüttelte kurz den Kopf.

»Nein, warum sollten sie uns dann hier unten herumschnüffeln lassen?«

»Aber genau das tun sie ja überhaupt nicht«, empörte Myra Jones sich nun.

»Ich glaube«, überlegte Tom, »dass die Dinge zu verfahren sind und gar nichts passieren wird, wenn *wir* nicht das Heft in die Hand nehmen. Gehen wir also zu Mama Zamora.«

Insgeheim war Lara heilfroh über diesen Vorschlag, denn auch ihr schlug die eigenartige Höhlenwelt immer mehr aufs Gemüt. Auch wenn sie natürlich das Kribbeln im Bauch genoss, wenn sie mit Patrick zusammen war.

»Ich kümmere mich darum«, fuhr Tom schließlich fort. »Und Lara kommt mit. Unsere Arbeit in Epicordia ist ja fürs Erste getan.«

Genevas Gesicht blieb eine Maske. Natürlich – ihr *konnte* Toms Vorschlag nicht gefallen.

»Und wie wollt ihr hier wegkommen? Ich meine, die lassen einen so ungern rein, dann kommt man bestimmt nicht so einfach wieder hinaus.«

»Und außerdem«, ergänzte Patrick, »sind die Schlüssellöcher hier nicht dieselben wie in Ravinia. Ich hab's auch schon probiert, einfach nur, um noch schnell ein paar Sachen zu holen oder einzukaufen. Die benutzen ein anderes Schlüsselsystem.«

Doch Lara, die in den letzten Jahren gelernt hatte, in dem Gesicht Tom Truskas doch das ein oder andere zu lesen, merkte sofort, dass ihr Meister zu diesem Punkt schon längst eine Lösung parat hatte.

Er zog etwas aus der Tasche. Es hatte die Größe einer Batterie und glänzte metallisch im Licht, das durch die Fenster fiel.

Natürlich, dachte Lara. Ein Schloss.

»Wenn die Schlösser nicht die richtigen sind«, meinte Tom, »dann muss man eben eigene mitbringen.«

Und dann zwinkerte er, wie es der alte Baltasar Quibbes stets getan hatte.

»Ich komme mit.«

Patricks Worte ließen Laras Herz einen Takt schneller schlagen.

»Darf ich fragen, warum?«, fragte Tom.

Patrick zuckte mit den Schultern, ganz so, wie es seiner Natur entsprach.

»Ich denke, ich muss auch mal wieder raus«, gestand er schließlich. »Zumindest für eine Weile.«

Ein Lächeln umspielte Laras Lippen und sie verkniff sich eine Antwort. Jedoch wunderte sie sich, dass von niemandem ein Einwand dagegen erhoben wurde. Zumindest von Tom hätte sie ein abfälliges Brummen oder etwas ähnlich erwartet, aber ganz offensichtlich war Tom mit den Gedanken ganz woanders.

Es hatte etwa eine halbe Stunde gedauert, bis er das Schloss an der Tür zur Laube ausgewechselt hatte. Geneva hatte er die nötigen Handgriffe gezeigt, um es wieder zu entfernen, sobald sie sich in aller Heimlichkeit davongestohlen hatten.

»Patrick mag recht haben«, hatte er ihr erklärt. »Wenn die Mondleute zu früh entdecken, dass wir uns aus dem Staub gemacht haben, bekommt ihr bloß Ärger.«

Sie hatten sich für den nächsten Abend im Haus der Kreidefrau im Rondell verabredet.

»Bis dahin dürften wir alles Nötige erledigt haben«, resümierte Tom. »Francesco kann uns dann wieder hineinlassen.«

»Na, der wird begeistert sein«, Geneva verdrehte die Augen.

»Er wollte, dass wir die Sache in die Hand nehmen, also muss er auch damit leben, wie wir arbeiten.«

Das war typisch Tom. Pragmatisch bis zuletzt. Trotzdem wirkte er auf Lara beinahe beängstigend agil mit seinem verletzten Rücken.

»Seht einfach zu, dass Francesco zur richtigen Zeit am richtigen Ort ist«, schloss Tom.

Um kein Aufsehen zu erregen, hatten er und Lara darauf verzichtet, ihre Sachen aus der Villa der Bastianis zu holen. Lediglich Patrick packte einen kleinen Rucksack mit Wäsche sowie einen Kulturbeutel.

Der Gettoblaster spielte währenddessen Oasis: *Now you understand that this is not the promised land they spoke of.*

Wie überaus passend.

Wenn Lara daran dachte, was es mit einer menschlichen Seele wohl über kurz oder lang anstellen musste, ohne jeglichen Kontakt zur Oberwelt in den Höhlen von Epicordia zu verweilen, lief es ihr kalt den Rücken hinunter.

Schließlich war Tom fertig und steckte einen Schlüssel

in das Schloss, drehte ihn und schwang die Tür der Laube auf. Geneva hob eine Hand zum Abschied.

Die Magie Ravinias nahm Lara immer noch den Atem.

Sommerliche Wärme schlug ihr ins Gesicht. Mediterran und leicht staubig roch es und nach Lebensfreude.

Sie traten durch die Tür, sodass Tom sie hinter ihnen schließen konnte. Eine enge Straße, bevölkert von Menschenmassen, hatte sich um sie herum aufgetan. Die Häuser wirkten ein wenig wie ineinandergestapelte Kartons, waren allesamt in abblätternden Beige- oder Ockertönen verputzt und besaßen bunte Fensterläden.

Lara legte den Kopf in den Nacken und blickte in den strahlend blauen Himmel zwischen den hellroten Dachschindeln. Sie sog das pulsierende Leben um sich herum mit jedem Atemzug ein und merkte erst in diesem Moment, wie sehr sie Städte doch vermissen konnte.

»Wo sind wir?«, erkundigte Patrick sich. »Italien?«

»Frankreich«, korrigierte Tom ihn. »Saint Tropez, um genau zu sein.«

Lara senkte den Blick wieder, um Toms zu suchen.

»Aber wieso Saint Tropez? Ich dachte, wir suchen Mama Zamora.«

»Das tun wir auch«, bestätigte Tom ihr, während er die Ärmel seines Pullovers hochkrempelte. »Aber zuerst muss ich noch jemanden treffen. Und ich denke, du könntest auch Interesse an dieser Begegnung haben.«

»So? Und wer soll das sein?«

»Alisha Folders«, sagte Tom seelenruhig, steckte die Hände in die Hosentaschen und schlenderte die Straße hinunter. Patrick nahm Lara bei der Hand und zog sie mit sich, sonst wäre Tom seiner staunenden Schülerin womöglich davongelaufen.

Alisha Folders.

Den Namen kannte sie aus den Aufzeichnungen ihrer Mutter. Layla hatte bei ihr gelernt. Seltsam, dass sich nach all der Zeit doch immer noch wieder das ein oder andere Türchen in die Vergangenheit zu öffnen schien.

Sie überlegte eine Sekunde lang ob sie es Tom übel nehmen sollte, ihr nichts davon erzählt zu haben – doch sie besann sich eines Besseren. Sie hatte selbst kaum je einen Gedanken daran verschwendet, dass es Alisha Folders womöglich dort draußen irgendwo geben mochte. Sie hatte Tom einfach nie gefragt.

Stattdessen genoss sie es, sich von Patrick Davenport durch die sommerlichen Straßen von Saint Tropez ziehen zu lassen. Vor ihnen schritt Tom durch die Menschenmengen, als wären sie bloß Luft – wie er das machte, hatte er ihr einst erklärt, doch war Lara zu fasziniert von den Menschen, um ihren Blicken nicht begegnen zu können.

Hinter der nächsten ockerfarbenen Straßenecke erreichten sie den Hafen. Der Anblick, der sich Lara bot, war ein wenig skurril. Hinter ihnen ragten die ineinander verwinkelten und verschachtelten Häuser mit ihren roten Dächern auf, während sich vor ihnen die Bucht von Saint Tropez erstreckte, die sich ihrerseits am Horizont an andere Häfen und grüne Hügel schmiegte. Nicht dass der Hafen alleine nicht schon voll von Schiffen gewesen wäre – nein, darüber hinaus bevölkerten Hunderte oder Tausende von weißen Yachten die Bucht. Sie wirkten wie weiße Flocken in den tiefblauen Wassern der Côte d'Azur, groß oder klein, einfach oder luxuriös übertrieben.

Es roch nach Salz und Sonne. Und es roch nach Meer, wie in Edinburgh an guten Tagen.

Touristen säumten den Hafenplatz in rauen Mengen, während Tom zielstrebig eine Ansammlung französischer Taxis ansteuerte. Der Taxistand machte den Eindruck, als wäre er ursprünglich für wesentlich mehr Fahrzeuge gedacht gewesen. Doch schienen die Ströme von Urlaubern die hiesigen Taxifahrer gut zu beschäftigen, sodass nur vier Taxis mit heruntergelassenen Scheiben warteten. Ihre Fahrer waren teilweise ausgestiegen und hielten ein kleines Schwätzchen in der herrlich warmen Sonne, die ihren Zenit noch nicht überschritten hatte.

Tom ging auf einen von ihnen zu und sprach ihn an. Sein Französisch war nicht perfekt, aber um Längen besser als Laras.

»Du kannst mich jetzt loslassen«, sagte sie zu Patrick, da sie nun nicht mehr durch die Straßen hetzten, sondern Tom bei seinen Verhandlungen mit dem Taxifahrer beobachteten.

»Oh«, entschuldigte Patrick sich. Innerlich verfluchte Lara sich, weil die Berührung seiner Hand im Grunde genommen ziemlich angenehm gewesen war.

Tom winkte die beiden zu sich heran und der französische Taxifahrer begrüßte sie freundlich. Er war jung, kaum älter als Patrick, trug ebenso wie dieser ein Leinenhemd mit hochgekrempelten Ärmeln und hatte ein gewinnendes Lächeln voll weißer Zähne. Auf Lara wirkte es ein wenig zu gewinnend.

Tom gab ihm einige Euros und sie stiegen ein. Patrick hielt ihr die Tür auf, um sich dann neben ihr auf den abgewetzten Bezug der Rückbank zu setzen. Als Tom die Beifahrertür hinter sich zugezogen hatte, setzten sie sich in Bewegung. Das Taxi hatte keine Klimaanlage. Wären die Fenster des Wagens nicht heruntergelassen gewesen, wäre Lara vermutlich in dem Mief erstickt.

Sie fuhren durch die rumpeligen Straßen der Stadt, drängelten sich beharrlich durch die Touristenmassen. Bald schon lag das kleine Saint Tropez hinter ihnen und sie fuhren eine einsame, staubige Straße in das ansteigende Gelände im Hinterland hinauf.

Ihr Taxifahrer versuchte, Tom in ein Gespräch darüber zu verwickeln, wie schön doch die Landschaft sei und wie gut die Luft – allerdings hatte er den üblichen Erfolg, wenn es darauf ankam, Tom Truska auf Small-Talk-Fähigkeiten zu testen.

Dies alles passte überhaupt nicht in den Herbstregen, der

Laras Leben war. Sonne, Staubwolken, sommerliche Wärme und mediterrane Meeresluft füllten alles um sie herum, und trotzdem fühlte sie sich wohl. Sie war aufgeregt. Und außerdem tat es gut, einmal mehr mit Tom irgendwo auf der Welt unterwegs zu sein.

Während sie hinauf in die Berge fuhren, wurden die Anzeichen von Zivilisation um sie herum immer seltener. Die Häuser wurden blasser, den Straßen fehlte der Asphalt, sodass sie staubig und steinig wurden.

Sie fuhren Richtung Westen, während die Straße sie über einen Hügelkamm nach dem anderen führte. Ein kleines Dorf mit einer Handvoll Häusern lag auf ihrem Weg. Es wirkte wie eingeschlafen in der Mittagshitze, die durch die Fenster hereinwehte.

Schließlich bedeutete Tom ihrem Fahrer, am Straßenrand zu halten.

Nachdem der Taxifahrer in einer Wolke aufwirbelnden Staubs hinter der letzten Hügelkuppe und zwischen einer Gruppe verkrüppelt wirkender Olivenbäume verschwunden war, setzten sie sich in Bewegung. Wie üblich erklärte Tom nicht, wohin es ging.

Einige Minuten lang gingen sie im Gänsemarsch am Straßenrand entlang, obwohl Lara, wenn sie es recht bedachte, nicht wusste, warum. Vielleicht war es ein Automatismus, denn hier war es so einsam, dass sie sicher nicht Gefahr liefen, im dichten Verkehr überfahren zu werden.

Hinter dem nächsten Hügelkamm lag eine seicht abfallende Ebene, die über und über von Lavendel bedeckt war. Ein Meer von Blüten in leuchtendem Lila überzog beinahe alles, bis hinunter ins nächste Tal, während die Sonne darauf hinabstach. Es duftete ein wenig wie nach frischen Kräutern. Der Geruch stieg einem in die Nase und schien sich irgendwo tief im Gedächtnis einzunisten.

Die Straße endete schließlich, nur so etwas wie ein besserer Trampelpfad schlängelte sich durch die Myriaden von Lavendelfeldern hin zu einem kleinen Haus aus sandfarbenem Bruchstein. Begleitet von einer Stromleitung auf einfachen hölzernen Masten.

Hier lebte Alisha Folders? War sie auch eine aus jener melancholischen Generation alter Meister, die irgendwann die Einsamkeit vorzogen?

Tom schlug den Weg durch den Trampelpfad ein und Patrick und Lara folgten ihm. Eine dezente Windböe ließ den Lavendel um sie herum rascheln, während es sonst sehr still, aber heiß war.

Bald schon erreichten sie den Hof des Bruchsteinhäuschens und traten auf einen von blassem Schotter übersäten Vorplatz. Rechts von ihnen lag ein kleiner Schuppen mit einem Wellblechdach und darin stand ein bulliges Motorrad. Eine echte Harley, dachte Lara und musste schmunzeln. Die Frau, die hier wohnte, wurde ihr sympathisch, ohne dass sie sie je getroffen hatte.

Etwas sprang Tom an. Der duckte sich instinktiv, konnte aber nicht ausweichen. Ein Tier hüpfte auf seine Schulter und klammerte sich fest.

»Verdammt«, fluchte Tom und versuchte es abzuschütteln, während sein Gesicht sich vor Schmerz verzerrte.

Patrick eilte ihm zu Hilfe und schaffte es tatsächlich, das Tier von dem Schlüsselmachermeister hinunterzuschubsen. Geschickt landete das Wesen mit allen vieren auf dem Schotterboden und starrte sie an. Erst jetzt konnten sie erkennen, dass es sich um ein Kapuzineräffchen handelte, das nun den Kopf schief legte und sie aufmerksam musterte.

»Hm«, brummte Tom nach dem ersten Schrecken und klopfte sich den Staub von der Schulter.

»Du magst generell keine Tiere in dieser Größenordnung, was?«, fragte Lara und ging neben Tom in die Hocke, um das Äffchen genauer in Augenschein zu nehmen.

Der Angesprochene rieb sich die Schulter.

»Wenn du diesmal bitte deine Finger bei dir lassen könntest«, murmelte er und ging mit ausladenden Schritten zu der Holztür, die dem Häuschen als Eingang diente.

Noch bevor er anklopfen konnte, erwachte die Harley im offenen Schuppen zum Leben. Sie zündete und fuhr – völlig selbstständig wohlgemerkt – rückwärts auf den Hof, wendete und blieb Lara und ihren Freunden gegenüber stehen. Sie hielt die Balance von alleine, ohne dass überhaupt jemand darauf saß.

Und dann geschah das Merkwürdigste: Die Maschine nahm Schwung und schlitterte im Staub des Hofes um sie herum. Es wirkte beinahe so, als starrte sie sie an, und die Motorengeräusche variierten in ihrer Tonlage wie das Knurren eines sehr großen und sehr gefährlichen Raubtieres.

Tom rührte sich nicht mehr, während das Motorradwesen sich derart bedrohlich vor ihnen aufbaute.

Doch im Gegensatz zu Patrick oder Lara, blieb ihm nicht vor Staunen der Mund offen stehen. Er wirkte gefasst, ganz und gar nicht überrascht.

»Alisha«, rief er, ohne jedoch die mutierte Harley aus den Augen zu lassen. »Alisha Folders!«

Neben ihm wurde ein Schlüssel im Schloss der Haustür gedreht und sie ging auf. Eine dicke Frau erschien darin. Sie hatte eine breite Nase und lange Haare, die wohl ehemals rot gewesen sein mochten, doch heute nur noch blassrosa waren. Ihre Augen wirkten sehr ernst, als sie erst Tom und dann seine Begleiter erblickte.

»King Kong! Brutus!«, rief sie. »Ist gut, die tun uns nichts.«

Augenblicklich hörte das Motorrad mit seinen Drohgebärden auf und verschwand brummend, blubbernd und stotternd wieder im Schuppen. Dort stand es artig, wie ein Motorrad es nun einmal zu tun hatte, als wäre nie etwas geschehen.

Das Kapuzineräffchen wiederum flitzte die paar Meter zu der Frau herüber und war mit einem Satz auf ihrer rechten Schulter gelandet. Von dort beäugte es Tom, Patrick und Lara und keckerte unzufrieden.

»Tom Truska«, sagte Alisha Folders zu dem hochgewachsenen Mann mit den rabenschwarzen Wuschelhaaren, überbrückte die Distanz zwischen ihnen mit wenigen Schritten und drückte ihn an sich wie einen verlorenen Sohn.

Tom sah – wie immer, wenn er jemanden umarmen sollte – erschreckend plump aus. Allerdings trug der geschätzte halbe Meter Größenunterschied auch sein Übriges zu der Komik der Situation bei.

Alisha Folders wich schließlich einen Schritt zurück und musterte ihn von oben bis unten – das Kapuzineräffchen auf ihrer Schulter tat es ihr gleich.

»Das ist ja eine Ewigkeit her, Junge.«, meinte sie. »Gut siehst du aus. Aber besorgt.«

Tom nickte.

»Das kommt auch in etwa hin«, antwortete er steif.

Dann wanderte Alisha Folders' Blick weiter zu Lara und Patrick.

»Und das sind …?«, setzte sie an.

»Patrick Davenport«, erklärte Tom. »Und Lara McLane.«

»McLane?«, entfuhr es der dicken Frau beinahe erschrocken. »Ist das dein *Ernst*?«

»Voll und ganz«, bestätigte Tom. »Du warst eine Ewigkeit nicht in Ravinia, oder?«

Doch seine Worte verhallten in der Mittagssonne der Provence, während Alisha Folders zu Lara hinübereilte.

»Mädchen«, rief sie aufgeregt. »Lass dich ansehen.«

Sie packte Lara bei den Schultern und nahm sie eingehend in Augenschein. Das Kapuzineräffchen kletterte zu ihr hinüber, während Lara völlig überrascht dastand.

»Du bist tatsächlich Laylas Tochter«, staunte Alisha. »Du hast ihre Augen.«

»Äh«, machte Lara.

»Ach, wie dumm von mir«, winkte die Frau ab. »Entschuldige, ich vergesse meine Manieren. Ich bin Alisha, Alisha Folders. Ich bin die Mechanikerin, die deine Mutter –«

»Ich weiß, wer Sie sind«, kam Lara ihr zuvor, etwas überrollt von der Herzlichkeit der Frau.

»Oh bitte, nenn mich Alisha!«, forderte diese sie auf.

Sie drehte sich zu Tom um.

»Wie ist das möglich?«, fragte sie ihn. »Wieso ist sie bei dir und was …?«

»Henry«, sagte Tom nur und es huschte tatsächlich der Schatten eines Lächelns über sein Gesicht. »Henry hat sie eines Tages zu Baltasar geschickt. Und nach dessen Tod ist sie nun bei mir.«

»Baltasar ist tot?«, fragte Alisha mit großen Augen. »Was ist passiert?«

»Du warst wirklich lange nicht in Ravinia, oder?«

»Sehe ich so aus?«

»Hm«, überlegte Tom laut. »Ich glaube, wir haben einiges zu bereden.«

Lavendel.

Alles roch nach Lavendel.

Alisha hatte ihr kleines Bauernhaus über und über damit ausgestattet. An allen Wänden oder Balken hingen frische oder getrocknete Sträuße der lila-blauen Blumen. Im Innern war es angenehm kühl, die dicken Mauern aus sandfarbenem Bruchstein hielten die sengende Hitze erfolgreich draußen und die Lavendelblüten erfüllten den Raum mit angenehmer Frische.

Alles war mit rustikalen, aber sehr liebevoll gestalteten Holzmöbeln eingerichtet. Doch neben den Blumen selbst zeugten auch die Farben von Bildern, Wandschmuck oder Teppichen von Alishas Vorliebe für Lavendel. Lara war sich sicher, dass – sollte sie Alisha einmal in einem anderen Umfeld begegnen – der Mechanikerin trotzdem noch dieser unvergleichlich beschwingende Duft anhaften würde.

Es gab Tee – wie so häufig, wenn es in und um und über Ravinia etwas zu bereden gab. Darjeeling. Selbstverständlich mit einigen Lavendelblüten als Zugabe in der Mischung.

Patrick hielt sich vornehm im Hintergrund. Es war komisch, denn immerhin hörte auch er Laras Geschichte zum ersten Mal. Davon, wie sie im Herzen Edinburghs aufgewachsen war, allein großgezogen von einem tapferen Henry McLane. Davon, wie sie die Bekanntschaft von Baltasar Quibbes gemacht hatte und von ihren Begegnungen mit allerlei seltsamen, magischen, guten wie bösen Menschen und Wesen. Und schließlich erzählte sie auch in aller Ruhe von Roland Winter. Davon, wie seine Komplizen und Helfer nur darauf gewartet hatten, dass jemand wie Lara in ihre Reichweite geriet.

Alisha wirkte nachdenklich, als sie Toms und Laras Schilderungen hörte.

»Es hatte ja so kommen müssen«, sagte sie dann mit gerunzelter Stirn.

»Ja?«

Tom schien nicht ganz zu verstehen.

Sie blickte hoch und ihre Augen waren sehr ernst.

»Ja«, sie nickte. »Ich war eingeweiht in den Plan, doch ich wollte nicht mitmischen. Abgesehen davon hätte ich die Uhr, die die Zeit schneller vergehen lässt, wohl kaum besser hinbekommen, als sie letztlich war.«

»Stattdessen bist du seit all den Jahren hier«, stellte Lara fest. »Aber warum?«

Alisha seufzte und wischte sich eine Strähne ihres Haars aus dem Gesicht.

»Hier habe ich meine Ruhe, Kind. Nach dem Tod deiner Mutter und dem ganzen Aufsehen um Roland Winter habe ich beschlossen, dass Ravinia nicht mehr der richtige Ort für mich ist.«

»Nicht *mehr*?«

»Nicht mehr. Genau!«, bekräftigte sie. »Wenn man jung ist und einen Platz in der Welt sucht, um seine Träume ausleben zu können, ist Ravinia ein wunderbarer Ort. Oder zumindest war er es für mich. Aber in dem Augenblick, in dem wir – die wir über besondere Gaben und Talente verfügen – beginnen, uns damit ernsthaft Schaden zuzufügen oder gar gegeneinander zu kämpfen, bin ich fehl am Platze. Es geht nicht darum, dass man keinen Streit miteinander haben darf. Das ist normal, alle Menschen streiten. Aber sobald es nur noch um das ekelhafte Streben nach Macht geht, gerät etwas aus dem Lot. Mich hat das alles zu sehr berührt, Kind. Ich habe Ravinia sehr gern gehabt. Aber für mich ist es nach der Sache mit Roland Winter ein Ort des Leids geworden.«

Lara verstand. Auch diese alte Meisterin war verbittert. Wenn auch anders als Baltasar, Keiko Ito oder gar Elisabeth Joel. Nun gut, ganz so alt war Alisha sicher nicht – zumindest schien es nicht so. Vielleicht war sie sechzig oder ein paar Jahre älter.

»Aber wenn du nichts von Gewalt hältst«, wollte Lara wissen, »warum dann dieses Motorrad-Ungeheuer draußen?«

»Hey, hey«, lachte Alisha auf. »Das ist meine 47er WL. Oder Brutus, wie ich ihn zu nennen pflege. Er ist ein völlig zahmer Riese. Aber er ist gut darin, Leute zu erschrecken, oder?«

Sie zwinkerte Lara verschwörerisch zu.

»Brutus also?«, vergewisserte Patrick sich skeptisch.

»Korrekt.«

»Dann ist das Äffchen King Kong?«

»Wieder richtig, junger Mann. Auch so ein Versuch von mir. Aber ich hab ihn richtig gern.«

»Halt, halt, halt, Moment!«, fuhr Lara dazwischen. »Soll das etwa heißen, der Affe ist nicht echt?«

Sie fixierte das wendige Tierchen, das seit einer halben Stunde kopfüber von der Wohnzimmerlampe baumelte.

»Was heißt hier *nicht echt*?«, nahm Alisha ihn in Schutz.

»Entschuldige. Ich meine … der Affe ist doch nicht etwa eine Mechanik, oder?«

»Und warum nicht?«

Lara war sprachlos. Starrte nur völlig entgeistert das Äffchen an. Das streckte ihr die Zunge heraus.

Eine Weile lang sagte niemand etwas, bis Tom schließlich aussprach, was Lara sich in diesem Moment ebenfalls dachte: »Deshalb sind wir ja hier.«

Wieder zwinkerte Alisha.

»Dachte ich mir doch, dass du mich nicht einfach mal so besuchst, Tom.«

»Erraten. Etwas Eigennutz ist schon dabei. Aber eigentlich noch nicht einmal das. Es geht um eine ziemlich eigenartige Sache.«

»Na dann schieß los!«, forderte Alisha, während Laras Blick immer noch an dem Kapuzineräffchen klebte, als würde er davon magnetisch angezogen.

Also erzählten sie und erzählten, bis ihnen beinahe die Luft wegblieb. Doch die Frage aller Fragen, wegen der sie hergekommen waren, war einfach.

»Was weißt du darüber?«

Alisha war einen Moment lang still. Sehr nachdenklich blickte sie von Patrick zu Lara und wieder zurück.

»Und du wohnst tatsächlich da unten, junger Mann?«, wollte sie schließlich wissen.

Patrick nickte.

»Vorübergehend zumindest.«

»Wahnsinn«, gestand Alisha. »Wie machst du das? Und wie ist es dort so? Ich meine, die Mondleute lassen einen eigentlich ja nicht rein.«

»Alisha«, unterbrach Tom sie. Und er klang ungeduldig. Höchst ungeduldig. Auch das war außergewöhnlich für Tom, wie so vieles in diesen Tagen.

»Oh, ja, äh, entschuldige, ich war gerade so fasziniert. Also, was?«

»Ob du weißt, wer für die mechanischen Mistviecher verantwortlich sein könnte?«

»Hm«, machte sie und schwieg erneut für einige Sekunden.

»Gottesanbeterinnen, sagst du?«

Tom nickte ernst.

»Ja. Ungefähr einen Kopf größer als ein ausgewachsener Terrier – manche sind auch kleiner –, sie wirken nervös, angriffslustig und sind überdies auch extrem gefährlich.«

»Wie gefährlich?«

Tom schob seinen schwarzen Pullover hoch und zeigte ihr die Bandagen auf seinem Rücken.

»Oh mein Gott.«

Alisha atmete scharf ein.

»Und das Interessanteste ist: Es gibt ganze Heerscharen davon in Epicordia. Und irgendwer muss die ja zusammenschrauben.«

Wieder folgte ein »Hm« als Antwort.

»Ach ja, und noch etwas, die Dinger sind aufs Peinlichste darauf bedacht, dass niemand etwas über sie erfährt. Jedes kleinste Bestandteil verteidigen sie bis aufs Blut.«

»Ihr habt es versucht, oder?«, sie blickte in die Runde.

»Nein, nur ich«, seufzte Lara. »Und bevor du fragst: Ja, es war dumm.«

Sie zeigte ihr die verbundene Handfläche.

Alisha verzog das Gesicht.

»Also«, begann sie schließlich. »Klar, die Gottesanbeterinnen könnten aus meiner Hand stammen. Ihr kennt Brutus und King Kong ja nun und dementsprechend könnt ihr euch ausmalen, dass das eigentlich kein Problem für mich darstellen sollte. Aber du hast ja von regelrechten Heerscharen gesprochen. Und da muss ich passen.«

»Passen?«, hakte Patrick ein.

»Na klar. Das müsstest *du* doch am besten verstehen können. Was glaubst du denn, wie lange es dauert, eine derart komplexe Mechanik zusammenzusetzen, geschweige denn überhaupt erst die einzelnen Bestandteile dafür herzustellen? Wer verkauft mir zum Beispiel mit speziellen Legierungen bedampfte Federn? Oder Kugelgelenke mit Gravuren? Nein, um eine ganze Armee von solchen Mechaniken herzustellen, wäre ich Jahre, wenn nicht gar Jahrzehnte lang beschäftigt.«

»Also warst du es nicht?«

Tom wirkte leicht ungeduldig.

»Nein.«

»Gut, und wer war es dann?«

»Kannst du dir diese Frage nicht selbst beantworten?«

»Natürlich: Eusebius oder Ruben.«

»Und du kennst niemanden sonst?«

»Niemanden, der noch lebt. Was ist mit dir?«

Tom schüttelte den Kopf.

»Nein. Diese gruseligen, mechanischen Spielzeuge herzustellen hat mich auch nie interessiert. Ich kann dir alle möglichen Uhren bauen. Große, kleine, verrückte, sprechende, was weiß ich. Aber was soll ich mit diesen widerlichen, mechanischen Tieren?«

»Hey«, protestierte Alisha. »Nichts gegen mechanische Tiere.«

Der Blick, mit dem Tom sie bedachte, war vernichtend.

»Du hast noch nicht gesehen, was Ruben damit tut.«

Sie holte Luft.

»Natürlich weiß ich, was Ruben damit tut«, schimpfte sie. »Glaub mir, ich weiß es besser, als du denkst.«

Tom erhob sich.

»Ach ja? Und warum zum Teufel?«

Er stützte sich auf den Tisch und machte mit seinem Gesicht nur wenige Zentimeter vor dem ihren Halt.

Erschrocken spürte Lara einen wärmenden Adrenalinschub durch ihre Adern schießen.

King Kong stürzte sich mit einem Schrei von der Deckenlampe, doch diesmal erwischte Tom ihn noch im Fall. Er bewegte rechtzeitig seinen Arm durch die Luft und der mechanische Affe flog mit einem schrillen Kreischen gegen die nächste Wand.

Tom schnaubte. Verharrte einige Sekunden lang und sah zu, wie sich der Affe wieder berappelte – offensichtlich ohne größere Schäden davongetragen zu haben.

Lara hatte die Luft angehalten. Dieses Aufbrausen war das Letzte, was jemand, der Tom kannte, erwartet hätte. Ihr ansonsten stiller Lehrmeister war immerzu die personifizierte Besonnenheit gewesen, seit sie ihn kannte.

»Entschuldige«, sagte er schließlich etwas gefasster. Er wandte sich ab und verließ das Haus. Beinahe hektisch wirkte es. Mit dem linken Fuß stieß er aus Versehen einen Schemel um, doch er beachtete ihn nicht weiter.

Ohne nachzudenken, schob Lara ihren Stuhl zurück, stand auf und folgte ihm hinaus.

»Was?«, rief sie ihm draußen auf dem Hof nach. »Was hast du?«

Tom war auf das Lavendelfeld hinausgestapft, schwieg und presste die Lippen zusammen. Unschlüssig stand er dort herum, umweht von Lavendelduft. Eine sanfte Brise lief durch seine zerzausten Haare.

»Lass uns ein Stück gehen«, forderte er sie auf.

Nicht minder erstaunt folgte sie ihm hinein in das dichte Feld aus Lavendelblüten, zwischen denen sie einige Minuten ziellos umherwanderten. Lara warf einen Blick zurück über die Schulter. Im Türrahmen stand Patrick. Auch durch sein Haar wehte ein sanfter Mittagswind. Doch hinter ihm erschien Alisha und komplimentierte ihn zurück ins Haus.

»Wir können nach Lissabon gehen, wenn du magst. Alishas Haustür können wir sicher benutzen.«

Sie war sich nicht sicher, ob ihr Vorschlag Gehör finden würde.

Tom schüttelte nur den Kopf.

»Das wäre unfair Patrick gegenüber. Den würden wir ja immerhin hierlassen müssen.«

Schließlich blieb er stehen.

Wieder einmal versuchte Lara zu ergründen, was hinter Tom Truskas Blicken verborgen lag. Er war ihr ein guter Freund geworden über die Zeit, und zugleich immer ein Rätsel geblieben. Sein Blick schweifte in die Ferne.

»Ich habe Angst«, sagte er plötzlich.

Lara erwiderte nichts. Derartige Geständnisse von Freunden kommentierte man nicht.

»Ich habe Angst, dass etwas passieren könnte. Irgendwie ... Ich weiß nicht, ich habe ein wirklich mieses Gefühl im Bauch.«

Sie merkte, wie sehr er um Worte rang. Trotz der prallen Mittagssonne war es auf einmal sehr kühl auf dem Feld.

»So, wie damals? Damals, als die Sturmbringer uns überlistet haben?«

Toms Blick traf den ihren.

»Ja«, nickte er. »So ähnlich. Wir stehen vor einem Rätsel – wieder einmal. Überleg doch: Eine Armee von Gottesanbeterinnen? Wozu soll die gut sein? Warum sind sie nicht aggressiv, obwohl sie ganz offensichtlich als eine Art Waffe konstruiert worden sind? Ich wette, dort, wo die herkommen, sind noch eine ganze Menge mehr. Die könnten den Bewohnern von Epicordia unglaublich viel Ärger machen, wenn sie nur wollten. Ich werde das Gefühl nicht los, das wir irgendetwas furchtbar Wichtiges übersehen.«

Schweigen.

»Glaubst du, Ruben war es?«, fragte Lara in die stille Mittagshitze hinein.

Tom zuckte mit den Schultern.

»Mir fällt sonst niemand ein. Alisha würde ich mein Leben anvertrauen und Eusebius hat alles, was er möchte: ein gutes Leben und eine Menge Einfluss in Ravinia. Es *gibt* sonst niemanden.«

»Und warum sollte Ruben so etwas tun?«

»Weil er völlig *wahnsinnig* ist? Du hast ihn doch erlebt.«

Ja, Lara erinnerte sich nur ungern an diesen verregneten Tag und an ein altes Herrenhaus in Böhmen. Sie war seinen teuflischen Konstruktionen nur knapp entwischt. Der Kommissar James Cooper war ums Leben gekommen und Geneva hatte ihr Auge eingebüßt bei dem Versuch, sie alle rauszuboxen.

»Wir wissen es also nicht sicher«, resümierte sie.

»Aber wir müssen es herausfinden. Um jeden Preis!«

Ja, darin konnte sie Tom nur bedingungslos zustimmen.

»Dann komm!«, forderte sie.

Tom sah sie an.

»Wir müssen einen Lügner enttarnen. Und dazu brauchen wir jemanden, den man nicht belügen kann.«

* * *

Das Leben konnte wie ein Herbstregen sein.

Als sie die Tür aufschlossen, füllte sich das Innere des kleinen Bauernhauses auf der Stelle mit einem Regenrauschen. Die Luft wurde kühler und es fühlte sich völlig unwirklich an, wie dort kalte Luft aus der Tür strömte, hinein in ihre sommerliche Umgebung.

In Ravinia regnete es zum Steinerweichen. Grau legte sich über den düstergoldenen Glanz der Rabenstadt und lief in Rinnsalen zwischen dem Kopfsteinpflaster die Straßen hinab.

»Ich könnte euch Regenschirme geben«, schlug Alisha vor und nahm etwas aus einem Regal, das genauso gut ein Laserschwert aus *Star Wars* hätte sein können. Sie drückte auf einen Knopf und es entfaltete sich mit mehreren eleganten Bewegungen, und begleitet von einem Klicken und Rattern wurde es zu einem Schirm.

Lara blickte zu Tom, dessen Miene wie versteinert blieb. Allzu häufig war dies ein Anzeichen dafür, dass er keine besonders hohe Meinung von etwas hatte. Aber wer mochte es ihm verdenken? Mit allzu lebendigen Mechaniken dürfte er erst mal quitt sein. King Kong kletterte an Alisha hoch, setzte sich auf ihre Schulter und fletschte seine winzigen Zähnchen in Toms Richtung.

Patrick hingegen nahm dankbar einen der Schirme entgegen, Lara einen weiteren.

»Tut mir leid«, meinte Alisha. »Ich habe nur zwei.«

»Das macht nichts«, sagte Tom schnell. »Was ist mit dir? Brauchst du keinen?«

»Ich habe immer noch eine Regenjacke mit Kapuze. Und was ist mit dir?«

»Ich werde mich schon irgendwo drunterzwängen.«

So traten sie nun hinaus, während sich auf dem Fußboden von Alishas Haus bereits eine Regenpfütze zu bilden begann.

Der Regen in Ravinia war das Letzte gewesen, was Lara nach dem heißen Süden Frankreichs erwartet hätte. Aber Ravinia war immer für eine Überraschung gut. Diesmal also Regen statt Hitze. Na gut.

Bereits nach wenigen Sekunden waren Laras Turnschuhe völlig durchnässt. Tom klebten seine feuchten Haare in der Stirn und im Nacken, sodass Patrick ihm ohne viel Aufsehen seinen Schirm in die Hand drückte. Er selbst ging dicht neben Lara unter deren Regenschirm mit. Etwas, was Lara nicht wirklich unsympathisch war.

Sie dachte über Patrick nach, während sie durch die beinahe menschenleeren Gassen hinunter in Richtung der Verbotenen Brücke gingen. Patrick war ausgesprochen höflich, wirkte beinahe ein wenig zu gut erzogen für sein seltsam alternatives Erscheinungsbild. Kaum ein Wort hatte er von sich gegeben, während Tom oder Lara sich in Frankreich Gedanken gemacht hatten, immer zurückhaltend und dennoch umgänglich. Ein Gentleman verborgen hinter dem Äußeren eines Künstlers.

»Was denkst du?«, fragte er in den Regen.

Lara starrte ihn aus ihren Überlegungen gerissen an.

»Du siehst so gedankenverloren aus«, stellte er fest. »Über was grübelst du nach?«

»Über schlechtes Wetter«, nuschelte Lara und kam sich schrecklich lächerlich vor, noch ehe die Worte über ihre Lippen gekommen waren.

Patrick hingegen lächelte sie an und schwieg wieder.

Nein, es gab tatsächlich Dinge, über die nachzugrübeln sich lohnte, fiel Lara ein. Sie wandte sich zu Alisha um, die hinter ihnen mit interessiertem Blick die Fassaden der Häuser mit ihrem abplatzenden gelben Putz musterte.

»Wie war sie?«, fragte sie.

»Hm?«

Alisha blickte sie irritiert an.

»Meine Mutter«, erklärte Lara. »Wie war sie so als Mensch?«

»Oh«, Alisha blies Luft zwischen ihren Lippen hindurch. »Das kommt jetzt etwas überraschend, weißt du?«

»Ich würde es trotzdem gern wissen.«

Da war er wieder. Dieser milde, traurige Glanz in den Augen jener, die damals stärker in die Geschehnisse um Roland Winter verwickelt gewesen waren.

»Begabt«, meinte Alisha schließlich. Es klang still zwischen all den Regentropfen.

»Begabt?«

»Ja, begabt«, wiederholte Alisha und seufzte dabei schwermütig. »Layla Joel war die begabteste Mechanikerin, die ich jemals kennengelernt habe. Oder sagen wir mal, sie war diejenige mit dem größten Potenzial. Dein Vater war sicherlich schon meisterlich gut, aber deine Mutter war brillant, musst du wissen.«

»Mein Vater hat Schlüssel gemacht.«

»Das stimmt. Jedem Mechaniker liegen andere Dinge. Aber deine Mutter konnte mit Uhren nahezu alles machen, was sie wollte.«

Sie bogen ab. Jetzt war die alte Stadtmauer zu sehen, die errichtet worden war, als noch niemand gewusst hatte, dass es dort draußen keinerlei Feinde für die Menschen von Ravinia gab. Zumindest keine sichtbaren. Denn den Bewohnern der düstergoldenen Stadt geschah nichts, sie waren innerhalb Ravinias sicher und geborgen.

Gefährlich wurde es erst, wenn sie sich zum jenseitigen Ufer wagten. Wer einmal hinter den flirrenden Hügelkämmen des jenseitigen Landes verschwunden war, der blieb verschwunden. Definitiv.

»Und wie war sie als Mensch?«

Ein weiterer Seufzer entrang sich Alishas Kehle.

»Kind, das ist nicht einfach. Was soll ich dir denn nur sagen? Wie wunderbar sie gewesen ist, werden dir schon so viele gesagt haben. Was könnte ich dir erzählen, ohne dass es dir oder mir wehtun würde?«

Lara zuckte mit den Schultern und Alisha bemerkte, dass die junge Frau mit dem bernsteinfarbenen Haar nicht lockerlassen würde.

»Eines gäbe es vielleicht: Sie war eine ungemein hübsche Frau. Na klar, das wirst du von Fotos wissen. Aber sie zu erleben, zu sehen, wie ihre Augen leuchteten, wenn sie mit Zahnrädern und Federn hantierte, ihr Lachen zu hören, wenn sie begeistert von etwas war … das … das machte aus ihr eine unvergleichliche Person. Und jedes Bild und jede Erinnerung kann nicht einmal zur Hälfte wiedergeben, was einem widerfuhr, wenn Layla McLane einen anlächelte. Ihr Herz schlug für Ravinia, für das Uhrmachen, für …«

Ihre Stimme versagte. Hinter den Regentropfen, die sie trennten, war nicht zu erkennen, ob sich eine Träne in ihre Augen stahl, aber Alisha Folders sagte kein Wort mehr. Zu sehr berührt von der Endlichkeit.

Lara hingegen verletzte es lange nicht mehr so wie früher einmal, keine Eltern mehr zu haben. Irgendwann, nachdem sie Ravinia für sich entdeckt hatte, hatte sie entschieden, Frieden mit den Umständen zu schließen, die sie zu dem gemacht hatten, was sie war. Robert Garbow hatte ihr sehr dabei geholfen, sich nicht ständig wie ein verkantetes Puzzleteil in einem riesigen Mosaik zu fühlen. Natürlich, sie war immer noch kompliziert, manchmal unnahbar, melancholisch, nachdenklich und sehr gerne mal auf einem zickigen Egotrip. Aber das alles schien sich eher aus ihr selbst herausgeformt zu haben. Beileibe konnte niemand behaupten, Lara wäre jemand, der seine Mitte bereits gefunden hatte. Am wenigsten wohl sie selbst. Zu viele Konflikte um genau diese Suche focht sie tagtäglich mit sich aus. Doch wie sie zu der Person geworden war, die sie aus dem Spiegel jeden Morgen anblickte, war nicht mehr zu ändern. Zu ändern war nur, was vor ihr lag. So viel hatte Robert ihr eingebläut – und sie wusste, dass er recht hatte.

Lara hatte die hängenden Siedlungen zwar schon mehrmals aus der Ferne erblickt, jedoch war sie nie selbst dort gewesen. Dieser Umstand änderte sich nun.

Sie waren durch einen der Türme hinauf auf die Stadtmauer gestiegen. Wie so vieles in Ravinia wurde die Mauer nicht besonders gepflegt. Von wem auch? Man hätte sicherlich jemanden dafür einstellen müssen und dieser Jemand hätte auf diese Weise das Geheimnis von Ravinia in Erfahrung gebracht.

»Gibt es eigentlich Maurer in Ravinia?«, wollte Lara wissen.

»Wenige, wenn überhaupt«, sagte Patrick neben ihr. »Ich persönlich habe nur von einem gehört. Meister Jeremie. Aber auch den habe ich noch nie gesehen oder gar getroffen.«

»Erzähl mir mehr!«

»Da gibt es nicht viel«, sagte Patrick, während sie über die feuchten Steine des Wehrganges gingen, in Pfützen patschten, bald durchgeweicht bis auf die Knochen. »Außer seinem Haus.«

»Aha?«

»Man erzählt sich, Meister Jeremie besitze irgendwo in Australien ein Haus. Sein eigenes, ganz persönliches Meisterstück.

Es ändert sich ständig. Wenn du es betrittst, kann es aussehen wie ein normales Haus, und wenn du dich wieder verabschiedest, ist eine Kirche oder Windmühle daraus geworden.«

»Verrückt«, fand Lara. »Woher weißt du das?«

»Hey«, er stupste sie an. »Ich lebe von Geschichten – oder will es zumindest mal tun. Es gehört dazu, dass ich ein paar kenne.«

Lara lächelte. Es gefiel ihr, von ihm geneckt zu werden.

Schließlich kamen sie an einen Durchbruch in den Zinnen. Ein aus Holz gebauter Steg mit einem nicht sehr vertrauenerweckenden Geländer ragte dort über die Mauer hinaus. Lara beugte sich nach vorn, um mehr erkennen zu können. Tief unter ihr toste der dunkle Fluss, der nirgendwohin führte.

Tom betrat den Steg – wie immer furchtlos allen Ungewöhnlichkeiten gegenüber, die Ravinia zu bieten hatte. An den Steg schloss sich eine schief gezimmerte Treppe an und führte hinein in ein Gewirr aus hölzernen Wegen und Gerüsten, Plattformen und Veranden, die alle irgendwie von der Stadtmauer getragen wurden. Aber wie? Viel zu selten erblickte Lara eine hölzerne Strebe oder einen Balken, der tief in das feuchte Mauerwerk gerammt sein mochte oder in einem grotesken Winkel etwas stützte. Kleine Häuser waren zwischen den Ebenen errichtet, mehr Schuppen als Wohnungen. In manchen brannte Licht und es rauchten Schornsteine, andere waren dunkel.

Sie hießen nicht ohne Grund die hängenden Siedlungen. So richtig wusste wahrscheinlich niemand um die Funktionsweise ihrer Statik.

Lara und ihre Begleiter stiegen weitere Treppen hinab, kletterten andere empor, schoben sich über schmale Stege und gewundene Planken. Am besten dachte man nicht darüber nach, dass direkt unter ihnen die Fluten des Flusses tobten, über den man die grausigsten Dinge munkelte. Er schien in der Vorstellung vieler Leute so etwas wie ein lebendiges Wesen zu sein, das Menschen und Schiffe gleichermaßen verschlang. Man hatte einst versucht, ihn mit Schiffen zu befahren, aber es hatte nicht geklappt. Die Einwohner Ravinias hatten auch einst erforschen wollen, was jenseits der Flussbiegungen lag, sie hatten entdecken und Handel treiben wollen. Sie waren nie zurückgekehrt. Der alte Hafen zeugte noch davon und war ansonsten nutzlos. Die Schiffe waren von seltsamen Kräften in die Tiefe gezogen worden, bevor sie überhaupt richtig Fahrt aufgenommen hatten. Doch jeweils schon viel zu weit von der Stadt entfernt, als dass noch eine Rettung möglich gewesen wäre. Verwunderlich blieb in diesem Zusammenhang nur, dass nicht auch die Pfeiler und Stützen, welche die alten Anleger und Stege im Hafen oder gar die Verbotenen Brücken trugen, vernichtet worden waren. Es schien beinahe mit Zauberei zuzugehen. Aber warum auch nicht? Ravinia war ein geradezu magischer Ort.

Nach einigen weiteren Klettereinlagen und völlig durchnässt erreichten sie schließlich ein Haus, das aufgrund seiner Größe im Vergleich zu den umliegenden diese Bezeichnung schon beinahe verdient hatte. Die Fenster waren dunkel und es brannte kein Licht darin. *Zamora* stand auf einem Schild neben der Tür.

»Ich dachte, Mama Zamora wohnt in der Nähe des Rondells«, wunderte Lara sich.

Tom zuckte mit den Schultern.

»Leute ziehen auch in Ravinia manchmal um. Wohl aus denselben Gründen wie andere Leute auch.«

Er klopfte.

Nichts geschah.

Er klopfte erneut, diesmal energischer.

Ein drittes Mal, ein viertes Mal.

Nichts.

Tom versuchte durch die zugezogenen Fensterläden hineinzulugen, aber auch das erwies sich nicht als erfolgreich.

»Sollen wir einfach hineingehen?«, fragte Lara.

»Keine gute Idee«, sagte Tom entschlossen. »Wenn ich mir

irgendwo unerlaubterweise Zutritt verschaffen sollte, dann sicherlich nicht ins Haus einer Wahrsagerin. Diese Leute können weiß Gott was alles mit ihren Lichtgeistern, Kristallkugeln, Talismanen und dem ganzen anderen Zeug machen. Stell dir mal vor, wir würden in eine Art Alarmanlage laufen – das riskier ich ganz sicher nicht.«

»Was sollen wir tun?«

»Wir finden eine andere Lösung. Erst mal suchen wir eine andere Wahrsagerin auf, die uns vielleicht helfen kann.«

»Und wen?«

»Die Kreidefrau.«

Natürlich. Lara konnte sich auch nicht vorstellen, dass Tom besonders viele Wahrsager kannte. Er und die Wahrsager – das waren einfach zwei Welten, die aufeinanderprallten.

Während sie ihren Weg wieder hinauf in Richtung der sicheren Stadtmauer suchten, wünschte sie sich, sie hätte ihren MP3-Player nicht im Gästezimmer der Bastianis gelassen und passende Musik dabeigehabt.

Travis zum Beispiel.

Why does it always rain on me?

7. Kapitel, *das in einen tiefen, tiefen Abgrund führt.*

Wie die Dinge sich wohl anfühlen, wenn sie denn noch ganz wären?

Marcus Wiebusch

Das Wetter war ein Verräter.

Gnadenlos.

Dieser schaurige Regen hatte nichts mehr gemein mit dem leisen Wispern des Sommerregens, den man in Edinburgh kannte. Es schüttete und schüttete. Schlimmer als im Herbst.

Immerhin konnte Lara begründet darauf hoffen, irgendwann in ein trockenes Heim eintreten zu dürfen. Ob es ihr eigenes sein würde oder ein fremdes, war ihr dabei herzlich egal.

»*Wo* ist Francesco?«

Nur diese Frage. Energisch, mit in die Hüften gestemmten Händen und doch irgendwie panisch gestellt.

Sie waren durch das furchtbare Wetter bis zum Rondell gelangt, jenem runden Platz, an dem die Häuser, die an ihm lagen, aussahen als wäre irgendwann einmal ein Treck Zigeuner des Reisens müde geworden. Es gab keine Gespanne mehr und Räder nur vereinzelt. Die Wagen waren stattdessen zu richtigen Häusern herangewachsen – oder zumindest zu etwas, das einem Haus sehr nahekam.

Dann hatten sie bei der Kreidefrau geklopft. Doch diese hatte sie nicht einmal hereingebeten, sondern auf ihrer Veranda stehen gelassen und diese eine Frage gestellt.

Nur diese eine Frage.

»Er ist nicht bei uns«, erklärte Tom ihr beschwichtigend. »Es gibt aber keinen Grund, sich Sorgen zu machen.«

Die Kreidefrau glaubte ihm nicht, das stand so deutlich in

ihr Gesicht geschrieben, dass es auch gleich mit fluoreszierender Farbe an die Wände gesprüht hätte sein können.

»*Wie* um alles in der Welt seid ihr dann wieder hierhergekommen? Francesco hätte euch herbringen sollen.«

»Vielleicht hat er das ja auch getan?«

»Unsinn. Es ist Tag. Außerdem wäre er sofort bei mir vorbeigekommen.«

Tom blickte verlegen zu Boden.

»Gut, ich gestehe, Francesco hat uns nicht hergebracht. Wir sind erst übermorgen Abend wieder mit Francesco verabredet – unter der Sternwarte. Wir sind alleine hergekommen.«

Die Kreidefrau veränderte ihre versteinerte Miene nicht. Lara konnte förmlich spüren, dass ihr dieser Umstand ganz und gar nicht behagte.

»Und was *wollt* ihr dann hier?«

»Das ist eine längere Geschichte.«

»Das macht nichts, ich habe Zeit.«

»Könn–«, bibberte Lara hinter Tom. »Können wir nicht wenigstens reinkommen?«

Die Kreidefrau legte ihren Kopf schief und starrte sie an, das Gesicht schwarz und glänzend wie Öl.

»Nein, Lara«, sagte sie und schüttelte den Kopf. »Erst seid ihr mir eine Erklärung schuldig.«

In diesem Moment drängte sich jemand an Berrie vorbei. Jemand, den zu sehen Laras Herz gleich höherschlagen ließ und der ihre gottverdammte Rettung bei diesem Wetter war: Lee Crooks.

Der schelmisch grinsende Rotschopf reichte Tom die Hand und begrüßte Lara mit einer herzlichen Umarmung, wobei er nicht darauf achtete, dass dies auch für ihn bedeutete, klatschnass zu werden.

»Tom, Lara!«, rief er erfreut. »Wie schön euch hier zu sehen. Kommt doch rein!«

»Lee!«, herrschte die Kreidefrau ihn an.

»Oh, pardon«, erwiderte er mit spöttischem Unterton. »Meine Meisterin möchte heute gerne die Unnachgiebige spielen und ist eigentlich heilfroh, euch frierend in der Kälte leiden zu lassen.«

Berrie schnaubte verächtlich.

»Also gut«, sagte die Kreidefrau. »Dann kommt rein. Aber wehe euch, es gibt keinen guten Grund dafür, dass ihr in Ravinia seid und Francesco in Epicordia ist.«

Es gab in der Tat gute Gründe. Doch diese zu erklären, war mühselig und brauchte Zeit. Berrie ließ sich nicht davon abbringen, immer und immer wieder bei jeder kleinsten Kleinigkeit nachzufragen. Ihrem geschärften Geist entging es nicht, wenn Tom größere Zusammenhänge abkürzen wollte. Und so waren sie eine gefühlte Ewigkeit lang damit beschäftigt, Berrie bis ins Detail über alles aufzuklären, was vorgefallen war.

Lara merkte zwischendurch einmal an, dass dies eventuell der polizeilichen Ermittlung nicht zugute käme. Jedoch winkte Tom ab. Berrie würde ohnehin alles von Francesco erfahren.

Schließlich schienen sie endlich, endlich am Schluss ihres Berichts angelangt zu sein. Berrie hatte schon eine ganze Weile keine Nachfragen mehr gestellt, und Tom war in der Erzählung bei ihrem Besuch in der hängenden Siedlungen angekommen. Zwischendurch hatte Patrick Toms Erklärungen immer mal wieder ergänzt, vor allem dann, wenn Tom die richtigen Worte zu fehlen schienen – Menschen, die wenig redeten, taten sich wohl ab und an schwer damit, komplexe Sachverhalte in einfache Worte zu fassen.

Lee hatte ihnen währenddessen heißen Tee gekocht und jeweils mit einem Schuss von etwas versehen, das dort, wo Berrie herkam, Rum sein mochte. Für Westeuropäer war es … ganz schön stark.

Lara blickte sich um. Ein wild durcheinandergewürfeltes Sammelsurium von Tassen stand vor ihnen auf dem niedrigen Tisch, auf dem Lara vor Jahren schon einmal ein merkwürdiges Fischgericht vorgesetzt bekommen hatte.

Das Haus hatte sich wenig verändert. Es war lediglich um eine Arbeitsfläche ergänzt worden, an der Lee seine Experimente durchführte. Er selbst – hatte er Lara stets erklärt – hielt sich für nicht so besonders gut in den alten Tugenden der Wahrsager wie dem schlichten Vorhersagen der Zukunft. Ihn interessierten mehr die Zusammenhänge zwischen Träumen und Geistern und noch vielen anderen schaurigen Dingen.

Die Visionen, die Lee von Zeit zu Zeit heimsuchten, passten dagegen eher in das Bild, das die Welt von der Wahrsagerei hatte. Doch Lee interessierten sie nicht. Im Gegenteil, er schien von ihnen regelrecht genervt zu sein. Immerhin waren sie nicht ungewöhnlich für einen Wahrsager. Und genau das schien der Hauptgrund zu sein, warum Lee sie nicht mochte: Sie waren zu gewöhnlich, gehörten beinahe schon zum guten Ton der Wahrsagerei.

Auch Lees Arbeitsplatz war – wie der gesamte Rest des Hausinneren sowie große Teile der Veranda draußen – mit mysteriösen Symbolen und Schriftzeichen aus Kreide versehen. Berrie wurde allerdings auch niemals müde, diese zu verändern oder auszutauschen. Ob nach Gutdünken oder weil ihr möglicherweise ein besseres eingefallen war, würde wohl niemals jemand erfahren.

Nach einigen stillen Minuten des Nachdenkens sagte Berrie schließlich: »Es tut mir leid, aber ich kenne außer Mama Zamora niemanden, der euch wirklich helfen könnte. Wo sie sich aufhält, weiß ich leider nicht. Manchmal bekommt sie für Monate niemand zu Gesicht.«

Betretenes Schweigen breitete sich aus.

»Dann können wir einpacken«, sprach Patrick aus, was sie in diesem Augenblick alle dachten.

»Nicht so schnell«, meldete sich Lee zu Wort, der sich seit

dem Ausschenken des Tees im Hintergrund gehalten hatte. »Ich habe noch etwas erfahren, das uns vielleicht weiterbringt.«

Alle Augen richteten sich auf Lee.

Der stand auf und eilte zu seiner Umhängetasche, die an einem schiefen Garderobenständer hing. Er holte etwas heraus, das in Zeitungspapier gewickelt war und das er nun vorsichtig zu ihnen brachte.

Da plötzlich fiel ein Schatten von der Decke auf den Tisch. King Kong, das mechanische Äffchen, quiekte entsetzt auf. Eine Gestalt kickte Lee von den Füßen, woraufhin er fallen ließ, was er gerade noch in den Händen gehalten hatte. Das Ding löste sich aus dem Zeitungspapier und kullerte über den Boden. Eine Kristallkugel, düster und schwarz wie die Nacht in ihren dunkelsten Stunden, rollte quer über die Dielenböden von Berries Haus. Die Gestalt hastete danach, bückte sich, um sie aufzunehmen, berührte sie – und brach zusammen.

Manchmal ereignen sich eigenartige Zufälle, die man durchaus auch als Schicksal bezeichnen könnte. Denn hätte sich die nachtschwarze Kugel nicht aus ihrem Zeitungspapier gewickelt, hätte die Gestalt sie ohne Weiteres und vor ihrer aller Augen stehlen können. So allerdings war der Dieb zu Boden gegangen. Lee hatte sich schließlich am schnellsten von seinem Schock erholt und sich auf den Eindringling gestürzt, während die anderen noch die zuckende Gestalt angestarrt hatten. Doch als Lee erkannt hatte, wen er da gepackt hielt, war ihm schlicht die Luft weggeblieben.

Schließlich war Bewegung in die Gruppe gekommen und sie hatten Kabelbinder benutzt, um ihren benommenen und ungebetenen Gast zu fesseln.

Es war Jacob Skinner, der Harlekin, Gaukler und Akrobat, der nun an einen der Stützbalken gelehnt dasaß und zu ihnen hinaufblinzelte.

»Ich fasse es nicht«, empörte Lee sich, als der unmaskierte Harlekin wieder aufnahmefähig schien. Er hatte dunkelbraune, ja nahezu schwarze Augen und ebensolches raspelkurz geschorenes Haar. Er mochte vielleicht Ende zwanzig sein und machte einen gut durchtrainierten Eindruck.

Doch das half ihm wenig, aber er machte sowieso keinerlei Anstalten, sich zu wehren, er wirkte lediglich deprimiert. Resigniert traf es vielleicht sogar noch besser. Er ließ die Schultern hängen und starrte an ihnen vorbei ins Leere. Tränen schwammen in seinen Augen.

»Was zum Donnerwetter sollte *das* denn? Reicht es nicht aus, unschuldige Leute zu entführen?«

Jacob Skinner hob bloß die Schultern und seufzte.

»Ich habe nie irgendwen entführt«, sprach er monoton und mit tränenerstickter Stimme in das von Kerzen erleuchtete Halbdunkel hinein.

»Nein?«

Träges Kopfschütteln.

»Nein«, seufzte der Akrobat in seiner engen Lederkleidung ergeben. »Der dunkle Wahrsager hat das allein getan. Hinter unserem Rücken. Er hat es ausgenutzt, dass Sarah und ich die Bewohner der Stadt mit unseren Kunststücken unterhalten.«

Er blickte Lee und den anderen nacheinander schwermütig in die Augen.

»Aber das nützt mir jetzt auch nichts mehr, hab ich recht?«

»Sieht ganz so aus«, pflichtete Berrie ihm bei.

»Quatsch, Mann.«

Lee war erbost.

»Warum seid ihr in Jerusalem weggerannt, wenn ihr angeblich unschuldig seid?«

Der Blick des Gefesselten blieb auf Lee haften. Irgendwie wirkte er wie ein geprügeltes Raubtier. Zu müde, um sich noch länger zur Wehr zu setzen.

»Ich denke, wir haben Panik bekommen.«

»Du *denkst*, ihr hättet *Panik* bekommen?«

Jacob nickte.

»So ist das Leben auf der Straße. Du hast ständig Angst, jemand könnte sich dafür revanchieren wollen, dass du ihm vor Jahren mal einen Korb mit Eiern gestohlen hast.«

Tom unterbrach die beiden. Ruhig, aber bestimmt, ganz so, wie Tom Truska seine Autorität in die Waagschale warf, wenn es wirklich nötig war.

»Schluss jetzt, Lee. Erzähl uns endlich, was du weißt!«

Lee atmete hörbar aus. Er versuchte, sich zu beherrschen, voller Zorn auf den Gaukler, dessen Fan er bis vor Kurzem gewesen war.

Und dann berichtete er. Erzählte, was sonst nur Berrie wusste. Davon, wie er am Nachmittag des Sommerfestes mit Falter aneinandergeraten war und wie sie Ma'Haraz aufgespürt hatten. Davon, wie er mit den Skinners nach Jerusalem geflohen war und wie er sich dort mit Ma'Haraz ein Duell unter Wahrsagern geliefert hatte. Und schließlich auch von der nachtschwarzen Kugel.

»Deshalb bist du hier, stimmt's?«, herrschte er nun den Gefangenen an und man mochte meinen, dass die ein oder andere Träne der Wut durch Lees Beherrschung sickerte.

Jacob Skinner nickte stumm.

»Weißt du auch, warum Ma'Haraz sie wiederhaben will?«, hakte Lee zornig nach.

»Bis eben wusste ich es nicht«, gestand sein gefesseltes Gegenüber. »Aber jetzt ahne ich es.«

»Ja?«, mischte Alisha sich ein. »Was *ist* mit der Kugel?«

Lee druckste etwas herum, verlegen vor seiner Meisterin Berrie.

»Na ja … die Kugel ist ein Experiment gewesen … äh … mit der Essenz von Albträumen, um genau zu sein.«

»Mit der *Essenz* von Albträumen?«, fuhr Berrie von dem Hocker hoch, auf dem sie sich zwischenzeitlich niedergelassen hatte. »Du hast mir erzählt, dass es irgendwelche Albträume gewesen seien. Nicht, dass du sie destilliert hast.«

Tom schnitt ihr mit einer Geste das Wort ab.

»Das ist jetzt nicht wichtig«, mahnte er sie. »Was *ist* mit der Kugel?«

»Tja, ich ... Ma'Haraz hat sie mit Lichtgeistern stimuliert. Und dann haben die Essenzen ihn angegriffen.

Der Inhalt der Kugel ist sozusagen ein Konzentrat von Albträumen. Ziemlich gefährlich, das Zeug, und auch nicht einfach herzustellen. Ich ... ich hatte eine Ahnung, dass man es mit Lichtgeistern stimulieren kann. Ich hab mich allerdings nicht getraut, es auszuprobieren. Gegen Ma'Haraz war es Notwehr ... so eine Art verzweifelter Versuch. Der Kerl hätte mich sonst locker umgebracht. Dass die Essenzen nach Ma'Haraz schnappen und an ihm zerren, habe ich nicht gewollt.

Aber solange wir die Essenzen nicht wieder mit Lichtgeistern aus der Kugel hervorlocken, ist es relativ sicher und jeder kann sehen, was sie enthält, indem er sie berührt.«

»Und was sieht man?«, selten merkte man Tom überhaupt irgendeine Regung an, aber die Ungeduld stand ihm nun buchstäblich ins Gesicht geschrieben.

»Erinnerungen.«

»Erinnerungen? An was?«, hakte Alisha nach.

»Finstere Erinnerungen«, erklärte Lee. Die Faszination für sein Werk obsiegte langsam über sein schlechtes Gewissen, obwohl es ihm sichtbar unangenehm war, von Tom und Alisha gleichzeitig in die Zange genommen zu werden. »Zumindest denke ich, dass es die finstersten Erinnerungen sind, die Ma'Haraz hat. Die Kugel hat sie ihm gestohlen ... oder besser gesagt sie *kopiert.*«

»*Kopiert*?«, fragte Tom. »Woher weißt du, dass sie nur kopiert sind? Vielleicht hat Ma'Haraz sie nun gar nicht mehr.«

»Na ja ...«, Lee druckste etwas herum. »Ich hab es in der Bibliothek nachgelesen. Den ganzen Tag über habe ich nach einer Bemerkung über die Auswirkung von Albtraum-Essenzen auf Erinnerungen gesucht und nur eine gefunden. Und darin stand, dass die Essenzen eine Art Abbild erzeugen. Es ist ein wenig wie bei einer Flamme, die Sauerstoff zum Leben braucht. Nur, dass sie die Erinnerungen nicht verzehren, sondern sie sich wie eine neue Haut anziehen.«

Lara war nicht bewusst gewesen, wie dicht neben Patrick sie stand, da dieser – wie üblich – mal wieder kein Wort gesagt hatte. Sie merkte es erst, als er ihr eine Hand auf die Schulter legte. Eine unglaublich wohltuende Berührung, vor allem in einem Moment, da sie über nachtschwarze Finsternis sprachen.

»Also noch mal kurz und knapp«, forschte Tom nach. »Du hast Ma'Haraz' dunkle Erinnerungen in dieser Kugel eingefangen?«

Lee zuckte mit den Schultern.

»Man könnte sagen, ich habe so eine Art *Sicherheitskopie* gemacht.«

Berrie stöhnte in einem Tonfall, der verriet, dass sie gleich die Geduld mit ihrem Lehrling verlieren würde.

»Und *jeder* kann sie sehen?«

»Oh ja«, gab Jacob Skinner voller Bitterkeit zu. »Natürlich. Jetzt ist mir auch klar, warum der Wahrsager die Kugel für sich allein haben will.«

»Dann möchte ich sie auch gerne sehen«, sagte Tom entschieden.

»Spinnst du? Hast du nicht gesehen, was das Ding mit ihm gemacht hat?«, entfuhr es Lara, die dabei auf den gefesselten Gaukler zeigte.

»Lee?« Tom sah den jungen Wahrsager fragend an.

Der machte ein beschwichtigendes Gesicht.

»Es ist eigentlich verhältnismäßig ungefährlich. Zumindest, soweit ich das behaupten kann.«

Sein Blick wanderte zu Jacob Skinner.

»Bloß wenn man es unvorbereitet tut, dann muss es einen unglaublich schocken.«

»Was genau passiert, wenn ich die Kugel berühre?«, wollte Alisha wissen.

»Du siehst so eine Art lebensechten 3-D-Film vor deinem inneren Auge ablaufen.«

Schneller als Lee imstande war zu reagieren, hatte Tom ihm die wieder in Zeitungspapier gehüllte Kugel aus der Hand genommen und ging damit zu Lees Arbeitsfläche.

»Tom«, rief Lara. »Du …«

»Was?«, rief dieser und wirbelte herum. »Glaubst du nicht, dass das ein bisschen zu viele Zufälle sind? Ruben Goldstein baut eine Armee von mechanischen Zerfleischern und gleichzeitig kidnappt Ma'Haraz Bewohner von Ravinia und lässt sie nur kurze Zeit später wieder laufen?«

Lara stockte.

»Du meinst, die Sturmbringer hecken irgendetwas aus?«, fragte Alisha schließlich. Zwar war ihre Stimme beherrscht, doch sie klang auch eindeutig tieftraurig.

»Oh ja«, sagte Tom. »Und ich würde meine Hand dafür ins Feuer legen, dass es etwas ganz und gar Beschissenes ist.«

Tom auf diese Art fluchen zu hören war eigenartig, doch Lara hatte keine Zeit, über solche Kleinigkeiten nachzudenken.

Tom schnappte sich ein Sitzkissen von einem der Hocker, platzierte es auf der Arbeitsfläche und legte die Kugel darauf. Dann zog er das Zeitungspapier weg –

und berührte die Kugel.

Etwas durchzuckte Tom einem Stromschlag gleich. Als führe ein unsichtbarer Blitz durch ihn hindurch.

Er fiel auf die Knie – die Kugel in der Hand – und verharrte dort einen Augenblick lang.

Ein Raunen ging durch die Reihen der Freunde. Alisha schlug erschrocken die Hände vor den Mund.

Entsetzt stürzte Lara auf Tom zu und hockte sich neben ihn.

»Tom!«, rief sie. »Tom, Tom! Verflucht.«

Tom schlug die Augen auf.

Er sah sie an.

Einen kurzen Moment nur, mehr brauchte Lara nicht, um

zu wissen, dass mit ihm alles in Ordnung war. Sie lehnte ihre Stirn gegen seine Schulter.

»Oh Tom.«

Sie spürte, wie er ihr unbeholfen die Hand auf den Hinterkopf legte.

»Ich weiß jetzt«, hörte sie seine Stimme dicht an ihrem Ohr, »warum Ma'Haraz diese Kugel braucht.«

Er stand auf und half auch Lara auf die Beine.

»Sieh es dir selbst an!«, sagte er und nickte in Richtung der Kugel.

Erschrocken blickte sie auf.

»Es tut nicht weh«, sagte er. »Aber es erklärt eine ganze Menge.«

Er blickte sich um.

»Und Patrick?«

Der Angesprochene sah leicht verwirrt drein.

»Ja, bitte?«

»Ich möchte, dass du es auch siehst.«

Ohne ein Wort trat Patrick hinzu, ergriff Laras Hand.

»Du musst das nicht tun«, flüsterte er.

Doch Lara hatte die Kugel längst konzentriert ins Auge gefasst. Wovor fürchtete sie sich? Es konnte nicht so schlimm sein. Ansonsten wäre Tom der Letzte, der sie ermutigen würde, die Kugel zu berühren.

Patricks Hand um ihre zu spüren wirkte beruhigend. Vielleicht hatte sie ja nach so jemandem gesucht? Jemandem, der einfach da war. Jemandem, der keine Worte verlor über Nichtigkeiten, sondern einfach bloß dabei stand und ihre Hand hielt.

So streckte sie Zeige- und Mittelfinger ihrer verletzten Hand aus und legte sie an die nachtschwarze Kristallkugel.

Es war ein trauriges, ja beinahe erbärmliches Bild.

Nachts in einer großen Stadt. Gelbe Lichter von Laternen aus Beton erleuchteten Straßenzüge aus Beton vor Häusern aus Beton. Die wenigen Pflanzen, die in kärglichen Gärten wuchsen, wirkten ein wenig mediterran, ohne dass Lara hätte sagen können, woran es lag. Sie spürte keine Temperatur, roch nichts, an dem sie dies hätte festmachen können.

Lara begriff, dass sie in einer Erinnerung stecken musste. Vorsichtig blickte sie sich um. Die meisten Ecken, Straßen und Häuser lagen in absolutem Dunkel. Zwar gab es die Straßenlaternen mit ihrem gelblichen Baustellenlicht, aber die einzige Helligkeit in der Erinnerung hatte ihr Zentrum woanders. Ein kleiner Junge hockte mitten in dieser Nacht auf einem Gehweg und stocherte mit einem Stock auf dem grauen Beton der Straße herum, schubste dort einen Tennisball hin und her.

Der Junge hatte einen stark südländischen Teint – warum Lara dies mitten in der Nacht erkennen konnte, war ihr schleierhaft. Außerdem trug er einen Anzug, dessen Hosenbeine an den Rändern schon staubig waren. Aus seinem ansonsten kurzen schwarzen Haar wuchsen zwei lange Korkenzieherlocken – eine rechts und eine links. Beinahe wirkten sie wie viel zu lange Koteletten. Er sah unglaublich missmutig aus. Auch hatte er geweint – wieder eine Information, die Lara einfach so besaß, ohne dass sie es im Gesicht des Jungen ernsthaft hätte lesen können.

Doch noch bevor Lara ihre Gedanken sortieren konnte oder wusste, warum der Junge von zu Hause fortgelaufen war – auf jeden Fall fühlte er sich ungerecht behandelt –, geschah etwas: Der Ball rollte weiter auf die Straße als geplant und hinein in den Rinnstein auf der anderen Seite. Dort haschte eine große, struppige Katze danach und stieß ihn weiter.

Der Junge – er mochte vielleicht sieben oder acht Jahre alt sein – folgte dem Ball, dem einzigen Freund, den er in dieser Nacht besaß.

Doch die Katze fauchte ihn an – es war wirklich ein überdurchschnittlich groß geratenes Exemplar. Und als er mit dem Stock nach ihr stieß, schlug sie ihn zur Seite und fauchte erneut ganz fürchterlich.

Tränen sammelten sich in den Augen des Jungen, aber was nützte es ihm zu weinen? Seinen Ball würde er durch Weinen alleine nicht zurückerhalten. Also schlug er mit dem Stock nach der Katze. Getroffen zog sich das Tier zurück, lauernd, bösartig. Und als der Junge sich bückte, um seinen Ball aufzuheben, sprang sie ihn an. Sie krallte sich an seinem Rücken fest, von wo er sie abschüttelte, doch sie ließ nicht los und biss ihn in die Hand, krallte sich in seinem Arm fest. Sie kratzte immer und immer wieder. Blut lief dem Jungen über den Ärmel. Er schrie und weinte und zeterte und wehrte sich nach Leibeskräften. Er warf das Tier ab und trat danach – die Katze schlug zurück. Immer und immer wieder.

Der Kampf der beiden war ungleich. Es war traurig, mit ansehen zu müssen, wie der kleine Junge auf Leben und Tod mit einer wilden Straßenkatze rang.

Hätte Lara in dieser Erinnerung weinen können, hätte sie es getan. Doch sie war unerbittlich. Wie ein Film, den man gezwungen war anzusehen, ohne sich dagegen wehren zu können.

Schließlich endete der Kampf.

Die Katze lag verdreht auf dem Gehweg, erschlagen von einem erschütterten Kind, das nun neben dem toten Tier saß. Selbst blutend und weinend. Herzzerreißend schluchzte der Junge. Für den Ball interessierte er sich schon lange nicht mehr. Zusammengekrümmt legte er sich auf den Beton des Gehwegs und wimmerte leise. Weinen würde ihm nicht helfen – es würde nur denjenigen den Weg weisen, die ihn bald finden würden.

Vereinzelt gingen Lichter in den Häusern um sie herum an.

Die Szenerie war eine andere geworden. Doch Nacht war es immer noch.

Dies musste eine andere Erinnerung sein – natürlich, es sollten ja mehrere sein, hatte Lee gesagt. Diesmal befand sie sich in der Küche einer Wohnung mit blassen Wänden. Glühbirnen und eine Neonlampe erhellten die Räumlichkeiten. Kurz zuvor war hier gekocht worden, die benutzten Gerätschaften sowie Schneidbrettchen zeugten davon. Die Dunstabzugshaube lief noch auf vollen Touren. Die Wände waren teils mit Teppichen behangen und in den Regalen standen exotische Gewürzdosen.

Von der Küche ging es hinaus auf den Balkon, die Tür stand offen. Und von dort strömte auch Licht hinein in den Raum. Ein junger Mann, vielleicht ein paar Jahre älter nur als Lara, saß dort, lachte und scherzte mit einer wunderhübschen Frau. Sie hatte ein scharf geschnittenes Gesicht und schwarze Haare, die lang waren und in kleinen Korkenzieherlocken auf ihre Schultern fielen. Um diese Haare musste jede Frau auf der ganzen Welt sie beneiden! Ihre Augen strahlten, während sie mit schönen, vollen Lippen und strahlend weißen Zähnen über etwas lachte, das ihr Gegenüber soeben gesagt hatte. Lara hatte nicht hingehört.

»Warte«, sagte der Mann schließlich. »Es gibt ja noch eine Nachspeise.«

Mit diesen Worten stand er auf, drehte sich um – und Lara erkannte sein Gesicht wieder.

Es war nicht nur das Gesicht des kleinen Jungen, der bis aufs Letzte mit der Straßenkatze gekämpft hatte. Nein. Dieser junge Mann war derjenige, den sie vor Jahren unter dem Namen Ma'Haraz kennengelernt hatte. Die Korkenzieherlocken an den Seiten waren fort und sein rechter Arm war über und über verziert mit Tattoos – wohl, um die Narben von seinem Kampf mit der Katze zu verdecken.

Doch dieser Ma'Haraz war alles, was derjenige, den Lara kennengelernt hatte, nicht war. Er trug keine schwarze, mit Kinkerlitzchen behängte Kleidung. Nein, er trug weite, helle Hosen und ein kariertes Hemd, das im offenbar warmen Wind flatterte, während er in die Küche ging und den Nachtisch aus dem Kühlschrank holte. Selbst gemachtes Tiramisu. Nur für seine Freundin – oder gar Frau?

Er hörte ein Geräusch vom Balkon, ging zurück, um nachzusehen, und ließ vor Schreck das Tiramisu fallen. Schnell stürzte er zu der Frau, versuchte sie zu wecken. Vergebens. Panisch rannte er zurück in die Wohnung, auf der Suche nach einem Telefon.

Lara betrachtete die Frau, wie sie dort lag. Sie war einfach umgefallen. Einfach so, wie das Leben eben manchmal ein Verräter war. Und in den bittersten Augenblicken und Stunden gleich doppelt – denn sie war schwanger. Es war nun deutlich zu erkennen für Lara, während sie von drinnen Ma'Haraz hektisch telefonieren hörte. Er redete Englisch.

Lara verstand – sie waren mittlerweile in den Vereinigten Staaten.

Die Erinnerung hatte erneut gewechselt – doch diesmal war der Zeitsprung nicht so enorm.

Sie befand sich im Wartezimmer eines Krankenhauses. Krankenhausgrün strahlte deprimierend von allen Seiten auf die Gestalt, die dort auf einem der Stühle in einer langen Reihe von Sitzgelegenheiten kauerte. Allein. Außer ihm war niemand da.

Wieder Ma'Haraz. Er trug dieselben Kleider, es war noch derselbe Abend.

Eigenartig, dachte Lara, während sie ihn genauer in Augenschein nahm. Wie nah einem die Menschen doch kamen, wenn sie in den eigenen Augen auch zu solchen wurden.

Denn wurden Menschen nicht dadurch menschlich, dass sie dieselben Höllen durchlebten und mit denselben Monstern kämpften? War es nicht das Leiden, das alle Menschen vereinte?

Die Tür ging auf, ein Arzt betrat den Raum.

Hektisch stürzte der aufgelöste Ma'Haraz auf ihn zu.

»Mr Mendel?«

»Sagen Sie schon«, bettelte der Angesprochene sogleich, um Leben flehend. »Was ist mir ihr?«

»Ihrer Frau geht es gut«, erklärte der Arzt und senkte den Blick. »Sie braucht jetzt viel Ruhe, wissen Sie. Aber das Kind …«

Lara konnte beinahe hören, wie etwas in dem Mann zerbrach, den sie gehasst und verdammt hatte für seine Boshaftigkeit. Nun sank er auf die Knie. Starrte. Fassungslos, dem Untergang nahe. Auf den Lippen kauend. Unfähig zu schreien. Ohnmächtig gegen alle höheren Mächte, die sich in diesem schmerzhaftesten aller Augenblicke gegen ihn verschworen hatten.

Wieder ein Sprung, wieder eine Erinnerung.

Die Räumlichkeiten, in denen sie sich nun befanden, kannte Lara. Zwar waren sie ihr nicht gerade bestens vertraut, doch sie wusste immerhin, wo sie waren. Sie war schon einmal hier gewesen – und die Situation war damals eine ganz ähnliche gewesen. Eine Art Vernehmung.

In einem überdimensionierten, holzvertäfelten Saal waren etwa zehn throngleiche Stühle um eine Tafel in Form eines Us herum gestellt. Dies war das Ratsgebäude von Ravinia. Von außen ein beinahe palastartig anmutendes Gebäude, voller strahlender Eleganz. Doch auch schon bei ihrem ersten Besuch war Lara unheimlich gewesen, wie düster alles von innen wirkte. Alte Familienwappen und Banner hingen an den Wänden im Dunkel, dort wo das Licht der schmalen Fenster nicht hinreichte.

Die Mitglieder des Rates saßen auf den Stühlen und tagten über viele Wichtigkeiten und Kleinigkeiten, die Ravinia betrafen.

Sie tuschelten miteinander. Offenbar war es die Zeit zwischen zwei Sitzungen und Lara nutzte die Gelegenheit, um sie genauer in Augenschein zu nehmen. Und tatsächlich kannte sie einige der Gesichter. Auch wenn sie sie hier in einer sehr viel jüngeren Fassung sah. Wie viel Zeit mochte wohl vergangen sein seit damals? Zwanzig Jahre? Fünfundzwanzig?

Sie erkannte Eusebius Lanchester. Ihr Zunftmeister hatte viel mehr Farbe im Haar als zu Laras Zeit und es war länger und voller. Offensichtlich hatte er damals schon das Amt eines Rates innegehabt.

Auch Mama Zamora hatte einen Sitz im Rat inne. Sie war damals vielleicht Ende dreißig gewesen und es haftete noch unglaublich viel von der schlanken Zigeunerin an ihr, die sie vielleicht vor noch einmal fünfzehn Jahren gewesen sein musste, ohne Falten und mit weniger goldenen Zähnen.

Lara erkannte auch Milton St. James, dessen Leichnam sie damals zu Gesicht bekommen hatte. Doch war der massige Mann unverkennbar.

Es schien Lara erschreckend, wie kühl und von Ernsthaftigkeit zerfurcht die Gesichter der Räte aussahen. Nur bei einer Person wunderte es sie nicht. Nicolaes, der niederländische Meister der Malerei, saß fahl und unbarmherzig am äußersten linken Ende der Tafel. Noch mit einem ganz gewöhnlichen Mund gesegnet, nicht dem zerknitterten Schlitz, mit dem Lara ihn kennengelernt hatte. Aber seine grotesken Züge, die ihn später beinahe selbst wie aus Papier gefaltet wirken ließen, waren schon im Ansatz zu erkennen.

Es klopfte.

Lara drehte sich um und sah, wie die schweren Türen, durch die sie auch einmal hineingeführt worden war, aufschwangen.

Zwei Nachtwächter in roten Roben eskortierten jemanden herein, den Lara durch diese ganze Bilderflut verfolgte: Ma'Haraz.

»Hoher Rat«, kündigte einer der Nachtwächter an. »Mr Joshua Mendel, der sich auf Bitten des Rates hier eingefunden hat, steht nun für Sie zur Verfügung.«

Joshua Mendel.

Lara ließ sich den Namen auf der Zunge zergehen. So klangvoll war der grausame Mensch benannt, den sie bloß als den finsteren Wahrsagermeister Ma'Haraz kannte. Aber diese Erinnerungen bargen ohnehin eine Menge Überraschungen.

Joshua Mendel trat vor. Er trug immer noch legere Kleidung, nicht das Schwarz, das er wohl später angelegt haben musste.

»Hoher Rat«, grüßte er die Versammelten.

Diese nickten ihm knapp zu.

Einer der Räte erhob sich. Lara kannte sein Gesicht nicht, es war scharfkantig und von langen grauen Haaren umrahmt, die auf seine schwarze Ratsrobe herabfielen.

»Joshua Mendel«, begrüßte er den Eingetretenen mit förmlicher, unaufrichtiger Höflichkeit. »Schön, dass Sie unserer Bitte Folge geleistet haben.«

Er sah finster und irgendwie unbarmherzig drein. Noch bevor Joshua Mendel etwas erwidern konnte, fuhr er fort.

»Grund ihres Besuches ist die Angelegenheit um ihre Frau Rose.«

Joshua Mendels Augen hellten sich auf.

»Was ist mit ihr?«, fragte er in einem Tonfall, der müde klang. Der Diskussion müde. Es schien, als wüsste er schon ganz genau, was der Ausgang des folgenden Gespräches sein würde.

»Sie hat keine besondere Begabung, das wissen Sie.«

»Ja«, sagte Mendel schlicht.

»Und Sie wissen auch, dass es in Ravinia keinen Platz für jemanden gibt, dessen einzigartige Fähigkeiten nicht dazu ausreichen, etwas Besonderes herzustellen?«

Er wirkte verloren, wie er dort den mächtigen und einflussreichen Stadträten gegenüberstand, unter Beobachtung von zehn ungnädigen Augenpaaren.

»Ich wüsste nicht, dass es irgendwo geschrieben stünde«, entgegnete er.

Wie konnten sie nur so kalt sein? Lara war außerstande, es zu begreifen. Dabei hatte sie vor allem Mama Zamora für eine im Grunde ihres Herzens gütige und großmütige Frau gehalten.

Und gerade diese Frau ergriff nun das Wort. Schneidend und erbarmungslos.

»Es ist ein ungeschriebenes Gesetz«, warf sie ein. »Ravinia ist kein Ort für jedermann. Es hat seinen Grund, diese Stadt hat nur begrenzt Platz zu bieten.«

»Nennen Sie mir jemandem, dem ich Wohnraum wegnehme. Unser Nachbarhaus ist sogar unbewohnt.«

»Sie verstehen nicht, Joshua. Es geht um das Prinzip, an das sich all die Jahrhunderte gehalten worden ist.«

»Genug«, unterbrach der erste Wortführer – und offensichtlich der Vorsitzende – die Wahrsagerin mit einer Handbewegung.

»Junger Mann«, er sah Joshua Mendel direkt in die Augen, und für eine Sekunde schien es so, als trügen sie einen stillen Kampf voller Verachtung aus. »Der Stadtrat von Ravinia verfügt hiermit, dass Sie Ihren Wohnsitz aus der Stadt hinausverlegen müssen. Zumindest solange Sie ihn sich mit Ihrer Frau teilen. Schlimm genug, dass jemand wie Ihre Frau überhaupt von der Stadt erfahren hat.«

Jemand *wie Ihre Frau*, hallte es in Laras Verstand nach.

Ihr war nicht auch bloß im Ansatz bewusst gewesen, wie bedeutend diese Werte bei manchen Leuten in Ravinia tatsächlich waren – oder welche Rolle sie zumindest einmal gespielt hatten. Was waren das denn bloß für Menschen? War ihnen völlig entgangen, dass es auch für sie eine absolute Gnade war, an diesem Ort leben zu dürfen?

Ja, so musste es sein. Lee hatte gesagt, das hier sei eine Erinnerung. Wenn dem so war, dann musste sie aus einer Zeit stammen, in der man nicht bloß abschätzig auf Leute wie Stadtvaganten herabgesehen hatte. Nein, anscheinend war man sogar gegen sie vorgegangen.

Lara schauderte. Wenn sie überlegte, wie alt Ma'Haraz bei ihrem letzten Aufeinandertreffen gewesen war und wie alt er zum Zeitpunkt der Erinnerung vor ihr war … dann mochte diese Erinnerung vielleicht vor zwanzig Jahren stattgefunden haben. Diese Leute hatten zum Teil immer noch das Sagen in der Stadt – und ihre überhebliche und unbarmherzige Einstellung erschütterte Lara zutiefst.

Sie verfolgte das Geschehen weiter. Ma'Haraz – oder der Jemand, der er früher einmal gewesen war – rückte wieder in ihren Fokus.

»Ich schätze, es ist mir nicht mehr gestattet, Einwände hervorzubringen?«

Ma'Haraz – da war er gebrochen und resigniert, nicht düster und überheblich. Was Menschen doch für bewegte Geschichten hatten.

»Gehen Sie, Mr Mendel. Diese Entscheidung ist getroffen worden.«

Er winkte Ma'Haraz hinaus, der sich ohne Widerspruch mit hängenden Schultern und einem Seufzer von den beiden Nachtwächtern wieder hinauseskortieren ließ. Unter den Blicken einer entsetzten Lara.

Als die Tür des Ratssaales krachend in ihre schweren Schlösser fiel, befand Lara sich schon wieder an einem anderen Ort. Dies war eines der alten Häuser von Ravinia. Sie erkannte das Fachwerk und den Putz an den Wänden, der immer kurz vor dem Abbröckeln zu stehen schien.

Langsam begann sie, tief in die Geschichte des Mannes einzutauchen, den sie als so unendlich grausam kennengelernt hatte. Nein, halt, der so unendlich grausam *war*. Er entführte Menschen. Eigentlich unglaublich, dass das Leben einen Menschen derart umstülpen konnte.

Sie befand sich nun in der Wohnung der Mendels in Ravinia. Sie hatten es sich nett eingerichtet. Die Möbel waren zu großen Teilen dieselben wie noch in der anderen Wohnung Jahre zuvor. Auch hier waren die Wände über und über behangen mit allerlei Teppichen aus dem Nahen Osten.

Da klingelte es.

Joshua Mendel kam aus einem Zimmer, ging an Lara vorüber und öffnete die Wohnungstür.

Zwei Nachtwächter in praktischer, lederner Arbeitskleidung standen dort.

»Mr Joshua Mendel?«, erkundigte sich einer von ihnen.

»Ja?«

»Der hohe Stadtrat von Ravinia schickt uns. Sie haben Fristen, die ihnen gesetzt wurden, verstreichen lassen, ohne die Stadt zu verlassen.«

»Und jetzt wollen Sie mich tatsächlich rausschmeißen?«

Wieder dieser Unterton, der nicht so sehr herausfordernd klang als vielmehr resigniert.

Dem wortführenden Nachtwächter stand ins Gesicht geschrieben, wie ungern er hervorbrachte, was er zu sagen hatte. Doch es war nun einmal sein Job.

»Mr Mendel, ich muss Sie bitten, mir alle magischen Schlüssel auszuhändigen, die sich in Ihrem Besitz oder dem Ihrer Frau befinden.«

»Und wenn ich es nicht tue?«

»Dann sind wir befugt, Sie Ihnen vorübergehend abzunehmen. Man hat eine Wohnung für Sie in London organisiert, zu der wir Sie geleiten sollen. Von Ihrer Arbeit in Ravinia sind Sie so lange entbunden, bis Sie Ihre neue Wohnung bezogen haben.«

Joshua Mendel sah den Nachtwächter schief an.

»Und wie soll ich ohne Schlüssel nach Ravinia gelangen?«

»Sie werden jeden Morgen eskortiert, Mister.«

»Das soll ja wohl ein beschissener Witz sein, oder?«

Jetzt begann er tatsächlich sich aufzuregen.

»Ich weiß nicht, wem im Stadtrat meine Nase nicht passt, aber so etwas Lächerliches ist noch nie, hören Sie, *noch nie* in der gesamten Geschichte dieser Stadt vorgekommen. Darauf verwette ich alles.«

»Mr Mendel, hören Sie ...«

Weiter kam der Nachtwächter nicht, denn der wütende Wahrsager schlug ihnen die Tür vor der Nase zu. Oder er versuchte es zumindest, denn selbstverständlich waren die Nachtwächter schneller. So gut wie niemandem auf der ganzen Welt war es möglich, es körperlich mit einem Nachtwächter aufzunehmen. Blitzschnell, elegant und mit der ihnen eigenen tödlichen Präzision schossen sie vor. Die Tür flog weit auf, die beiden traten ein und der zweite Nachtwächter packte mit festem Griff Joshua Mendels Arm.

»Mr Mendel«, sagte der erste Nachtwächter – und es klang beinahe, als täte es ihm tatsächlich leid. »Wir haben unsere Anweisungen.«

Er tastete den Wahrsager ab, während sein Kollege ihn festhielt, fand aber offensichtlich keine Schlüssel.

»Lassen Sie ihn los!«, ertönte es hinter ihnen.

Lara drehte sich um.

In einer Tür stand Rose Mendel, eine Glasschüssel in der einen Hand, ein Geschirrtuch in der anderen. Sie war ebenso schön wie beim ersten Mal, als Lara sie gesehen hatte. Doch ein dunkler Schatten lag bereits um ihre Augen und dieser rührte nicht daher, dass sie wütend war.

»Mrs Mendel, wir ...«, begann der erste Nachtwächter, doch weiter kam er nicht, denn sie warf mit der Schüssel nach ihm.

Geschickt wich er aus, drehte sich darunter hinweg auf sie zu. Sie schleuderte das Geschirrtuch nach ihm und versuchte gleichzeitig an ihm vorbeizukommen, doch mit einer Hand erwischte der Nachtwächter sie und riss sie von den Füßen.

Noch während die Glasschüssel an der Wand zerschellte, stürzte Rose Mendel mit dem Kopf gegen die Kante der Kommode im Flur und blieb still liegen, während ein Regen aus Glasscherben auf den Boden prasselte.

»Rose, nein!«

Der Schrei aus Ma'Haraz' Kehle übertönte alle Gedanken im Raum. Der Nachtwächter, der ihn festhielt, leistete keinerlei Gegenwehr als er sich losriss und zu seiner Frau stürzte, unter der sich eine dunkelrote Lache aus Blute bildete. Blut. So viel Blut! Viel und viel zu schnell, um auch nur irgendetwas dagegen tun zu können.

Joshua Mendel hievte ihren Oberkörper hoch, doch ihr Kopf baumelte nur schlaff herab und rot tropfte es von ihm herunter auf die Holzdielen.

»Nein, nein«, jammerte er, versuchte seine tätowierte Hand auf irgendeine ihrer viele Wunden zu pressen. Doch weder gegen die schrecklich Platzwunde an Roses Kopf noch gegen die vielen Schnitte der Glasscherben vermochte er so schnell irgendetwas zu tun.

Erst jetzt erkannte Lara an den Proportionen des Körpers, den er dort so verzweifelt in den Armen wog, was nicht sein durfte. Hier nicht und überhaupt nicht auf der ganzen Welt.

Sie war wieder schwanger.

»Rose!«

Der infernalische Schrei hallte in Laras Kopf nach, immer wieder, genau wie all der Schmerz der Welt, der mit ihm mitschwang.

Sie schüttelte den Kopf, um einen klaren Gedanken zu fassen, um festzustellen, dass sie nicht mehr dort in der Wohnung am Ort dieses grässlichen Unglücks war. Schwammen

Tränen in ihren Augen? Konnte das sein? Weinte sie etwa um das Schicksal dieses doch so bitterbösen Mannes?

Vorsichtig blickte sie sich um.

Sie war in einem Zimmer mit hoher Decke und hohen Fenstern. Vielleicht lag es in einem Herrenhaus oder einem Schloss? Lara konnte es nicht sagen in diesem Augenblick.

Sie hörte eine Stimme hinter sich.

»Meister Ma'Haraz?«

»Ja, mein Lord?«

Lara drehte sich auf der Stelle um. Und da erblickte sie ein Gesicht, von dem sie gehofft hatte, dass sie es vergessen könnte. Irgendwann einmal. Doch sie konnte es nicht. Und noch viel weniger jetzt, da sie hier war und das Antlitz jenes Mannes erblickte, der für vieles, was in Laras Leben geschehen war, aber so nie hätte geschehen sollen, die Verantwortung trug.

Roland Winter.

Auf einem lederbezogenen Sofa lag Joshua Mendel – oder vielmehr Meister Ma'Haraz. Lara wusste nicht, woher dieser Name kam, aber sie war sich beinahe sicher, dass dieser damit sein altes Selbst zu vergessen suchte. Er lag dort mit entblößtem Oberkörper. Am Fußende des Sofas stand Roland Winter und blickte zu ihm herab. Er war älter, als Lara ihn in Erinnerung hatte, und ihr fiel ein, dass sie eigentlich gar keine Ahnung hatte, wie alt Winter tatsächlich war. Seine Haare, die damals auf dem Friedhof von Highgate noch schwarz gewesen waren, waren nun stark durch das Grau des Alters verwaschen. Auch sein markantes Gesicht wies ein deutliches Mehr an Falten auf als dasjenige, an das Lara sich erinnerte. Aber nichtsdestotrotz und ganz ohne Zweifel war auch dieser Mensch, den sie hier sah, Roland Winter.

Dass er so alt gewesen war, hatte Lara nicht gewusst. Die gefrorene Melodie, die ihm seinerzeit seine Jugend zurückgegeben hatte, hatte offenbar ganze Arbeit geleistet.

Sie hörte ein Geräusch, blickte zur Seite und sah, wie eine Windböe einen Schwall Regen gegen die dunklen Fensterscheiben blies. Draußen herrschte ein richtig unangenehmes Wetter. Beinahe zum Fürchten. Ganz und gar kein sanfter Herbstregen.

Ein glatzköpfiger Mann mit einem wilden Gesicht betrat den Raum und schob einen Servierwagen vor sich her. Doch statt eines Snacks oder eines Teeservices waren dort eigenartige Gerätschaften aufgebaut. Ein Holzkasten mit mehreren Farbtuben sowie einige elektrische Apparaturen.

Niemand im Raum sagte auch nur ein Wort.

Der neu Hinzugekommene rückte einen Sessel seitlich neben das Sofa, auf dem Ma'Haraz lag, und verdeckte Lara die Sicht, sodass sie näher herantreten musste. Er hantierte mit seinen Gerätschaften herum und auf einmal wusste Lara, was der Mann war: Tätowierer. Und vor sich sah sie alles, dessen es bedurfte, ein sauberes Tattoo zu stechen.

Mit einem Tuch – wahrscheinlich in Desinfektionsmittel getränkt – wischte er über Ma'Haraz' Brust.

»Bereit?«, fragte er kurz angebunden.

Ma'Haraz atmete entschlossen ein … und nickte.

Roland Winter drückte dem Tätowierer einen Zettel in die Hand, den dieser auseinanderfaltete. Offensichtlich die Vorlage für das, was Ma'Haraz von diesem Tag an für den Rest seines Lebens auf der Brust tragen sollte.

Es überraschte Lara, als sie sah, um was es sich handelte. Dann jedoch auch wieder nicht.

Ein Gedicht stand dort geschrieben auf dem Zettel. In sehr altmodischer, jedoch gestochen scharfer und gut lesbarer Handschrift. Beinahe druckreif wirkte dieses Schriftbild, das verlauten ließ:

Im Traume von einer anderen Welt
lässt mich das Feuer des Mutes nun handeln,
in Treue die Mächtigen vor mir zu wandeln.
So schwöre ich hiermit bei all meinem Leben,
auf dass mein Bund hierin ewiglich hält.

Ein Surren ertönte, als der Künstler seine Tätowiermaschine startete, das sich bald monoton in das gedämpfte Geheul des Sturms einfügte. Und so schrieb der Meister Buchstabe für Buchstabe fein und säuberlich auf Ma'Haraz' Haut. Diesem schien es sichtlich unangenehm, aber er hielt aus. Doch Lara ahnte bereits, was hier vor sich ging – während der Meister schrieb und schrieb und schrieb …

Lara schlug die Augen auf.

Jemand fing sie in weichen Armen auf, während Patrick neben ihr zu Boden ging. Sie blickte auf und sah Toms Gesicht über sich, irgendwo zwischen Sorge und Erleichterung. Er stemmte sie auf die Beine und blickte für einen Moment mit seinen rabenschwarzen Augen direkt in ihre kastanienbraunen.

»Alls okay?«, fragte er.

Lara bewegte den Mund vorsichtig, zu seltsam war alles nach den frischen Eindrücken.

»Wie lange war ich weg?«, wollte sie irritiert wissen, während Tom dem am Boden liegenden Patrick aufhalf. »Und wieso liegt er da?«

»Nur eine Sekunde«, meinte Tom nüchtern. »Und Patrick, tja, der hat dich wohl berührt, während du die Kugel berührt hast.«

Lee kam schon herbeigeeilt und half mit, Patrick auf die Beine zu stellen.

»Sorry«, entschuldigte er sich und klopfte Patrick den Kreidestaub vom Hemd. »Ich hatte ja keine Ahnung, dass das auf diese Weise auch funktioniert.«

»Aber du hast sie es alle bereitwillig ausprobieren lassen, nicht?«, schalt Berrie ihn. Die Anwesenden sammelten sich um Lara und Patrick, fühlten nach ihrem Puls, nach ihrer Temperatur.

»Schön«, sagte Berrie schließlich. »Es scheint ja allen ganz wunderbar zu gehen. Wenn mir jetzt bitte jemand erzählen könnte, was ihr dort gesehen habt?«

Lara sah um sich, begegnete den Blicken von Patrick, von Tom, von Lee.

»Macht das einer von euch?«, fragte sie zaghaft. Zu aufgewühlt war sie durch die Spuren, die Ma'Haraz' Geschichte in ihren Kopf gebrannt hatte.

Doch sowohl Tom als auch Patrick hielten sich dezent im Hintergrund, sodass es Lees Aufgabe war, seiner Lehrmeisterin alles zu beichten, was dort in der Glaskugel harrte.

Lara wäre eine Ausgeburt der Tugendhaftigkeit gewesen – wäre Ratlosigkeit eine Tugend. Das viele Herumrätseln bohrte Löcher in ihren Kopf. Und wenn sie sich so umsah, war sie sich beinahe sicher, dass sich nicht nur ihr eigener Verstand wie ein durchlöcherter Käse anfühlen musste.

Sie hatten einige unangenehme Informationen, nasse Kleider, einen Gefangenen und jede Menge Zeit. Sie wussten alle, dass etwas zu unternehmen war, doch sie wussten nicht, was. Nach Epicordia konnten sie frühestens am morgigen Abend zurückkehren, wenn Francesco sie wieder einlassen würde. Bedauerlicherweise gab es keine Kommunikationsmöglichkeit nach Epicordia. Selbst nach all den Jahren ihrer Ehe verließen Berrie und Francesco sich nur auf eines: Sie würden sich immer wiedersehen. Irgendwie wildromantisch, fand Lara. Doch leider passte Romantik so gar nicht in die jetzige Ratlosigkeit hinein. Sie schielte vorsichtig zu Patrick hinüber, der Dinge in ein winziges, ledernes Notizbuch schrieb und sich dabei Strähnen seines ungebändigten Haares aus dem Gesicht blies.

»Und nun?«

Lee war trotz aller Schelte ungeduldig, drängte auf ein Vorankommen.

Berrie hatte ihn zwar zunächst ordentlich ausgeschimpft, nur damit er von Alisha in Schutz genommen wurde, die bisher die meiste Zeit geschwiegen hatte. Schließlich hätte er sich mit einem der gefürchtetsten Meister Ravinias angelegt und – wenn auch nur mit viel Glück – die Oberhand behalten. Jemand wie Berrie sollte das zumindest würdigen, meinte Alisha.

»Ganz egal, was dort unten in Epicordia passiert«, fasste Tom schließlich zusammen und übertönte die streitenden Frauen einfach. »Es *kann* nicht zum Wohle Ravinias sein.«

»Und was willst du tun?«, fragte die unterbrochene Alisha ihren Kollegen in leicht genervtem Tonfall.

»Den Stadtrat alarmieren?«

»Oh ja«, ein ungesunder Schwall von Zynismus schwang in ihrer Stimme mit. »Der große Stadtrat. Stets um die Erhaltung des eigenen Einflusses bemüht, aber völlig ohne Sinn für die eigentlichen Belange der Stadt.«

»Du meinst also, sie würden nichts tun?«

Bis heute Morgen hätte Lara noch daran geglaubt, dass der Stadtrat sich einer solchen Sache annehmen würde. Nachdem sie aber in Ma'Haraz' Erinnerung gesehen hatte, zu welcher Ignoranz und Blindheit und Überheblichkeit ein Stadtrat von Ravinia in der Lage war, fühlte sie sich in dieser Hinsicht äußerst ernüchtert.

»Was denn? Glaubst du, wenn Tom Truska dahergelaufen kommt und von den Sturmbringern unten in Epicordia faselt, geschieht irgendetwas? Das Thema *Epicordia* hat viel zu viel Brisanz. Der Rat würde endlos debattieren und Tom mit Luftblasen abspeisen.«

»Aber was wäre«, warf Tom ein, »wenn nicht ich vor den Rat treten würde, sondern jemand mit mehr Einfluss?«

»Und wer sollte das sein? Jemand von uns? Ich bitte dich. Selbst wenn mit Berrie, dir und mir gleich drei Meister vor den Rat träten – was würde das für einen Unterschied machen?«

So unfair es in ihren Ohren klang, musste Lara sich doch eingestehen, dass Alisha möglicherweise recht hatte.

»Lord Hester«, rief Tom.

»Pah«, machte Alisha. »Wie willst du *das* denn anstellen?«

»Zufällig ist er mein Freund und Vermieter«, erklärte Tom.

Alisha schaute drein, als ob Tom gerade die Gesetze der Schwerkraft für nichtig erklärt – und obendrein behauptet hätte, Maulwürfe säßen auf Wolken und würfen mit Kokosnüssen. Auch Patrick hatte innegehalten und schaute leicht irritiert über sein Notizbüchlein hinweg.

»*Vermieter*? Hast du gerade *Vermieter* gesagt?«

Tom zuckte mit den Schultern.

»Hab ich. Ich wohne auf der Burg.«

Innerhalb von Sekunden hatte Alisha sich wenigstens so weit wieder unter Kontrolle, dass sie nachhaken konnte.

»Auf der Burg? Bei Lord Hester?«

»Ja.«

Sie sah immer noch aus, als könnte sie nicht glauben, was Tom da erzählte. Für die allermeisten schien es völlig unmöglich, dass noch jemand außer Lord Hester auf der Burg leben könnte. Gut, Tom posaunte solche Dinge nicht heraus, aber er redete ja auch im Allgemeinen nicht viel. In diesem Moment fragte Lara sich nicht zum ersten Mal, wie Tom überhaupt an die eigenartige Behausung gekommen war, die er im Torhaus der Burg innehatte.

Schließlich brachte Alisha nur hervor: »Okay.«

Und damit war der Beschluss gefasst. Sie würden Lord Hester um Hilfe bitten.

8. Kapitel, *das in das traurigste Haus der Welt führt.*

Könnte ich Verwirrung in Flaschen abfüllen und tausend Jahre davon trinken, es wäre mir nicht vergönnt, so viel Unruhe zu stiften, wie du es zwischen dem Aufwachen und dem Frühstück vermagst.

Scott Lynch

Fühlt man sich erst auf dem Zenit der Ereignisse, getragen auf der Woge des unsicheren Tatendrangs, ist es ebenso schwer wieder von ihnen abzulassen.

»Wir sollen *was*?«, fragte Lara ein weiteres Mal ungläubig, nachdem der Rabenlord es ihr nun schon zwei Mal geduldig erklärt hatte.

»Lenkt euch ab!«, gemahnte er. »Sammelt eure Kräfte. Ihr werdet sie brauchen. Bis morgen gibt es nichts, was ihr tun könnt.«

Lara sah ihn an, wie er dort stand, gewandet in seinen blauen Mantel, den Kopf bedeckt mit einem ebenso blauen Zylinder. Auch jetzt im Sommer, wenn manche Tage so warm waren, dass man an deren Ende nur noch unbändigen Durst verspürte, trug er diese Kleidung. Lara würde es nicht wundern, wenn auch Tom eines Tages seinen schwarzen Mantel nicht mehr ablegen sollte. Er schien einen ähnlichen Hang wie der Rabenlord zu haben, auf eigene Art und Weise ein wenig abseits der Welt zu stehen, die ihn umgab. Aber wie sollte sie das schon beurteilen können? Sie wusste nicht, was die beiden kleinen, aber gütigen weisen Augen des Lords schon gesehen hatten. Und woher dieses Zuversicht verheißende Lächeln kam, das ganz sachte seine Mundwinkel umspielte, dort, wo sein üppiger und vollkommen altmodischer Backenbart ansetzte.

Sie waren zu viert den Weg hinauf zur Burg gekommen, nachdem sie Jacob Skinner schließlich ungerührt den Nachtwächtern übergeben hatten. Voller Ehrfurcht hatten Patrick und Alisha die beiden Schlüsselmacher mehrere Male gefragt, ob es denn auch tatsächlich rechtens sei, wenn sie sie zu Lord Hester begleiteten. Lara hatte sich zunächst darüber gewundert, ihre Überraschung jedoch schnell verworfen: Auch wenn sie mit Tom auf der Burg wohnte, so bekam sie den Lord selten zu Gesicht. Nur hin und wieder trafen sie sich doch und Lord Hester hatte stets einige freundliche Worte und ein aufmunterndes Lächeln parat. Doch für die meisten anderen Bewohner Ravinias war Lord Hester ein Mysterium, ein immerwährendes Geheimnis. Niemand wusste so recht um die Funktion des Rabenlords, auch Tom und Lara konnten sie nur erahnen. Tatsache war, dass ihm die Raben der Stadt gehorchten. Jeder einzelne. Selbst Dexter, der sich seinen gefiederten Genossen nicht besonders verbunden fühlte und der ebenfalls bei Tom und Lara im Torhaus wohnte, hatte nie einen Zweifel daran aufkommen lassen, dass er sofort zur Verfügung stünde, riefe Lord Hester nach ihm. Doch davon hatte der Lord in den vergangenen zweieinhalb Jahren abgesehen.

Darüber hinaus besaß der Rabenlord neben seiner natürlichen Ausstrahlung eine große Autorität. Niemand, auch nicht der Stadtrat, würde es wagen, Lord Hester kein Gehör zu schenken. Zwar war er kein Monarch, doch – ja, was war er eigentlich?

Sie hatten um den Tisch in der großen Halle unten im Bergfried der alten Burg Platz genommen und Lord Hester hatte ihnen Tee serviert. Und er hatte sie erzählen lassen. Lange und ausführlich. Mit ernster und konzentrierter Miene hatte er zugehört, während über ihm auf Balken und Leuchtern ab und an ein Rabe gekrächzt hatte.

Schließlich war er aufgestanden und mit hinter dem Rücken verschränkten Armen auf und ab gelaufen.

»Das sind keine angenehmen Neuigkeiten«, sinnierte er vor sich hin.

Niemand antwortete darauf. Was hätten sie auch sagen sollen?

»Einverstanden. Ich werde den Stadtrat informieren und ihm den Ernst der Lage begreiflich machen.«

Er blieb stehen und blickte ernst in die Runde.

»Dennoch verdienen die Sturmbringer auch unsere Anerkennung für ihren Plan. Unseren Respekt beinahe, wenn auch auf eine sehr absurde Art und Weise«, stellte er mit einem erschreckenden Anflug von Zynismus fest. »Wir können in Epicordia nicht intervenieren. Wie auch? Und das wissen sie genau. Eigentlich weiß es jeder. Aber wenn sie über einen Kontakt nach dort unten verfügen, der ihnen hilft … jemanden, der sie quasi unter den Augen des Mondvolks vorbeischleust, dann müssen wir anerkennen, dass das leider ziemlich brillant ist.«

»Können wir dieses Mondvolk nicht zur Kooperation zwingen?«, schaltete Alisha sich vorsichtig ein.

Lord Hesters Blick streifte sie, nicht unfreundlich, aber doch sehr bestimmt.

»Nein, Mrs. Folders, können wir nicht. Wir sind keine Kämpfer. Darüber hinaus –«

»Was ist mit den Nachtwächtern?«

»– wäre es absolut unangemessen und unrecht, selbst wenn wir könnten.«

Alisha holte Luft, um zu wiederholen, was ihr eingefallen war, aber Lord Hester brachte sie mit einer Handbewegung zum Schweigen.

»Die Nachtwächter«, stellte er klar, »sind zu wenige. Außerdem muss es immer eine Seite geben, die sich an die moralischen Regeln hält.«

»Ach ja?«, fuhr Alisha auf. »Und was ist mit diesen Sturmbringern? Dürfen die etwa alles? Sie haben damals Layla umgebracht und ihren Mann, einfach so, ohne Rücksicht auf –«

Sie verstummte abrupt, als ihr bewusst wurde, dass Lara sich mit ihr im selben Raum befand. Schnell hatte sie sich wieder hingesetzt und hielt betroffen den Mund.

»Sie waren bei unserer letzten Begegnung mit den Sturmbringern nicht dabei«, antwortete Lord Hester ihr. Ruhig, beherrscht und ohne aufzubrausen, jedoch mit einer Spur von bitterer Ironie in der Stimme. »Das letzte Mal hat die illustre Liga außergewöhnlich meisterlicher Gentleman um Baltasar Quibbes herum selbst die Regeln missachtet, wie Sie dennoch wissen sollten. Zugegebenermaßen waren sie nicht die Einzigen, auch die Nachtwächter haben einen entscheidenden Teil dazu beigetragen, indem sie ihnen eine Menge Zeit verschafft haben. Aber darf ich bitte daran erinnern, was geschehen ist? Anstatt die Stadt langfristig zu beschützen, haben sie ein noch gefährlicheres, noch skrupelloseres Monstrum erschaffen als das, das sie bereits weggesperrt hatten. Damals war das Glück, das pure Glück auf unserer Seite. Doch wer weiß? Vielleicht haben die Sturmbringer ihre Ziele auch ohne Führergestalt nicht aufgegeben.«

Alisha sah wenig überzeugt aus.

»Das mag ja sein«, nahm sie den Gedankengang auf. »Aber wie sollte es den Sturmbringern gelingen, den Stadtrat zu stürzen und die Stadt zu veranlassen, sich ihnen zu beugen?«

»Wissen Sie noch, wie sie es damals angegangen sind, Ms Folders?«

»Natürlich, wie könnte ich das vergessen? Sie haben ihren Terror als Waffe eingesetzt.«

»Richtig«, nickte Lord Hester. »Die Angst der Menschen ist ein sehr schwerwiegender Faktor.«

»Aber trotzdem«, wandte Alisha ein. »Ruben Goldstein und Ma'Haraz mögen ja außergewöhnlich talentiert sein und zur Not auch eine Menge physische Gewalt zusammenbringen – aber ohne jemanden wie Winter im Rücken wären ihre Bemühungen doch relativ aussichtslos. Winter ist jemand, mit dem es niemand aufnehmen kann. Er beherrscht den Wind und wer weiß, welche Dinge noch? Roland Winter könnte ganze Heerscharen in Schach halten.«

Lord Hester nickte weiterhin, um ihr zur signalisieren, dass er ihr folgte.

»Was wäre, wenn sie blufften?«, fragte er.

Alisha schüttelte energisch den Kopf.

»Denken Sie selbst nach«, meinte sie. »Schon die Nachtwächter würden sich nicht von einem Bluff täuschen lassen. Würde man ihnen sagen, Winter wäre zurück und bedrohe alle, würden sie aktiv werden und herausfinden wollen, wie viel an dieser Geschichte dran ist.«

»Und was wäre mit einer Armee der mechanischen Gottesanbeterinnen, die Sie alle mir hier so trefflich beschrieben haben?«

»Vermutlich würden die Nachtwächter auch mit denen fertigwerden.«

»Also ist die einzige andere Möglichkeit die, dass Winter damals in Highgate überlebt hat«, schlussfolgerte Lord Hester.

Alles um ihn herum schwieg für einige Sekunden. Selbst die Raben im Gebälk ließen keinen Laut vernehmen, nicht das leiseste Flügelschlagen.

Schließlich regte Tom sich.

»Nein«, sagte er entschieden. »Das kann nicht sein. Dieses Ding, das er geworden ist, nachdem er die gefrorene Melodie verloren hatte … es hätte keine drei Tage überlebt.«

»Außer«, dachte Lord Hester den Gedanken laut zu Ende, »außer, die Sturmbringer hatten damals schon längst einen Plan B. Irgendetwas, um ihn am Leben zu halten.«

»Dann wäre Winter aber bereits zurückgekehrt.«

»Das ist wohl zu vermuten – oder er regeneriert nur langsam und ist noch nicht bereit dafür.«

»Aber was könnten die Sturmbringer dann von Winter wollen? Ich meine, wenn er nicht stark genug ist?«

»Aber das würde er in diesem Fall ja irgendwann werden,

Tom.« Lord Hester bedachte ihn mit einem durchdringenden Blick.

Patrick schaltete sich ein.

»Ich glaube –«, begann er, um sich eilig selbst zu unterbrechen: »Pardon, Lord Hester, wenn ich so forsch das Wort ergreife. Also ich glaube, sie *können* nicht anders.«

»Wie bitte?«

Lord Hester bedeutete Tom, der erregt aufgesprungen war, sich zu setzen.

»Lass ihn ausreden, Tom!«

Patrick räusperte sich – er wirkte ein wenig nervös.

»Ich … ich denke, wenn ich die Erinnerung von Meister Ma'Haraz richtig deute, dann kann er vielleicht gar nicht anders, als Winter zu helfen. Vielleicht ist dies kein einfältiger Treueschwur, den sie sich in die Haut tätowieren haben lassen. Vielleicht sind es individuell verfasste Gedichte. Nein, ziemlich sicher sind sie das. Was sollte die Aktion mit der Tätowierung sonst bedeuten? Ein Gedicht von Winter für seinen treuen Anhänger. Damit kann er ihn untrennbar an sich binden und ihn zwingen, zu ihm zu halten. Ein magisches Gedicht, unter die Haut gestochen von einem magischen Tätowierer.

Ma'Haraz könnte folglich gar nicht gegen Winters Interessen handeln, selbst wenn er wollte. Das Gedicht würde ihn quälen. Er würde sich fühlen wie … wie ein Junkie auf Entzug. Schlimmer und schlimmer und schlimmer. Vielleicht *muss* er auf Winters Genesung hinarbeiten.«

Der Rabenlord sah den jungen Schreiber ernst an.

»Und du meinst, die Sturmbringer könnten tatsächlich wieder versuchen, Ravinia ihren Willen aufzuzwingen?«

Patrick hob verlegen die Schultern.

»Ich weiß es nicht. Sagen Sie es mir! Wenn es so ist, wie ich denke, dann hätten sie ihn aber sicherlich nicht so einfach sterben lassen können.«

Ratlosigkeit schwappte einmal mehr in den Raum, flutete ihn wie kristallklares eiskaltes Wasser.

»Unterm Strich heißt es also«, resümierte Tom, »dass es sehr wohl sein könnte, dass irgendwo Roland Winters erneute Auferstehung vorbereitet wird? Möglicherweise in Epicordia?«

»Das wäre eine Art Worst-Case-Szenario«, bestätigte Lord Hester diesen Gedanken. »Ganz sicher wissen wir es natürlich nicht, aber ich fasse es mal so zusammen: Jemand betreibt den Aufwand, in Epicordia etwas vor den Städtern von Ravinia geheim zu halten. Am einzigen Ort, zu dem ihnen mit größter Gewissheit kein Zutritt gewährt würde, ganz egal, mit welchen Talenten, mit welcher Gewalt und mit welchen sonstigen Mitteln sie es auch versuchen würden. Sagt das Mondvolk Nein – und das ist beim derzeitigen diplomatischen Stand ja wohl schwer anzunehmen –, wird niemand aus Ravinia dort unten Zutritt erlangen. Ausnahmen wie die Kreidefrau und der junge Mr Davenport bestätigen zwar die Regel, aber auch sie erträgt man dort nur mit gehörigem Zähneknirschen.

Zusätzlich tauchen diese Gottesanbeterinnen auf. Und die kann – wenn eure Recherche zutrifft – nur eine Person gebaut haben: Ruben Goldstein. Seines Zeichens bekennender Sturmbringer und jemand, der sich Ravinia besser nicht bei klarem Verstand nähert. Und wenn ich es darüber hinaus richtig verstanden habe, existieren die mechanischen Tierchen auch noch in einer Anzahl, die immense Mengen an Zeit und Arbeitsaufwand erfordert, um sie überhaupt herzustellen.

Wenn wir also davon ausgehen, dass sich zumindest Mr Goldstein dort unten eingerichtet hat – und zwar unter den aufgezählten Mühen und Vorsichtsmaßnahmen – dann wird er dort unten ja wohl irgendetwas Großes aushecken, oder?

Das mag aber nicht zwingend die Rückkehr Roland Winters sein.«

Lord Hester machte eine bedeutungsschwere Pause und blickte in die Runde.

»Nur, meine Lieben, selbst wenn es das nicht ist, können wir doch davon ausgehen, dass es nicht zum Wohle Ravinias geschieht.«

Tom stöhnte und verzog das Gesicht. Seine Wunden schienen ihm zu schaffen zu machen. Trotzdem antwortete er dem Lord verbissen.

»Toll«, sagte er und klatschte in sarkastischem Applaus in die Hände. »Wunderbar, diese Zusammenfassung. Das heißt, dort unten geschieht irgendein riesengroßer Mist – vielleicht sogar irgendetwas mit Roland Winter höchstpersönlich. Und wir sitzen hier in Ravinia und können absolut nichts tun, außer zu warten und zu hoffen?«

»Nun, ganz so würde ich es nicht betrachten«, vermeldete der Rabenlord. »Wir können uns immer noch vorbereiten. Und wir können Kraft sammeln. Denn die werden wir brauchen, sollte dieser schlimmste aller Fälle eintreten.«

Er bedeutete ihnen, sich zu erheben.

»Lenkt euch ab«, sagte er. »Wenigstens heute Nacht. Ich werde versuchen, einige gewichtige Leute zu sensibilisieren. Hier und da hat meine Stimme ja immerhin noch ein gewisses Gewicht.«

Ungläubig blickte Lara ihn an und selbstverständlich bohrte sie nach, sonst wäre sie nicht Lara McLane gewesen.

Am Ende entließ der Lord sie in den lauen Sommerabend. Vor ihnen lag eine Nacht, in der sie nicht wussten, was sie mit sich anfangen sollten.

Das Schlimmste jedoch war, tief im Innern die Gewissheit zu spüren, dass der Lord recht hatte. Vielleicht war es tatsächlich das Beste, sich zu sammeln, alle Kräfte beieinanderzuhaben, sich innerlich vorzubereiten auf den schlimmsten Fall.

Glühwürmchenschimmer funkelten über dem Burghof und der Regen hatte endlich, endlich aufgegeben, als Lara und Patrick den Bergfried verließen und ins Freie traten.

Lord Hester begleitete sie hinaus. Den protestierenden Tom hatte er mehr oder weniger direkt ins Bett geschickt. Tom war in Anbetracht seines Zustands schon viel zu lange auf den Beinen gewesen. Unter gewöhnlichen Umständen hätte Lara sich ein schelmisches Grinsen nicht verkneifen können, als Tom sich geschlagen gegeben und schlurfend den Heimweg über den Hof angetreten hatte. Doch er machte einen ganz und gar nicht gesunden Eindruck. Er war noch blasser als ohnehin und auf seiner Stirn hatte sich Schweiß gesammelt, den er viel zu häufig mit dem Ärmel fortwischte.

»Er wird nicht schlafen können«, meinte Patrick beinahe mitleidig und fügte hinzu: »Ich könnte es nicht. Ich würde grübeln und grübeln und grübeln. Schließlich liegt so viel in unserer Hand.«

Doch Lord Hester schenkte ihm bloß sein gutmütiges Großvaterlächeln.

»Tom ist sehr wichtig für die Stadt. Weit wichtiger, als ihr beiden ahnt. Er sollte sich nicht derart verausgaben – oder zumindest noch nicht. Er ist verletzt und müde. Und er weiß, dass seine Sorgen bei mir in guten Händen sind. Vielleicht wird er also doch das ein oder andere Auge zutun.«

»Und was machen wir nun?«, wollte Lara wissen und biss sich sofort auf die Unterlippe, hatte es doch provokativer geklungen, als es sollte.

Das Lächeln auf Lord Hesters Gesicht verschwand nicht.

»Werdet müde!«, empfahl er ihnen und Lara vermied es, noch einmal nachzuhaken. Wahrscheinlich hatte der Rabenlord recht. Doch ahnte Lara, dass auch seine Gelassenheit nicht vollständig echt war. Aber das war nun egal, denn er hatte recht: Ihre Sorgen waren bei ihm vorübergehend gut aufgehoben.

So ließ der Rabenlord sie allein auf dem Hof stehen. Er hatte Alisha Folders einen Platz zum Schlafen in einem der leer stehenden Häuser der Burg angeboten, den diese überrascht und dankbar angenommen hatte. Lara indes hatte nicht einmal geahnt, dass Lord Hester so etwas wie Gästezimmer überhaupt haben könnte.

»Und jetzt?«, fragte sie Patrick.

Der blickte sie durch seine verwuschelten Haare, die ihm wild in die zweifarbigen Augen fielen, an. Er lachte nicht dabei, aber er wirkte nicht unglücklich mit der Situation. Ganz und gar nicht.

Und ebenso erging es ihr.

»Ich müsste einmal bei mir zu Hause vorbeischauen, wenn ich schon in Ravinia bin«, sagte er an.

»Okay«, erwiderte Lara nur und so verließen sie Seite an Seite den Hof in Richtung Oberstadt.

Doch unverhofft kommt oft, besagte ein Sprichwort.

Anstatt in Richtung Innenstadt zu laufen, bogen sie gleich nach der Brücke, die von der Burg in die Oberstadt hinüberführte, links ab und folgten einer Straße durch das Villenviertel.

Lara fiel auf, dass sie hier noch nie gewesen war, obwohl sie seit Jahren auf dem Nachhauseweg an diesem Abzweig vorbeilief. Das Villenviertel der Oberstadt hatte sie nie sonderlich interessiert. Sie wusste, dass das Kommissariat sowie die Wache hier oben waren, aber ansonsten sahen die großen Villen, die teilweise schon kleinen Schlössern ähnelten, für sie alle gleich aus. Natürlich waren auch ihr die verschiedenen architektonischen Stile bewusst und auch, dass einige Villen noch viel größer waren als andere, die beinahe nur bessere Wohnhäuser waren. Doch sie war in den letzten beiden Jahren zu sehr davon geprägt worden, dass hier oben der sogenannte

Stadtadel hauste. Einflussreiche Familien von Menschen mit besonderen Talenten, die es vorzogen, unter sich zu bleiben. Man munkelte gar, dass es im Laufe der Jahrhunderte soweit gekommen sei, dass nahezu jede Familie mit jeder über irgendeine Ecke verwandt war. Arrogant sollten sie sein, sich für etwas viel Besseres halten. Und nachdem Lara in Joshua Mendels Erinnerung das Tribunal gesehen hatte, das der Stadtrat vor einigen Jahren offensichtlich noch abgehalten hatte, damit Menschen ohne besondere Talente keinen Zugang zur Rabenstadt erhielten, fand sie viele dieser Vorurteile bestätigt.

Aber angesichts dieser Vorurteile schien es auch umso erstaunlicher, dass Patrick von hier stammen sollte. Patrick Davenport, der auf seine Weise ganz und gar nicht so zu sein schien, wie man es sich vom Adel erzählte – und wie er sich Lara in Ma'Haraz' dunkler Erinnerung offenbart hatte.

Das letzte Haus am Ende der Straße war eine geräumige, wenngleich auch nicht furchtbar protzige Villa. Ein großes, wohl ehemals weißes Haus, das selbst in der sommerlich späten Abenddämmerung noch gut zu erkennen war. Es war deutlich kleiner als die umliegenden Villen, aber dennoch größer als die meisten Häuser, die Lara kannte. Im Gegensatz zu den umstehenden Häusern wirkte dieses jedoch nicht besonders stolz, sondern eher ein wenig traurig. Das Haus war im viktorianischen Stil erbaut worden und der Putz zeigte feine Risse. Moos wuchs auf dem Dach und umschmiegte Teile von Giebeln und kleinen Spitzdächern, die entstanden sein mussten, als hier oder dort im Laufe der Zeit einmal mehr ein Raum oder ein zusätzlicher Gang angebaut worden war. So lag es da, das Davenport'sche Haus, hinter einem gusseisernen Zaun und einem großen Garten, dessen Rasen zwar gemäht war, aber auch nur das. Büsche und Sträucher wuchsen wild, wirkten beinahe verwunschen und streckten ihre Fühler nach den Nachbargärten aus.

»Hier wohnst du?«

Es war mehr eine rhetorische Frage. Was wollten sie sonst wohl in dieser Gegend?

»So ungefähr zumindest«, bestätigte Patrick und warf ihr ein charmantes Lächeln zu.

Er schob das quietschende große Eisentor auf, hinter dem sich das Kopfsteinpflaster der Straße noch bis zum Hauseingang fortsetzte.

»Willkommen im Schandfleck der ach so edlen adligen Oberstadt«, sagte er, doch es klang nur gespielt bitter.

Lara trat ein und er schloss das Tor hinter ihr.

Ein kurzes Bellen erklang rechts neben ihnen. Lara drehte den Kopf und sah einen großen Golden Retriever gemächlich auf sie zutrotten. Hechelnd schlabberte er einmal über Patricks Hand, rieb sich kurz an Laras Jeans und ließ sich von den beiden den Kopf tätscheln, ehe er wieder in Richtung Haus verschwand.

»Wer war das denn?«, wollte Lara neugierig wissen.

»Das war Mr Jones«, erklärte Patrick – sein Lächeln war ein wenig ins Wehmütige gedriftet. »Er ist schon alt.«

»Mr Jones? Ein cooler Name für einen Hund.«

»Er gehört Donald. Und bevor du fragst: Donald ist die gute Seele des Hauses. So etwas wie ein moderner Butler, auch wenn er nicht ständig im Frack herumläuft oder weiße Handschuhe trägt. Ohne ihn würde dies alles hier wohl vollständig verfallen.«

Lara blickte sich um. Ja, das Haus sah im Gegensatz zu den anderen Villen wirklich alt aus. Und das nicht nur, weil das Gebäude bestimmt seine hundertfünfzig Jahre gesehen hatte.

Ihr Blick schweifte über den Garten und die gemähte Rasenfläche, die sich, mit einigen Apfel- und Kirschbäumen bestanden, in einer Biegung um die Villa zog.

»Ist dies hier das letzte Haus vor den Klippen?«

Patrick nickte.

»Ja. Es liegt etwas abseits. Aber das ist mir recht, sonst würden sich unsere versnobten Nachbarn wahrscheinlich noch mehr über seinen Zustand aufregen, als sie es ohnehin schon tun.«

»Können wir nach hinten gehen?«, fragte Lara.

»Aber klar.«

Und so schlenderten sie über den noch vom Regen feuchten Rasen, der duftete wie in einem Märchenwald, während er langsam die Farbe in der Dämmerung verlor. Dicke, fette Glühwürmchen schwirrten zwischen den Obstbäumen umher, unter denen sie hindurchliefen. Auf der anderen Seite erstreckte sich der gusseiserne Zaun.

»Sie haben ihn einmal ringsherum errichtet.«

Patrick deutete auf den Zaun.

»Vermutlich, um die Kinder vom Abhang fernzuhalten.«

Und dann standen sie am Zaun. Sie hatten einen wunderschönen Ausblick: Unter sich sahen sie die botanischen Gärten mit ihren Gewächshäusern und wilden Plantagen voller geheimnisvoller und gefährlicher Pflanzen. Lara erkannte die Mauer, die die Gärten vom Rest der Stadt trennte, und das von den Gargylen bewachte Tor, durch das man die Synagoge und die achteckige Bibliothek erreichte. Und hinter den Gärten rauschte der dunkle Fluss mit seinen nahezu schwarzen Wassern. Die Grenze Ravinias. Niemand konnte die Ufer auf der anderen Seite betreten und Lara hatte den Eindruck, dass eigentlich niemand so genau wusste, warum nicht. Die Menschen hier hatten es einfach so akzeptiert, wie es war.

»Es muss zauberhaft gewesen sein, hier aufzuwachsen«, hauchte sie schwärmerisch in die Abendluft hinein.

Patrick legte ihr eine Hand auf die Schulter und sie griff danach. Einfach, um sie zu berühren. Nichts weiter.

»Es war auch anstrengend«, gestand er. »Aber du hast recht. Ein wunderbarer Ort wie dieser entschädigt einen für vieles.«

»Ein Ort zum Träumen«, fand sie.

»Ein Ort, um sich in Träume zu flüchten, ja.«

Lara drehte sich irritiert zu ihm um.

»Was ist denn so unfassbar schlecht an diesem Haus, dass

du es so miesmachen musst?«, wollte sie wissen. »Du bist an einem wunderschönen Ort in einer magischen Stadt aufgewachsen. Was wünscht man sich mehr?«

Er zuckte mit den Schultern.

»Weißt du«, meinte er, »vielleicht hätte ich all das gerne getauscht gegen eine kleine Wohnung in einer nicht so magischen Stadt, wenn das Leben dafür nicht so traurig gewesen wäre.«

»Traurig?«

Er hielt ihrem fragenden Blick eine Weile mit seinen milden, verrückt verschiedenfarbigen Augen stand, dann wandte er sich ab.

»Komm mit rein«, sagte er. »Vielleicht wirst du es dort spüren.«

Er schob die Hände in die Taschen und schritt langsam über den Rasen in Richtung der Terrasse und des Wintergartens davon.

Lara blickte noch einmal über die Szenerie unter sich, sog sie ein, um sie in Erinnerung zu behalten, dann folgte sie ihm.

Traurigkeit hat oft nichts mit Status oder Herkunft zu tun, nichts mit Geld und Wohlstand. Denn für all diese Dinge kann man sich die Fröhlichkeit, die das Herz leichter schlagen lässt, nicht kaufen.

Sie betraten die Villa über die angelehnte Terrassentür. Drinnen war es kühler als im lauen, vom Sommer bestimmten Abend über der Stadt. Dunkler war es im Innern ebenfalls, wie Lara überrascht zur Kenntnis nahm. Viel düsterer, als das Haus von außen den Anschein hatte. Tiefdunkle Holzvertäfelungen bestimmten die Wände, glänzende schwarze Fliesen mit wenigen Läufern darauf die Böden.

Das Esszimmer, in das sie gelangt waren, wurde von einer riesigen polierten Tafel dominiert. Sie war leer und Lara vermutete richtig, dass hier schon seit Jahren keine teuren Teller mehr für eine Reihe von Hausbewohnern und Gästen aufgedeckt worden waren. Am Kopf des Saals hing ein riesiges Gemälde. Der Mann, der darauf zu sehen war, hatte große Ähnlichkeit mit Edgar Allen Poe, er trug einen viktorianischen Mantel, schwarzes Haar und einen Bart auf Kinn und Oberlippe.

»Patrick«, begrüßte der Mann den jungen Schreiber überschwänglich und begann, über das ganze Gesicht zu strahlen. »Schön, dass du dich auch einmal wieder im Hause der Familie blicken lässt.«

»Hi Archi«, grüßte Patrick weniger stürmisch zurück und hob eine Hand.

»Du weißt, dass ich diesen Spitznamen hasse«, empörte sich das Bild.

»Tja«, Patrick zuckte mit den Schultern. »Ich fürchte, du kannst dich nicht dagegen wehren, Archi.«

»Egal, lassen wir das«, verscheuchte der Poe-Mann auf dem Bild die Spannung zwischen ihnen. »Stellst du mir deine neue Freundin vor?«

»Ich äh …«, Lara suchte nach Worten, sah Patrick an: »Das Bild spricht.«

»Gut bemerkt«, machte der sich neckisch über sie lustig.

»Das … das ist ein wenig wie bei *Harry Potter.*«

»Joanne K. Rowling hätte sicher ganz schön blöd geguckt, wäre sie jemals hier gewesen.«

»Schluss jetzt«, unterbrach der Mann auf dem Bild ihn. »Ja, ich bin nur ein magisches Gemälde, pardon. Ich stelle Sir Archibald Davenport dar und mit diesem Namen können Sie mich gerne ansprechen.«

»Angenehm«, Lara deutete eine Verbeugung an. »Lara McLane. Und ich bin nicht Patricks Freundin. Zumindest nicht seine feste.«

»Wie schade«, flötete das Bild. »Sonst hätte wir uns vielleicht öfter einmal gesehen in nächster Zeit.«

»Ach, glaubst du?«, fragte Patrick Archibald. »Mal ehrlich, wie häufig bin ich so im Schnitt hier?«

»Nicht so häufig wie dein Bruder jedenfalls.«

»Na toll«, nörgelte Patrick. »Und schon wieder werde ich mit irgendjemandem verglichen. Danke schön, dass ich mal wieder keiner Erwartung entspreche.«

Er wandte sich an Lara.

»Komm, ich zeig dir den Rest des Hauses.«

»Junger Mann«, begann das Bild ihn zu belehren. »Du bist ein Davenport und ich verbitte mir diesen Zynismus beim Gedanken daran, wer du bist und was deine Familie ausmacht.«

»Von mir aus.«

Patrick war bereits auf dem Weg ins Foyer.

»Tut mir leid«, rief Lara dem Bild zu und machte sich auf, mit Patrick Schritt zu halten.

»Warum sind wir überhaupt hergekommen, wenn du gar nicht hier sein willst?«, fragte sie laut in die Empfangshalle hinein, hinter Patrick her.

»Ich suche etwas.«

»Ach ja? Ausgerechnet jetzt?«

Er war bereits zwei Stufen einer weiten, gewundenen Treppe hinaufgestiegen, drehte sich aber noch einmal zu Lara um. Seine Augen sprühten. Er wollte wirklich nicht hier sein, dass konnte Lara eindeutig erkennen, und es tat ihr im selben Moment auch schon leid, gefragt zu haben.

»Haben wir nicht vorhin erklärt bekommen, dass Zeit vielleicht demnächst ein knappes Gut werden könnte? Abgesehen davon, dass es unter Umständen sehr viel unbequemer in Ravinia werden könnte, wenn diese Sturmbringer Roland Winter wieder zusammengeflickt haben oder wenn eintrifft, worum auch immer sie sich sonst bemühen.«

Ohne eine Antwort abzuwarten, ging er die Treppe weiter hinauf.

Etwas Feuchtes wischte über Laras Hand.

Sie sah nach unten und erblickte Mr Jones, der freundlich

hechelnd aus treuen und lieben Hundeaugen zu ihr aufblickte. Sie kniete sich hinunter und kraulte ihm die Ohren.

»Patrick ist nicht gerne hier«, betonte eine Männerstimme hinter ihr.

Lara wandte den Kopf und sah einen älteren Mann, der in Jeans und Jackett gekleidet war.

Sie stand auf und reichte ihm die Hand.

»Hallo, ich bin Lara McLane«, stellte sie sich vor.

Ihr Gegenüber schenkte ihr ein Lächeln. Seine Augen glitzerten dabei und verrieten, dass er sich tatsächlich freute, sie zu sehen.

»Donald Mayhew«, stellte er sich seinerseits vor. »Ich bin der Hausdiener. Obwohl ich in den letzten Jahren eher zu etwas Ähnlichem wie einem Hausverwalter geworden bin.«

»Sie sind ein Hausdiener?«, erkundigte Lara sich. »Ich dachte, Ravinia soll nur von besonders begabten Leuten betreten werden.«

»Oh«, Donald Mayhew winkte ab. »Natürlich bin ich begabt. Ein wenig zumindest. Ich bin Wahrsager – zumindest, wenn man mich grob einer Kategorie zuweisen müsste. Wissen Sie, mit meiner Begabung ist es nicht weit her. Ich bin nur eine kleine Leuchte und nicht begabt genug, um damit mein eigenes Geld zu verdienen.«

»Und deshalb sind Sie hier?«

»Ich mochte Ravinia und wollte gerne bleiben. Wissen Sie, nicht alle Leute sind derart begabt wie die Davenports – und so brillant wie Patrick schon gar nicht. Für unsereins finden sich immer irgendwelche Sparten.«

»Verstehe«, sagte Lara. So richtig hatte sie noch gar nicht darüber nachgedacht, dass es in Ravinia und im Umfeld der Stadt eine Reihe von Leuten geben musste, die nur ein bedingtes Talent für die außergewöhnlichen Dinge besaßen, die sie selbst Tag für Tag zu vollbringen vermochte.

Sie musterte Donald Mayhew genauer. Er schien sich in sein Schicksal gefügt zu haben und machte in dieser Umgebung trotz seines schütteren grauen Haars tatsächlich eine sehr viel bessere Figur als Patrick. Dieses große dunkle Haus. Vielleicht hielt es Patrick deshalb so lange in Epicordia aus, ohne einen ernsthaften Seelenschaden davonzutragen. War er wirklich solch ein Freak? Oder war es einfach nur die durch alle Ritzen sickernde Traurigkeit dieses Ortes, die ihn dazu befähigte?

Hello there, the angel of my nightmare, begann ein Stück von Blink 182 in ihrem Kopf. Das Musikvideo dazu hatte Lara vor ein paar Jahren in einer MTV-Rückblende gesehen und es hatte seinerzeit genau in einem solchen Haus gespielt. Gut, dort waren mehr Spinnweben gewesen und es war bewusst auf gruselig getrimmt worden. Aber im Grunde sah es hier genauso aus. Oder vielmehr wirkte es so.

»Warum ist dieser Ort so traurig?«, platzte Lara heraus. Einmal mehr hatte ihre Neugierde sie überwältigt.

»Hm«, machte Donald Mayhew. »Ich könnte Ihnen eine Geschichte davon erzählen. Aber ich weiß nicht, wie recht dies dem jungen Patrick wäre.«

»Nun machen Sie schon und spannen Sie mich nicht so auf die Folter!«, forderte Lara.

Der Hausdiener schüttelte bloß bedächtig den Kopf.

»Gehen Sie doch hinauf und fragen Sie Patrick selbst. Er bewohnt – oder bewohnte – das einzige Zimmer im Westflügel, direkt neben dem Bad. Sie können es quasi nicht verfehlen.«

Also gut, wenn es denn so sein sollte.

»Danke sehr«, sagte Lara und hoffte, dass es nicht zu floskelhaft daherkam.

Der Hausdiener nickte freundlich und verließ das Foyer in Richtung Küche. Als Lara gerade die Treppe nach oben in Angriff nehmen wollte, wandte sich Donald Mayhew auf halbem Wege noch einmal um.

»Werden Sie zum Abendessen bleiben, Ms McLane?«, wollte er wissen.

»Das mache ich davon abhängig, ob Patrick bleibt«, teilte Lara ihm mit, obwohl sie schon vermutete, worauf das hinauslaufen würde.

»Dann vermutlich eher nicht«, meinte Donald Mayhew und versuchte, das ewig freundliche Dienerlächeln aufrechtzuerhalten. Es gelang ihm nicht besonders gut.

Mr Jones' feuchte Nase stupste erneut kühl aber freundlich gegen Laras Handgelenk. Sie sah hinunter auf den alten Retriever. Der machte Anstalten, sie endlich die Treppe hinaufzudrängen.

»Na gut«, tätschelte Lara der treuen Seele den Kopf. Der Hund ging an ihr vorbei und Lara folgte ihm.

Oben angekommen überlegte sie einen Augenblick, welcher wohl der Westflügel war, und versuchte, sich im Kopf einen ungefähren Lageplan von Ravinia heraufzubeschwören. Schließlich entschied sie sich für die rechte Tür, denn sie wusste, dass die botanischen Gärten im Süden lagen.

Tatsächlich war Patricks Zimmer nicht schwer zu finden – und es war absolut unverwechselbar.

Die düstere Holzvertäfelung setzte sich auch hier fort und tauchte den Raum in die wärmenden Farben des Abends von Ravinia. Einige wenige Staubflocken wirbelten in der Luft, beleuchtet vom letzten Abendlicht. Alles stand voll mit Möbeln. Hinter einigen Regalen konnte Lara die Pfosten eines kunstvollen Himmelbetts sehen, aus ebensolch dunklem Holz gefertigt wie die Vertäfelungen der Wände. Überall lagen Bücher. Auf jedem Regal, auf jedem Tischchen und überhaupt auf jeder Ablagefläche. Viele waren aufgeschlagen und Stellen waren darin mit Bleistift markiert. Lara warf einen Blick in eine Ausgabe von Shakespeares *King Lear* und sah merkwürdige Anmerkungen und Worte an den Rändern. Teilweise waren ganze Strophen einfach umkringelt.

Lara seufzte. Eine traurige Geschichte mehr in diesem Haus. Schon in der Schule hatte ihr der alte König Lear am Ende stets leidgetan.

Hinter einem der Schränke hörte sie ein Geräusch und sah nach. Patrick saß dort auf dem Boden und räumte nacheinander jede Menge Krimskrams aus einer kleinen Truhe.

»Hey«, sagte sie leise.

»Hey«, machte Patrick, ohne aufzusehen, und stellte eine alte Spieluhr neben sich auf dem Boden ab, die er zuvor aus der Truhe gefischt hatte. Sie begann eine melancholische Melodie zu spielen.

Eigenartig, dachte Lara. Trübsal schien irgendwie im gesamten Haus zu schweben und von allen hier Besitz zu ergreifen.

Mr Jones gesellte sich zu ihnen. Kurzerhand ergriff er die Initiative und begann sehr sorgfältig, Patricks Ohr abzuschlabbern. Der wollte ihn wegschieben, doch der alte Hund blieb so lange beharrlich, bis der junge Schreiber endlich aufsah.

In seinen Augen schwammen Schatten, die vorher noch nicht dort gewesen waren. Das mochte vielleicht schon von der puren Anwesenheit in diesem Haus kommen. Wer wusste schon, was hier alles vorgefallen war. Vielleicht war es deshalb völlig normal, dass Patrick keine Probleme bekam in Epicordia, nicht aggressiv oder depressiv wurde.

»Erzähl mir, was diesen Ort zu dem macht, was er ist!«, versuchte sie es und reichte ihm die Hand.

Er griff zu, aber anstatt sich hochziehen zu lassen, stemmte er sich aus den Knien selbst hoch – jedoch ohne die Hand loszulassen. Ein Gentleman. Zumindest hätte er wohl zu einem werden sollen.

»Tja«, meinte er und klopfte sich Staub von der Hose. »Es scheint, als wäre mit meinen Eltern auch alle Fröhlichkeit aus diesem Haus gewichen.«

Er ging zum Fenster und sah hinunter in den Garten.

»Was ist mit ihnen geschehen?«, fragte Lara. Zärtlich und fordernd zugleich. Sie wusste, dass Ravinia die Stadt der Waisen war. Alistor Sullivan hatte ihr das erklärt. Wie ein Deut des Schicksals war es, dass so viele hier ohne Eltern waren. Und zugleich wusste sie selbst genau, wie es war, keine Eltern zu haben.

»Meine Mutter ist gestorben, als ich vier Jahre alt war.«

Lara überlegte weiter – eigentlich war es so nicht ganz richtig. Immerhin hatte sie ihre eigenen Eltern selbst nie wirklich kennengelernt. Es mochte vielleicht sogar noch eine Spur schlimmer sein, wenn man sie gekannt hatte.

»Wie ist es passiert?«

Doch irgendwie wusste sie es bereits.

»Winter«, sagte Patrick bloß und trotz des Sommers um sie herum war es, als gefröre sein Atem an der Scheibe.

»Aber warum?«

Diesmal war sie es, die ihre Hand auf seine Schulter legte. Doch das reichte nicht. Sie schlang den Arm von hinten um ihn und drückte ihre Wange sanft an seinen Rücken. War das etwas, das sie verband? Roland Winter, der ihre Eltern umgebracht hatte?

»Warum hat er deine Eltern getötet?«, fragte Patrick zurück, aber es klang nicht mehr so kühl wie noch vor ein paar Sekunden. Jetzt nicht mehr, da Lara sich an ihn lehnte.

»Sie haben sich widersetzt«, hauchte sie und überlegte, wie schlüssig das klang. »Zumindest dachte ich das immer. Er wollte sie auf seiner Seite haben, doch sie wollten ihm nicht gehorchen.«

»Hm«, machte Patrick. »Meine Eltern haben sich ihm nicht bloß widersetzt. Sie haben ihn bekämpft.«

Lara rückte ihren Kopf ein wenig ab von ihm, sodass er sich umdrehen konnte. Der Blick in seinen Augen, verschieden farbig und wild, war verstörend und beruhigend zugleich.

»Aber wie kann man jemanden wie Roland Winter bekämpfen?«, frage sie offen überrascht und wand sich aus seinen Armen. »Ich habe gesehen, was er zu tun vermag. Wie könnte jemand anderes ihn sinnvoll bekämpfen?«

»Man kann seine Geheimnisse aufdecken.«

»Seine Geheimnisse?«

»Aber ja. Die unglaublichen Dinge, die Winter angeblich bewirken konnte, kamen doch nicht aus dem Nirgendwo. Er muss mittels seiner Begabung für alles Schriftstellerische Wege gefunden haben, das alles zu bewerkstelligen.«

»Und danach haben deine Eltern gesucht?«

»Nicht nur meine.«

Er sah sie durchdringend an und sie wusste sofort, was es zu bedeuten hatte.

»Meine auch?«

Er nickte.

»Dein Vater hat meinem einen unfälschbaren Schlüssel gegeben, der ihn an einen Ort brachte, an dem er ungestört an Experimenten schreiben konnte, um Roland Winters Macht zu ergründen.«

Das war tatsächlich etwas Neues für sie. Es klang so platt, so einfach, dabei war es nur logisch. Die alten Meister hatten damals auf eigene Faust gehandelt, um Roland Winter loszuwerden. Warum sollte nicht auch die Generation nach ihnen etwas unternommen haben? Doch offenbar waren die Alten schneller gewesen. Wenn die Jüngeren vielleicht auch einen nachhaltigeren Erfolg erzielt hätten.

»Woher weißt du das?«, fragte sie.

»Mein Vater hat es mir erzählt. Vor einigen Jahren erst. Als er mich für alt genug hielt.«

»Er hat euch allein großgezogen?«

»Zusammen mit Donald. Und glaub mir, es war nicht einfach. Für mich nicht und für Christopher sicher auch nicht. Die Luft hier schmeckt nach Traurigkeit seit dem Tod meiner Mutter. Und egal, was wir all die Jahre auch dagegen unternommen haben, wie viel wir gelacht haben und wie viele gute Momente wir miteinander hatten – es hat doch nie ganz gereicht, um diese seichte Melancholie verwehen zu lassen.«

»Und dann?«

»Dann ist er gestorben«, bekannte Patrick. »Hirntumor.

Völlig unerwartet. Er bekam Kopfschmerzen, sie wurden schlimmer und wir brachten ihn ins Hospital. Zwei Wochen später war es vorbei.«

Traurig. In der Tat. In Laras Kopf spielten sich Szenen ab, die förmlich in der Luft dieses Hauses zu schmecken waren. Wie die Davenports sich glücklicher schätzten als die meisten anderen Familien der Oberstadt, weil sie wussten, dass sie einander hatten.

Und dann war auf einmal alles vorbei.

Zurückgeblieben war Donald Mayhew und ein Ort, an den die beiden Söhne der Davenports nicht gern zurückkehrten. Zwar waren sie mittlerweile beide zu Männern geworden, doch änderte das ja nichts an einst gerissenen Wunden, die nur langsam verschorften.

Eine Weile sahen sie stillschweigend in verschiedene Ecken des Raumes. Eine flache Bemerkung wie: »Es tut mir leid«, oder derartiges brachte Lara nicht zustande. Dazu hatte sie selbst zu sehr unter dem Verlust ihrer Eltern gelitten, obwohl sie sie nicht einmal wirklich kennengelernt hatte. Doch Floskeln halfen niemandem, drückten lediglich die Hilflosigkeit des Gegenübers aus.

»Und nun suchst du den Schlüssel, den mein Vater deinem gegeben hat?«

»Nein«, schüttelte Patrick den Kopf. »Den hatte er schon längst nicht mehr. Er wollte mir sagen, wer ihn hat. Aber auch das erst, wenn ich alt genug dafür gewesen wäre. Nur bin ich dummerweise nicht mehr alt genug dafür geworden.«

Lara ging nicht darauf ein.

»Und was suchst du nun?«

»Ein Notizbuch.«

»Ein Notizbuch?«

»Ja«, bekräftigte er. »Ich habe selbst angefangen, einige unkonventionelle Dinge auszuprobieren. Bisher zwar nur mit mittelmäßigem Erfolg, aber das kann sich ja noch ändern. Wenn dieser Mistkerl Roland Winter tatsächlich hinter diesen mechanischen Biestern hockt und wartet, bis er stark genug ist, um möglichst viel Ärger zu machen, dann sollten wir tun, was wir können.«

Sie erkannte ein wenig von Tom in ihm. Seltsam, dass sie die Angewohnheit hatte, sich stets mit den begabtesten jungen Vertretern der jeweiligen Zünfte von Ravinia zu umgeben.

Mr Jones ließ seine raue Zunge über ihre Hand fahren.

Poesie gesellt sich gerne zu Poesie.

Das Notizbuch hatte Patrick schließlich gefunden, inmitten zweier umgekippter CD-Stapel. Hastig hatte er durch die Seiten geblättert, doch für Lara hatte es nur ausgesehen wie wahllos dahingekritzelte Zeilen, kreuz und quer über das gesamte Büchlein verteilt.

Dann hatte er sie mit nach unten genommen, durch die Halle, mit Mr Jones im Schlepptau, den sie am gusseisernen Gatter zurückgelassen hatten. Lara hatte seine treuen Blicke in ihrem Rücke gespürt, genau wie die von Donald Mayhew, dem Hausdiener, der so verzweifelt versuchte, eine Stütze im Reigen der Niedergeschlagenheit des Hauses Davenport zu sein – und doch nicht zu ändern vermochte, was über die Familie gekommen war.

Und da nicht zu ändern war, was einmal geschehen war, verließen sie das Anwesen wieder. Schweigend im letzten Licht des Tages, sodass Lara sich einmal mehr etwas Musik von ihrem MP3-Player auf den Ohren wünschte. Sie würde ihn sicherlich kein zweites Mal vergessen. Doch wusste sie eigentlich auch nicht recht, was er ihr nützen sollte im Kampf gegen die Sturmbringer. Trost spenden vielleicht?

Lord Hester hatte sie zur Erholung verdammt – ein Widerspruch in sich. Man konnte ja auch nicht aufhören, fortwährend an Eisbären zu denken, wenn man gesagt bekam, man solle genau das lassen, oder?

Sie folgten der Hauptstraße hinunter in Richtung Stadtzentrum und schon bald konnte Lara zwischen den teuren Villen hindurch das Dach der Kathedrale auf dem Marktplatz sehen. St. Anna Rosa am Fluss war ein monumentales Wahrzeichen der Stadt und stand jederzeit jedem offen, auch wenn es in den letzten Jahren nur einen christlichen Geistlichen gegeben hatte, und zwar Robert Garbow, der unten am Markt zwischen all seinem orientalischen Krempel wohnte. Lara fiel ein, dass sie nie darüber nachgedacht hatte, was er wohl an Abenden wie diesen machte, wenn er nicht unter Leuten war. Ob er in aller Ruhe und mit aller Liebe sein legendäres Baklava zubereitete, das er stets jedem zum Tee anbot, der ihn besuchen kam?

Sie waren unterwegs ins Künstlerviertel der Stadt, wo sie Patricks Bruder Christopher zu finden hofften, der die Bibliothek verwaltete. Gewöhnlich arbeitete dieser noch bis spät in die Nacht, hatte Patrick ihr erklärt, doch nicht, wenn es einmal in der Woche Abendveranstaltungen in der großen Stadthalle gab.

Lara selbst war nicht häufig dort gewesen. Wenn sie sich unter verrücktes Volk mischen wollte, tat sie dies viel lieber im Rondell. Die Leute waren nicht so abgehoben wie all die Maler, Bildhauer, Schriftsteller und Musiker im Künstlerviertel.

Aus irgendeinem Grund schienen die vielen bildenden Künstler Ravinias häufiger als andere Bewohner der Stadt unter seltsamen Allüren oder Neurosen zu leiden. Und warum sollte Lara sich irgendwo wohlfühlen, wo man die ganze Zeit nur damit beschäftigt war, sich gegenseitig übertrumpfen zu wollen, weil man Bestätigung für ein zu wenig beachtetes Ego brauchte? Sicher, es gab Ausnahmen – ihren Großvater zum Beispiel, der magische Musik zu schaffen vermochte, aber es nicht an die große Glocke hängte. Aber Henry McLane hatte sich ohnehin schon vor Jahrzehnten aus Ravinia zurückgezogen und war seitdem seiner Tätigkeit als Touristenführer in Edinburgh nachgegangen.

Schließlich passierten sie den Marktplatz und schlenderten durch einen kleinen Park. Und je weiter sie sich vom Haus der Davenports fortbewegten, desto besser wurde Patricks Laune. Er streckte die Arme aus und wischte übrig gebliebene Regentropfen von den Blättern einiger Bäume. Seine Augen begannen wieder zu funkeln, so wild wie bei ihrer ersten Begegnung unten in Epicordia in seiner kleinen Laube. Es kam Lara vor, als würden sie sich schon eine Ewigkeit kennen. Alles war so betäubend einfach zu ertragen, solange nur seine Nähe dafür sorgte, dass sie fasziniert blieb. Zumindest sagte sie sich das gerne.

Ein Schatten sauste an ihrem Ohr vorbei und sie stieß einen kurzen Schreckenslaut aus.

»Krah«, machte es und ein Rabe flatterte wild mit den Flügeln, um auf einem Geländer zu landen.

Und es war natürlich nicht irgendein Rabe.

»Dexter«, schimpfte Lara. »Lass das! Ich erschrecke mich dabei zu Tode.«

»Sorry«, krähte der Rabe, aber es klang nicht, als meinte er es auch so.

»Was machst du überhaupt hier? Ich meine, wie findest du uns eigentlich andauernd wieder?«

»Talent«, meinte der pechschwarze Vogel unbescheiden. »Was meinst du wohl, warum wir Raben hier in der Stadt die Post austragen? Wäre ja ziemlich blöd, wenn man nie jemanden finden würde.«

»Also?«

»Ich dachte, ich sehe mal nach euch. Nachdem Lord Hester Tom ja quasi ins Bett abkommandiert hat.«

Dabei klang er, als würde er sich darüber lustig machen.

»Er ist verletzt«, stellte Lara klar.

»Krah. Dafür sah er aber aus wie immer, der alte Griesgram.«

»Ha«, machte Lara. »Du hast gelauscht.«

»Pah.«

Der Rabe reckte sein Kinn hoch, als ob er sie zu etwas herausfordern wollte.

»Ich musste gar nicht lauschen. Ich war anwesend, wenn du dich recht erinnerst.«

Das stimmte, fiel Lara ein. Dort, wo Lord Hester war, waren zwangsläufig auch immer eine ganze Menge Raben zu finden. So war es natürlich auch im Saal unten im Bergfried gewesen. Also musste Dexter im Gebälk gehockt haben.

»Du hättest trotzdem etwas sagen können«, beschwerte sich Lara.

»Vielleicht«, säuselte der Rabe. »Aber ich dachte, ich geh euch lieber spontan und auf liebenswürdige Art und Weise auf den Keks.«

»Du bist unmöglich.«

»Ich weiß. Also, wo wollt ihr gerade hin?«

»Wir sind auf dem Weg zur Stadthalle«, schaltete Patrick sich ein. »Wenn du magst, kannst du gerne mitkommen.«

»Hätte ich ohnehin getan, krah«, beschied ihm der Rabe. Aber Patrick schien sich von der rotzfrechen Art des Vogels nicht aus der Fassung bringen zu lassen.

»Also dann!«

Große Künstler brauchen große Orte, um sich zu versammeln und wohl dabei zu fühlen. Kleine Künstler brauchen das auch.

Vor ihnen ließ sich bald ein erster Blick auf die beiden ausladenden Giebel der Stadthalle von Ravinia erhaschen. Kurze Zeit später hatten sie sie erreicht. Von Fackeln auf dem Vorplatz erhellt, ragte der große Holzbau in den Nachthimmel. Sicherlich war er nicht so hoch wie die Kathedrale oder der Uhrenturm, aber alleine durch ihren Umfang wirkte die Halle Respekt einflößend auf ihre Besucher.

Buntes Volk tummelte sich vor den Eingängen und Lara

erkannte das ein oder andere Gesicht, grüßte höflich oder ärgerte sich, dass jemand zu schnell wegsah. Es gab eine Art natürliche Konkurrenz zwischen den Menschen mit besonderen Begabungen in Ravinia. Auf der einen Seite waren dort die Schreiber, Maler und Musiker, diejenigen, die im weitläufigen Künstlerviertel die bildenden Künste voranzutreiben versuchten. Auf der anderen Seite gab es die Handwerker, zu denen auch die Mechaniker zählten und die ihr Viertel in der anderen Hälfte der Stadt bewohnten, südöstlich in Richtung der botanischen Gärten. So war die Bibliothek beispielsweise ein Relikt aus jenen alten Tagen, in denen man sich noch nicht im Stillen auf eine derartige Aufteilung der Stadt verständigt hatte. Beide Gruppen fochten seit jeher einen stillen Konkurrenzkampf aus. Lara musste dabei stets an die Fans der konkurrierenden Fußballmannschaften aus Glasgow denken. Nur dass man in Ravinia glücklicherweise ohne Ausschreitungen gegeneinander auskam. Es handelte sich eher um eine Hassliebe. Daneben gab es noch viel bunteres Volk, das sich um die Wahrsager und das Rondell scharte. Diese Leute genossen weder bei den Künstlern noch bei den Handwerkern besonderes Ansehen. Allen drei Gruppen war jedoch gemein, dass sie sich gleichermaßen über den Stadtadel in der Oberstadt aufregen konnten – wobei es auch da Ausnahmen gab wie zum Beispiel die Davenports.

Nun gab es von den Davenports nur noch zwei. Und Lara hatte keine Vorstellung davon, dass die beiden ganz und gar nicht gut miteinander auskamen. Auch wenn es im allerersten Moment einen anderen Anschein hatte.

Sie passierten den Eingang und waren in die große Holzhalle gelangt, die man zum aktuellen Anlass des Abends bestuhlt hatte. Zielstrebig glitt Patrick vorbei an Leuten, die ihn freundlich grüßten und in nervtötenden Small Talk verwickeln wollten. Erst jetzt begriff Lara, dass Patrick hier in der Gegend so etwas wie ein Prominenter sein musste. Beinahe jeder in der Halle schien ihn zu kennen und das ein oder andere freundliche oder sinnlose Wort mit ihm wechseln zu wollen.

Offensichtlich genervt von seinen ersten drei oder vier Begegnungen, die ihm ein Vorankommen im Trubel einfach nicht gestatten wollten, ohne ihm vorher noch schnell von ihren neuesten Projekten, Entdeckungen oder einfach von ihren Kindern erzählt zu haben, hatte er nun die Schotten dicht gemacht. Kurz entschlossen hatte er Laras Hand ergriffen und sie flink durch das Gewirr von aufgeblasenen Wichtigtuern gezogen.

Lara konnte nicht sagen, dass ihr besondere Sympathien entgegenwehten, während sie sich von Patrick durch die Halle ziehen ließ. Dexter, der auf Laras Schulter balancierte, gab mürrische Krächzlaute von sich.

Schließlich schob Patrick sie zwischen einer Frau und einem Mann hindurch – sie hatte die Leibesfülle einer guten Opernsopranistin, er hingegen wog sicherlich nur ein Drittel von ihr. An einem lackierten Holzbalken, der zur Stützkonstruktion des großen Hallendaches gehörte, lehnte jemand, den sie zweifelsohne kannte. Christopher Davenport, Bibliothekar von Ravinia. Er hatte sich seit ihrer letzten Begegnung kaum verändert und sah Johnny Depp immer noch auf erstaunliche Weise ähnlich: Halblanges Haar, eine Brille mit dickem Rand und wie sein Bruder in ein lockeres Leinenhemd gekleidet, zu dem er eine Cordhose trug. Er war mit jemandem in ein Gespräch vertieft, dessen Erscheinung nicht weniger markant war und sich vor allem durch seine tiefschwarze Hautfarbe auszeichnete.

Patrick ließ Laras Hand los und ging auf seinen Bruder zu, um ihm auf die Schulter zu tippen. Der so um die Fortführung seines Gesprächs beraubte, drehte sich entnervt um. Doch seine Miene hellte sich auf, als er erkannte, wer ihn da so dreist in seiner Konversation gestört hatte.

»Patrick!«, rief er freudig aus. »Was machst *du* denn hier?«

»Ab und zu arbeite ich hier«, bemerkte der Angesprochene trocken, doch Christopher achtete nicht darauf.

»Ms McLane«, platzte er heraus. »Wie schön, Sie zu sehen. Mechaniker haben wir wahrlich nicht oft zu Gast.«

Irritiert wanderte Patricks Blick von Lara zu Christopher und zurück.

»Ihr kennt euch?«

»Aber natürlich«, bekräftigte der Bibliothekar.

Lara hingegen hätte es nicht so ausgedrückt.

»Wir haben uns kurz kennengelernt vor ein paar Jahren.«

Patrick schenkte seinem älteren Bruder einen vorwurfsvollen Blick und Lara ahnte, dass der ungespielt war.

»Warst du etwa auch in diese Sache um Roland Winter verstrickt?«

Jetzt beugte sich Christopher Davenports Gesprächspartner neugierig nach vorn.

»*Was* habe ich da eben gehört?«, erkundigte er sich.

»Ah«, machte der Bibliothekar und trat elegant zur Seite. »Darf ich euch ein ganz spezielles Talent vorstellen?«

Galant schob er seinen Gesprächspartner vor und ließ ihm gar keine andere Wahl, als nun selbst im Fokus der Aufmerksamkeit zu stehen. Er war jung, sicherlich zwischen den beiden Davenport-Brüdern zu verorten, aber bestimmt einen ganzen Kopf größer, trug ein Holzfällerhemd und darüber eine schwarze Latzhose aus Cord. Seine tiefschwarze Haut schien das Licht ihrer Umgebung beinahe zu verschlucken. Dennoch wirkte er nicht bedrohlich und in seinem dunklen Gesicht blitzten zwei freundliche Augen, beinahe ebenso schwarz wie seine Haut.

»Dies ist Lapuli Tinwe«, stellte Christopher ihnen den Mann vor und dieser reichte Lara und Patrick höflich die Hand.

»Lapuli ist möglicherweise einer der besten Puppenkünstler der ganzen Welt. Er wohnt nicht in Ravinia, aber heute Abend ist er zu Gast, um uns eine Vorführung seiner Künste zu geben.«

»Hocherfreut«, krächzte Dexter und lockerte auf diese Weise die Stimmung ein wenig auf.

Doch kaum hatten sie einige Höflichkeiten ausgetauscht, nahm Patrick seinen älteren Bruder zur Seite.

»Darf ich dich kurz sprechen?«

Aber sie waren schon so gut wie außer Hörweite, bevor der überrumpelte Bibliothekar überhaupt eine Antwort über die Lippen gebracht hatte.

So stand Lara allein mit Lapuli in der großen Halle zwischen den vielen Leuten herum.

»Und du machst also Puppen?«, versuchte sie das Gespräch zu eröffnen.

»Und du fühlst dich hier gerade genauso unwohl wie ich?«, antwortete Lapuli und ließ ein gewinnendes Lächeln über seine Gesichtszüge huschen, das seine schneeweißen Zähne offenbarte.

»Ertappt«, freute Lara sich. »Warum wohnst du nicht in Ravinia?«

»Ach«, meinte er. »Das ist eigentlich eine lange Geschichte. Die Kurzform ist in etwa die, dass ich die Leute und ihr seltsames Gebaren hier nicht immer besonders gut leiden kann.«

»Nicht?«

Er schüttelte den Kopf und blickte kurz zu Boden.

»Versteh mich nicht falsch, ich finde, Ravinia ist ein wunderschöner Ort. Aber dass sich ständig alle so herausputzen müssen, weil sie etwas Besonderes sein wollen, geht mir auf die Nerven.«

»Das ist vielleicht hier im Künstlerviertel so –«

»Nein, nicht wirklich. Ich bin gelernter Tischler. In meiner Freizeit stelle ich die Marionetten her, die ich euch gleich vorführen werde – vorausgesetzt, ihr bleibt noch ein Weilchen.«

Lara mochte ihn. Er schien ihr in erster Linie unkompliziert und geradeaus zu sein, und das schätzte Lara an Menschen.

»Gewissermaßen«, fuhr er fort, »gehöre ich also sowohl zur handwerklichen wie zur künstlerischen Seite der Stadt. Aber diese ständige Streiterei geht mir auf die Nerven. Das ist der

Hauptgrund, warum ich fortgezogen bin. Daneben hat sich im Laufe der Zeit noch einer ergeben.«

»Ja?«

»Eine Frau«, flüsterte Dexter Lara so leise ins Ohr, wie ein Rabe es eben vermochte.

»Sie heißt Danielle und hat keine besondere Gabe, um irgendetwas herzustellen, was den Naturgesetzen widerspricht. Und ich habe gehört, dass man ernsthafte Probleme bekommen kann, wenn man so jemanden mit nach Ravinia bringt.«

Oh ja, dachte Lara. Und sie begann immer weiter und bedrückend tiefer zu begreifen, dass hier in dieser magischen Stadt die Menschen ihre zweifelhaften Seiten nicht ablegten, sondern sie noch potenzierten. Sie fragte sich insgeheim, warum Lord Hester nie etwas gegen diesen Blödsinn unternommen hatte. Es wäre gelogen gewesen, zu sagen, dass die Stadt aus allen Nähten platzte. Im Gegenteil, so viele Häuser standen leer. Es wäre kein Problem gewesen, besonders begabte Menschen mit ihren Partnern oder Familien in Ravinia wohnen zu lassen. Aber nichts da, der Stadtrat war in dieser Hinsicht offenbar von Kontrollfreaks durchsetzt. Lediglich die Stadtvaganten hatten einen halbwegs erfolgreichen Versuch gestartet, als Unbegabte ein paar Jahre lang die Stadt zu bevölkern. Doch waren sie alles andere als beliebt gewesen. Und mit Marcion waren sie schließlich nach und nach verschwunden. Ravinia war kein Ort mehr für sie.

Ein paar Meter weiter erhoben die beiden Davenports gereizt die Stimmen gegeneinander.

»Hör doch bitte nur ein Mal, ein einziges Mal auf mit diesem ganzen Familienscheiß«, echauffierte Patrick sich gerade. Während Lara mit Lapuli geplaudert und über die Missstände in der düstergoldenen Stadt nachgedacht hatte, hatten die Augen der beiden Brüder angefangen, Funken zu sprühen.

»Ich sage doch nur, dass das vielleicht alles kein Problem gewesen wäre, wenn du nicht so holterdiepolter gegangen wärst«, setzte sich Christopher zur Wehr.

»*Vielleicht*? Vielleicht war schon immer dein Lieblingswort. Vielleicht wäre ja auch alles ganz genauso beschissen gelaufen, wenn ich niemals fortgezogen wäre.«

»Natürlich. Hast du schon mal etwas von einem *Vertrauensverhältnis* gehört?«

»Ach komm mir doch nicht damit. Immerhin hast du ja auch keine Ahnung, wo wir suchen sollen, oder?«

Wahre Geschwisterliebe, dachte Lara und machte sich auf, um dazwischenzugehen.

»Hey«, sagte sie zaghaft, doch die Davenports waren zu sehr mit sich selbst beschäftigt.

»Hey!«, rief sie lauter und stellte sich zwischen die beiden Streithähne, die endlich verdutzt innehielten.

»Es ist ja schön, dass ihr beiden so enthusiastisch hinter dem Schlüssel her seid«, merkte sie an. »Und mir ist ehrlich gesagt auch egal, warum heute keiner von euch beiden weiß, wo das Ding abgeblieben ist. Fakt ist ja wohl, dass er nicht da ist. Sagt mir also Bescheid, wenn euch eine Idee gekommen ist. Und hört auf, euch wie Kleinkinder zu zanken!«

Damit drehte sie sich um und ließ Christopher und Patrick einfach stehen.

»Krah«, machte Dexter, als wollte er Laras Aussage unterstreichen.

Lapuli Tinwe wirkte verlegen und schenkte Lara ein eher hilfloses Lächeln.

»Wann ist dein Auftritt?«, fragte sie ihn.

»Gleich, in ein paar Minuten. Brauchst du einen Platz?«

»Ich hab schon einen«, meinte sie und wedelte mit ihrer Eintrittskarte. Aber der Marionettenspieler winkte bloß ab.

»Ich könnte dich mit in die erste Reihe nehmen. Sicherlich rücken die dort zusammen, wenn ich sie darum bitte. Und ansonsten bekommst du den Platz, der auf meinen Namen reserviert ist. Als sogenanntes *Highlight* des Abends finde ich bestimmt schnell etwas anderes für die Zeit bis zu meinem Auftritt.«

In seiner Stimme schwang eine Menge Selbstironie mit und Lara konnte sich sofort vorstellen, dass es ganz seinem Wesen entsprach, nicht in der Rabenstadt wohnen zu müssen. Jemand wie Lapuli spielte solche lächerlichen Spielchen wie die Debatten darum, wer hier wohnen durfte, nicht mit. Er war jemand, der lieber vorher seine Figuren vom Brett nahm und allen einen schönen guten Tag wünschte.

Und alleine schon um die beiden Davenport-Brüder dumm aussehen zu lassen, ließ sie sich von dem freundlichen Lapuli in die erste Reihe geleiten, wo sich tatsächlich ein eher bieder aussehender Kerl bereit erklärte, für die Begleitung des Künstlers einen Stuhl weit aufzurücken.

Nach einigen freundlichen Worten begann auch schon die Vorstellung des Abends.

Ein Poet namens Richard Croft gab mehrere Stücke zum Besten, quasi als Appetitanreger für die nachfolgende Show. Doch Crofts Gedichte fanden nicht den Weg in das Herz der Masse. Lara persönlich war er zu modern. Irgendwo zwischen Avantgarde und Provokation, geschmückt mit vielen anstößigen Worten und Gedanken.

Doch gegen Lapulis eigene Vorstellung kam er ohnehin nicht an. Der Applaus, der ihm höflicherweise beschieden worden war, als er die Bühne verlassen hatte, war fünf Minuten später vergessen, als der Marionettenspieler seine Show darbot. Seine Marionetten waren derart genial konstruiert, dass sie beinahe lebensecht wirkten. Lara fühlte sich extrem an Pinocchio erinnert, der immer ein echter Junge hatte sein wollen. Es gab sogar Mechaniken im Holz, die dafür sorgten, dass die Fadenpuppen ihre Gesichtszüge verändern konnten. Und Lapuli spielte sie alle auf einmal. Teilweise drei oder vier parallel, mithilfe von komplizierten Bedienelementen, an denen seine Finger in verschiedenen Schlaufen und Ösen hingen und mit denen er auf diese Weise mehrere Fäden gleichzeitig an seinen Marionetten bewegte.

Dazu war es ein raffiniert geschriebenes Stück. Zwar wurden die Sprechrollen von einer Aufnahme eingespielt, aber dennoch ließen sie erkennen, wie viele Gedanken sich Lapuli gemacht haben musste, was mit Marionetten im äußersten Falle alles darstellbar sein konnte. Hier war ein wahrer Künstler am Werk, jemand, der mit einer Mischung aus Talent, Übung und Willen etwas schaffte, das anderen verwehrt blieb und sie gerade deshalb in bloßes Staunen versetzte.

Etwa eine Stunde lang staunte Lara McLane sich die Seele aus dem Leib. Ständig musste sie achtgeben, nicht in Lapuli Tinwes Welt aus gesellschaftskritischen, mit Marionetten gespielten Versatzstücken hineingesaugt zu werden.

Schließlich war es vorbei. So plötzlich, wie es begonnen hatte. Zuerst herrschte im Saal erstickte Totenstille. Kaum jemand nahm in den ersten Sekunden richtig zur Kenntnis, dass es vorbei war. Zu verzaubert waren alle von dem, was sich gerade vor ihren Augen abgespielt hatte. Dann tobte der Saal.

Nur kurze Zeit später gesellte sich ein fröhlicher Lapuli wieder an Laras Seite, um den nächsten Akt auf der Bühne gemeinsam mit ihr zu verfolgen, der aber – völlig egal, was er zu bieten haben würde – auf keinen Fall mehr vergleichbar sein würde mit dem, was der Marionettenkünstler gerade geboten hatte.

»Und?«, raunte Lapuli lächelnd zu ihr herüber. »War's Okay?«

»*Okay?*«

Lara verschluckte sich beinahe.

»Erzähl keinen Quatsch«, meinte sie. »Du warst *atemberaubend* gut.«

»Krah. In der Tat, in der Tat«, pflichtete Dexter ihr bei. Es klang weit weniger frech als üblich.

»Gut«, sagte Lapuli bloß und wandte sich ohne weiteren Kommentar der Bühne zu, auf der bereits umgebaut wurde.

»Was heißt *gut*?«, fragte Lara hinter ihm her.

Lapuli blickte sie von der Seite an.

»*Gut* heißt, dass es mir ein Gefühl von Triumph gibt.«

»Ach, tut es das?«

Laras Nachfrage klang ein wenig verächtlich. Was sollte das denn auch? Lapuli war einfach nur auf den Triumph seiner Vorstellung aus?

Doch er schüttelte den Kopf.

»Vielleicht ist Triumph das falsche Wort dafür«, korrigierte er sich. »Vielleicht trifft *Unabhängigkeit* es eher.«

Lara blickte ihn zunächst verständnislos an. Aber es dämmerte ihr, noch bevor er mit seiner Erklärung fortfuhr.

»Es macht mich unabhängig von dieser Stadt«, führte er aus. »Es bestätigt mich darin, dass es mich gibt. Mich als Individuum, das völlig unabhängig von den Wünschen und Vorstellungen existiert, die hier vorherrschen – und trotzdem kann ich etwas Einzigartiges.«

»Du fühlst dich gut dabei, weil du siehst, dass das System Ravinia versagt.«

»Nein«, lächelte er. »Ich fühle mich gut dabei, weil ich nicht in ein System passen muss, um zu existieren.«

Weiter redeten sie nicht, denn der dritte und letzte Künstler des Abends betrat die Bühne. Es war Barker, der alternde Countrysänger. Lara kannte ihn, Lee hatte sie einander vorgestellt. Die beiden verband eine Art lose Freundschaft und sie musizierten von Zeit zu Zeit miteinander. Dabei begleitete Lee Barker häufig auf seiner alten Mundharmonika, die er einst von seinem Vater geerbt hatte. Doch heute Abend nicht. Barker war allein mit seinen Cash-Songs – und wirkte dabei beinahe wie eine Art Rausschmeißer zum Schluss

Und nachdem es mit Lapuli nichts weiter zu bereden gab, lehnte sich Lara zurück und genoss den Zauber, den die rauchige Stimme Barkers über die Zuschauer legte – oder zumindest über diejenigen, die es zuließen.

Einsicht war immer eine gute Basis für Freundschaft – und manchmal auch für mehr.

Patrick stand am Rahmen eines Durchgangs in Richtung Außentür gelehnt. Er hatte die Hände in den Hosentaschen und schielte durch seine verwuschelten Haare hindurch in Laras Richtung. Fordernd blickte sie in seine verschiedenfarbigen Augen, doch sie wichen ihr nicht aus.

»Es tut mir leid«, sagte er tonlos. »Das war dumm und kindisch von uns. Keiner hat einen Schlüssel und keiner weiß, wo einer sein könnte. Wir sind Idioten, weil wir es nicht lassen können, uns von unseren Gefühlen übermannen zu lassen.«

Lara schenkte ihm das wärmste Lächeln, das sie auf Lager hatte.

»Keine Idioten«, lenkte sie ein. »Nur Geschwister.«

Daraufhin hakte sie sich bei ihm ein und gemeinsam verließen sie die Stadthalle von Ravinia. Im Umdrehen sah sie, wie Lapuli ihr durch die Menge hinweg zuzwinkerte.

Draußen war es tiefe schwarze Nacht geworden. Der wirre Sternenhimmel über Ravinia schien die Stadt wie ein Tuch zu bedecken.

Doch das Leben wurde gerne zum Verräter. Besonders dann, wenn es sich gerade erst wieder wohlig weich angebiedert hatte, nur um einen schönen Moment wie eine Seifenblase zerplatzen zu lassen.

Lara folgte den neugierigen Blicken einiger Passanten. Im Süden flackerte es rötlich durch die Straßen. Beim Rondell? Doch das Sommerfest und das große Feuer mussten in den vergangenen Tagen stattgefunden haben, während sie in Epicordia umhergeirrt waren.

Schlagartig fiel ihr die Rauchsäule auf, die von unten her feurig beschienen wurde.

»Das Rondell«, rief sie entsetzt aus, als ihr urplötzlich klar wurde, was dies bedeuten musste. »Es brennt im Rondell!«

Sie wollte ihren untergehakten Arm von Patrick lösen, doch

der hielt sie fest. Und so rannten sie Arm in Arm in die verwinkelten Gassen der Stadt hinein, bangend, hoffend und mit einem Wunsch auf den Lippen.

Über ihnen glitt laut krächzend der schwarze Rabe Dexter durch den Nachthimmel.

9. Kapitel, *das einige lodernde Enthüllungen bereithält.*

Sind wir am Ende im Rückstand gegenüber der Moral der Geschichte?

Jochen Distelmeyer

Wie schnell die Welt, in der wir wandeln, doch Feuer fangen kann – wie trockenes Laub. Egal ob durch Strohfeuer, Hass oder durch Begeisterung.

Alles um Lara herum verwandelte sich in ein rauschendes Fauchen, sobald sie das Rondell erreichten.

Schon auf ihrem stürmischen Weg dorthin war das Flackern des Feuerscheins immer bedrohlicher geworden.

»Feuer!«, hatte Dexter schließlich über ihnen gekrächzt. Immer wieder.

»Feuer.«

Dann war er abgedreht – und Lara war sich sicher, dass der Rabe Hilfe holte.

Das Ausmaß der Katastrophe jedoch wurde ihnen erst bewusst, als sie den runden Platz sahen. Bestimmt ein Drittel der Häuser, die direkt am Rondell lagen, standen mehr oder minder lichterloh in Flammen. Überall liefen Leute schreiend umher und schafften Eimer um Eimer voll Wasser heran. Lara hatte nicht gewusst, dass es in Ravinia eine freiwillige Feuerwehr gab, doch offensichtlich hatte man von irgendwoher zwei Wasserschläuche aufgetrieben, die auch tatsächlich gespeist wurden. Doch die Wassermengen, die aus ihnen hervorsprudelten, waren der Feuersbrunst gegenüber eher kläglich.

Und während Patrick neben ihr noch zögerte, verließ Lara seine Seite und stürmte blindlings auf das Inferno zu. Sie hatte schlagartig erkannt, was ihr am meisten unter die Haut fuhr:

Im Zentrum der Flammen musste das Haus der Kreidefrau liegen, das ihnen eben noch Schutz vor dem Regen geboten hatte.

Jemand packte sie unsanft am Arm.

»Lara.«

Es klang mehr überrascht als erbost. Sie wandte den Kopf und sah Lee, der sie mit einem Ruck zum Stehen brachte.

»Um Gottes willen, Lee«, stöhnte sie erleichtert und fiel ihm um den Hals.

»Hey, hey«, beschwichtigte er sie und erwiderte die stürmische Umarmung. »Ist ja gut.«

Sie ließ von ihm ab und musterte ihn. Sein Haar war verrußt und eine lange Brandwunde zierte einen seiner Unterarme, wegen der er seinen Hemdsärmel hochgekrempelt hatte. Mit der Hand des lädierten Armes hielt er den Riemen seiner Umhängetasche fest. Es sah aus, als schützte er seinen verletzten Arm.

»Was ist passiert?«, fragte Lara atemlos.

»Das wüssten wir auch gerne«, meinte Lee. Er hörte sich nicht minder atemlos an. »Ganz plötzlich ging alles in Flammen auf. Einfach so, ich –«

»Was ist mit Berrie?«, unterbrach sie ihn.

»Keine Panik, ihr geht es gut. Nur dem Haus …«

Er brach hilflos ab. Das Chaos um sie herum sprach für sich.

»Wir … wir kriegen es nicht unter Kontrolle«, gestand er etwas leiser. Es klang resigniert.

»Seit wann?«

»Schon seit einer halben Stunde.«

Noch nie hatte Lara Lee in einem solch alarmierenden Zustand gesehen. Er war ihr immer cool vorgekommen, ein Ruhepol in einer sich überschlagenden Welt. Beinahe schon eine Nummer *zu cool.* Aber jetzt war alles anders. Die Leute um sie herum schienen verzweifelt. Alles hier war aus Holz und aus Stoffen und die Flammen kannten keine Gnade – sie fraßen wie ein hungriges Raubtier alles auf. Fraßen und fraßen und fraßen.

»Und was zum Teufel machst du dann *hier*?«, fragte sie plötzlich. »Warum hilfst du nicht beim Löschen?«

»Hey, seh ich etwa so aus, als würde ich bloß zuschauen?«

Lara wich seinem Blick kurz aus.

»Nein, entschuldige, aber –«

»Ich suche nach einer Ursache«, unterbrach er sie erneut. »Es hat den halben Tag geregnet, alles müsste feucht sein und trotzdem brennt es wie trockenes Stroh.«

»Und das fällt dir *jetzt* ein?«

Er winkte ab.

»Sagen wir einfach, ich hatte mal wieder eine meiner komischen Vorahnungen und –«

»– und du bist ein Wahrsager und deshalb musst du ihr nachgehen. Verstanden.«

Lee nickte.

»Komm mit«, winkte er ihr und lief durch das Gewimmel um sie herum in Richtung der Gasse, aus der Lara und Patrick eben gekommen waren.

»Was zum –«

Doch diesmal unterbrach sie sich selbst, rief sich zur Ruhe, um nicht gleich auszurasten, und huschte Lee nach.

Ein Blick über die Schulter verriet ihr, dass Patrick sich ins Getümmel gestürzt hatte und sich an den Löscharbeiten beteiligte. Er war tatsächlich einfach da, wenn er gebraucht wurde. Eine bewundernswerte Eigenschaft.

Sie fasste Lee ins Auge und sah ihn noch um eine Ecke verschwinden. Eilig folgte sie ihm. Ob Liza wohl auch einfach da war, wenn sie gebraucht wurde? Lara konnte nicht einschätzen, wie viel Glück Lee in dieser Hinsicht mit dem Efeumädchen gehabt hatte. Doch waren solche Gedanken in diesem Augenblick nicht auch völlig fehl am Platze?

Lee wartete auf sie.

»Komm schon!«, drängte er sie.

Gemeinsam huschten sie durch eine dunkle Gasse an der Rückseite des Rondells. Auf diese Weise mussten sie sich dem flammenden Inferno früher oder später von hinten nähern. Hinter den dunklen Schatten der Fassaden sah Lara den Flammenschein bis tief in die Nacht hinein steigen. Die Rufe der Bewohner, die sich an den verzweifelten Löschversuchen beteiligten, hallten gedämpft zu ihnen herüber.

Sie brachten die nächste Biegung hinter sich und kamen dem Feuer immer näher.

Und auf einmal war er da, trat von rechts in ihr Blickfeld.

Es kam überraschend und zugleich war es das doch nicht. Lara war es, als hätte sie eine Ahnung gehabt – oder Lees Vision interpretiert.

Natürlich kannte sie ihr Gegenüber. Und im Verwirrspiel dieser ganzen Geschichte erschien es ihr fast logisch, ihn hier zu sehen.

Er sah ein wenig aus, als hätte Rembrandt sich an einem modernen, gefallenen Engel versucht. War er ein Racheengel? Flammend zwischen Erde und Hölle?

Hinter seinen Schultern schwebten Gebilde aus lodernden Flammen in der Luft. Es wirkte tatsächlich wie die Flügel eines Engels. Feuer tropfte von ihnen hinab zum Boden wie von Pechfackeln.

Von oben bis unten war er wie ein einziger, geschwungener Federstrich in Schwarz. Seine langen Haare lagen ruhig auf seinen Schultern und sein rabenschwarzer Mantel war über und über mit kleinen Accessoires und Kinkerlitzchen bedeckt. Talismane, Symbole, Nieten, Ketten und vieles mehr.

Lara wusste nicht, woher seine beiden Flügel aus Feuer kamen – und eigentlich wollte sie auch gar nicht wissen, mit welchen Teufeln er einen Pakt geschlossen hatte. Das Einzige, an das sie denken konnte in diesem surrealen Moment, war seine Vergangenheit, die sie noch am späten Nachmittag quasi am eigenen Leib erfahren hatte. Das Wissen darum, wie er zu dem geworden war, was er war. Oder zumindest, warum er den Weg dorthin beschritten hatte.

»Du bist also doch wieder hergekommen, nach Ravinia?«, begrüßte Lee ihn kühn. *Tollkühn*, wie Lara fand. Doch was blieb ihnen in diesem Moment auch übrig?

Ein dünnes Lächeln umspielte Ma'Haraz' Mundwinkel. Die Schatten in seinem Gesicht wurden durch den Feuerschein pointiert.

»So sieht es aus«, antwortete er mit seiner Wüstensandstimme. »Du weißt, weshalb ich gekommen bin?«

Lees Hand wanderte zu seiner Tasche und legte sich darauf.

»Die nachtschwarze Kugel?«, fragte er.

Ma'Haraz streckte die Hand aus.

»Ich denke, Sie brauchen sie jetzt nicht mehr«, sagte Lee jedoch entschuldigend. Nichts an dieser skurrilen wie gefährlichen Situation schien ihn ernsthaft zu beeindrucken. Oder er zeigte es schlichtweg nicht.

»Ach ja?«, hakte sein Gegenüber nach und die Flammenflügel loderten nervös auf.

»Wir wissen schon, was es mit der Kugel auf sich hat«, platzte Lara hervor. »Sie heißen in Wirklichkeit Joshua Mendel. Und Sie tun, was Sie tun, weil Sie zutiefst verletzt worden sind.«

Die Flügel des düsteren Engels verloschen plötzlich und um sie herum wurde es Nacht. Tiefe, dunkelste Nacht in den Straßen der sonst so düstergoldenen Stadt. Das Prasseln und Knistern des Feuers hallte von jenseits der Häuserreihen zu ihnen herüber. Die verzweifelten Rufe der Leute im Rondell waren nur ein dumpfes Echo.

Sie würden sich mit Händen und Füßen gegen Ma'Haraz zur Wehr setzen, auch wenn das hieße, den einen oder andern Schlag unter der Gürtellinie zu platzieren. Und Lara hatte ihn bereits getroffen, sie waren klar im Vorteil. Sie hatten etwas in der Hand, das sie gegen ihn verwenden konnten. Seine traurige Vergangenheit.

»Lara McLane«, sagte Ma'Haraz. Es klang ruhig, beinahe schlug er einen Plauderton an. Ein wenig so, als stellte er in diesem Moment gerade eben erst fest, dass die junge Schlüsselmacherin vor ihm stand.

»Ich habe keine guten Erinnerungen an dich, Mädchen«, fuhr er fort. »Ehrlich gesagt hatte ich dich beinahe schon verdrängt. Aber irgendwie scheinst du immer wieder lästig zu werden.«

Er musterte sie einige Sekunden lang still. Trotzig hielt sie seinem Blick stand. Hatte sie ihn etwa doch nicht so sehr in die Ecke gedrängt, wie sie vermutet hatte?

»Im Grunde genommen sind Sie eine scheue, verletzte Kreatur, Joshua«, versuchte Lara es weiter. »Sie sind blind, fehlgeleitet, weil man Ihnen Unrecht getan hat.«

Ma'Haraz schnaubte einmal kurz. Dann konterte er.

»*Du* willst *mir* also etwas über die schlimmen, schlimmen Dinge aus meiner Vergangenheit erzählen? Du solltest es eigentlich besser wissen. Die Vergangenheit macht uns zu dem, was wir sind. Hast du denn selbst nie darüber nachgedacht, woher du kommst, Mädchen? Was dich zu dem macht, das du bist?«

Seine Stimme wurde vom Wüstensand zum Sandsturm, der tosend alles in seinem Weg schliff und abtrug.

»Ich … ich verstehe nicht.«

Lara war verunsichert, während Ma'Haraz die Hände in die Manteltaschen steckte und langsam einen Bogen um sie herum machte. Lee verfolgte ihn mit giftigen Blicken und trat demonstrativ an Laras Seite.

»Lara McLane«, setzte der dunkle Wahrsagermeister erneut an. »Hast du niemals überlegt, warum ausgerechnet *du* Roland Winter aus dem Bild befreien konntest? Ich meine, was hattest du denn schon großartig mit ihm zu tun? Immerhin warst du noch ein Kind, als das alles passierte. Du bist keine Schreiberin. Warum also konntest ausgerechnet *du* das Gedicht zum Leben erwecken?«

Die Flammenflügel schossen erneut hinter Ma'Haraz hervor, breiteten sich aus und schlossen sie alle drei in einem infernalischen Kreis aus loderndem Chaos ein. Die Flammen leckten an den umstehenden Hauswänden, doch kein Fenster wurde aufgerissen und niemand schrie – sie waren alle fort, um das Rondell zu retten.

Und Lara beschlich langsam aber sicher Panik. Panik vor dem, was der Wahrsager mit den Flammenflügeln ihr erzählen mochte.

»Elisabeth Joel hat Winter weggesperrt«, schrie sie ihn über das tobende Rauschen des Flammenkreises hinweg an. »Ich bin ihre Enkeltochter und deshalb konnte ich das tun.«

Ma'Haraz schüttelte mit einem süffisanten Lächeln den Kopf und blickte mit seinen dunklen Augen direkt in Laras Seele. Die Hitze der sie umgebenden Flammen nahm ihr den Atem, ließ sie husten.

»Natürlich bist du ihre Enkelin. Aber denk doch nach: Warum hat sich Winter überhaupt von ihr in die Falle locken lassen, Lara? Wie konnte der größte Schreiber der Geschichte dieser Stadt so töricht sein und sich von einem Gedicht übertölpeln lassen?«

Laras Unterbewusstsein begann zu ahnen, worauf er hinauswollte, aber sie wehrte sich verzweifelt dagegen, den Gedanken in ihren Kopf zu lassen.

»Elisabeth Joel und Roland Winter waren einst ein Paar«, führte Ma'Haraz zu Ende, was er angefangen hatte. »Du bist nicht nur Elisabeth Joels Enkeltochter, sondern auch die von Roland Winter. In deinen Venen fließt das gleiche Blut wie in denen des Grauen Lords.«

»Nein«, schrie Lara und ging in die Knie. »Nein, nein.«

Lee legte ihr den Arm um die Schulter, doch sie spürte nichts.

»Du bist keine Schreiberin, Lara McLane«, sagte Ma'Haraz und es lag beinahe so etwas wie Bedauern in seiner Stimme. »Du bist eine Mechanikerin, eine Schlüsselmacherin. Und du weißt, dass jeder Mensch nur das Talent für eine der sieben Zünfte Ravinias mit sich bringt. Woher solltest du also sonst die Fähigkeit haben, jemanden mittels eines Gedichtes aus einem Bild zu lesen? Das ging nur, weil dich etwas Starkes mit dem gefangenen Grauen Lord verbindet. Und das tut es. Ihr teilt das gleiche Blut: Elisabeth Joel und Roland Winter haben sich geliebt vor langer Zeit. So hat er sie auch damals auf dem Highgate-Friedhof gefunden. Die beiden hätten einander immer und zu jeder Zeit gefunden, überall auf der ganzen Welt.«

»Und deshalb musste sie sterben?«, fragte Lee ungläubig. Niemals hätte Lara erwartet, so viel Bitterkeit angesichts der unfairen Welt aus Lees Worten zu hören.

Langsam richtete er sich auf, während Lara betäubt von Worten und Wirklichkeiten vor ihm auf dem Boden hocken blieb und mit tränenerfüllten Augen auf den dunklen Wahrsager blickte.

Bittere Vergangenheit gegen bittere Vergangenheit, so hatte das Spiel begonnen. Und sie hatte ihren Gegner unterschätzt und war mit einem Kantersieg vom Spielfeld gefegt worden. Der Herbstregen war verklungen und zurück blieben schwarze Löcher in der Welt, dort wo einst Pfützen gewesen waren.

Um sie herum loderte der Flammenkreis höher und höher auf. Doch Lara fühlte sich bloß, als hätte man ihr einen dumpfen Schlag auf den Kopf gegeben. Ihre Gefühlswelt weigerte sich gegen das, was der Verstand schon akzeptierte – wie eine schmerzende Lähmung.

»Du bist nicht dumm, Lehrling. Aber nun gut, bringen wir es endlich zu Ende. Gib mir die Kugel!«

»Nein«, fasste Lee sich erneut ein Herz. Trotzig stand er dort, die Hände nicht erhoben, aber entschlossen zu Fäusten geballt. »Sie können mir nichts tun. Ich habe Ihr Amulett, es schützt mich vor Lichtgeistern. Und vor Feuergeistern ganz bestimmt auch.«

Lara bekam nur am Rande mit, was um sie herum geschah.

Zu groß war der ihr zugefügte Schmerz. Es war einer jener hilflosen Momente, in denen es vollkommen egal gewesen wäre, hätte ihr Leben hier und jetzt auf der Stelle ein Ende gefunden. Machtlosigkeit, absolute, umfassende Ohnmacht übermannte sie. Als wären die Emotionen bloß Wasser in einem Glas gewesen, das man umgestoßen hatte. Und nun rannen sie überallhin und rissen ihre Seele mit sich fort.

Sie wusste nicht einmal, ob sie weinen sollte. Oder besser gesagt: Ob sie es überhaupt konnte. Die Fassungslosigkeit, der Schmerz, der Schock ... sie waren zu frisch. Sie klafften als riesige, ausgefranste Wunde auf ihrer Seele und hatten sich bis in ihr Herz geschnitten.

Gefühle sind wie ein Sturm.

Nein, nicht wie ein Sturm, sondern wie das schlimmste Unwetter der Welt. Ein Hurrikan, der einen verschont, solange man sich in seinem ruhigen Zentrum befindet. Und das tat Lara McLane viel zu selten. Im Gegenteil: Sie wurde vom äußersten Rand ergriffen und dort mit den Trümmern der Wirklichkeit durch die Welt geschleudert.

Lee bluffte, soviel spürte sie immerhin. Doch der Bluff zeigte Wirkung – wenn auch nicht die erhoffte.

»Möglich, dass du vor Geistern sicher bist«, sinnierte Ma'Haraz. »Aber die junge Ms McLane ist es ganz sicher nicht.«

Ein schlanker Feuerstrahl schoss aus der Flammenwand direkt auf Lara zu. Sie selbst wäre nicht imstande gewesen, überhaupt auf irgendeine Weise zu reagieren. Doch Lee stürzte vor sie, den rechten Arm ausgestreckt und das Amulett in der Hand.

Und tatsächlich schluckte das Amulett die Flammen. Doch ihre Hitze versengte Lee den Ärmel und die Haut. Stöhnend vor Schmerz biss er die Zähne zusammen.

Lara nahm es wie durch einen dumpfen Schleier zur Kenntnis.

Taub. Ihre Welt wirkte so taub.

Der Flammenstrom versiegte. Lee kauerte vor Lara, am

Rande all seiner Kräfte. Mit einem heulenden Laut versuchte er, die verbrannte Hand in einen flatternden Zipfel seines Hemdes zu wickeln.

Drohend stand Ma'Haraz über den beiden geschlagenen Teenagern.

»Mach es dir selbst nicht so schwer«, sagte er, seine Worte ruhig und bedächtig wählend. »Gib mir einfach die Kugel … und auch das Amulett. Bitte!«

Die Bitte hinterließ einen Funken von Irritation in Laras Wahrnehmung. Und beim Anblick von Lees verletzter Hand begann sie, sich gegen die Lethargie zu wehren, die Besitz von ihr ergriffen hatte. Denn so durfte es nicht enden. Nicht hier, nicht jetzt. Und schon gar nicht durften die Bösen gewinnen. Keine Geschichte, kein Film endete so.

Rechts von ihnen erklang ein Geräusch, als würde jemand eine Plastikflasche zerdrücken. Sie alle erschraken und starrten in die Flammen.

Ein Loch befand sich plötzlich in der Flammenwand, groß wie eine Tür. Als hätte dort jemand ein Stück aus dem Feuer herausgestanzt.

Und ehe sie begriff, schossen zwei Ranken daraus hervor, schlängelten sich um Ma'Haraz' Beine und rissen ihn von den Füßen.

Dann sahen sie Patrick, der durch das Loch stieg und Lee half, sich aufzurichten. Hinter ihm drängte sich Liza durch die Feuerwand.

Doch Lizas Efeuranken wurden von den Feuergeistern zerfressen wie Papier und fielen schwarz und gekrümmt von dem dunklen Wahrsager ab.

Liza wollte nach Ma'Haraz treten, doch er war zu schnell wieder auf den Beinen, hieb seinerseits nach ihr und wischte sie von den Füßen.

»Pah«, spuckte sie in seine Richtung, als sie auf der Seite landete und sich sogleich auf die Ellenbogen stemmte. »Wo sind eigentlich ihre dreckigen Akrobaten-Freunde?«

Ma'Haraz hob die Hand und ein Flammenstrahl schoss auf das Mädchen mit den Efeuhaaren zu. Doch das wich ihm blitzschnell mit einer Rolle aus, um seinerseits wieder nach dem Wahrsager zu treten. Er blockte ab und stieß es zurück.

»Die verrotten nun wohl *beide* in Dismas«, rief er und fügte mit bitterem Sarkasmus in Lees Richtung hinzu: »Danke übrigens auch dafür, Wahrsager-Lehrling.«

»Hmpf«, schnaubte Lee.

Erneut hob Ma'Haraz die Hand.

Doch in dem Moment begann Patrick, eines seiner Gedichte zu rezitieren:

»*Einst werde ich eine Dunkelheit bringen*
und sie wird Lichtschein und Feuer verschlingen.«

Sofort erhob sich etwas Dunkles, das die Flammenstrahlen, die aus Ma'Haraz Hand schossen, einhüllte und verschluckte.

Ma'Haraz nickte anerkennend.

»Der Graue Lord hätte bestimmt Verwendung für einen einfallsreichen Querkopf wie dich«, kommentierte er Patricks Kunststück. »Doch was machst du, wenn ich den Feuergeistern befehle, euch von allen Seiten gleichzeitig anzugreifen?«

Er bekam keine Antwort.

»So, so«, lächelte er dünn. »*Die phantastischen Vier* haben also ausgesorgt? Seht es doch endlich ein, ihr habt nicht den Hauch einer Chance.«

»Natürlich haben wir den, du dreckiger Bastard«, rief Lee. Er hielt die nachtschwarze Kugel in Stoff gewickelt in seiner unverletzten Hand, hoch über den Kopf erhoben. Dann schmetterte er sie mit aller Gewalt auf das Kopfsteinpflaster vor Ma'Haraz.

Diesmal zersplitterte sie, mitternachtsdunkler Rauch waberte daraus hervor und schien in den Boden zu sickern.

Schnell nahm Lee das Amulett aus seiner verbrannten Hand und warf es in die Dunkelheit zwischen ihnen. Der Rauch umhüllte es, als wollte er es auffressen. Schließlich sickerte das dunkle Zeug zwischen den Steinen in den Boden und ließ das Amulett zerbeult zurück.

Es war nichts mehr da, weswegen Ma'Haraz sie nun hätte bedrohen können. Keine eingefangenen Albträume, kein Amulett, das Geister verschlang. Ma'Haraz' Zorn würde unermesslich sein, doch …

Über ihnen krächzte einsam ein Rabe. Ein zweiter stimmte ein und bald ein dritter. Schnell hatte sich ein vielstimmiger Chor aus Rabenstimmen erhoben und die schwarz gefiederten Vögel nahmen nacheinander und sehr zahlreich auf den Dächern und Regenrinnen der umliegenden Häuser Platz.

»Aha«, murmelte Ma'Haraz, denn er wusste genau, was die Ankunft von immer mehr und mehr Raben zu bedeuten hatte.

»Nun gut«, er blickte Lee an. »Einigen wir uns auf ein Unentschieden. Keiner von uns hat, was der andere begehrt.«

Damit drehte er sich um.

Seine Flügel umfingen sie nicht mehr und die Flammenwände um sie herum erloschen. Nur von hinten sahen sie noch, wie die Flammenflügel aus Ma'Haraz Rücken ragten. Dieser schloss nun die nächstbeste Tür auf und trat hindurch, wobei seine flammenden Diener erloschen.

Sobald er die Tür hinter sich zugezogen hatte, war alles vorbei.

Patrick sog hörbar die Luft ein.

Und Lara begann das Durcheinander um sie herum wieder wahrzunehmen, nachdem ihr dunkler Widersacher von dannen gezogen war.

Ein Chaos aus Geräuschen und Gerüchen, aus Schmerz und Tränen.

Und aus Erleichterung.

Die Sirenen heulten wie hungrige Raubtiere durch die Nacht von Edinburgh.

Sie nahmen Lee mit fort. Irgendwohin, in irgendein Krankenhaus. Lara konnte ganz langsam wieder denken. Zitternd und in eine Fleecedecke gehüllt stand sie auf der Schwelle des Schlüsselladens und sah in die Richtung, in die der Krankenwagen verschwunden war. Und mit ihm Lee.

Lara schauderte. Die Tapferen opferten sich und sie blieb unversehrt zurück – das kannte sie doch.

Zwar pochte ihre verletzte Hand unter dem mittlerweile von Dreck und Ruß verschmierten Verband, doch diese Schmerzen waren auszuhalten – im Gegensatz zu den Zweifeln, die an ihr nagten.

Henry McLane legte ihr von hinten die Hände auf die Schultern.

»Grausame Zeiten, oder?«, fragte er in die Nacht hinein. Die Lebensfreude, die sonst jedes Wort des alten Mannes durchdrang, war nicht mehr zu spüren. Jetzt war er es, der einfach bloß da war. Vor fast achtzehn Jahren war er an die Stelle von Laras Eltern getreten. Bereitwillig hatte er sich in die für ihn so schmerzhaften Umstände gefügt, die eigene Frau und den eigenen Sohn verloren zu haben. Und trotzdem hatte ihm seine Enkelin die Kraft verliehen, weiterzumachen, sich nicht unterkriegen zu lassen und einfach da zu sein.

Die vielen Raben hinter dem Rondell hatten selbstverständlich Lord Hester angekündigt. Doch der hatte Ma'Haraz nicht mehr angetroffen. Der dunkle Wahrsagermeister war trotz all seiner Macht – die diejenige seiner jungen Kontrahenten um ein Vielfaches übertraf – nicht gewillt gewesen, dem Rabenlord gegenüberzutreten. Nicht noch einmal. Seine Konfrontation mit Lord Hester vor zwei Jahren hatte er nicht vergessen. Und auch nicht, dass er nur durch waghalsige Improvisation mit heiler Haut davongekommen war.

Die phantastischen Vier hatte der dunkle Wahrsager seine jungen Widersacher genannt, bevor er gegangen war. Eine Anspielung, die aus dem Mund jedes anderen eine Ahnung von Charme versprüht hätte.

Sofort nach seinem Verschwinden hatten sich Liza und Patrick um ihre geschlagenen Freunde gekümmert, doch vor allem Lee hatte jede Hilfe abgewehrt.

»Edinburgh, Lara«, hatte er nur geächzt.

Er hatte noch nicht einmal das Eintreffen Lord Hesters abgewartet, sondern war aufgestanden. Die Haustür, durch die schon Ma'Haraz geflohen war, nutzte auch er. Flink hatte er einen Schlüssel hineingesteckt und sie aufgezogen.

Lara McLane sah ihren Freund dort taumelnd nach Edinburgh stolpern. Er verhielt sich wie ein verwundetes Tier, das sich mit Schmerzen durch die Gegend schleppte – aber möglichst allein, um nicht gesehen zu werden. Etwas durchfuhr sie. Lee war ihr Halt, ihre Rettung. Sie sprang auf und griff ihrem besten Freund unter die Schulter. Auch Liza fasste sich nun ein Herz und wollte helfen, doch Lara stieß sie beinahe beiläufig zurück. Das war ihre Angelegenheit. Nur ihre. Zwischen Lara McLane und Lee Crooks. Sie würden sich gegenseitig retten, wie es in den Geschichten stand.

Liza lamentierte wütend, doch es interessierte Lara nicht. Sie zog die Tür zu und stolperte mit Lee hinaus auf das Pflaster der Victoria Street.

Und hier war es Lee wieder, der die Initiative ergriff. Er schien in seinem Adrenalinrausch ebenso betäubt für alles andere wie Lara nur kurz zuvor.

Es war ein eigenartiger Augenblick, in dem es nur sie beide gab. Lee Crooks und Lara McLane, beide mit ihren Verwirrungen und vor allem mit ihren Schmerzen.

Sie überquerten die Straße und schlossen die Tür zum Schlüsselladen auf.

Lee hastete zum Telefon, jenem uralten Apparat mit Drehscheibe, und wählte eine Nummer.

»Henry«, rief er ins Telefon. »Henry, schnell, komm in die Victoria Street!«

Stille.

»Lara braucht dich! *Jetzt*!«

Er legte auf, ohne eine weitere Antwort abzuwarten. Lee kannte Henry gut genug, um zu wissen, dass der auch zu dieser späten Stunde Himmel und Hölle in Bewegung setzen würde, um schnellstmöglich den Weg her zu finden.

Lara trat an Lee heran.

»Danke«, hauchte sie.

Ihr Blick fiel auf Lees Arm. Er sah grässlich aus. Die Haut war schwarz und blutig, nässte und wellte sich, wo sie es nicht durfte. Vorsichtig griff sie nach seinen Fingern.

Krankenhaus. Lee musste ins Krankenhaus. Dringend. Sie blickte zum Telefon.

Lee entzog ihr den Arm.

»Lass nur«, sagte er hektisch. »Ist halb so schlimm. Irgendwer kriegt das schon wieder hin.«

Lara wusste, dass er log. So sehr, dass sich die Balken an der Decke des Ladens hätten biegen müssen. Wenn sie selbst schon den Schnitt in ihrer Handfläche als äußerst schmerzhaft empfand, wie höllisch musste erst Lees Arm wehtun?

Sie sah ihm für den Bruchteil eines Momentes in seine braunen Augen. Sprungbretter und Abgründe zugleich. Und von einem Sprungbrett konnte man sich so wunderbar elegant in einen Abgrund stürzen …

Doch der junge Amerikaner mit den wilden, rotbraunen Haaren wandte sich schließlich ab und verschwand die Treppe hinauf. Sie versuchte ihn am Hemdsaum zu fassen, doch er entwischte ihr einfach.

Dieser heroische Dummkopf.

Sie griff nach dem alten Telefon und wählte den Notruf.

Und erst jetzt merkte sie erneut, wie schwer ihr alles fiel. Ihre Stimme bebte, überschlug sich, doch sie brachte irgendwie alle wichtigen Informationen in ihrem kurzen Anruf unter.

Sie hörte Lee für einige Sekunden oben poltern, dann kam er wieder hinunter, eine Decke unter den gesunden Arm geklemmt.

»Hier«, sagte er noch, während er die Treppe hinunterglitt. »Die brauchst du –«

»Du Blödmann«, schrie sie ihn unter Tränen an. »Du bist verletzt.«

Warum war es nur so schwer? Er war verletzt. Für ihn durfte es jetzt nur den Krankenwagen geben, nichts sonst. Die Ärzte würden schon dafür sorgen, dass ihr bester Freund und Schwachkopf seine Schmerzen verlor …

»Aber du bist auch verletzt«, antwortete er ihr. Und sie wusste, was er meinte, und war gerührt und panisch und wütend auf ihn und die Welt und auf alles andere.

»Du bist wirklich verletzt, glaub mir, Lara. Viel, viel schlimmer als ich.«

Noch während er sprach, wurde seine Stimme schwach. Auf der letzen Stufe knickte er um und fiel gegen das Geländer. Regungslos blieb er auf dem Dielenboden liegen.

»Lee«, rief Lara voller Panik aus und stürzte zu dem gefallenen Freund, alles andere vergessend. »Lee!«

Sie versuchte krampfhaft, sein Bewusstsein zwischen Chaos und Schmerz wiederzufinden, schüttelte ihn, ohrfeigte ihn.

Sie hoffte und flehte, dass der Krankenwagen endlich kommen möge, und dachte an die besonnene Stimme am Telefon. Jemand hatte dort gesprochen, der nicht verletzt war, der nur seinen Job machte, der … Nein, das war unfair. Tausend Bilder aus Unfairness und Schuldzuweisung, aus Panik und Asche huschten durch Laras Kopf wie ein zu schnell geschnittener Film. Doch das Bild, das für alle Zeit in ihrem Kopf verbleiben sollte, war ein anderes: Sie kniete auf dem Boden, Lees Kopf auf ihren Schoß gebettet. Die Ladentür hatte sie aufgelassen, damit man sie fand. Die laue Luft der Sommernacht wehte herein, doch Lara fröstelte trotz der Wärme. Immer wieder blinzelte Lee, doch er schaffte es einfach nicht, sie anzublicken, und immer wieder fielen seine Augen zu und er wurde erneut bewusstlos. Endlich stürmten die Rettungskräfte in den Laden.

Für andere da zu sein, einfach bloß da zu sein, war wichtig, hatte Lara gelernt. Und genau so wichtig war es, dass jemand für einen selbst da war.

Henry McLane war angekommen, noch während Lee im Krankenwagen eine erste Versorgung erfuhr. Er hatte sich seiner Enkeltochter angenommen, die ihn nun brauchte.

Es schien nicht lebensbedrohlich ernst um Lee zu stehen, doch auf einige Tage im Krankenhaus durfte er sich wohl gefasst machen – ganz zu schweigen von dem unangenehmen Heilungsprozess, der ihm bei seiner verbrannten Hand in den nächsten Monaten bevorstand.

Nun blickte Lara über die Schulter in die sorgenvolle Miene ihres Großvaters.

»Grausam ist eigentlich noch ein viel zu milder Ausdruck«, betonte sie.

Henry nickte ernst.

»Komm«, meinte er bedächtig. »Wir gehen hoch und reden.«

Wie praktisch wäre die Welt, wenn sich alle Sorgen und Nöte, alle Ängste und Hilflosigkeiten hinfortdiskutieren ließen. Einfach wegreden, mit Worten, die wie warmes Wasser über geschundene Haut rannen.

Doch so war es leider nicht. Das Wasser fehlte – und die Worte häufig auch.

Sie saßen in Baltasar Quibbes' altem Wohnzimmer. Lee hatte nicht viel verändert, seit er hier eingezogen war. Warum sollte er auch? Er besaß so gut wie nichts und war dankbar für alles, was Tom ihm ohne Weiteres überlassen hatte.

Die Couchgarnitur war mit einem Polsterbezug in vergilbtem Grün versehen. Doch er war flauschig und man konnte dort gut hocken, die Beine angewinkelt an den Körper gezogen.

Henry hatte ein Album von *Eagle Eye Cherry* gefunden und es aufgelegt. Leise Musik, die nicht kompliziert war, die vielleicht ein wenig mehr Leichtigkeit heraufbeschwören konnte. Eine gute Wahl. Aber was hätte man erwarten können? Henry McLane war lange Zeit Musiker gewesen und Lara kannte niemanden, der mehr Ahnung von Musik besaß als er.

Er stellte zwei Tassen heißen Tee auf den Couchtisch zwischen ihnen.

»Also?«, fragte er schließlich.

Lara ließ einen Schluck des heißen schwarzen Tees ihre Kehle hinunterrinnen. Sie hatte vergessen, Zucker hineinzutun. Egal, Wärme tat ihr gut gegen die Kälte, die sich trotz der Sommerluft in ihr breitmachte.

Und schließlich begann sie zu erzählen. Alles, jede kleinste Kleinigkeit, die sich in den letzten Stunden und Tagen zugetragen hatte. Und Henry McLane hörte ihr zu. Nicht auf jene pflichtbewusste Art und Weise, wie ein Seelsorger es tun mochte, nein, wärmer, ehrlicher. Er war nun einmal ihr Großvater. Der Rest Familie, der ihr noch geblieben war. Und Blut war bekanntlich dicker als Wasser.

Nachdem sie geendet hatte, blickte Henry McLane lange Zeit in seine leere Teetasse. Lara sah all die Gedanken in seinen Augen schwimmen.

»Ist es wahr?«, stellte Lara schließlich die alles entscheidende Frage, vor deren Antwort sie sich fürchtete wie vor wenig sonst auf der Welt.

Henry sagte immer noch nichts. Er lehnte sich zurück und starrte an ihr vorbei, eine ganze Weile lang.

Schließlich holte er Luft.

»Ich weiß es offen gestanden nicht wirklich«, gab er zu, und seine Augen trafen die seiner Enkeltochter. Lara konnte die Aufrichtigkeit darin schimmern sehen.

»Warum nicht?«, wollte sie wissen. Es klang beinahe schon verzweifelt. »Du bist doch genauso alt wie sie, sie –«

»Lara«, unterbrach er sie sanft. »Überleg doch einmal: Kennst du jeden Menschen, der in Ravinia ein und aus geht? Oder noch weiter gefasst: Kennst du jeden, der mit Ravinia in irgendeiner Weise in Verbindung steht? Ich kannte deine Großeltern mütterlicherseits überhaupt nicht, bevor Arthur uns einander vorgestellt hat.«

Auf Lara wirkte es jedes Mal bewundernswert, wenn Henry McLane aus der Vergangenheit erzählte. Diesem alten Mann waren so viele schlimme Dinge angetan worden und dennoch schaffte er es, ohne das kleinste Anzeichen von Selbstmitleid darüber zu reden, als wäre es eine Geschichte in irgendeinem beliebigen Buch oder Film.

»Das heißt«, verbesserte er sich, »Abraham Joel habe ich gar nicht erst kennengelernt, der war nämlich schon verstorben zu dieser Zeit. Aber eigentlich war es ganz nett dort. Die Joels hatten ein Haus in Aviemore, einem Örtchen am Spey. Aber alles in allem wirkten sie auf mich in ihren gutbürgerlichen Gefilden durchaus sehr gut beheimatet. Elisabeth Joel machte auf mich schon beinahe einen biederen Eindruck. Aber das war lange nach der fraglichen Zeit. Erst, als Arthur und Layla sich verlobt hatten. Zuvor habe ich sie wirklich nicht gekannt.«

Er seufzte und überlegte, was er als Nächstes sagen sollte.

»Roland Winter«, sprach er schließlich weiter, und die Worte schienen in der Sommernacht zu Eiskristallen zu gefrieren, »muss in etwa so alt gewesen sein wie wir. Also dieselbe Generation wie deine Großeltern. Er kann anfangs auch nicht besonders bekannt oder berühmt in Ravinia gewesen sein, denn sonst hätte man viel mehr von ihm gehört. Sein Name kursierte erst in aller Munde, nachdem er öffentlich die Stadt und den Stadtrat attackiert hatte. Er muss seine wahren Talente und Absichten also lange unter Verschluss gehalten haben. Erst wollten viele Leute in Ravinia es gar nicht wahrhaben, sondern dachten eher, er würde sich bloß als Reformer aufspielen. Doch seine Methoden … na ja, ich denke, du weißt inzwischen darüber Bescheid.«

Henry fing den Blick seiner Enkelin wieder mit seinem eigenen auf.

»Wenn du mich also fragst, ob Roland Winter und Elisabeth Joel einst eine Liaison oder sogar eine richtige Beziehung gehabt haben könnten, so muss ich dies leider mit *Ja* beantworten.«

Er seufzte.

»Ich weiß nicht, was deine Großmutter vor ihrer eher beschaulichen Zeit in Aviemore gemacht hat. Nur, dass sie eine Weile in Ravinia gelebt und gearbeitet hat, das hatte sie erwähnt. Wir haben bloß Small Talk geführt, wir waren keine engen Freunde.

Aber wenn sie in ihrer Jugend in Ravinia war, dann liegt es wohl im Bereich des Möglichen, dass sie Roland Winter gekannt hat. Das Ganze müsste dann ja so in etwa 40 bis 50 Jahre her sein, wenn nicht gar noch länger.

Und wenn Ma'Haraz behauptet, dass Roland Winter es geschafft habe, Elisabeth vorletztes Jahr auf dem Highgate-Friedhof aufzuspüren, weil er sie einmal liebte, so hat das in meinen Augen leider schon eine gewisse Logik.«

Skeptisch blickte Lara ihn an und machte den Mund auf, ohne zu wissen, was sie eigentlich antworten sollte.

»Lass mich erklären!«, fuhr Henry fort, bevor seine Enkelin zum Protest ansetzen konnte. »Die Liebe zwischen zwei Menschen ist eine seltsame Sache, Lara. Zwischen Eltern und Kindern und auch zwischen Großeltern und Enkeln existiert sie fraglos. Zumindest, solange alles seinen natürlichen Weg läuft. Aber zwischen zwei sich fremden Menschen ist sie ein wenig wie ein eigenwilliger Zauberspruch, sobald sie entflammt ist. Gefühle, die zwei Liebende einmal füreinander empfunden haben, hinterlassen immer Spuren auf der Seele der Betroffenen. Egal, ob diese Liebe fortwährt oder nur von kurzer Dauer ist. Und diese Spuren sind unverwüstlich. Sie verändern sich im Laufe eines Lebens, werden zu Narben oder Blüten oder was auch immer, doch sie bleiben letztlich immer da.

Als ich in Ravinia gelernt habe, hat man uns eine immense Vorsicht eingebläut. Eine Vorsicht vor Liebesliedern. Sie können sich an das unsichtbare Band zwischen zwei Liebenden heften wie eine Klette. Man wird sie nicht mehr los. Jemand, der lange nach einer schmerzhaften Trennung ein Lied wieder hört, das vielleicht einmal in einer Beziehung von Bedeutung gewesen ist, dem wird es unweigerlich am Herzen zerren.

Wenn du nun weiterüberlegst, dass Elisabeth Joel und Roland Winter beide Schreiber gewesen sind – und begabte Schreiber obendrein –, was läge also näher, als zu vermuten, dass es Schriftstücke, Geschichten, Verse gibt, die beide auf immer miteinander verbinden?«

Lara versuchte den Gedanken ihres Großvaters zu folgen, obwohl sie so schwer an ihr nagten. Es sollte also tatsächlich möglich gewesen sein, dass ihre Großmutter etwas mit Roland Winter gehabt hatte?

»Dass Roland Winter jedoch dein leiblicher Großvater ist«, betonte Henry, »halte ich für äußerst unwahrscheinlich. Immerhin ist Layla von einem sie liebenden Vater aufgezogen worden.«

»Der könnte es nicht gewusst haben«, warf Lara ein.

Henry nickte.

»Möglich. Aber woher sollte Ma'Haraz es dann wissen? Glaubst du, jemand wie Roland Winter bezieht seine Lakaien in seine Privatangelegenheiten mit ein?«

»Aber was ist mit dem Bild, in dem er gefangen war? Ich konnte ihn befreien, weil er mit mir verwandt ist. Weil er mein Vorfahr, mein Großvater ist.«

»Blödsinn«, wies Henry dieses Argument weit von sich. »Ich habe dir doch gerade erzählt, zu was die Liebe alles in der Lage ist. Jetzt könnte man natürlich anfangen zu spekulieren: Selbst wenn du seine Enkeltochter sein solltest, kann es keine

Liebe zwischen dir und Roland Winter geben. Immerhin hätte er dich gnadenlos mit einem Fingerschnippen umgebracht, wären Dexter und Lee nicht gewesen. Ohne mit der Wimper zu zucken, verstehst du? Ich glaube also nicht, dass es so ist.

Und noch etwas, auch deine Mutter hat Winter ohne irgendein Anzeichen von Gewissen umgebracht. Kaltblütig. Sie müsste demnach doch seine Tochter gewesen sein. Und das war eine ganze Weile, bevor er in seinem Gefängnis aus Leinwand und Farbe völlig wahnsinnig geworden ist.

Und zu dem Bild an sich, tja, die Liebe kann vieles bewirken. Zwischen dir und deiner Großmutter Elisabeth gab es ein solches Band der Liebe, selbst wenn sie dir das in ihren letzten verwirrten Jahren nicht mehr zeigen konnte, weil ihr Geist das nicht mehr zuließ. Aber bis zu dem Tage, an dem Winter unsere Familie ausradiert hat, hat sie dich geliebt wie den wertvollsten Besitz auf der ganzen Welt. Erst der Verlust von Layla hat sie in ihre Apathie getrieben. Dass die Liebe, die deine Großmutter dir zuteilwerden ließ, ausgereicht hat, um dem magischen Gedicht vor dem Bild eine Wirkung abzugewinnen, halte ich für weit, weit mehr als nur wahrscheinlich.«

»Du meinst also wirklich, dass Roland Winter nicht mein Großvater ist?«

Henry nickte energisch.

»Ich denke«, schlussfolgerte er, »Ma'Haraz hat geblufft. Und zwar nahezu perfekt. Du wolltest ihm wehtun und er hat blitzsauber und sehr kreativ gekontert.«

Lara blickte zu Boden. Ja, es schien beinahe so, als hätte Ma'Haraz bloß ein grausames Spiel mit ihr gespielt. Schmerz konnte die Menschen verändern, das wusste sie nun. Es gab keine helle und keine dunkle Seite der Macht wie in *Krieg der Sterne*. Man konnte nicht immer bloß an das Gewissen der Menschen appellieren, um sie zur Vernunft zu bringen.

»Und er hatte recht«, führte Henry aus, »das Ganze hat dich eine Menge Nerven gekostet.«

Lara nickte betrübt. Ja, so war es wohl.

Die Nacht war eine wichtige Tageszeit in Ravinia und somit auch für alle, die mit der düstergoldenen Stadt zu tun hatten.

Irgendwann hatte die Erschöpfung Lara in den Schlaf gewiegt. Zusammengerollt war sie in einen tiefen Schlummer gesunken, ihre Atemzüge gingen langsam und ruhig.

Doch dann hatte sie etwas geweckt, sie an der Nase gekitzelt. Behutsam, immer und immer wieder. So lange, bis Laras Geist nicht mehr in der Lage gewesen war, das Kitzeln in ihre unruhigen Träume einzubauen, und sie schließlich aufwachte.

Eine Rabenfeder schwebte vor ihr in der Luft. Ganz von allein. Kein unsichtbarer Faden hielt sie, kein Lüftchen regte sich.

Und wieder stieß die Feder behutsam herab, um sanft über Laras Nase zu streifen und ihr durch die ungewohnte Berührung eine Gänsehaut über die Schulter zu jagen.

Endlich setzte sich die junge Schlüsselmacherin auf und spähte durch den Raum. Sie war auf dem alten Sofa in Baltasars Wohnung eingeschlafen. Jemand – vermutlich Henry – hatte sie mit der Fleecedecke zugedeckt.

Verschlafen rieb sie sich die Augen.

Nein, die Rabenfeder war immer noch da. Und sie verschwand auch nach mehrmaligem Blinzeln und Augenzusammenkneifen nicht, sondern schwebte vor ihr in der Luft, ganz so, als wartete sie auf etwas.

Lara blickte sich um. Im Sessel gegenüber schlief zusammengesunken Henry McLane. Offensichtlich hatte er noch gelesen, während Lara schon lange eingeschlafen war, denn ein Buch lag aufgeschlagen über seiner Brust.

Im Hintergrund lief ganz leise *Eagle Eye Cherry* in Endlosschleife.

Save tonight and fight the break of dawn …

Plötzlich bewegte die Feder sich. Sie huschte lautlos durch

die Wohnung, in jedes Zimmer hinein und kam schließlich wieder zu Lara.

Die stand auf und folgte der Feder neugierig.

Vor dem Kühlschrank in der Küche verharrte die Feder mitten in der Luft.

»Du willst, dass ich den Kühlschrank aufmache?«, wunderte Lara sich verschlafen.

Lara öffnete den Kühlschrank und die Feder huschte hinein, um zwischen Lees kärglichen Vorräten zu wuseln. Sie zuckte hin und her und klopfte mit dem Federkiel schließlich an eine Tube Ketchup.

Zu müde, um sich weiter zu wundern oder gar zu protestieren, nahm Lara die rote Tube aus dem Fach und öffnete den Deckel.

Sofort tunkte die Feder in die roten Ketchupreste im Deckel und begann, von selbst auf einer Rolle Küchenpapier zu schreiben.

Warte unten vor dem Laden.
C. Hester

Sofort war Lara hellwach.

Wofür das C stand, wusste sie zwar nicht, vermutete aber, dass es sich dabei um eine Initiale von Lord Hesters Vornamen handeln musste. Und wenn Lord Hester hier war, erklärte das zumindest die Rabenfeder.

Leise tapste Lara zurück ins Wohnzimmer und warf einen Blick aus dem geöffneten Fenster.

Tatsächlich. Dort unten vor dem Schlüsselladen stand der Rabenlord, gehüllt in seinen blauen Mantel, seinen blauen Zylinder auf dem Kopf.

Jetzt legte er den Kopf in den Nacken und sah zu ihr hoch.

Ein Lächeln umspielte seine Lippen und der weiße Backenbart zuckte. Leise hob er die Hand zum Gruße und winkte ihr zu.

Lara winkte zurück und verschwand vom Fenster. Hektisch blickte sie sich um und entdeckte schließlich ihre dunkelblauen Chucks im Rahmen der Wohnzimmertür. Sie zog sie an, wobei sie versuchte, so leise wie möglich zu sein, und verschwand schließlich geräuschlos aus der Wohnung.

Unten im Laden nahm sie einen Stuhl, stieg darauf und setzte die Mechanik der Blechklingel außer Gefecht, ehe sie sich endlich auf die Straße traute.

»Gute Nacht!«, begrüßte der Rabenlord sie schelmischer, als sie es ihm je zugetraut hätte. Für sie war er stets ein erhabener alter Mann.

»Woher wissen Sie, dass ich hier bin?«, erkundigte Lara sich verdutzt.

»Ich bin der Rabenlord«, merkte der Gefragte halbwegs vergnügt an. »Das heißt –«

»– dass Sie es von den Raben wissen«, vollendete Lara den Satz. »Schon gut, ich weiß, Ihre Augen und Ohren sind überall.«

»Überall wäre übertrieben«, lenkte Lord Hester ein. »*An vielen Orten* träfe es besser. Außerdem seid ihr gestern am späten Abend so schnell auf und davon gewesen, dass ich keine Gelegenheit mehr hatte, ein Wörtchen mit dir zu sprechen.«

Lara biss sich auf die Unterlippe. Tatsächlich hatte sie es fünf Minuten lang geschafft, nicht mehr an das Inferno im Rondell zu denken. Natürlich, Lord Hester würde nicht mitten in der Nacht auf einen Tee vorbeikommen. Das tat er schon tagsüber nie.

»Wie steht's um das Rondell?«, wollte sie wissen.

Der Rabenlord legte den Kopf schief und über ihm krächzte irgendwo ein Rabe.

»Ich schätze mal, sie haben Glück im Unglück gehabt. Ms Reeds und Mr Davenport waren so frei, mir alles zu berichten, was sie noch mitbekommen haben. Es scheint beinahe so, als hätte Ma'Haraz eine kleine Privatfehde mit dem jungen Mr Crooks bestritten.«

Irgendwie fühlte Lara sich schuldig. Sie hätte nicht einmal sagen können, warum oder gar wodurch. Doch irgendwie hatte sie den Eindruck, dass alles, was sie in den letzten Tagen anfasste, in die Brüche ging.

»Indes, wo ist Lee Crooks eigentlich?«, fragte der Lord.

»Im Krankenhaus«, murmelte Lara. »Er hat sich verbrannt.«

Sie hielt kurz inne.

»Was ist mit Tom?«, fragte sie dann zurück.

»Hm«, machte Lord Hester. »Wie soll ich es sagen?«

Lara befürchtete für einen winzigen Moment das Schlimmste.

»Ich hab ihn ins Hospital von Ravinia gesteckt«, meinte er jedoch.

»Das wird ihm nicht gefallen haben.«

»Richtig. Er hat sich quasi mit Händen und Füßen gewehrt. Aber ganz ehrlich, ich kenne Tom nun schon so lange und ich muss sagen, er befindet sich wirklich in einer miserablen Verfassung. Die Wunden auf seinem Rücken haben ihm mächtig zugesetzt und ich möchte nicht, dass ihm etwas noch Ernsteres zustößt.«

Na wunderbar, dachte Lara. Lee war weg, Tom auch. Beide verwundet, weil sie *ihr* die Haut gerettet hatten. Immerhin Grund genug, um sich entsetzlich schuldig zu fühlen.

»Wie lange wird er dort bleiben?«

Lord Hester zuckte mit den Schultern.

»Zwei oder drei Wochen vielleicht. Je nachdem, wann er wieder fit ist. Sie meinten, er hätte ein Reha-Programm zu absolvieren, damit seine Rückenmuskulatur keine ernsthaften Schäden davontrug.«

»Das wird ihm wirklich nicht gefallen haben«, wiederholte Lara.

»Nein«, bestätigte Lord Hester sie. »Aber da Tom Truska

jetzt nun mal nicht abkömmlich ist, brauche ich eine andere Person, die vom Fach ist.«

Lara beäugte ihn misstrauisch.

»Dich«, sagte der Lord.

»Mich?«, vergewisserte Lara sich, nicht sicher, was sie davon halten sollte. Natürlich war es eine große Ehre, dass Lord Hester sie brauchte. Doch auf der anderen Seite wusste sie nicht, wofür ihre Dienste in Anspruch genommen werden sollten.

Lord Hester nickte bloß.

»Aber ...«, begann Lara, »aber wieso denn?«

»Das ist ziemlich einfach«, antwortete Lord Hester. »Komm, wir gehen ein Stück. Wir müssen heute Nacht noch ein paar wichtige Leute sehen – und die Nacht ist nicht mehr besonders lang.«

Er wandte sich um und ging die Victoria Street hinab. Lara holte ihn mit zwei langen Schritten ein und lief dann neben ihm her.

Hinter ihnen erhob sich eine Traube tiefschwarz gefiederter Vögel aus dem Schatten der Schornsteine und Regenrinnen und folgte ihnen in gebührendem Abstand.

»Wir müssen etwas unternehmen«, sagte Lord Hester. »Das siehst du auch so, oder?«

»Unbedingt!«, meinte Lara.

»Tja, Pech bloß, dass die couragiertesten Bewohner von Ravinia entweder außer Gefecht sind oder außer Reichweite. Roland Winter darf jedoch auf keinen Fall wieder nach Ravinia gelangen, koste es, was es wolle. Also muss ich wohl oder übel selbst die Geschicke in die Hand nehmen, so sehr es mir auch widerstrebt.«

»Aber sind Sie dafür nicht da?«, wollte Lara wissen. »Ich meine, ist es nicht irgendwie Ihre Aufgabe, über Ravinia zu wachen?«

»Ah«, ging der Rabenlord darauf ein. »Genau das ist ja das Problem. Natürlich habe ich eine gewisse Verantwortung der

Stadt gegenüber. Aber ich bin nicht der Despot von Ravinia. Würde ich mich als Alleinherrscher aufspielen, würde mir die Macht, über die ich gebiete, ziemlich schnell wieder entzogen werden.«

»Wer könnte Ihnen denn die Macht entziehen?«

»Jemand, der sie mir auch zugeteilt hat, Lara«, antwortete der Lord knapp. Doch dann fügte er hinzu: »Ich weiß, dass das eine unbefriedigende Antwort für jeden Bewohner Ravinias sein muss, aber ich bin angehalten, dieses Geheimnis zu wahren. Ich weiß jedoch, dass du es eines Tages ohnehin erfahren wirst.«

»Ach, tatsächlich? Und woher bitte schön, wenn *Sie* mir nichts erzählen?«

»Sagen wir einfach, dass ich Pläne für die Zukunft habe. Und diese Pläne werden ziemlich sicher dazu führen, dass du ein paar Dinge erfährst. Aber nicht jetzt.«

»Super!«, lachte Lara sarkastisch auf. »Dann spielen wir also wieder die alten Geheimniskrämerspielchen?«

Der Lord schüttelte den Kopf.

»Nein«, sagte er. »Die Dinge, die Baltasar dir verschwiegen hat, hat er aus irgendeiner wirren Überzeugung für sich behalten. Es war so etwas wie ein Spleen von ihm, alles für sich zu behalten. Ich hingegen *darf* dir gewisse Dinge einfach gar nicht erzählen. So einfach ist das.«

»Das kann man wohl laut sagen«, murmelte Lara.

»Tue ich ja gerade.«

Lara blickte hoch und sah, wie der Rabenlord ihr verschmitzt zuzwinkerte.

»Ich weiß, wie schwer manche Dinge für dich sein müssen.«

»Was ist mit dem Stadtrat?«, fiel Lara ein.

»Was soll mit ihm sein?«

»Sie unterstützen doch wohl nicht den Stadtrat, diese selbstgerechten Wichtigtuer?«

»Hm«, machte Lord Hester. »Nein. Ich würde mich eher als

eine Art Diener der Stadt bezeichnen. Ich habe mit dem Stadtrat nicht viel zu tun. Ich lasse ihn eigentlich walten, wie er es für richtig erachtet.«

»Auch wenn die Ratsmitglieder Leute aus der Stadt vertreiben, deren Nasen ihnen nicht passen?«, empörte sich Lara. Wie konnte Lord Hester die Dinge, die sie in Ma'Haraz' nachtschwarzer Kugel gesehen hatte, einfach so tolerieren?

»Das tun sie schon seit einer ganzen Weile nicht mehr. Aber du hast recht, das soll keine Entschuldigung sein. Dennoch, ich bin nicht dazu da, die Menschen von Ravinia zu gängeln. Wenn sie sich ihre eigenen Machtapparate so erschaffen, wie sie es mit dem Stadtrat getan haben, dann akzeptiere ich das. Würden sich die weniger Gutgestellten von Ravinia gegen den Rat erheben und eine Revolution anzetteln, wäre ich der Letzte, der sie aufhalten würde.«

»Und was ist mit … *Winter*?«

Der Name kam ihr schwer über die Lippen.

»Hat Roland Winter nicht auch versucht, die vorherrschenden Verhältnisse in Ravinia auf den Kopf zu stellen?«

»Ja, das hat er«, stimmte Lord Hester ihr zu. »Aber Roland Winter hat es nicht getan, um offenkundige Missstände zu bereinigen, geschweige denn um irgendjemandem etwas Gutes zu tun – außer sich selbst. Winter war grausam und skrupellos. Er wäre ein mörderischer Tyrann geworden, hätte man ihn gelassen.«

»Sie hätten es also nicht zugelassen?«

Lord Hester seufzte. Es klang bedeutungsschwer.

»In letzter Instanz hätte ich wohl alles getan, was in meiner Macht steht, um Roland Winter den Griff nach den Sternen zu verweigern. Doch zuvor haben die Bewohner der Stadt ihr Schicksal ja selbst in die Hand genommen. Teils aus lauteren, teils aus eigennützigen Motiven heraus.«

»Heißt das, Sie könnten Winter einfach so von der Landkarte fegen, wenn Sie wollten?«

Wieder blickte Lord Hester sie freundlich an, ja beinahe schon amüsiert. Die vielen Fältchen, die sich im Laufe vieler Jahre um seine Augen gebildet hatten, tanzten förmlich. Doch Lara sah deutlich die Ernsthaftigkeit dahinter schimmern.

»Wirke ich so? Wenn ja, dann sollten wir Winter und seine Leute in diesem Glauben lassen.«

»Sie können es also auch nicht ...«

»Liebe Lara«, gestand der Rabenlord ihr, »ich weiß nicht ganz genau, wie stark Roland Winter tatsächlich ist. Ich weiß weder, was er alles zu tun vermag, noch weiß ich, woher er seine Kräfte bezieht. Nach dem zu urteilen, was ich gehört habe, muss er eine grässliche Magie mit seinen Worten heraufbeschwören. Aber wie er das macht und wohin es führen kann, bleibt mir weiterhin ein Rätsel.«

»Nicht alles bleibt ein Rätsel. Eines haben wir doch schon gelöst«, fiel Lara ein.

»Gut«, ergänzte der Lord. »Wir wissen – oder besser vermuten – nun, dass er die Sturmbringer durch diesen ekelhaften Pakt mit den Tätowierungen an sich gebunden hat. Doch das macht ihn nicht weniger furchterregend, sondern ist vielmehr Beweis für seine Grausamkeit. Hat dir Kommissar Falter erzählt, wie er damals zu seinem Terrier Spot gekommen ist?«

Lara nickte. Ja, das hatte Falter erzählt und es war keine schöne Geschichte.

»Walter Gonzales ist damals lieber in den Tod gegangen, als sich von Falter fassen zu lassen. Schrecklich, oder? Gonzales hat sich in einem letzten Akt der Verzweiflung lieber selbst das Gedicht von der Brust gebrannt, als zu schmerzhafter Untätigkeit in Dismas verdammt zu werden.«

Wieder nur stummes Nicken von Laras Seite. Gütiger Himmel, das waren so furchtbare Dinge. Und doch redeten sie darüber, als lösten sie lediglich ein kompliziertes Puzzle.

Lord Hester blieb stehen und zog einen Schlüssel an einem hölzernen Anhänger aus einer seiner Manteltaschen. Genauso sorglos wie Tom schloss er die nächstbeste Tür auf, ohne sich nach anderen Leuten umzusehen, die das, was er tat, komisch finden könnten.

Und um dem Ganzen die Krone aufzusetzen, huschten einfach mir nichts, dir nichts zwei Dutzend mitternachtsschwarzer Raben durch die Tür an einen Ort, den Lara erst erkennen konnte, als die Raben hindurch waren. Sie trat durch die Tür und Lord Hester folgte ihr, um hinter sich die Tür zu schließen.

Sie betraten eine Gasse vor einem kleinen Parkplatz. Gelbes Licht nächtlicher Straßenlaternen umgab sie, wie es in Großstädten nun einmal der Fall war. Der Parkplatz war leer. Eine Reihe Platanen wuchs in einem quadratischen Beet, das von hellen, aber wettergegerbten Steinen begrenzt wurde. Die Raben verteilten sich geschwind auf die Äste der Bäume. Dahinter lag eine vierspurige Straße, deren Verkehr sich um diese Tageszeit (oder wohl besser Nachtzeit) mehr oder minder in Wohlgefallen aufgelöst hatte. Und hinter der Straße lag ein breiter Fluss. Dreihundert, vielleicht vierhundert Meter entfernt befand sich das gegenüberliegende Ufer, dessen Lichter sich im schwarzen Wasser des Flusses spiegelten. Vor allem die des Riesenrads, das hoch über den Dächern wie ein Heiligenschein leuchtete.

Lara erkannte es sofort.

»Das *London Eye*«, bemerkte sie. »Wir sind also in London.«

Und ohne eine Antwort abzuwarten, fügte sie hinzu: »Und was tun wir hier?«

Lord Hester trat neben sie.

»Wir besuchen jemanden, der uns vielleicht helfen kann. Es ist nur eine Spekulation, aber ich glaube beinahe, er könnte sich als wertvoller Mitarbeiter entpuppen.«

»Mitarbeiter?«

»Aber ja doch, Lara«, entgegnete der Rabenlord. »Noch habe ich keine Ahnung, wie man den Sturmbringern oder gar

Roland Winter ein Schnippchen schlagen könnte. Aber wir haben heute zwei oder drei Verabredungen, die mir hoffentlich dabei helfen, eine Lösung zu finden.«

Er stieg den Gehweg hinab und überquerte den Parkplatz, dann die Straße in Richtung Fluss. Sein Mantel flatterte gespenstisch im nächtlichen Sommerwind und Lara folgte dem Rabenlord.

Gemeinsam blieben sie an der Promenade des Themseufers stehen und blickten über ein eisernes Geländer hinweg auf die dunklen Wasser und die energiegeladene Stadt dahinter.

»So viele Millionen Menschen leben hier«, flüsterte Lord Hester. »Glaubst du, jeder, der eine besondere Begabung hat, findet seinen Weg nach Ravinia?«

Lara hatte noch nie darüber nachgedacht. Es war eine seltsame Vorstellung. Sie war gewissermaßen ein wenig unfair, denn Lord Hester hatte selbstverständlich recht. Niemals würden alle Menschen mit besonderen Gaben die Möglichkeit bekommen, nach Ravinia zu gelangen. Wer das Glück hatte, jemanden zu kennen oder gefunden zu werden, war äußerst privilegiert. Das zeigte sich schon allein am Stadtbild Ravinias. Die düstergoldene Stadt am dunklen Fluss war hauptsächlich durch westliche Einflüsse geprägt. Dort war die Tradition der besonderen Begabungen einfach am stärksten durchgeschlagen – nicht nur, indem Begabungen dort häufiger vererbt wurden, sondern auch, weil es mit dem aus westlichen Verhältnissen geschaffenen Ravinia ja eine Kultur darum gab. Kinder mit besonderen Begabungen fielen nicht einfach bloß auf, sondern es gab auch Leute, die wussten, was man mit ihnen tun konnte und wo man sie hinstecken konnte, außer in eine Anstalt.

Und plötzlich bekam Lara eine Ahnung davon, was Tom früher gemeint hatte, als er viele Fragen und Ungerechtigkeiten stets mit »Schicksal« kommentiert hatte. Es war Schicksal. Schicksal, das sich manches Mal nur Zufall nennt, so wie Berrie es ausdrückte. Es war egal. Durch irgendeine Fügung hatte sie, Lara McLane, zur richtigen Zeit die richtigen Leute getroffen und war nun, was sie war. Mit all ihrer Freude und all ihrem Leid.

Bedächtig schüttelte sie den Kopf.

»Nein«, sagte sie schließlich leise. »Wir sind Glückspilze im Vergleich zu anderen.«

»Und dennoch haben wir unsere eigenen Probleme«, sinnierte Lord Hester weiter. »Und wir können nicht behaupten, diese Probleme wären nicht von Belang oder gar Luxusprobleme. Ganz im Gegenteil, sie sind furchtbar. Und furchtbar wichtig.«

Lara driftete ein wenig ins Philosophieren ab. Damit ließen sich so leicht die frischen Wunden in ihrer Seele überdecken.

»Wie eigenartig die Welt doch zwischen gerecht und ungerecht aufgeteilt ist«, wunderte sie sich. »Manche Leute sind überaus begabt, manche weniger und viele gar nicht.«

»Und nicht nur das«, ergänzte Lord Hester. »Die überaus Begabten sind es, die so häufig immer nach noch mehr und nach noch Höherem streben.«

»Ist das nicht natürlich?«, fragte Lara.

»Sagen wir mal, es gibt gewisse Grenzen. Dinge, die – egal mit welcher Begabung und auf welchem Weg erlangt – nicht getan werden sollten. Wer durch das, was er vermag, zu tief in die Gefüge der Welten, von denen er nichts versteht, eingreift, der richtet unweigerlich Schaden an. Vielleicht ist der Schaden nur gering, vielleicht wird ihn niemals jemand bemerken. Doch vielleicht gibt es auch einen Schmetterlingseffekt.«

»Sie meinen, Roland Winter tut mitunter Dinge, die niemand tun sollte? Egal zu welchem Zweck?«

»Ja«, sagte Lord Hester. »Genau das denke ich. Manche Dinge gehen zu weit, greifen zu weit ein in den unsicheren Balanceakt von Zufällen oder Schicksalen, der uns umgibt.«

Lara antwortete nicht darauf. Der alte Rabenlord hatte ihr

eine Menge zu denken gegeben und sie wollte versuchen, langsam die ersten Knoten aus dem Knäuel von Rätseln zu lösen, das sie umgab.

Schließlich setzte Lord Hester sich wieder in Bewegung.

»Komm«, meinte er. »Die Person, der wir hier in London einen Besuch abzustatten haben, wohnt nicht weit von hier.«

10. Kapitel, *das irgendwo zwischen Improvisation und Glück im Unglück schwebt.*

»Wenn Sie mich fragen«,
sagte der kleine Mann zu Shadow,
»sind Sie so etwas wie ein Monster.
Habe ich recht?«

Neil Gaiman

– Szenenwechsel.

Der Mondpalast war kein Haus, um Träume zu verwalten.

Ganz im Gegenteil. Er war ein Sanktuarium, ein Rückzugsort, geschaffen nur für einen einzigen Zweck: Abgeschiedenheit.

Der Wahrsager Milton St. James hatte ihn sich einst von Tom Truska entwerfen und bauen lassen. Über den ganzen Erdball verteilt hatte er Wohnungen und kleinere Immobilien besessen, die Tom durch mehrere Dutzend Schlüssel vernetzt hatte. Miltons Diener Potifar war schließlich einzig und allein dafür bezahlt worden, immer nur die Türen zu jenen Wohnungen und Räumen offen zu halten, in denen es gerade Nacht war und – besser noch – in denen der Mond schien.

Die Idee des alten Wahrsagers war nicht gänzlich neu gewesen, aber sie war seiner Abneigung gegen Sonnenlicht geschuldet gewesen, die ihn in den letzten Jahren seines Lebens befallen hatte.

Abgeschaut hatte er seinen Traum vom Mondpalast von der Dismas-Anstalt.

Die Anstalt war nicht besonders groß, wohl aber sehr besonders. Sie beherbergte in diesen Tagen ungefähr ein Dutzend Menschen, die sich in Ravinia eines Verbrechens schuldig gemacht hatten und – das war eine der entscheidenden Voraussetzungen, um in der Dismas-Anstalt einquartiert zu werden – begabt genug schienen, um aus normaleren Gefängnissen auszubrechen.

Betrieben wurde die Anstalt von der Stadt, beaufsichtigt glei-

chermaßen durch das Kommissariat und durch die Nachtwächter. Letztere zeichneten auch für die Bewachung verantwortlich – eine gute Voraussetzung, um nahezu perfekte Ausbruchssicherheit zu gewährleisten.

Aber dies war noch nicht alles. Die »Zellen«, wenn man sie denn so nennen wollte, lagen auf allen Erdteilen verstreut und waren – wie die Räumlichkeiten des Mondpalastes – nur über ein ausgetüfteltes Netzwerk von Schlüsseln zugänglich. Darüber hinaus lagen die einzelnen Zellen sehr … abseits. So gab es winzige, aber sehr ausbruchssicher gestaltete Hütten in den Anden oder in entlegenen Wüsten, an Steilklippen oder einfach in den endlosen Weiten der sibirischen Tundra.

Patrick Davenport stand missmutig vor seinem Fenster und starrte hinaus ins Nirgendwo. Das Fenster selbst war mit einem Netz aus Stahlstreben gesichert und bestimmt auch durch eine Reihe unsichtbarer, wenn nicht gar magischer Sicherheitsvorkehrungen. Davor lag etwas, das er mit etwas Mühe als mediterrane Landschaft eingeordnet hatte; erst kürzlich hatte er ja Saint Tropez und die weiten Lavendelfelder der Provence gesehen, und seine Umgebung zeigte eine gewisse Ähnlichkeit damit – wenn auch der Lavendel fehlte. Dies hier musste die karge Seite des Mittelmeerraumes sein, wo auf versandeten Feldern einzelne drahtige Büsche der allerfrühesten Morgensonne trotzten, die sich im Laufe des Tages in eine gleißende Brutlampe verwandeln würde, um lebensverachtend vom Himmel hinabzustechen.

Er seufzte, weil er nicht schlafen konnte. Zwar konnte man nicht behaupten, den Zellen von Dismas fehle es an Bequemlichkeit – das Bett war sauber und frisch bezogen, es gab einen Sessel und eine Leselampe ebenso wie einen Kleiderschrank, sogar eine Dusche und ein WC, die allerdings beide direkt in diesem kleinen Zimmer installiert waren, ohne dass es extra ein Badezimmer gegeben hätte – doch die Umstände ließen ihm keine Ruhe. Er war tatsächlich in Dismas gelandet. Aufgrund einer einzigen, ziemlich törichten, von der Wallung der Emotionen und des Wagemutes befeuerten Idee.

Er spazierte einige Runden im Kreis herum, setzte sich in den Sessel, stand wieder auf. Er fühlte sich zwar nicht wirklich hoffnungslos, doch ihm fehlte eindeutig eine Beschäftigung. All seine am Körper in diversen Hemd- und Hosentaschen versteckten Notizen hatte man ihm abgenommen und ein Bücherregal war zwar vorhanden, aber ohne Inhalt.

Nach einer kleinen Ewigkeit öffnete sich schließlich die Tür. Patrick blickte hoch und sah in das Gesicht einer Nachtwächterin. Schwarze, enge Lederkleidung schmiegte sich an ihren durchtrainierten Körper und ihr blasses, von Sommersprossen übersätes Gesicht wurde von wallendem rotblondem Haar gerahmt. Zumindest optisch entsprach diese Frau wohl einem Männertraum. Doch Patrick registrierte es eher gelangweilt und schweifte mit den Gedanken ab, die in diesen Tagen eine andere Frau für sich beanspruchte.

»Mitkommen!«, befahl die Nachtwächterin.

Mit einem erneuten Seufzer stand er auf, ging an der Frau vorbei und trat hinaus auf einen Flur, der sicherlich am anderen Ende der Welt lag. Einen Fluchtversuch konnte er vergessen. Ebenso sollte er es wohl auch lieber vermeiden, den Eindruck zu machen, dass er vielleicht an Flucht denken könnte. Ihm blieb erst einmal nichts anderes übrig als abzuwarten.

Die rothaarige Nachtwächterin führte ihn in einen nüchtern eingerichteten Raum, dessen Wände aus purem Beton waren. Äußerst zweckmäßig. In der Mitte stand ein kleiner Tisch, der aussah, als hätte man ihn beim Discounter für billige Gartenmöbel gestohlen. Vier Klappstühle aus ebenfalls marodem Kunststoff waren ringsum angeordnet, auf einem von ihnen saß Liza. Auch sie sah aus, als hätte sie kein Auge zugetan. Missmutig blickte sie unter ihren dicken, efeuartigen Locken drein, die Arme vor der Brust verschränkt, und kippelte ungeduldig mit dem Stuhl.

Die Nachtwächterin wies Patrick an, Platz zu nehmen. Ein Befehl, dem er hilflos Folge leistete. Er setzte sich auf den freien Stuhl neben Liza.

Ihre Bewacherin blieb in der Tür stehen, was Patrick vollkommen überflüssig erschien, da man aus einem Raum, der aus nichts außer Beton bestand, ohnehin schlecht fliehen konnte.

»Na, in welchem Apartment hat man dich einquartiert?«, fragte er Liza, um die Situation etwas aufzulockern.

Doch die Laune des Efeumädchens war nicht so einfach zu heben.

»Das war eine ganz schöne Scheiß-Idee!«, sagte sie, ohne Patrick eines Blickes zu würdigen.

Der gab ihr im Stillen recht.

»Immerhin haben wir sie gemeinsam ausgebrütet«, sinnierte er. »Ich würde mich nicht geschmeichelt fühlen, wenn man dich hier unschuldigerweise eingebuchtet hätte.«

»Arschloch«, gab Liza patzig von sich.

»Wie du meinst.«

Die Tür ging ein weiteres Mal auf und ein Mann mittleren Alters in einem Trenchcoat und mit einer Akte unter dem Arm betrat den Betonraum. Seine Haare und der Schnitt seines Schnauz- und Backenbartes gaben ihm verblüffend wölfische Züge. Neben ihm wuselte ein kleiner Jack-Russell-Terrier durch die Tür.

»Ah«, sagte er und gab der Nachtwächterin höflich die Hand. »Laura. Schön, Sie zu sehen. Wie geht's den Kindern?«

»Sie rauben den Babysittern die letzten Nerven«, gab sie knapp zurück. Es klang völlig emotionslos und es war nicht schwer zu erraten, dass das Verhältnis der beiden keinen Deut über das Professionelle hinausging.

»Schön«, meinte der Wolfmann, dann gab er erst Liza und schließlich Patrick die Hand.

»Kommissar Hermann Falter«, stellte er sich vor. Ohne auf eine Erwiderung zu warten, zog er sich einen der hässlichen Plastikstühle heran und setzte sich falsch herum darauf.

»Ich hab Sie schon mal gesehen«, sagte Liza.

»Möglich«, antwortete der Kommissar.

Er schlug die Akte auf, warf einen schnellen Blick hinein und schloss sie ebenso eilig wieder.

Der Terrier setzte sich artig neben ihn auf den Boden und gab ein ungeduldiges Grummeln von sich.

»Also, meine Herrschaften«, begann er freundlich, um gleich darauf die Stimme zu heben und sie richtiggehend anzublaffen. »Was soll dieser verfluchte Mist, den Sie beide da verzapft haben? Hat Ihnen jemand Ihre jugendlichen Gehirne püriert oder wie zum Donnerwetter kommen Sie auf die Idee, hier einzubrechen?«

»Wir hatten gehört, dass die Dismas-Anstalt absolut ausbruchssicher sein soll«, antwortete Patrick wie aus der Pistole geschossen. »Aber dass sie auch einbruchssicher ist, wussten wir nicht.«

Völlig ohne Vorwarnung schlug Falter mit einer solchen Wucht auf den Tisch, dass dieser in sich zusammenklappte.

Patrick zuckte zusammen. Und Liza musste unwillkürlich schmunzeln.

»Sie brauchen nicht cool zu sein«, bohrte Falter seine Worte wie Dolche in den jungen Schreiber. »Es könnte andernfalls passieren, dass ich aus Versehen den einzigen Schlüssel zu ihrer Zelle verliere … oder ihn ungeschickterweise abbreche. Finden Sie nicht auch, dass es Verschwendung wäre, einen jungen Mann, der noch alles vor sich hat, an irgendeinem Ende der Welt vierzig Jahre lang verrotten zu lassen? Überlegen Sie doch mal, Davenport: Das erste eigene Geld, das Sie sich verdienen würden, würde Ihre Rente sein. Wobei man dann von verdienen im engeren Sinne eigentlich gar nicht sprechen könnte.«

Also schwieg Patrick. Die Spielchen waren zu Ende gespielt.

»Sie haben«, fuhr Falter in gemäßigtem Tonfall fort, »zwei Nachtwächter mehr oder weniger kurzzeitig ausgeschaltet. Das ist eine respektable Leistung. Eine Nachtwächterin wurde von Efeuranken gefesselt aufgefunden und ihr Kollege leidet immer noch unter optischen Halluzinationen, auch wenn man uns von Seiten des Hospitals versichert hat, dass das vorbeigehen wird. Was zum Teufel haben Sie sich dabei gedacht? Ich meine, Ihnen müsste doch klar gewesen sein, dass in einer direkten physischen

Auseinandersetzung niemand eine Chance gegen eine ganze Wachmannschaft aus Ravinia haben kann?«

Diesmal war es Liza, die sich zu Wort meldete, offenbar etwas aufgetaut durch Falters heftige Art.

»Es geht um die Geschwister Skinner«, versuchte sie eine Erklärung.

»Ja?«, hakte Falter nach, da sie nicht weiterredete.

»Wir wissen, dass sie nur benutzt wurden, dass sie ohne eigenes Verschulden in ihre Situation hineingeraten sind.«

»Ach ja? Immerhin waren sie an den Entführungen von einem halben Dutzend Menschen beteiligt.«

»Das stimmt so nicht ganz«, korrigierte Liza ihn. »Sie wurden benutzt. Öffentliche Aufführungen locken Menschen an.«

Falter nickte.

»Ja«, meinte er. »Das tun sie. Dummerweise wurden aber lediglich im Umfeld der Geschwister Skinner Leute entführt.«

»Und das finden Sie nicht merkwürdig?«

»Natürlich, deshalb haben wir sie ja auch erst einmal in Gewahrsam genommen.«

»Und was, wenn sie nur benutzt wurden? Wenn man genau den Eindruck erwecken wollte, den Sie im Augenblick haben? Wenn man die Schuld auf die Skinners abwälzen wollte?«

»Haben Sie dafür Beweise?«

»Keine, die wir belegen könnten«, gab Liza kleinlaut zu. »Doch die Skinners könnten Informationen besitzen, die wichtig sind. Die Zukunft von Ravinia könnte davon abhängen. Und wir wollten sie befragen.«

Der Temple District im Zentrum Londons war Lara nie ein Begriff gewesen. Bis heute Nacht.

Es war ein ganz und gar phantastischer Ort, irgendwie urig, der wirkte, als wäre er von der Zeit vollkommen vergessen worden.

Es ging lediglich unter einem engen Torbogen hindurch und schon stand man mittendrin. Die Häuser, teils aus altem Fachwerk, teils mit geschwungenen Steinornamenten, Bögen und Säulen versehen, beschworen ein Stadtbild herauf, in dem die vergangenen anderthalb Jahrhunderte nicht stattgefunden zu haben schienen.

And this is not the time to wonder. And this is not the time to cry. And this is not the time to sleep while we fight.

Die Zeilen von *Fury in the Slaughterhouse* stahlen sich in Laras Ohren und holten sie auf den Boden der Tatsachen zurück.

»Warum haben Sie mich mitgenommen?«, fragte Lara nun zum wiederholten Male, während sie hinter Lord Hester und seiner omnipräsenten Wolke aus Raben hertrottete, den Blick nicht von den wunderschönen alten Gebäuden lassend.

»Du bist eine Mechanikerin?«

»Das sagten Sie bereits«, antwortete sie leicht genervt. »Da hätten Sie auch genauso gut Alisha Folders mitnehmen können.«

»Ich habe sie gefragt. Sie arbeitet bereits an einer Lösung, wollte mich aber nicht begleiten. Ich schätze, sie fürchtet sich.«

»Sie ist feige?«

Das verwunderte Lara. Eigentlich hatte sie Alisha Folders für eine ganz patente Frau gehalten.

»Eine Menge der alten Meister sind damals etwas … na ja, sagen wir *seltsam* geworden. Aber das dürfte dir ja bekannt sein.«

Oh ja. Lara wusste nur zu gut, was er mit *damals* und mit *seltsam* meinte.

»Ich erkläre dir, was deine Aufgabe ist, sobald wir hier wieder raus sind. Abgemacht?«

Das klang irgendwie nach einem Kuhhandel, auf der anderen Seite wollte Lara auch keineswegs respektlos erscheinen, also nickte sie bloß. Lord Hester schien diese Geste zufriedenzustellen, obwohl er sie hinter seinem Rücken eigentlich nicht hatte sehen können.

Sie blieben vor einem Fachwerkhaus stehen, das reichlich urtümlich wirkte. Der erste Stock ragte über das Erdgeschoss hinaus auf die enge Gasse, die sie entlanggegangen waren, und wurde von Balken abgestützt, sodass er wie eine Art Vordach wirkte. Die dunkle, beinahe schwarze Eichentür, die als Eingang diente, wurde links und rechts von Steinquadern in der Mauer flankiert, was angesichts des Fachwerks äußerst ungewöhnlich schien. Lara einigte sich mit ihrem Verstand darauf, dass es nun mal typisch englisch war, solch einen architektonischen Mist zu verzapfen – denn als Schottin war es ihr immer schon leichtgefallen, den Engländern alles in die Schuhe zu schieben, was ihr seltsam erschien oder nicht wirklich in den Kram passte.

Rings um sie herum versammelten sich die Raben auf Fensterbänken und Regenrinnen und beäugten neugierig das weitere Vorgehen Lord Hesters. Der blieb einige Sekunden lang unschlüssig vor der dunklen Tür stehen, dann betätigte er den archaisch anmutenden Türklopfer, es war ein riesiger Wasserspeierkopf von der Größe eines Kuchentellers.

Auf das Klopfen reagierte niemand. Lord Hester trat einige Schritte zurück und spähte nach oben zu den Fenstern des ersten Stocks. Der Himmel nahm bereits eine dunkelblaue Färbung an. Das frühe Ende einer Sommernacht kündigte sich an.

Eine einzelne Rabenfeder glitt aus den blauen Ärmeln von Lord Hesters Mantel. Sie schwebte sachte empor, obwohl sich kein Lüftchen regte, nur getragen von Lord Hesters geheimnisvoller Magie. Mehrmals klopfte sie mit dem Kiel leicht, doch gut hörbar an verschiedene Fenster im ersten Stock.

»Das ist eigenartig«, murmelte der Lord in seinen Backenbart. Schließlich schoss die Feder hoch in die Luft, bis sie endlich von einer lauen Brise erhascht und fortgetragen wurde über die große, große Stadt.

Lord Hester betätigte noch einmal den Türklopfer, doch

erneut erntete er keine Reaktion. Schließlich drückte er versuchsweise die Türklinke herunter – und siehe da, die dunkle Eichentür schwang lautlos auf.

»Das«, bemerkte er, »ist noch sehr viel eigenartiger.«

Er trat ein in einen dunklen Flur. Holzdielen knarrten unter seinen Schuhen.

Lara schluckte einmal trocken, dann folgte sie ihm. Wirklich wohl fühlte sie sich nicht in ihrer Haut.

»Zumindest ist das ein Hinweis darauf, dass wir auf der richtigen Spur sein könnten«, murmelte Lord Hester mehr zu sich selbst als zu Lara, während er mit behutsamen Schritten durch den Flur ging, der bloß vom Widerschein der noch sehr schwächlichen Dämmerung und dem Mond erhellt wurde.

Es knisterte unter Laras Chucks, als träte sie in auf dem Boden ausgestreute Cornflakes.

Lord Hester erreichte die Tür am Ende des kleinen Flurs und schwang sie auf. Er trat hinein, wobei sich das Knistern und Knacken unter seinen Füßen noch verstärkte.

Eine Handbewegung von ihm und das Licht im Raum ging an. Eine Rabenfeder hatte, unbemerkt in der Dunkelheit, auf den Lichtschalter gedrückt.

Und endlich erkannte Lara, woraus dieser Raum in erster Linie bestand: Spiegelscherben. Überall. Knöcheltief an den meisten Stellen.

Es war ein edel eingerichteter Raum gewesen. Wertvolle Stoffe bekleideten die Wände. Ursprünglich hatte es offenbar auch Möbel gegeben. Kleine Beistelltischchen und einige niedrige Kommoden. Doch was von ihnen noch stand, war über und über bedeckt mit Scherben, tellergroßen Scherben ebenso wie winzig kleinen.

Die Wände waren behängt mit leeren Rahmen, ebenfalls in allen Größen. Dort waren Spiegel gewesen. Viele Spiegel. Dies hier musste ein Ausstellungsraum gewesen sein. Früher, bevor jemand alle Spiegel zerstört hatte.

Langsam traten sie in die Mitte des Raumes, versuchten auf

so wenig Scherben wie möglich zu treten, doch das war nicht machbar. Ab und an konnte Lara erkennen, dass einst ein purpurner Teppich den Fußboden bedeckt hatte – ganz im Stile der pompösen Ausgestaltung des Raumes.

»Das ist –«, begann Lord Hester, brach den Satz aber ab, noch während er ihn sprach.

»Das waren alles Spiegel«, hauchte Lara. »Überall.«

Lord Hester nickte nur.

Plötzlich raschelte es hinter ihnen. Sie fuhren herum.

Einer von mehreren aufgeschichteten Scherbenhaufen bewegte sich. An der Seite fielen kleinere Scherben hinunter, purzelten zwischen andere auf dem Boden.

Dann erhob sich eine Handvoll Scherben, groß wie Briefbögen, einfach so in die Luft. Ganz ähnlich wie die Rabenfedern Lord Hesters. Sie schwebten auf Augenhöhe in einer Reihe nebeneinander. Dann richteten sich scharfe Spitzen auf die beiden Besucher.

Lara hielt den Atem an. Es sah beinahe so aus, als wollten die Scherben sie im nächsten Moment erdolchen.

Doch so weit kam es nicht.

Aus Lord Hesters Ärmeln und Taschen strömten Dutzende von Rabenfedern. Sie hefteten sich umgehend an die Scherben und zwangen sie in eine andere Richtung oder ließen sie klirrend zu Boden fallen.

»Jasper!«, rief Lord Hester. »Jasper, komm raus! Ich bin nicht hier, um dir irgendetwas zu tun. Wir müssen reden.«

Noch mehr Scherben erhoben sich rings um sie. Doch die Federn, die Lord Hester schon auf die ersten Scherben losgelassen hatte, drehten bei und zwangen der Reihe nach alle Glassplitter zu Boden.

»Jasper!«, wiederholte der Lord. »Was willst du damit bezwecken? Was auch immer du vorhast, dafür musst du dir jemand anderen suchen.«

Alle verbliebenen Scherben fielen abrupt herunter. So wie Fliegen, die aufhörten, mit den Flügeln zu schlagen.

»Besser so«, rief Lord Hester. »Und jetzt komm raus, ich muss mit dir ein ernstes Wort reden. Ich denke, ich weiß, wer deine Spiegel zerstört hat.«

Hinter einem der hohen Spiegelrahmen trat ein Mann hervor. Erst wollte Lara ihren Augen nicht trauen. Wie hatte sie ihn übersehen können? Verflucht noch mal, der Raum war hell erleuchtet gewesen. Wie konnte sich jemand einfach in einem menschengroßen Rahmen verstecken?

Aber bald schon würde sie herausfinden, dass Jasper einige sehr seltsame Dinge zu tun vermochte – selbst für jemanden, der Ravinia kannte.

Er mochte vielleicht mitten in seinen Dreißigern sein, ein oder zwei Jahre älter wohl als Tom. Gekleidet in einen makellosen schwarzen Anzug, zu dem sein blondiertes kurzes Haar nicht so recht passen wollte. Seine blauen Augen blickten nervös und unsicher.

»Lord … Lord Hester«, sagte er. »Ich … ich … äh … hatte ja keine Ahnung.«

Seine Stimme klang leise und er nuschelte ein wenig, so als spräche er hauptsächlich zu sich selbst und nicht zu ihnen.

»Jasper«, sagte Lord Hester erleichtert und ging auf den Mann zu, um ihm freundlich die Hand zu schütteln. Sein Gegenüber schreckte kurz zurück, ließ es dann aber geschehen.

»Ich hatte schon das Allerschlimmste befürchtet, als ich hier hereinkam und diese Verwüstung sah«, eröffnete der Rabenlord ihm. »Aber wenigstens du siehst unverletzt aus.«

»Pah«, Jasper winkte ab. »Das Allerschlimmste ist ja bereits passiert. Schauen Sie sich doch um, Lord. Schauen Sie!«

Die letzten Worte hatte er beinahe geschrien.

Eine Träne kullerte dem gestandenen Mann aus dem Augenwinkel, etwas, das irgendwie gar nicht zu seinem adretten Aufzug passen wollte.

»Ich kenne dich«, sagte Lord Hester. »Du willst Vergeltung, stimmt's?«

Jasper blickte ihn an wie ein trotziger, wütender Junge.

»Und Sie werden mir natürlich gleich erklären, dass Rache kein besonders edler Weg ist.«

Der Rabenlord schüttelte den Kopf.

»Jasper, du bist ein erwachsener Mann. Ich kann dir keine Vorschriften machen. Wenn du meinst, dass irgendeine Form von Rache deinen Verlust schmälern kann, dann habe ich das zu akzeptieren. Also, was ist? Macht ein Vergeltungsakt ungeschehen, was hier passiert ist?«

Jasper trat einen Schritt näher an Lord Hester heran. Die Schüchternheit in seinen Augen war schlagartig einer berechnenden Kühle gewichen.

»Nein«, hauchte er dem Lord ins Gesicht. »Aber wer auch immer diese Tat begangen hat, wird *nie wieder* jemandem Schaden zufügen. Ist dieses Ziel nicht edel genug, Lord?«

»Außer, derjenige hat bereits denselben Schmerz wie du erlitten und es ist ihm völlig gleich geworden, wen er sonst noch mit diesem Gefühl beschenkt«, zischte Lord Hester mahnend zurück.

Jasper wandte sich ab.

»Also, wer war's?«, fragte er. »Sagen Sie's mir!«

»Was hältst du von einem Deal?«, lenkte der Lord ein.

Jasper wandte den Kopf und blickte ihn über die Schulter hinweg an.

»Ich verrate dir, wer es war, und du hilfst mir dabei, denjenigen unschädlich zu machen und für den Rest seines Lebens nach Dismas zu verfrachten?«

Misstrauisch beäugte Jasper den Lord.

»Sie mischen sich doch sonst nicht in die Angelegenheiten von unsereins ein«, überlegte er laut.

»Diesmal schon«, antwortete der Lord und sein Blick strahlte Entschlossenheit aus.

Da wandelte sich auch Jaspers Gemüt urplötzlich und er streckte Lord Hester die Hand entgegen.

»Deal!«, befand er.

Die Raben in Lord Hesters Gefolge schienen immer mehr zu werden, je länger sie unterwegs waren. Zumindest wirkte es auf Lara so, denn immer, wenn sie sich an einen neuen Ort begaben, schien die schwarze Wolke aus Vögeln größer geworden zu sein.

Mittlerweile befanden sie sich wieder in den heimischen Gefilden der düstergoldenen Stadt und Lord Hester führte sie die lange Straße durch die Oberstadt hinauf in Richtung der Burg. Lara wunderte sich, ob der Lord keinen Schlüssel besaß, der ihn direkt dorthin brachte. Aber die übrigen Gedanken, die in ihrem Kopf schwirrten wie ein Schwarm verirrter Mücken, ließen sie bald wieder von der Frage abkommen.

Der Spiegelmacher Jasper hingegen schien sich langsam zu sozialisieren.

»Also«, brach Lara das Schweigen, indem sie Lord Hester auf die Schulter tippte. »Was bitte ist nun unsere Rolle in dem ganzen Theater?«

Der Lord seufzte.

»Eigentlich wollte ich warten, bis ich alle Beteiligten um mich versammelt habe. Das dürfte nicht mehr lange dauern. Aber vielleicht ist es gut, wenn ich dir schon etwas zu denken gebe.«

»Also?«

»Wir müssen an einer Armee aus mechanischen Gottesanbeterinnen vorbei, wenn wir zum Zentrum des Geschehens in Epicordia vordringen möchten, stimmt's?«, vergewisserte sich der Rabenlord, doch es klang mehr rhetorisch.

»Stimmt!«, bestätigte Lara.

»Dann ist es jetzt deine Aufgabe, sich einen Weg auszudenken, wie wir das bewerkstelligen können«, eröffnete ihr der Lord.

Oh, dachte Lara verblüfft. Das überraschte sie etwas, denn sie hatte vermutet, Lord Hester hätte eventuell den einen oder anderen Trumpf im Ärmel. Dass sich die Trümpfe des Lords in den ihn umgebenden Personen fanden, war ein Gedanke, der ihr so noch nicht gekommen war.

»Was … was hat denn Alisha dazu gesagt?«, meinte sie.

Der Lord verlangsamte seinen Schritt, um neben Lara zu laufen.

»In erster Linie wollte sie Gewalt mit Gewalt bekämpfen. Sie erzählte mir von ihren eigenen Mechaniken, von Äxten und Gewehren und natürlich von den ein oder zwei magischen Tricks, die ich selbst beherrsche.«

»Nun«, gestand Lara. »Das wäre auch *mein* erster Einfall gewesen.«

»Aber«, überlegte der Lord laut weiter, »wir können keine wirkliche Schlacht dort unten schlagen, Lara. Wie stellst du dir das vor?«

Der Lord hatte schon recht, das wusste Lara. Rohe Gewalt gegen rohe Gewalt konnten sie gegen die Viecher vergessen. Sie würden sich dabei bloß auf ein Gemetzel einlassen, das einen ungewissen Ausgang haben würde. Das war in der feindlichen Umgebung Epicordias viel zu gefährlich für alle Beteiligten.

Dann hatte sie eine Eingebung.

»Sand«, sagte sie.

»Ja?«

»Wir brauchen Sand. Der sprichwörtliche *Sand im Getriebe* ist der absolute Tod für jede Mechanik.«

»Gut«, rief Lord Hester zufrieden. »Dann müssen wir uns ja bloß noch überlegen, wie wir den Sand zu den Gottesanbeterinnen kriegen.«

Er klopfte Lara anerkennend auf die Schulter. Doch genauso klar war mit diesem Klopfen ausgedrückt, dass es nun wohl Laras Aufgabe sein würde, sich eine Lösung für ihr Problem zurechtzutüfteln. Immerhin hatte sie schon einmal eine Idee geliefert.

»Und warum haben sie gerade *mich* dafür ausgesucht?«, fragte sie zögerlich weiter.

»Oh.« Der Lord lächelte. »Dafür gibt es zwei Gründe. Erstens halte ich dich für kreativer als die meisten deiner Kollegen. Und zweitens hast du eine Geschichte, die dich persönlich mit Winter verbindet. Wenn auch auf sehr bittere Art und Weise. Doch genau deshalb weiß ich, dass du all deine Kraft und all deinen Verstand in die Lösung des Problems stecken wirst.«

»Winter«, murmelte Japser hinter ihnen. Es klang unglaublich hasserfüllt.

Der frühe Morgen ist eine sonderbare Tageszeit.

Wenn man es schaffte, sich aufzuraffen, war man voller Energie. Der Tag war noch jung, noch unschuldig, hatte einem noch nichts getan, wofür man ihm böse sein musste.

Doch wenn man in der Nacht zuvor kaum geschlafen hatte, erinnerte der Morgen einen grausam daran.

Als sie das Burgtor passierten, erinnerte sich Lara, wie sie einmal auf einem Balkon des Bergfrieds einen Sonnenaufgang über der Stadt beobachtet hatte. Es war wunderschön gewesen, wie die Stadt innerhalb einer Stunde das komplette Farbspektrum von nächtlich verschlafenem Schwarz und Blau über das blasse Türkis und Rot des Morgengrauens bis hin zu einem bernsteinfarbenen Sonnenaufgang durchlaufen hatte, der schließlich im düstergoldenen Erscheinungsbild der Stadt gipfelte, das Ravinia so eigen war. Es schien, als hätte Rembrandt sie gemalt.

Und wie schon einmal Jahre zuvor, so gab es auch an diesem Morgen ein freudiges Wiedersehen im Hof der Burg Ravinia.

Patrick Davenport, Francesco Bastiani und Kommissar Hermann Falter standen an das Tor des Bergfrieds gelehnt und blickten stumm ins Nirgendwo.

Doch als Patricks Blick auf die eintreffende Reisegruppe am Burgtor fiel, lief er zu ihnen hinüber. Ein Lachen strahlte aus seinen Augen, die – so wusste Lara inzwischen – schon so viel Traurigkeit ausgedrückt hatten. Er wirkte übernächtigt, doch irgendwie auch voller Tatendrang. Ein wenig nervös auf seine Art.

Seine Umarmung war für Lara jedoch der absolute Höhepunkt der vergangenen Stunden und sie merkte, wie ihr Herz einen Satz machte. Vor Erleichterung, vor Freude und mehr.

Francesco war derweil ebenfalls zu ihnen hinübergeeilt.

»Francesco«, rief Lara aus und umarmte auch ihn, wobei dieser sich nicht hundertprozentig wohlzufühlen schien. »Was machst *du* denn hier?«

Doch als sie in seine Augen blickte, wusste sie, dass er – wie alle hier Versammelten – nicht ganz freiwillig da war.

»Ich bin etwas früher im Rondell gewesen«, erklärte er blass. »Schließlich sollten Eheleuten auch ab und an ein paar gemeinsame Stunden vergönnt sein. Tja, und was dort geschehen ist, weißt du ja bereits.«

Natürlich wusste Lara, was dort geschehen war. Und sie versuchte, nicht im Detail daran zu denken.

»Bist du verletzt?«

Francesco verneinte und an Lord Hester gewandt fuhr er fort: »Und so langsam brauche ich etwas Dickeres zum Anziehen. Sie wissen, dass ich kein großer … *Fan* von Sonnenschein bin.«

»Aber natürlich«, beschwichtigte der Lord ihn.

Wenige Minuten später war Francesco mit einem langen schwarzen Umhang aus irgendeinem dicken Wollstoff versorgt, dessen Kapuze er sich tief ins Gesicht ziehen konnte. Bald würde die Sonne ihre allerersten Fühler nach Ravinia ausstrecken.

Lord Hester und Kommissar Falter sonderten sich ein wenig von der Gruppe ab und steckten die Köpfe zusammen. Was genau sie sagten, konnte Lara nicht verstehen.

»Was ist los?«, fragte Lara die Übrigen. »Hat sich noch irgendetwas ergeben?«

Francesco ließ ein hämisches Grinsen über seine Züge huschen.

»Außer dass dein Freund hier versucht hat, in Dismas einzubrechen?«, bemerkte er trocken.

Lara sah Patrick an.

»Im Ernst?«, wunderte sie sich und wusste nicht, ob sie begeistert oder entgeistert sein sollte. »Du wolltest ins Gefängnis von Ravinia einbrechen? Warum?«

Patrick druckste herum.

»Tja, die Idee war eigentlich ganz einfach: Wir wollten die Skinners ein wenig ausquetschen. Wenn sie möglicherweise schon mehr über die ganzen Zusammenhänge wissen, sollten wir es nicht unversucht lassen, das alles in Erfahrung zu bringen.«

»*Wir*?«

»Ja, *wir*!«, bekräftigte Patrick und ließ zum ersten Mal eine leichte Gereiztheit durchscheinen. »Nachdem *ihr* ja nach Edinburgh gegangen seid, ohne irgendwelche Hilfe anzunehmen. Nicht mal Liza wolltet ihr so richtig dabeihaben.«

Oh. Lara konnte sich denken, was Patrick empfand. Und es war ihr peinlich, sich dazu nicht klar äußern zu können. Vor allem, da sie selbst nicht ganz wusste, wo ihr der Kopf stand. Also wechselte sie das Thema.

»Ihr wart also in Dismas? Und ihr seid nicht auf die Idee gekommen, dass sich das Kommissariat der Befragung der Skinners schon angenommen haben könnte?«

»Na klar«, meinte Patrick. Seinem Tonfall hörte man an, dass auch er sich nun zwang, auf den emotionalen Teil dieser Konversation zu verzichten. »Aber wohl nicht mehr in der letzten Nacht. Und ob die Kommissare die Zusammenhänge zwischen den ganzen magischen Dingen und besonders talentierten Menschen richtig verstehen und deuten, weiß ich auch nicht.«

»Aber die Kommissare sind ganz sicher nicht dumm.«

»Das stimmt. Aber sie sind in erster Linie auch nur normale

Menschen, ohne magische Talente. Leute, die man bewusst als externe Ermittler nach Ravinia geholt hat.«

Aha, dachte Lara. Also schon wieder so eine Doppelmoral. Zwar war ihr bewusst gewesen, dass Falter kein besonderes Talent besaß, doch irgendwie hatte er nach Ravinia gepasst. Er hatte so gewirkt, als ob er sich nahtlos einfügen könnte.

Es durften sich also schon untalentierte Menschen in Ravinia aufhalten. Aber dann bitte schön nur solche, die man speziell damit beauftragte und dazu verpflichtete?

Erneut war Lara ob der Willkür, die diesbezüglich in Ravinia zu herrschen schien, verwirrt.

»Egal«, verdrängte sie schließlich die Gedanken aus ihrem Kopf. »Was ist dann passiert?«

»Na ja«, machte Patrick. »Sagen wir mal, wir haben es nicht so richtig geschafft.«

»Er will sagen, dass man sie geschnappt hat und sie eine halbe Nacht in Dismas gesessen haben«, mischte Francesco sich nun ein, um es auf den Punkt zu bringen.

Lara stöhnte entnervt.

»Okay. Und wie seid ihr wieder rausgekommen?«

»Glücklicher Zufall?«, versuchte Francesco es. »Wenn ich es richtig verstanden habe, dann war Kommissar Falter zwar stocksauer, aber trotzdem ein wenig nachsichtig ob dieser Kindereien. Und dazu kam, dass Lord Hester einige Raben ausgeschickt hatte, um unseren jungen Schreiber zu suchen. Er wollte ihn nämlich ganz gerne bei sich haben, weil er sich als nützlich erweisen könnte.«

Patrick schwieg zu Francescos Erläuterung. Der blasse Ehemann der Kreidefrau blickte nun immer wieder nervös zum Himmel. Der bevorstehende Sonnenaufgang beunruhigte ihn sichtlich.

So standen sie zu fünft im Burghof. Ruhig war es. Die Ereignisse der vergangenen Nacht hatten sie nachdenklich gestimmt, so sie – wie Jasper – nicht ohnehin zu den Schweigsameren zählten.

Lara selbst hatte nicht viel zu sagen. Sie grübelte und genoss die Gegenwart von Patrick an ihrer Seite.

»Wo geht es denn als Nächstes hin?«, wollte sie schließlich wissen.

»Das weiß Francesco. Deswegen ist er schließlich hier.«

Der Angesprochene schaute ein wenig verdutzt unter seiner Kapuze drein.

»Ja?«

»Ich möchte gerne mit dem *Alten Herrn* sprechen«, erklärte Lord Hester in ernstem Tonfall.

»Oh«, machte Francesco. »Irgendwie hab ich mir so etwas in der Art gedacht. Was sollte der Lord der Raben auch sonst von jemandem aus dem Mondvolk wollen?«

»Deine verächtlichen Kommentare kannst du dir sparen«, konterte Lord Hester. »Was soll ich denn bitte schön tun? Soll ich in Epicordia anklopfen und fragen, ob die dort versammelte Ignoranz mir Zutritt gewähren würde, damit ich einen aussichtslosen Kampf für sie schlage? Ich weiß zwar nicht, wie ihr dort unten derart vermessen sein könnt, dass ihr euch die Besetzung eurer Tunnel lieber gegenseitig in die Schuhe schiebt, als nach einer Lösung zu suchen. Aber ich weiß, dass ich für eine Lösung die Unterstützung des Mondvolkes brauche. Würde ich einfach mit den Nachtwächtern dort unten einmarschieren, würden wir uns erst ein Gefecht mit dem beleidigten Mondvolk und der blitzgefährlichen Spinngarde liefern, um schließlich *was* zu erreichen?«

»Gar nichts«, bekannte Francesco kleinlaut. »Es wäre ein Kampf bis aufs Blut. Wer übrig bliebe, könnte sich dann an den Tunneln versuchen. Wahrscheinlich erfolglos.«

»Richtig. Und wir würden den Sturmbringern vermutlich in die Hände spielen. Also brauchen wir das Mondvolk auf unserer Seite. Und das kann meines Wissens nur eine einzige Person bewerkstelligen. Zumindest, wenn es sich denn nicht bloß um eine Legende handelt.«

»Es *ist keine* Legende«, gestand Francesco. »Kommen Sie,

ich führe Sie hin. Aber glauben Sie nicht, dass eine Audienz beim Alten Herrn Ihnen automatisch auch dessen Unterstützung zusichern würde.«

»Ah«, machte Lord Hester, doch es klang sehr zufrieden. »Dann werde ich mich in Diplomatie üben müssen. Glauben Sie mir, Senior Bastiani, darauf verstehe ich mich. Sonst würde ich mein Amt als Rabenlord nicht schon so lange bekleiden.«

Francesco zuckte mit den Schultern.

»Wie Sie meinen«, sagte er. »Aber sagen Sie nicht, ich hätte Sie nicht gewarnt.«

»Also los!«, kürzte Lord Hester das Ganze ungeduldig ab. »Wo geht es denn hin?«

»Auf den Mont Saint-Michel«, verkündete Francesco. »Haben Sie irgendeine normal große Tür? Dann bringe ich Sie hin.«

»Sehr schön«, sagte der Lord. »Und ich muss Sie natürlich bitten mitzukommen. Anders habe ich doch gar keine Chance, dort vorzusprechen.«

»Natürlich«, seufzte Francesco. »Gehen wir und retten die Welt!«

Der Zustand des Alleinseins konnte wie ein schützender Schild sein. Wichtig war bloß, dass man den Unterschied zwischen dem Alleinsein und der Einsamkeit kenntlich machte und dass man den richtigen Ort dazu wählte.

Der sogenannte Alte Herr hatte sich den nahezu perfektesten Ort der Welt ausgesucht, um allein zu sein und dabei doch niemals einsam. Zu diesem Ort waren Lara und ihre Freunde in diesem Augenblick unterwegs. In einem mittelgroßen Peugeot, den sie mithilfe von Jaspers Kreditkarte im malerischen französischen Küstenstädtchen Saint Malo geliehen hatten.

Patrick wurde zum Fahren abkommandiert. Jasper befand, er hätte mit der Bezahlung des Wagens seine Schuldigkeit getan, und der Rest von ihnen war (noch) nicht im Besitz einer Fahrerlaubnis.

So rauschte die sommerliche Normandie an ihnen vorbei mit ihren grünen, teils schon ins Gelbliche übergehenden Wiesen und hin und wieder dem Blick auf das weite Meer. Der Ärmelkanal war Teil der Nordsee und es machte Laras Herz ein Stückchen leichter, das Meer in ihrer Nähe zu wissen. Die Nordsee gab ihr ein Gefühl von Geborgenheit. Zu Hause. So wie in Edinburgh.

»Warum Spiegel? Was ist das Besondere an ihnen?«, fragte Lara schließlich. Die Frage war nicht direkt an jemanden gerichtet, aber ihr war klar, dass nur Jasper eine Antwort liefern konnte.

Und die Antwort war einfach. So einfach. Und doch erklärte sie schlagartig eine ganze Menge.

»Das Besondere an manchen meiner Spiegel«, sagte er, »ist, dass man … durch sie *hindurchgehen* kann.«

Das war es. So nah lag die Lösung.

»W… was heißt hier *gehen*? So wie durch Türen?«

»Genau so«, bestätigte Jasper. »Von einem Spiegel zum nächsten.«

Und so fiel es Lara urplötzlich wie Schuppen von den Augen.

»Dann ist es Lippi!«, rief sie. »Dottore Lippi ist der Verräter.«

Sie schlug sich vor den Kopf, während sie sich erinnerte, dass ihr der große Spiegel in Lippis Praxis aufgefallen war, während er sie und Tom verarztet hatte.

»Zumindest«, meinte Jasper, »hat er vor Jahren einen Spiegel erstanden. Er gab ungemein viel Geld dafür aus. Allerdings habe ich ihm nicht verraten, wie er zu benutzen ist.«

»Das mag er selbst herausgefunden haben«, kommentierte Lord Hester von hinten (denn während Jasper den bequemen Beifahrersitz ergattert hatte, zwängten sich Lara und Lord Hester mit Francesco in ihrer Mitte auf die Rückbank). »Magische Spiegel gibt es eine Menge in und um Ravinia. Aber von diesen speziellen gibt es nur ganz, ganz wenige.«

»Sonst würden die Leute wahrscheinlich auch lieber Spiegel statt Schlüssel benutzen«, führte Francesco den Gedanken zu Ende.

»So ist es«, meinte Jasper. »Ich selbst habe nicht mal zwei Handvoll von ihnen gefertigt.«

»Aber das erklärt *so viel*«, funkte Lara wieder dazwischen. Diesmal laut genug, dass sich alle außer Patrick nach ihr umsahen.

»Überlegt doch mal!«, rief sie in die Runde. »Durch Lippi erhält Roland Winter den perfekten Rückzugsort. Durch die Spiegel kann er der Kontrolle der Spinngarde entgehen und trotzdem alles nach Epicordia schaffen, was er will.

Und genauso einfach erklärt sich auch vieles von vor zwei Jahren …

Lippi meinte, er sei Alchimist, stimmt's?«

»Das ist korrekt«, bestätigte Patrick.

»Dann hat *er* damals das Synästhesin gestohlen«, dachte sie laut weiter.

»Das ergibt Sinn«, pflichtete Lord Hester ihr bei. »Und dann war *er* es höchstwahrscheinlich auch, der den jungen Rabanus Julianus vergiftet hat. Wenn ein guter Alchimist dich mit einer dir unbekannten Substanz vergiften will, dann kann er es sicher so einfädeln, dass auch nur er in der Lage ist, dir ein Gegengift herzustellen.«

»Deshalb war Valerius also auf Gedeih und Verderb daran gebunden, in Winters Diensten zu stehen. Das ist so unglaublich …«, Lara suchte nach einem Wort, um ihrer Empörung Luft zu verschaffen, doch sie fand keines.

»Gottlos?«

»Niederträchtig?«

Francesco und Jasper versuchten ihr mit Worten auszuhelfen.

»Und das Schlimmste daran ist, dass es ihn das Leben gekostet hat«, führte Lord Hester den Gedanken mit ernster Stimme zu Ende.

»Aber es ist durchaus … genial«, räumte Jasper ein.

»Schäm dich!«, fuhr der Lord ihm über den Mund.

Und mit Köpfen, die vollgestopft waren von viel zu vielen Gedanken, um sie sortieren zu können, näherten sie sich ihrem Ziel, zunächst von Westen her und schließlich von Süden, über einen langen, langen Damm.

Für die Funktion, die der sogenannte *Alte Herr* ausübte, war der Mont Saint-Michel der ideale Aufenthaltsort. Eine runde Felseninsel mit vielleicht hundertfünfzig oder zweihundert Metern Durchmesser ragte als Monument vor dem eher flachen Küstenstreifen der Normandie aus dem Meer auf. Über und über bebaut mit altertümlichen Häusern, umgeben von einer schützenden Festungsmauer. Und etwa fünfzig Meter über dem Meeresspiegel thronte eine gewaltige Kirche, umgeben von dem Bollwerk eines Klosters.

Lediglich ein Damm, der bei Flut kaum zu befahren war, führte die Straße hin zum Berg des heiligen Engels Michael, der sich in der Vormittagssonne dunkel vor dem hellen Blau des Horizonts abzeichnete. Die Szenerie beschwor eine gewisse Epik herauf, und Lara musste unwillkürlich an das Gitarrensolo denken, das *The Edge* im Intro von *City of Blinding Lights* spielt. Zwar hatte sie den Kopf auch so voll genug, trotzdem verfluchte sie erneut, dass sie ihren MP3-Player immer noch nicht wiederhatte.

»Was tut eigentlich dieser *Alte Herr*?«, wollte Jasper schließlich wissen. Die Frage war an Francesco gerichtet, dessen Gesicht unter seiner Kapuze, einem Tuch und einer Sonnenbrille mit riesigen Gläsern vollständig verborgen lag. Also drehte der Spiegelmacher sich wieder um. In diesem Aufzug hätte Francesco Bastiani glatt die nächste Bank überfallen können.

»Er ist eine Art Clanoberhaupt«, erklärte Francesco missmutig und durch das Tuch vor seinem Mund gedämpft.

»Aha, und das heißt?«

»Alle Familien des Mondvolkes in Epicordia schwören jemandem aus ihren Reihen die Treue. Dieser Jemand wird zum *Alten Herrn* oder zur *Alten Dame* und muss Epicordia verlassen. Diese Person wird fortan nur aufgesucht, wenn es wichtige, grundsätzliche Entscheidungen zu treffen gibt, und sie hat ansonsten für sich allein, allerhöchstens in Begleitung des Ehepartners zu leben.«

»Ganz schön seltsam, wenn du mich fragst«, ließ Jasper verlauten. »Warum muss diese Person denn weg von euch?«

»Um nicht voreingenommen zu sein, wenn sie einen Richtspruch zu machen hat.«

»Hm«, sagte Jasper. »Wirklich seltsam. Aber auch nicht dumm. Immerhin scheint es zu funktionieren.«

»Geht so«, murmelte Francesco. »Die Clans verlieren sich lieber in Kleinigkeiten und streiten sich, wie weit jeder seinen Gartenzaun ans Nachbargrundstück bauen darf. Niemand hat wirklich Lust, einmal eine große Grundsatzdebatte zu führen.«

»Ist das auch der Grund, warum niemand etwas gegen die Besetzung der Tiefsten Tunnel unternimmt?«, hakte Lord Hester nach.

»Nein«, entgegnete Francesco. »Das spielt sicher mit hinein, aber in erster Linie hält der Großteil der Familien das *tatsächlich* für eine völlige Nebensächlichkeit. Die Tiefsten Tunnel gehören niemandem und Nutzen haben sie auch keinen. Die meisten fragen sich also, warum man deshalb einen Aufstand starten sollte.«

»Ihr habt wirklich eine komische Mentalität«, bemerkte Jasper.

»Ist ja gut, ich hab's verstanden, wir sind anders«, grummelte Francesco.

Über ihnen krächzte ein Schwarm Raben im Segelflug vergnügt vor sich hin.

Breite Mauern, auf denen man entlangflanieren konnte, nahmen in den letzten Jahren immer größere Bedeutung in Lara McLanes Leben ein. Besonders die alte Hafenmauer von Lissabon natürlich, zu der sie jederzeit mit Tom gelangen konnte, wenn es Dinge zu besprechen galt, für die man eine ruhige Umgebung brauchte. Oder auch, wenn es Zeit war, miteinander zu schweigen, denn das konnte man gut mit Tom.

Auch die Stadtmauer von Ravinia hatte sich als guter Ort erwiesen, wenn man seine Ruhe haben wollte und etwas Abstand brauchte. Denn Lara hatte in den letzten Jahren gelernt, dass es äußerst angenehm war, von Zeit zu Zeit einige stille Momente nur für sich allein zu haben.

Nun stand sie auf den Mauern des Mont Saint-Michel. Unter ihnen schwappten die kläglichen Wellen der Ebbe gegen die uralten befestigten Mauerwerke aus grauem Stein.

Lord Hester und Francesco waren allein unterwegs. Und sie hatten recht behalten, denn unter den Strömen von Touristen, die den Felsen um diese Stunde bevölkerten, fielen auch eigenartige Gestalten nicht sonderlich auf. Lara blickte in die engen Gassen hinab, in denen uralte Häuser sich dicht an dicht drängten. Es sah aus, als hätte man das Dörfchen, das sich in mehreren Terrassen vom Fuß des Mont Saint-Michel hinauf bis auf etwa die halbe Höhe schlängelte, einst im tiefsten Mittelalter vergessen, um es dann in der Neuzeit für Touristenmassen einfach wieder aufzutauen und mit Souvenir-Shops zu bestücken. Vermutlich würden Lord Hester und Francesco in ihrer angestaubten Kleidung, dem Zylinder und der schwarzen Kapuze eher für Protagonisten eines Mittelalterspektakels gehalten. Sie schüttelte den Kopf.

Die Raben hatten sich in Windeseile über den gesamten Felsen und diverse Bäume, Mauerkanten und Dachgiebel verteilt – und den Tauben dort die Sitzplätze streitig gemacht sowie große Teile der kreischenden Möwen vergrault.

Francesco hatte sie gebeten, dass sie ihn und den Lord in dieser delikaten Angelegenheit nicht begleiteten. Selbstverständlich hatten sie sich dieser Bitte gefügt. Jasper war daraufhin im Gewimmel verschwunden und Lara und Patrick hatten die Festungsmauer erklommen, auf der es angenehm ruhig war. Die Raben würden sie alle schon wieder zusammentrommeln, wenn Lord Hesters Verhandlungen erfolgreich verlaufen waren – oder eben nicht.

Nun standen sie hier und blickten auf die See hinaus.

An der Stelle, an der sie standen, hatte die Mauer keine Zinnen. Sie waren etwas höher gestiegen, weg von dem mittelalterlichen Dörfchen am Fuße des Klosters. Zwischen ihnen und dem Meer lag eine völlig zugewachsene Flanke des Felsens, der wirkte wie ein zugewucherter Garten.

Still war es hier, ohne den Trubel. Kühl wehte der Wind vom Meer zu ihnen herauf und ließ Laras bernsteinfarbene Locken flattern.

Der helllichte Tag war eigentlich der falsche Zeitpunkt, um einen Ort wie den Mont Saint-Michel aufzusuchen. Nicht, dass er nicht auch jetzt ein malerisch schöner Ort gewesen wäre. Doch noch beeindruckender war eigentlich ein nächtlicher Besuch. Denn erst in der Nacht, wenn seine Lichter mit dem weiten Meer und den Sternen am Himmel zu einem endlosen Lichtermeer verschmolzen, offenbarte der Mont Saint-Michel seine volle Schönheit.

Sie beugte sich über die Brüstung und sah an der Mauer aus grauen Quadern hinab. Hier und da schickte sich eine Efeuranke an, die Mauer zu erklimmen, und viele Steine waren von gelblichem Moos bedeckt. Wilder, rosafarbener Baldrian wuchs zwischen den Steinen und verströmte einen milden, würzigen Geruch und den Frieden aus jenen Zeiten, in denen nicht gekämpft worden war. Der salzige Duft des Meeres tat sein Übriges, um Laras Seele zu besänftigen.

»Es ist ein wenig wie auf der Stadtmauer«, sagte Patrick, der sich neben ihr auf die Brüstung gestützt hatte und den Blick über das Meer schweifen ließ. Auch sein Haar wurde von der maritimen Brise nicht in Ruhe gelassen und verwehte in braunen Locken um seinen Kopf.

»Aber hier liegt das Meer jenseits der Mauer«, wandte Lara ein.

»Und es gibt auch keine mysteriösen Brücken, die ins Nirgendwo führen, das die Menschen verschlingt.«

Auch das war richtig. Ravinia war schon ein seltsames Gebilde. Niemand wusste so richtig, wo es lag, doch Lara wurde den Eindruck nicht los, dass es der einzige sichere Fleck in einer Umgebung war, die feindlicher für Menschen ansonsten nicht sein konnte. Und insgeheim schwor sie sich trotzig, dass sie irgendwann einmal in Erfahrung bringen würde, was sich hinter den Verbotenen Brücken befand. Oder zumindest würde sie eine Erklärung suchen, die halbwegs zufriedenstellend klingen würde in ihren Ohren.

»Seltsame Zeiten, oder?«, hörte sie sich murmeln.

»Beunruhigende Zeiten, wenn du mich fragst«, stimmte Patrick zu.

Lara drehte den Kopf, sah in seine Augen. Sie wusste nicht mehr, ob sie die beiden verschiedenen Farben als beruhigend oder verstörend empfinden sollte. Doch sie waren ... faszinierend ... und sie kamen immer näher ...

Dann waren sie verschwunden, da sie beide die Augen schlossen, während sich ihre Lippen berührten. Sanft, wie der Seewind, der ihnen die Haare zerzauste. Doch es gibt Momente, in denen könnte der stärkste Hurrikan um zwei Menschen herum wüten, und sie würden es doch nicht bemerken.

Lange. Eine kleine Ewigkeit.

So lange standen sie später auf der Mauer, Trost und Halt in der Gegenwart des anderen suchend. Die Arme umeinander geschlungen und mit dem Blick in die Ferne, auf irgendetwas gerichtet, was möglicherweise hinter den bevorstehenden Stunden lag.

Lara nahm etwas in ihrem Augenwinkel war und löste sich

von Patrick, der in ihrem Rücken stand und die Arme um sie gelegt hatte. Sie beugte sich vor, erneut über die Brüstung, und sah es zwischen zwei knorrigen und arg verwurzelten Baumständen huschen.

»Ein Nimmerchen«, murmelte sie nachdenklich, nicht wissend, ob sie sich über die kleinen, frechen Nager freuen sollte oder nicht. Sie tauchten ja häufig an verwunschenen Orten auf und …

»Nimmerchen stehen für schwere Zeiten«, sagte Patrick dicht hinter Laras Ohr.

Sie drehte sich um.

»Ist es so?«, wollte sie wissen. Es sollte neckisch klingen, aber Patrick fasste es wohl nicht so auf.

»Manche Leute sind felsenfest davon überzeugt.«

Lara küsste ihn.

»Es mag ja sein, dass die Leute recht haben«, hauchte sie. Und sie wusste, dass es in schweren Zeiten gut war, sich an etwas festhalten zu können. Schwere Zeiten hatten die Angewohnheit, an den Träumen und Hoffnung der Menschen zu nagen, an ihnen zu fressen wie Feuer an einem Bogen Papier.

»Schicksal«, murmelte Lara und wunderte sich, dass sie ihren Gedanken laut ausgesprochen hatte.

Noch mehr jedoch wunderte sie sich darüber, dass in diesem Augenblick keine Musik durch ihren Kopf schwirrte. Kein Soundtrack zum eigenen Leben. Und sie war sich nicht sicher, ob dies ein gutes Zeichen war oder ob es Schlechtes verhieß.

Doch sie war und blieb eine ewige Zweiflerin.

Es dauerte nicht mehr lange – oder zumindest nicht mehr lange genug.

Das Nimmerchen hatte seinen Ruf nicht umsonst, das wusste Lara, als ihnen durch lautes Rabengekrächze die Ankunft Lord Hesters verkündet wurde. Er und Francesco flankierten eine dritte Person. Sie war ebenso verhüllt wie Francesco, ging jedoch langsamer und sehr gebückt. Das Alter musste dem Menschen unter dem schweren Umhang bereits deutlich zu schaffen machen.

»Und?«, sie lief ihnen entgegen.

Francesco und der Rabenlord nickten bloß stumm.

»Das …«, begann Lara, »… ist gut, oder?«

Doch ein Blick in Lord Hesters Gesicht zeigte ihr, dass irgendetwas nicht stimmte.

»Oder ist … etwas nicht in Ordnung?«, hakte sie vorsichtig nach.

»Krieg«, fuhr der gebeugte Alte plötzlich auf, »ist niemals gut, Kind. *Niemals*!«

Die Worte ließen sie zurückprallen. Natürlich war Krieg niemals etwas Gutes, was hatte der Mann vor ihr denn erwartet? Doch bevor sie zu einer möglicherweise respektlosen Antwort ansetzen konnte, hatte Patrick ihr eine Hand auf die Schulter gelegt, um sie zu beruhigen. Sie griff danach, wie nach einem Rettungsring in schwerer See.

»Wo ist Jasper?«, wollte der Rabenlord wissen. Seine Stimme klang etwas belegt, weniger voll Tatendrang als noch vor ein paar Stunden, als sie sich getrennt hatten.

»Hier«, ertönte es hinter Lara.

Jasper flanierte auf dem Mauergang auf sie zu, begleitet von einem halben Dutzend Raben. Er wirkte ein wenig, als hätten die Vögel ihn in ihrer Mitte herbeigeschleift.

»Haben Sie alles, was Sie wollten?«, erkundigte er sich sogleich.

»Ja, wir –«, setzte Lord Hester an. Doch Jasper unterbrach ihn.

»Gut«, meinte er. »Ich habe es mir nämlich überlegt. Ich werde Ihnen nicht in eine Schlacht gegen ach so gefährliche mechanische Biester folgen. Ich werde den Wagen nach Saint Malo zurückbringen und meines Weges ziehen. Ich habe Ihnen verraten, was es mit den Spiegeln auf sich hat, Sie wissen nun, dass Dottore Lippi ein verräterischer Hund ohne Ehre ist. Oder wollten Sie sonst noch irgendetwas von mir?«

Lord Hester schüttelte knapp den Kopf. Seinem Blick konnte man deutlich ansehen, dass es ihm ganz und gar nicht recht war, das Jasper einfach so zu verschwinden gedachte.

»Nein«, brachte er schließlich hervor. »Nein, Jasper, du hast die Aufgabe erfüllt, die ich dir zugedacht hatte. Du hast uns erzählt, was wir wissen mussten.«

Mit scharfem Ton richtete er sich an die Raben, die den Spiegelmacher umflatterten: »Jungs, lasst ihn in Ruhe!«

Die Vögel lösten sich sofort von Jasper.

»Danke«, sagte dieser. »Wenn Sie mich tatsächlich noch einmal brauchen sollten – oder meine Kreditkarte –, dann wissen Sie ja, wo Sie mich finden.«

Er deutete eine elegante, aber leicht spöttisch wirkende Verbeugung an und verließ die Gruppe auf demselben Weg, den er gekommen war.

»Jasper«, rief Lord Hester ihm hinterher.

Der Angesprochene drehte sich noch einmal kurz um.

»Mach bitte keine Dummheiten, ja?«

»Ach.«

Jasper zuckte mit den Schultern.

»Und Jasper?«

»Ja?«

»Danke!«

»Wie Sie meinen, Lord«, winkte Jasper und verschwand.

Krieg!

»Und Sie wollen wirklich einen Krieg anzetteln?«, fragte Lara ungläubig. »Ich meine, ich habe mir Ravinia immer ganz anders vorgestellt und … und Sie auch.«

»Ich möchte nicht kämpfen, Lara«, entgegnete der alte Lord. Er saß in Doktor Pitrovs Schreibtischsessel. Der Wissenschaftler hatte die Sternwarte auf Lord Hesters Bitten hin verlassen, nicht jedoch ohne ausschweifend auf Russisch über diesen Umstand zu fluchen. Doch Lord Hester hatte ihm zu verstehen gegeben, dass die Stadt ihn bezahle und er sich auch bitte schön den Weisungen der Stadt zu fügen habe. Eine Finte, doch bis Pitrov herausgefunden hätte, dass der Stadtrat keineswegs beschlossen hatte, die Sternwarte zum Hauptquartier und Ausgangspunkt einer verzweifelten Expedition in die Tiefen Epicordias zu machen, wären sie längst wieder fort.

Pitrovs Arbeitsbereich war genauso ranzig und heruntergekommen, wie Lara ihn in Erinnerung hatte, doch da sie sich nur zu einer kleinen Stärkung bestehend aus Fish and Chips hier aufhielten, kam sie darüber hinweg. Vielleicht hätte sie unter normalen Umständen andauernd zu Patrick hinübergestarrt, doch die Situation gab ihren Schwärmereien keinen Raum. Lara fürchtete sich ein wenig. Nicht vor dem, was tief unten in Epicordia in den nächsten Stunden geschehen mochte, sondern vielmehr davor, was anschließend kommen würde. Davor, wie sie die Welt und die Stadt und Patrick und sich selbst sehen würde, wenn ihr Kopf nicht mehr derart von den sich überschlagenden Ereignissen rauschen würde.

Der *Alte Herr* machte seinem Namen alle Ehre. Da sie vor dem Sonnenlicht in Sicherheit waren, hatten Francesco und er ihre Umhänge abgelegt. Zum Vorschein war ein kleiner, gekrümmt gehender Mann gekommen, seine Haut war so blass wie Papier, doch seine Augen stachen mit Blicken so scharf wie Rasierklingen. Kleine, wachsame schwarze Augen, die irgendwie nicht zu dem schmächtigen Körper passen wollten. Er war sauber rasiert und frisiert, seine schlohweißen Haare zu einem ordentlichen Scheitel gekämmt. *Piorino* ließ er sich nennen. Von jedem. Einfach bloß Piorino.

Piorinos Anweisungen waren scharf und deutlich. Und eine von ihnen hatte zum Inhalt gehabt, dass außer Geneva McNamar, die sich ja bereits in Epicordia befand, kein weiterer Nachtwächter die Welt unter Ravinia zu betreten hatte.

Lord Hester hatte versucht, dagegen zu argumentieren, zu verhandeln. Doch die Kampfkraft der Nachtwächter und ihre Fähigkeiten in Bezug auf Schatten und Dunkelheit waren auf beiden Seiten die ausschlaggebenden Punkte gewesen. Piorino verbat sich die Anwesenheit irgendeiner Exekutive, außer der dem Mondvolk eigenen, strikt. Denn schließlich ginge es hier um ein Problem, das eben in erster Linie Epicordia betraf.

Lord Hester stand auf und strich seinen Gehrock glatt.

»Nein, Lara«, betonte er noch einmal. »Ich *möchte* nicht kämpfen. Aber ich fürchte, mir bleibt keine andere Wahl.«

11. Kapitel, *das nicht nach Plan verläuft.*

If there's no one beside you
When your soul embarks
I follow you into the dark.

Benjamin Gibbard

– Szenenwechsel.

Wer kann schon behaupten, er habe ein absolut reines Gewissen?

Natürlich, es gibt jene, von denen man sagt, sie hätten überhaupt keines. Sie seien völlig skrupellos, ausschließlich auf sich selbst fokussiert.

Die Außenwahrnehmung Jaspers entsprach genau diesem Bild, und er pflegte es gewissenhaft, um genau diesen Eindruck zu wahren. Und natürlich war auch ein Körnchen Wahrheit daran. Die Selbstzentriertheit war wahrscheinlich der bemerkenswerteste Teil von Jaspers Charakter.

Nun saß er in einem alten, aber sehr teuren Ledersessel und wartete. Neben sich einen Leinensack mit Spiegelscherben und den Blick auf einen noch intakten Spiegel in der Ecke eines großen, saalähnlichen Raumes gerichtet.

In erster Linie wollte er Rache nehmen. Er hatte den Wagen nach Saint Malo zurückgefahren und für die zu viel gefahrenen Kilometer bezahlt. Danach war er in die nächstbeste unbelebte Gasse geschlendert und durch eine Tür nach London zurückgekehrt.

Er wusste nun mehr oder weniger genug.

Roland Winter und die Sturmbringer. Große Namen. Umso größer würde auch ihr Fall werden.

Jasper hatte erst eine wage Idee gehabt, doch langsam, ganz langsam hatte sie schließlich begonnen, Form anzunehmen in seinem Kopf. Er kombinierte dabei so sauber, wie es ihm eben erlaubt war:

Es gab Dinge, die Luigi Lippi offensichtlich wissen musste: Durch einen Spiegel sah man, was ein anderer Spiegel zeigte und andersherum. Zwischen diesen beiden Orten gab es eine Verbindung, die zu betreten recht einfach war, wenn man einmal den Trick kannte.

Lippi musste den Trick also herausgefunden haben und wusste nun, was es mit manchen von Jaspers Spiegeln auf sich hatte. Und er hatte sich dies zunutze gemacht, um das Material der Sturmbringer nach Epicordia zu schleusen. Das war unangenehm.

Und daraus folgerte Jasper, was Lippi möglicherweise nicht wusste: Lippi hatte Angst, dass Jasper ihm auf die Schliche kommen konnte. Aber immerhin war Lippi Kunde bei ihm und der Kunde war König. Woher sollte Lippi also wissen, dass es für Jasper absolut tabu war, die Spiegel seiner Klientel als Durchgänge zu benutzen? Allein die Geschäftsehre verbot Jasper dies. Doch hatte wohl Lippi Jaspers Spiegel zerstört, um sicherzugehen.

Aber Jasper wusste noch mehr. Immerhin war er Spiegelmacher. So wusste er zum Beispiel auch, wie man die Durchgänge zwischen den Spiegeln manipulierte. Als er damals seine Glasbläserlehre beim alten Morinho angetreten hatte, war bei den schnell klar geworden, dass Jasper ein besonderes Faible für alles besaß, was Licht reflektierte. Insbesondere für Spiegel. Die ganz besonderen Eigenschaften von Spiegeln zu verändern war Jasper ebenso möglich, wie ein Schlüsselmacher seine Schlüssel manipulieren konnte. Neben einigen Utensilien mit einem Bezug zum gewünschten Ergebnis brauchte es als eine der Hauptzutaten vor allem einen starken Willen.

Was Lippi höchstwahrscheinlich ebenfalls nicht wusste, war, dass Jasper an seinen freien Tagen nicht in der einfachen Wohnung über seinem Laden im Temple District Londons zu residieren pflegte. Für Luxusartikel, die den eigenen Status symboli-

sierten, hatte Jasper eine ausnehmende Schwäche. Und zu diesen Luxusartikeln gehörte selbstverständlich auch eine Eigentumswohnung an einem ganz besonderen Ort: Am Central Park in Manhattan, New York. Einer einzigen Person außer dem Vorbesitzer hatte Jasper dieses Wissen jemals anvertraut. Und bei dieser Person handelte es sich um niemand Geringeren als Baltasar Quibbes, der allgemein als Geheimniskrämer bekannt war. Dieser Schritt war leider notwendig gewesen, um sich von Mr Quibbes einen Wohnungsschlüssel anfertigen zu lassen, der ihn direkt in seine eigenen vier Wände in New York führte, egal, durch welche Tür er trat. Neben Mr Quibbes' ohnehin schon ausgeprägter Verschwiegenheit, hatte der Schlüsselmachermeister darüber hinaus natürlich eine vollkommen übertriebene Summe von Jasper erhalten, die in Gegenleistung ein zusätzliches Versprechen zur Geheimhaltung beinhaltete.

Jasper betrat seinen Laden in London nur kurz, um einen Sack voller Scherben einzusammeln. Dann schloss er die Tür zu seinem Domizil in New York auf. Denn dort gab es einen menschengroßen, unversehrten und makellosen Spiegel, von dem weder Lippi noch Winter etwas wissen konnten. Und dessen Manipulation war ein Kinderspiel für Jasper, zumal er ja nun den Eigentümer des Spiegels kannte, zu dem er wollte.

So montierte er eine Weile an seinem Spiegel herum, besprach ihn, ließ seinen Geist die Fühler ausstrecken. Er suchte die anderen magischen Spiegel, die er verkauft hatte. Und er fand sie schließlich. Er erinnerte sich an den Spiegel, den er Lippi in aller Verschwiegenheit anvertraut hatte. Er wusste, wie groß er war, erinnerte sich liebevoll an den Rahmen, an die Form, an die Proportionen. Selbst die Zusammensetzung der Legierung, die er für jeden seiner Spiegel neu erfand, kam ihm wieder in den Sinn.

Und schließlich fand er ihn. Er blickte ganz offensichtlich in einen Behandlungsraum.

Jasper pfiff leise durch die Zähne.

Wie dreist Lippi doch war. Da hängte er den Spiegel, der der

Schlüssel der Sturmbringer nach Epicordia war, mitten in seinem Behandlungszimmer auf. Das würde ihm noch leidtun.

Jasper festigte den Durchgang zu Lippis Spiegel und trat hindurch.

In Lippis Arbeitsräumen angelangt, fand er niemanden vor. Doch er wunderte sich nicht darüber. Er warf einen schnellen Blick aus einem der Fenster, nur um für sich selbst behaupten zu können, er habe Epicordia einmal im Leben gesehen. Dann konzentrierte er sich wieder auf sein Vorhaben.

Von Lippis Spiegel aus führte der Durchgang in einen erhaben eingerichteten Saal, dessen Wände mit dunklen Regalen zugestellt waren, in denen sich viele Bücher fanden, die prächtig eingebunden waren. Der Ort musste in einem alten Schloss oder Herrenhaus liegen, vermutete Jasper. Das Nachmittagslicht des Sommers war fahl, auch wenn es durch riesige Fenster fiel. Staub von Äonen schien beinahe alles hier zu bedecken.

Jasper fragte sich immer noch, wo er wohl gelandet war und wie sein Spiegel den Weg hierher gefunden hatte. Dem Sonnenstand bei seiner Ankunft nach zu urteilen, musste er sich irgendwo in Europa befinden, der Architektur und den Namen auf den Einbänden der Bücher nach, wettete er sogar darauf, dass er in Großbritannien war.

Alles, was jetzt zu tun blieb, war warten.

Er hatte einen Sessel in einem spitzen Winkel zum Spiegel gestellt, gerade gegenüber der Salontür, sodass jemand, der durch den Spiegel kam, ihn erst auf den zweiten Blick sehen würde.

Und so wartete er geduldig, Stunde um Stunde um Stunde.

Erst als die Abenddämmerung schon längst hereingebrochen war, hatte das Warten endlich ein Ende.

Doch wie es das Schicksal so wollte, betrat eine andere Person den Raum – nicht durch den Spiegel, und es handelte sich auch nicht um Dottore Luigi Lippi.

Beide Flügel der Salontür schwangen gleichzeitig auf und ein Mann trat hindurch, nur um kurz darauf verwundert innezuhalten, als er Jasper im Sessel erblickte.

Jasper betrachtete sein Gegenüber, das Überraschungsmoment tatsächlich auf seiner Seite wissend. Der Mann hatte einen mediterranen Teint und eine Hakennase. Schwarze Korkenzieherlocken fielen hinab auf seine Brust und er trug einen ebenso schwarzen Pullover, dessen Ärmel hochgekrempelt waren.

»Wer sind sie?«, fauchte der hakennasige Mann ihn an mit einer Stimme, die nach Wüstenwind klang. Die Überraschung, die trotz der Drohung in dieser Frage mitschwang, war nicht aufgesetzt. Dieser Teil seines Plans schien Jasper wirklich durch und durch gelungen zu sein. Was ihn mit nicht wenig Stolz ob seines genialen Geistes erfüllte.

Er zog mit einer Hand, die er neben dem Sessel hatte herabhängen lassen, den locker zugeschnürten Leinensack auf.

»Gestatten«, ließ er seine guten Manieren schleifen, indem er nicht einmal aufstand, um sich vorzustellen. »Jasper, Spiegelmacher aus London.«

Die Augenbrauen des Hakennasenmannes schnellten nach oben.

»Das ist ja interessant«, kommentierte er. »Weiß Lord Hester, dass Sie hier sind?«

»Sagen wir mal, er weiß über die Umstände Bescheid«, antwortete Jasper mit Genugtuung, sogar seine ansonsten so feine Ausdrucksweise vergessend. »Und ich denke, er ist drauf und dran, Ihnen gehörig in den Arsch zu treten.«

»Sehr schön«, rief sein Gegenüber und klatschte offenbar zufrieden in die Hände. »So etwas hört man doch gern. Nur fürchte ich, dass er damit genau das tut, was wir von ihm erwarten.«

»Wie …?«, stockte Jasper zum ersten Mal.

Die verfluchten Dreckskerle hatten also geplant, Lord Hester nach Epicordia zu locken? Oder wie hatte er das Ganze nun zu verstehen?

Doch das war hier und in diesem Moment vollkommen nebensächlich. Was genau die Sturmbringer planten oder geplant hatten, würde er nämlich jetzt herausfinden.

Ein Dutzend scharfer Spiegelscherben schwebten aus dem Leinensack empor und blieb vor Jasper in der Luft hängen. Wie an einer unsichtbaren Schnur aufgereiht. Drohend zeigten sie in Richtung des Wüstenwindmannes.

Der streckte seinerseits die Arme und hinter ihm breiteten sich zwei breite Flügel aus lodernden Flammen aus. Er wirkte wie ein düsterer Engel mit brennenden Flügeln.

»Beeindruckend«, gab Jasper zu, entschlossen, sich seine plötzliche Nervosität nicht anmerken zu lassen. »Aber ich fürchte, Ihr Feuer ist kein adäquates Mittel, um mich einzuschüchtern. Alles um mich herum ist leicht entflammbar, und ich kann mir nicht vorstellen, dass es in Ihrem Interesse ist, das ganze Anwesen abzufackeln.«

Der Feuerengel lächelte dünn.

»Ist es auch nicht«, gab er bereitwillig zu. »Doch ich habe Sie hier offen gestanden nicht erwartet. Ich weiß nicht, was Sie mit mir und Ihren netten kleinen, aber äußerst scharfkantigen Freunden zu tun gedenken. Doch ich weiß, dass mir mein Leben und meine Gesundheit mehr wert sind als eine ganze Allee von alten Herrenhäusern. Ich denke also, wir befinden uns im Patt.«

»Möglich«, zischte Jasper und spürte, wie sein kalter Zorn entbrannte, während er sich blitzschnell erhob.

Manchmal weht ein Sturm durch das eigene Leben. Er pustet und bläst mit aller Gewalt und lässt am Ende oft keinen Stein über dem anderen. Und noch schlimmer ist es, wenn man bemerkt, dass das eigene Leben gar nicht der Fokus dieses Sturms ist, sondern er sich ausbreitet, alles erfasst, ohne dass jemand abzuschätzen vermag, was er auf seinem Weg durch die Welten alles mit sich reißt und zerstört.

Sie hatten all ihre Vorkehrungen getroffen und bewegten sich in einem langen Marsch zu dem Ort, an dem sich alles entscheiden würde. Sie schwiegen die meiste Zeit, die ganze lange Wegstrecke über. Und sie hatten Angst vor dem Moment der Entscheidung. Doch war niemandem auch nur im Ansatz bewusst, dass sie sich bei aller verzweifelten Improvisation, bei allem schnell aufgebrachten Kalkül doch um ein winziges Deut verrechnet hatten. Vieles von dem Sturm, der vor ihnen aufzog, würde sich hier, direkt vor ihrer Nase, abspielen. Aber bei Weitem nicht alles.

Doch das sollte erst später zu ihrem Problem werden …

Es hatte ein Wiedersehen mit Geneva gegeben, herzlich und mit viel Erleichterung. Die beiden Freundinnen waren froh gewesen, einander zu sehen.

Myra Jones hingegen hatte eingeschnappt zur Kenntnis genommen, dass ihre Arbeit in Epicordia mehr oder minder getan war. Das Angebot, nach Ravinia zurückzukehren, schlug sie überraschenderweise entschieden aus.

Das Bedeutendste war jedoch die Versammlung gewesen.

Piorino strahlte eine natürlich Autorität aus, ähnlich wie Lord Hester. Doch Piorinos Präsenz war schärfer, stechender. Er war direkter und seine Autorität ging jedem durch Mark und Bein, weit entfernt von einer bloßen Respektsbezeugung.

Auf dem Brunnen der *Piazza Elo* hatte der oberste Clanherr gestanden, während sich neben Lara und ihren Freunden vor allem Vertreter aller Clanhäuser des Mondvolkes versammelt hatten. Lara hatte Gesichter aus vielen Familien wiedererkannt, an deren Haustüren sie abgewimmelt worden war. Natürlich durfte Fernando Bastiani nicht fehlen, der – obwohl Lara es beinahe nicht glauben wollte – seinen Sohn Francesco tatsächlich mit einer väterlichen Umarmung begrüßte. Den *Alten Herrn* zu mobilisieren, zog offensichtlich eine gewisse Hochachtung nach sich. Geneva hatte ihr immer wieder die Familiennamen der Neuankömmlinge zugeraunt. Pucetti, Capri, Monelli, Carrara und natürlich die Nellos. Doch auch abseits der italienischen Linien, wie sie sich nannten, gab es eine Menge interessanter Namen. Petric, Ivanov, Tressel, Abari, Battjani und noch einige mehr. Lara hatte für sich nicht die geringste Chance gesehen, sich auch nur einen kleinen Teil der Namen zu merken. Die Nachricht von der Anwesenheit des *Alten Herrn* hatte sich unter ihnen verbreitet wie ein Lauffeuer auf trockenem Stroh und die allgegenwärtige Ehrfurcht stand ihnen ins Gesicht geschrieben.

Piorino hatte ihnen eine flammende Rede entgegengeworfen, in der er vornehmlich an den Stolz und an die Ehre der Clans appelliert hatte. Seine Empörung darüber, sich eine Besetzung der Tiefsten Tunnel gefallen zu lassen und die Clanstreitigkeiten der Familien darüber zu stellen, hatten ihn vor Wut nahezu schäumen lassen, bis Lara befürchtet hatte, der kleine, alte Mann würde in den nächsten Minuten einen Herztod erleiden. Doch der Kollaps das *Alten Herrn* war ausgeblieben.

Beinahe hatte Lara damit gerechnet, dass das Mondvolk sich in den nächsten Stunden vollständig sammeln würde, um zu Hunderten über die Gottesanbeterinnen in den Tiefen herzufallen.

Doch es kam anders. Natürlich. Denn Piorino stellte es ihnen frei, sich Lord Hester und seinen Begleitern aus Ravinia anzuschließen. Und die Begeisterung für ihre Sache hielt sich in Grenzen, trotz des wutschnaubenden *Alten Herrn*.

Am Ende hatten sich etwa zwei Dutzend Angehörige verschiedener Familien bereit erklärt, ihre Fehden untereinander ruhen zu lassen und die Tiefsten Tunnel von ihrer aller Schande zu säubern – natürlich nicht ohne die Vorankündigung, danach in ihre alten Muster zurückzuverfallen.

Später dann hatte allgemeiner Trubel geherrscht, ausgelöst durch die Vorbereitungen. Lara, Patrick und Geneva hatten aus Stoffresten Hunderte kleiner *Sandbomben* gebastelt, wie sie sie nannten. Kleine Säckchen, gefüllt mit feinem Sand, der eigentlich zum Bau eines Gartenhäuschens neben der Villa Bastiani hergeschafft worden war. Bevor es losging, hatten sie diese improvisierten Todbringer für die mechanischen Tiere unter dem eigenartigen Mob verteilt, der sie in die Tiefsten Tunnel begleiten sollte. Lara und Patrick waren von Francesco mit alten Baseballschlägern ausgestattet worden, doch war ihnen von Geneva befohlen worden, sich so lange es irgendwie ging im Hintergrund zu halten.

Dann waren sie losgezogen – und Lara fühlte sich wie in einem lächerlichen Bauernaufstand gefangen, während sie sich umschaute. Die meisten Familienmitglieder trugen Florette oder Rapiere, die sie von ihren Dachböden oder von wo auch immer geholt hatten. Schusswaffen waren selten. Eine Tatsache, die allerdings eher beruhigend auf Lara wirkte, denn sie hatte viel zu viel Sorge vor Querschlägern, da sie ja gegen Gottesanbeterinnen aus Metall kämpften.

Hand in Hand mit Patrick war sie dem Zug am Ende gefolgt, Milan Petric hatte sie überholt und gezwinkert. Kampfeslustig.

Jetzt standen sie hier und warteten darauf, dass es losging. Lara konnte nur beten, dass die Clans an diesem Tage einen Teil ihres Hasses aufeinander loswurden. Sie schluckte, blickte vor sich in den Tunnel, in dem sich mindestens drei Handvoll der ekligen Gottesanbeterinnen tummelten. Ein leises Wummern war zu hören, kaum vom schnellen Pochen des eigenen Herzens zu unterscheiden. Nur der Rhythmus war leicht verschoben und verriet es. Lara wusste nicht, wo es herkam. Sie wischte sich mit dem Ärmel über die Stirn, auf der sich ein dünner Schweißfilm gebildet hatte. Sie fokussierte ihre Konzentration auf das, was vor ihr lag.

Patrick drückte ihre Hand.

Adrenalin.

In manchen Momenten rauscht das Leben förmlich an einem vorbei. Es ist als würde sich alles um einen herum in Zeitlupe abspielen, und dennoch könnte man die unendlichen Eindrücke am Ende bloß in wenigen Worten zusammenfassen.

Die Minuten und Stunden der Schlacht verflossen im Nachhinein zu einem rauschenden Wirbel, einer schnellen Folge von Bildern. Lara wusste schon sehr bald nicht mehr, wo ihr der Kopf stand.

Geneva hatte Lara weit nach hinten beordert. Hinter die letzten Reihen des nervösen Mondvolkes. Von dort sah sie nicht besonders viel, nur von Zeit zu Zeit zwischen den Köpfen vor sich hindurch die Eingänge zu den Tunneln.

Und die lauernden Gottesanbeterinnen.

Sie griffen nicht an, solange sie nicht angegriffen wurden. So waren sie erbaut, gedacht, geschaffen.

Lara wunderte sich, wohin ihre Gedanken während dieser Momente wanderten. Ihre Wahrnehmung verengte sich zu Tunneln, blendete das Geschehen um sie herum teilweise völlig aus. Sie überlegte, welche Magie wohl hinter den Mechaniken stecken mochte. Nach welchem Muster sie reagierten.

Phantasie wurde oft als etwas Schönes, Erstrebenswertes dargestellt. Mit Phantasie konnte man Bücher, Bilder, Kunstwerke, ja ganze Welten erschaffen. Doch je länger Lara über die Gottesanbeterinnen nachdachte, desto mehr fand ein anderes Wort seinen Weg in ihren Geist: Kreativität.

Kreativität war nicht so positiv besetzt. Es war die Fähigkeit, etwas zu schaffen, notfalls aus dem Nichts. Die Fähigkeit, die Möglichkeiten eines Lebens zu immer neuen Konstrukten zusammenzusetzen. So war es nicht nur bei ihren Schlüsseln, die sie auf so phantastische Art und Weise von einem Ort zum anderen transportieren konnten. Nein, so war es auch mit den feindseligen, destruktiven Werken der Menschen von Ravinia. Seien es Nicolaes' düstere Zeichnungen, die sie vor Jahren in Amsterdam so erschreckt hatten. Seien es Ma'Haraz' Flammenflügel oder das grausige Gedicht, das ihn an seinen Herrn band. Und genau auf diese Weise verhielt es sich auch mit den Gottesanbeterinnen. Sie waren an und für sich Wunder. Wunderbar gefertigt, filigran und von immenser Beweglichkeit. Eine düstere Phantasie hatte ihnen Leben eingehaucht. Wohl die von Ruben Goldstein. Genau wie es die richtige Mischung aus Materialien, handwerklichem Geschick, kontrolliertem

Wollen und Wünschen war, die es Lara ermöglichte, magische Schlüssel zu fertigen – genauso war es diese Mischung, die eine Horde blitzgefährlicher mechanischer Tiere zum Leben erweckt hatte.

In irgendeiner Geschichte von irgendeinem ehemaligen Soldaten hatte sie vor Jahren in der Schule gelesen, dass der Krieg einen veränderte. Nicht nur in der Seele, die abstumpfte, sondern auch körperlich. Die Beschreibung hatte sie berührt, weil ihr deutlich geworden war, dass Krieg und Frieden Leben waren, die in der Wahrnehmung der Beteiligten an zwei unterschiedlichen Orten stattfanden. Ja, nicht einmal auf demselben Planeten.

Ihr Fokus richtete sich erneut auf die Gottesanbeterinnen.

Hatte es vor ein paar Tagen noch so ausgesehen, als würden sie um jedes ihrer Teile verbittert und bis zum Schluss kämpfen, waren sie jetzt nicht mehr in der Lage dazu. Jemand hatte zwei der gefüllten Sandsäckchen in ihre Mitte geworfen und die Gottesanbeterinnen hatten den Fehler gemacht, diese, begleitet von ihrem ekelerregenden mechanischen Gezirpe, aufzuschlitzen. Bis sich der Sand in ihnen verteilt hatte, waren nur Sekunden vergangen. Sie stockten, knackten. Der Sand setzte sich in alle Speichen und Zahnräder, in jedes Gelenk und jedes Scharnier. Die mechanischen Gottesanbeterinnen litten schnell unter Lähmungserscheinungen. Es wirkte ein wenig, als hätte man echte Insekten mit Gift besprüht, die nun qualvoll zugrunde gingen.

Die Verbündeten um Lord Hester herum mussten nicht einmal einschreiten. Alle Sorge, die Lara sich um ihre Freunde hätte machen können, wollte sich nicht einstellen. Der Sand setzte den Gottesanbeterinnen viel zu stark zu. Im Handumdrehen waren sie keine wirkliche Bedrohung mehr.

Lara dachte kurz an die mechanischen Diener Ruben Goldsteins in Tschechien. Tom hatte einen von ihnen mit der Erde aus einem zerbrochenen Blumentopf außer Gefecht gesetzt.

Hier funktionierte es genauso.

Als schließlich weitere Insekten aus den Gängen nachdrängten, wurden erneut Laras Sandbomben geworfen und bald war der Boden übersäht mit bewegungsunfähigen und zerstörten Tieren. Lara erschauderte – in ihrem Herzen stritten sich die Liebe und Faszination für feine und präzise Mechanik mit dem Hass, den sie für diese Tiere empfand. Ihre rechte Handfläche kribbelte unangenehm.

Der gesamte Boden des Tunnels vor ihnen glich einer einzigen Schrotthalde. Erste Jubelrufe wurden laut.

Laras pochender Puls flachte etwas ab. Doch das Wummern blieb. Ein wenig wie ein böses Rauschen in den Ohren, das man nicht so einfach los wird.

Und langsam, ganz langsam setzten Lord Hester und Fernando Bastiani mit Geneva an ihrer Seite einen Schritt vor den anderen, um sich einen Überblick zu verschaffen. Umsichtig staksten sie über den Trümmerhaufen, beschienen vom diffusen Licht der leuchtenden Steine an den Wänden. Nichts geschah ihnen, die Gottesanbeterinnen blieben tot und so bedeuteten sie ihren erleichterten Verbündeten, ihnen zu folgen.

Erst jetzt wurde das Aufatmen deutlich, das die Familienmitglieder des Mondvolkes anscheinend doch empfanden, nun da die Gottesanbeterinnen aus dem Weg geräumt waren. Doch ein ungutes Gefühl hielt sich hartnäckig in Laras Magengegend.

Und es sollte sich bestätigen.

Denn so war das Schicksal nun einmal. Nichts, aber auch gar nichts wurde einem einfach und ohne Anstrengung zu Füßen gelegt.

Doch Lara hätte sich gewünscht, dass in diesem Fall alle Beteiligten unverletzt aus der Sache hervorgegangen wären – aber natürlich steckte in Wahrheit etwas Großes, Perfides dahinter. Etwas, das sie alle überraschte, ein Plan, schauerlich und niederträchtig, der in diesen Momenten aufzugehen schien. Denn sie waren alle genau dort, wo sie sein sollten.

Das Wummern und Stampfen war schließlich lauter geworden, mit jedem Meter, den sie sich weiter in die tiefsten Tiefen des Felsgesteins unter Ravinia vorgewagt hatten. Mittlerweile war die Erleichterung einer erneuten Anspannung gewichen, denn immer mehr Leute um Lara herum hörten, was sie hörte. Und als sie schließlich zur Quelle des Geräusches kamen, konnte man beinahe sein eigenes Wort nicht mehr verstehen.

Ein kleiner Durchgang, der leicht schräg nach unten führte, war das letzte Teilstück ihres Weges, den sie zurücklegten. Und der Durchgang führte sie in eine große Höhle, in der sich ihnen das wahre Ausmaß der Katastrophe eröffnete.

Manchmal trifft einen die Erkenntnis wie ein Schlag.

Auf einmal war es Lara völlig offensichtlich, wie es möglich gewesen war, Hunderte, vielleicht Tausende mechanische Tiere zu erschaffen. Natürlich konnte eine einzige Person, ein einzelner Mechaniken das kaum bewerkstelligen. Außer er kannte einen Trick.

Die Höhle, die sie betraten, sah aus wie eine Mischung aus Fabrikhalle und dem Uhrenturm von Ravinia. Überall befanden sich Maschinen. Große Maschinen. Gerüste und Rampen führten auf und ab, bildeten Brücken und Durchgänge. Fließbänder schafften mechanische Teile von einem Ort zum nächsten. Ein monströses Konstrukt aus Magie und Maschine war dieser Raum. Und mit den ersten Blicken, die Lara zwischen ihren Vorderleuten erhaschen konnte, war weder die Anordnung zu erkennen noch ein Ende der Mechaniken zu sehen.

Nur eines erkannte die Mechanikerseele der jungen Frau mit dem bernsteinfarbenen Haar sofort. Dies war die ultimative Lösung, um die Welt mit einer Flut von Mechaniken zu verseuchen, wenn man wollte: Riesige Mechaniken waren das hier. Ein wenig wie lebendige Monster. Und nur zu einem

Zweck errichtet: Noch mehr Mechaniken zu bauen. Tausende Räder und Achsen drehten sich, Förderbänder liefen, überall bewegten sich Hebebühnen und Greifarme. Es wirkte, als wären sie in einem ultrakomplexen Winkel des Uhrenturms von Ravinia gelandet.

Schwaden aus Dampf und irgendwelchen sicherlich ungesunden Abgasen hingen wie schillernde Nebelfetzen zwischen den komplexen Aufbauten. Es roch beißend, nach Öl, nach Rost und nach Schleifmaschinen. Die eingesetzte Energie machte es zudem unerträglich warm in dieser Höhle.

Sie standen im Zentrum des Wummerns und Stampfens und für einen Augenblick vergaß Lara den Ernst ihrer Situation und ihr Mechanikerherz machte einen wilden Sprung.

Magische Maschinen erschufen sich ganz von selbst. So war es tatsächlich möglich, eine Armee von mechanischen Gottesanbeterinnen zu schaffen – und wer wusste schon, was noch? Eine effektive Massenproduktion des Grauens. Lara und ihre Freunde (selbst der geniale Tom) waren bei all ihrem Nachgrübeln nicht auf diese Lösung gekommen. Dem Ganzen wohnte ein gewisser genialer Gedanke inne, der von Lara unweigerlich Respekt einforderte. Egal, wohin sie schaute, immer neue Dinge erschlossen sich ihr. Sie ahnte, welche Metalle und Legierungen für welche Funktionen gebraucht wurden, warum manche Maschinen schnell und manche langsam arbeiteten. Was sie hier erblickte, war einfach unglaublich – als befänden sie sich im Bauch einer riesigen Maschine selbst.

Doch der Moment des Staunens, der auch all ihre übrigen Begleiter erfasst hatte, verging schlagartig, als ihnen bewusst wurde, dass zwischen den einzelnen Abschnitten der gewaltigen Maschinerie tatsächlich auch deren Produkte hockten. Unzählbar viele Gottesanbeterinnen, große und kleine, beobachteten sie unverhohlen. Lauernd. Tödlich gefährlich.

Auf ein Kommando, das niemand gehört hatte, hielt die gesamte Maschinerie inne. Das stetige Wummern und Rascheln erstarb vollkommen, nichts regte sich mehr, kein noch so kleines Zahnrad.

Über den Rändern und Kanten der Maschinen und Gebilde blickten Hunderte – vielleicht Tausende – Gottesanbeterinnen auf sie herab.

Alles in dieser Höhle signalisierte ihnen: *Ihr seid sehenden Auges in die Falle getappt*. Und jedem um Lara herum war dies ganz genau bewusst. Egal, wie viel Sand sie auch dabeihaben mochten, sie sahen sich einer Übermacht gegenüber, der sie nicht im Ansatz gewachsen waren.

Lara hatte diese Stille schon einmal erlebt. In einem alten Haus in Böhmen. Das war jetzt vielleicht die letzte einer Reihe von Vermutungen, die sie in den vergangenen Tagen angestellt hatten, um doch nur zu ein und demselben Ergebnis zu kommen: Das war Ruben Goldsteins Werk. Alles in dieser Höhle trug so klar seine Handschrift wie ein mit Unterschrift, Siegel und Absender markierter Brief. Es gab keine Zweifel mehr.

Patrick ergriff wieder ihre Hand, drückte sie sachte, aber bestimmt. Was immer jetzt kommen mochte, signalisierte er ihr, er war da.

Geneva schob sich dicht an sie heran. Sie hatte ihr schlankes Schwert aus dem Köcher auf ihrem Rücken gezogen und die rasiermesserscharfe Klinge schmiegte sich flach an ihren Körper – noch.

Die Angst um ihre Freunde, um ihre Liebgewonnenen, die sich zuvor nicht hatte einstellen wollen – da war sie. Sie traf Lara beinahe wie ein Schlag und verursachte so etwas wie eine schlimme Übelkeit in ihr. Etwas, wogegen sie sich nicht zu wehren imstande war.

Die Zuversicht schwand mit einem Mal.

Das Schlimmste jedoch war, dass selbst Lord Hester vor ihnen zu stocken schien. Zwar bemühte sich der Rabenlord ansonsten, so undurchschaubar wie möglich zu sein, doch jetzt konnte man in seinem Gesicht und seiner Körperhaltung lesen wie in einem offenen Buch. Er machte ihnen keinen Mut damit.

Dann endete die Stille mit einem Paukenschlag.

Alles, was sich hier bewegen konnte, stürzte sich auf die Neuankömmlinge. Schwärme von Gottesanbeterinnen erhoben sich auf schimmernden Flügeln und stürzten auf sie herab, bereit, mit ihren scharfzackigen Fangarmen alles in Fetzen zu schneiden, was vor ihnen lag.

Lord Hester antwortete mit Rabenfedern, die aus seinen Ärmeln den Tieren entgegenströmten. Sie verfingen sich in Getrieben und in Gelenken, ließen die übergroßen Heuschrecken gelähmt und zerstört zu Boden stürzen.

Es war beachtlich, wie viele Gottesanbeterinnen Lord Hester alleine auf diese Weise zur Strecke brachte. Doch der Strom nachfolgender Mechaniken ebbte nicht ab. Die Unruhe um Lara herum war unerträglich. Es waren viel zu viele Tiere, die angriffen.

Bald durchbrachen die ersten Lord Hesters Ströme aus Rabenfedern.

Sandsäckchen wurden geworfen und hatten dieselbe verheerende Wirkung unter den Gottesanbeterinnen wie schon Minuten zuvor in den Tunneln. Um sie herum fielen mechanische Tiere zu Boden wie erstickte Fliegen und bedeckten ihn langsam aber sicher.

Der Lärm, der sich aus dem Zirpen der Gottesanbeterinnen, dem Donnern der Maschinen und den fürchterlichen Geräuschen der Schlacht ergab, war ohrenbetäubend. Wie auf einem Bahnsteig, an dem rechts und links riesige Güterzüge in hoher Geschwindigkeit vorbeirauschten.

Da war der Krieg. Der Kampf, die Schlacht, die alles anders machen sollte. Laras Instinkte schienen zu erwachen, ihre Sinne schienen schärfer zu werden. Sie nahm unendlich viele Details auf einmal war.

Der ehemalige Soldat sollte recht behalten: Der Krieg trifft einen wie ein Schlag und macht einen innerhalb eines Wimpernschlags zu einem anderen Wesen.

Patrick riss Lara fort, als sich eine Gottesanbeterin von links auf sie stürzen wollte. Er traf das Tier in perfekter Baseballmanier frontal mit dem Schläger und Zahnräder und Speichen flogen in alle Richtungen davon.

»Alles okay?«, rief er – wohl wissend, dass in diesem wahnsinnigsten aller Momente absolut gar nichts okay sein konnte.

Um sie herum war das Chaos ausgebrochen. Die Gottesanbeterinnen trieben ihre Körper wie Keile zwischen das Mondvolk. Füße und herabfallende Metallteile schlugen neben Lara auf.

Myra Jones war mit einem Satz bei ihnen und zerrte Lara auf die Beine. Sie drehte sich um und schoss mit einem Revolver auf eine Gottesanbeterin. Die zerbarst. Dann stolperte sie zu Geneva und rief ihr etwas zu, das Lara nicht verstand, während Patrick neben ihr gerade eine zweite Gottesanbeterin im Flug zerlegte. Sie sah Geneva nicken.

»Sie hat recht«, rief sie Lara über den Lärm hinweg zu. »Wir müssen das Unkraut bei der Wurzel ausreißen. Das ist möglicherweise unsere einzige Chance!«

Über ihnen krachten zwei Gottesanbeterinnen durch eine Brücke aus langen Streben. Rabenfedern steckten in ihren Gelenken. Angeschlagen, unberechenbar taumelten sie durch die Lüfte.

Geneva machte einen Satz, stieß sich von der Wand ab und zerschnitt eine Gottesanbeterin während eines Saltos.

Für die zweite hielten Laras ungeahnte Instinkte her. Sie warf sich zur Seite, sodass die motorisch leicht gestörte Mechanik dort auf den Boden stieß, wo die junge Schlüsselmacherin gerade noch gestanden hatte.

Lara trat das Tier fort, noch bevor es nach Patricks Beinen hacken konnte. Und Geneva durchbohrte es schließlich.

Die Nachtwächterin bedeutete Lara und Patrick mit einer Handbewegung, sich dicht hinter ihr zu halten, dann löste sie sich an Myra Jones' Seite aus dem Getümmel und sie liefen zusammen mit Lara und Patrick im Schlepptau in einen Gang mit vergittertem Boden hinein. Lara blickte sich hektisch um. Es musste sich um eine Art Wartungsgang handeln, denn er verlief eng an der Außenseite einer Maschine.

Hinter ihnen zirpte es.

»Runter«, befahl Myra Jones.

Lara und Patrick ließen sich augenblicklich fallen und hörten über sich die Revolverschüsse. Offenbar hatten die Gottesanbeterinnen viel zu schnell bemerkt, dass sich eine kleinere, vermeintlich leichtere Beute vom Hauptgeschehen getrennt hatte.

Sie hetzten weiter durch Gänge, über Steinterrassen und über niedrige Maschinen hinweg. Myra Jones fummelte hastig neue Patronen in die Trommel ihrer Waffe.

Über ihnen setzten sich mehr und mehr Gottesanbeterinnen auf eine Reihe enger Metallstreben und begannen, mit ihren scharfen Beinen daran zu sägen. Die Zeit wurde knapp.

»Woher wissen Sie überhaupt, wo wir hinmüssen?«, rief Patrick der Kommissarin nach.

»Intuition«, antwortete die Kommissarin. »Bloß so ein Gefühl.«

Intuition – ihre einzige Waffe in dieser Hölle, dachte Lara gehetzt, während sie einer heranrauschenden Gottesanbeterin auswich. Die Biester waren glücklicherweise keine großen Talente, was spontane Wendemanöver anging.

Eine kleine Tür führte rechts in einen engeren Durchgang unter einer Maschine hindurch, an deren Oberfläche Förderbänder mit Ersatzteilen liefen. Ein Revolverschuss zerfetzte eine Gottesanbeterin direkt über Lara. Das Tier rasselte in einen Keilriemen der großen Maschine und wurde Funken stiebend mitgerissen. Lara duckte sich unter dem Türrahmen hindurch, an dem dickflüssiges Maschinenöl herabtropfte.

Als die Tür wieder zugeschlagen war, hatten sie vorübergehend ein wenig Ruhe. Über ihnen befand sich ebenso ein

Gitterrost als Laufweg wie unter ihnen, aber die verschlossene Tür verhinderte, dass die Gottesanbeterinnen ihnen folgten. Stattdessen würden sie die Maschine umgehen und sich wieder von oben durch das Rost schneiden müssen. Also bloß ein kleiner Aufschub. Aber Zeit war Zeit, auch wenn es wenig war.

Die Verschnaufpause und das schummrige Licht von wenigen Glühbirnen ließ Lara fieberhaft darüber nachdenken, wie dieses Konstrukt aus vielen Maschinen am Leben gehalten wurde. Neben der üblichen Prise undurchschaubarer Magie, die einer Mechanik wie den Gottesanbeterinnen innewohnte, musste für vieles sicherlich auch Strom herhalten. Irgendwo musste es demnach riesige Akkumulatoren geben. Zwar schien es kleinere Generatoren, die mit Kraftstoff betrieben wurden, zu geben – die von Abgasen verpestete Luft zeugte davon. Doch die Luft würde sehr bald vollkommen unerträglich werden, wenn die gesamte Energie hier in der Höhle erzeugt wurde, ohne dass es für die Abgase eine Möglichkeit zum Abzug an die frische Luft gäbe.

Und noch etwas anderes wurde ihr klar, jetzt, da sie einmal ein paar ruhig Augenblicke nachdenken konnte: All das musste auch irgendwie hierher gebracht worden sein. Und zwar sicherlich nicht durch Dottore Lippis Spiegel. Das wäre aufgefallen. Es musste eine Tür geben, oder vielleicht sogar ein Tor. Irgendeine Möglichkeit, eine Verbindung nach außen herzustellen.

Nach der nächsten Biegung erreichten sie eine weitere Tür. Sie führte auf die Rückseite der Maschinenlandschaft, hinter der die von schimmernden Steinen durchsetzten Höhlenwände zu sehen waren. Sie hatten das Ende der Halle erreicht.

Vorsichtig schlichen sie an der Wand entlang, immer gefasst darauf, dass die Gottesanbeterinnen sie wiederentdecken würden.

Nach einigen Metern ging rechts von ihnen ein neuer Tunnel ab, fort aus der Maschinenhalle. Diverse Kabel am Boden deuteten allerdings unmissverständlich darauf hin, dass es eine Verbindung geben musste, die aus der Halle hinausführte.

Ohne eine großartige Wahl zu haben, folgten sie dem von schwachen Funzeln erleuchteten Tunnel einige Meter. Hier gab es keine Gottesanbeterinnen mehr, doch sie blieben vorsichtig. Während Myra Jones ihre kleine Gruppe anführte, bildete Geneva das Schlusslicht, um im Falle von Verfolgern als Erste zwischen ihnen und ihren Freunden zu stehen.

Im Krieg standen Kommissarin und Nachtwächterin Seite an Seite – im Frieden waren sie Kratzbürsten.

Der Tunnel endete jäh an einer Gittertür.

Sie war nur lose und mit einem kleinen Riegel verschlossen. Lara nahm all ihre Wut und all ihre Angst zusammen und trat die Tür einfach ein.

Wenige Minuten später hätte Lara sich der Tür in der Tat auch nicht mehr annehmen können, denn ihre Hände hätten zu sehr gezittert.

Etwas kam über sie, das konnte Lara förmlich schmecken. Es war, als ob die Luft vor Erwartung vibrieren würde. Ihr Verstand floss langsam aber sicher über, so viele Eindrücke von Mechaniken, Maschinen und Schlüsseln hatten sich hin eingebrannt.

Sie hetzte allen voran in die schummrige Dämmerung vor ihnen, die Rufe hinter sich ignorierend. Sie wollte das hier zu Ende bringen. Jetzt. Sofort. Vielleicht würde dann all das aufhören – das Herzrasen, die betäubende Angst, die man nur durch Tatendrang davon abhalten konnte, den Körper zu lähmen.

Denn *er* war da.

Und er kam über sie alle wie ein Sturm.

Und hinter sich ließ er nichts als ein trockenes Feld aus Verzweiflung zurück.

Der Graue Lord, der Herr über Wind und Staub.

Lara hätte nicht gedacht, dass man die Nähe seiner eigenen Nemesis beinahe körperlich spüren konnte.

Aber ihre Instinkte waren hellwach.

Einige wenige Augenblicke noch, dann …

…

Nachdem der Tunnel eine weitere Kurve beschrieben hatte, führte er in eine weitere, größere Höhle.

»Lara!«, schallte eine Stimme hinter ihr durch die Höhlenlandschaft. Vor ihr tat sich eine weitere Höhle auf. Nicht so groß wie die Fertigungshalle, deren Grauen sie vor wenigen Augenblicken erst verlassen hatten.

Geneva, dachte Lara beim Klang der Stimme noch, dann hatte die Nachtwächterin sie eingeholt und riss sie an einer Schulter zu Boden.

Lara fiel in den Staub, blickte wieder hoch und sah kurz die Höhle, die sich vor ihr aufgetan hatte.

Die Einrichtung war spärlich. Eine Tür in der rechten Wand. Tische und Stühle standen herum, Flaschen und Müll waren an den Wänden gestapelt, das war alles – neben der bizarren Konstruktion in der Mitte des Raumes. Dieses eigenartige Konstrukt auf seinem Sockel war das unverkennbare Zentrum der Höhle.

Und dann waren da noch die Mechaniken, die sich klickend und klackend immerzu bewegten.

Alles um Lara herum verschwamm …

Ihre Aufmerksamkeit wurde beinahe magnetisch angezogen, weg von all dem Drumherum …

»Lara McLane«, rief eine Stimme – Lara kannte sie sehr gut. Auch sie hatte sich in ihren Kopf eingebrannt. Zweieinhalb Jahre war das nun her.

Ein Dutzend mechanische Menschen drehte sich zugleich um und starrte sie durch Augen an, die keine Augen waren. Ziffernblätter befanden sich an ihrer statt in den Höhlen. Speichen und Zahnräder klickerten und surrten.

Der feiste Mann, in dessen dunkles, nach hinten gegeltes Haar sich endlich die ersten Spuren von Grau zu mischen schienen, kam auf sie zu und breitete die Arme aus, als wollte er sie darin einschließen. Die Freude auf seinem Gesicht war nicht gespielt, doch war sie grausam, kühl und boshaft.

»Ruben!«, spie Lara vor ihm aus, blind vor Wut. Sie wollte aufspringen, doch Geneva hielt sie fest.

Der Mechaniker, der sie in Böhmen beinahe gefangen hatte. Der Mann, der ein unglaubliches Talent für mechanische Tiere, ja sogar mechanische Menschen hatte, wie sie im Dutzend hinter ihm standen.

»Sieh an, sogar die hübsche Nachtwächterin von damals hast du dabei«, lobte Ruben sie. Er war einige Schritte entfernt stehen geblieben – Lara spürte Ekel in sich hochsteigen.

»Mistkerl!«, fauchte Geneva ihn an, ohne jedoch den Griff um Lara zu lockern. Und Lara erinnerte sich, wie die Konfrontation mit Rubens mechanischen Dienern Geneva einst ein Auge gekostet hatte.

»Wie unhöflich.« Ruben grinste schief und ekelhaft süffisant. »Indes, wo ist denn der Lord hin? Hat er es etwa nicht bis hierher geschafft?«

»Sie elender, dreckiger Bastard!«, schrie Lara, kurz davor, die Kontrolle zu verlieren. Doch Geneva hielt sie immer noch fest, während Laras Hass tobte. Er war schuld daran, dass Tom nicht hier an ihrer Seite war, um sie mit seiner magischen Taschenuhr aus der Schusslinie zu holen. Er war schuld daran, dass Lord Hester zwischen den Maschinen einen ausweglosen Kampf ausfocht.

Nein, brachte sie ihre Gedanken in Ordnung.

Ruben Goldstein war nur ein Werkzeug.

In Wirklichkeit war es Roland Winter, der ihre Freunde verletzte. Was hätte sie darum gegeben, Lee jetzt und hier an ihrer Seite zu wissen. Und wo war Patrick?

Noch hatte sie in ihrer von Wut heraufbeschworenen Blindheit nicht erkannt, worum es sich bei dem großen Konstrukt einige Meter hinter Ruben handelte.

Sie zwang sich zitternd auf die Beine.

»Und?«, fragte sie laut. »Was hat er *Ihnen* auf die Brust tätowiert?«

Diesmal schien ihr Gegenüber fast überrascht.

Etwas durchzuckte Rubens Gesicht.

»Sie sind ein Nichts«, schrie Lara weiter, während sie ihre Hände rieb, um die kleinen Steinchen loszuwerden, die sich im Fallen hineingebohrt hatten. Sie spürte den Schmerz in ihrer rechten Handfläche, als sie über die Bandage strich. »Sie haben alle verraten. Baltasar, meinen Vater, meine Mutter, die Stadt. Sie können all diese großartigen Sachen erschaffen … und Sie nutzen Ihr Talent nur, weil Roland Winter Sie unter seiner Fuchtel hat. Sie können so vieles – und sind doch nichts weiter als ein bedeutungsloser Niemand.«

Was einen Augenblick zuvor noch diebische Freude gewesen war, verfloss auf Rubens Gesicht zu echter Überraschung.

Ruben öffnete den Mund …

… und ein Schuss ertönte.

Noch einer.

Ruben wurde an der Schulter nach hinten gerissen und landete auf dem Rücken, den unverletzten Arm zum Schutz reflexartig vor sich gestreckt.

Lara und Geneva wirbelten herum.

Myra Jones rannte an ihnen vorbei, stürzte sich auf Ruben Goldstein und trat ihm in die Rippen.

Der stöhnte und krümmte sich.

»Myra«, brachte er leise über die Lippen. Seine Augen weiteten sich vor Schmerz.

Überall um sie herum ließen Rubens mechanische Diener mit schleifenden Geräuschen lange Schwertklingen aus ihren Armen fahren.

Myra Jones lachte. Es klang halb wahnsinnig – als ließe

jemand den tiefsten Schmerz der Welt aus sich heraustriefen.

»Du hast nicht mit mir gerechnet«, schrie sie wie irre. »Du verdammter Bastard! Du Sohn einer Ratte!«

Noch bevor jemand reagieren konnte, setzte sie ihm ihren Revolver auf den Oberschenkel und drückte ab. Der Schuss ließ den Mechaniker vor Schmerz zusammenfahren. Er schrie erbärmlich auf. Seine Selbstherrlichkeit war wie weggeblasen.

Die mechanischen Diener setzten sich in Bewegung.

»Schluss damit!«, donnerte es durch die Höhle. Nein, es donnerte nicht. Diese Stimme war kalt und schneidend und grausam. Die Schallwellen veränderten selbst die Luft um sie herum.

Jeder hielt auf der Stelle inne, selbst die mechanischen Diener.

Einige Wimpernschläge lang herrschte angespannte Stille in der Höhle. Laras Blick fiel endlich auf das merkwürdige Konstrukt in der Mitte zwischen all dem Gerümpel. Es handelte sich um einen Thron, der mehrere Meter hoch auf einem Sockel stand. Ein Thron aus Kabeln und Schläuchen, so schien es. Maschinen ratterten leise durch das Schweigen und pumpten fleißig schillernde Flüssigkeiten.

Der mechanische Thron war derart monströs, dass der Mensch, der darauf saß, ihr zunächst nicht aufgefallen war.

Dabei handelte es sich um *ihn*, höchstpersönlich.

Roland Winter.

Laras größter Albtraum, der sie bis zum Wahnsinn verfolgen konnte.

Er war älter, als bei ihrer ersten Begegnung auf dem Highgate-Friedhof und jünger als in der Erinnerung von Joshua Mendel. Irgendwo dazwischen, mit noch nicht ganz ergrautem Haar und nicht allzu vielen Falten. Doch die Gesichtszüge waren markant und genau dieselben. Es war verwunderlich, dass er durch das ständige künstliche Altern und Verjüngen keine äußerlich erkennbaren Schäden erlitt. Kein Zweifel, dieser Mann war der Graue Lord Winter.

Und Laras Welt erstarrte. Die Bindfäden des Herbstregens gefroren zu spitzen Dornen.

Die Schläuche des mechanischen Throns steckten in seinen Armen und in seinen Beinen und in seinem Rücken. Wie ein ewig Kranker schien er mit bloßem Oberkörper an diese Konstruktion gekettet zu sein. Starr saß er da. Sie fixierend und düster, düster, düster.

Ein Schuss zerriss die beinahe vollkommene Stille um sie herum und Ruben Goldstein kollabierte vollends. Während alles auf Winter starrte, hatte Myra Jones den verletzten Ruben umgebracht. Kaltblütig. Einfach so.

»Schluss, habe ich gesagt!«, durchschnitt Winters Stimme alles und jeden im Raum.

Ohne dass er auch nur eine erkennbare Handbewegung oder dergleichen getan hätte, erhob sich Myra Jones in die Luft und verharrte dort.

»Was fällt dir ein, sich mir zu widersetzen, du kleine wertlose Schlampe von einer Kommissarin?«, sprach Winter ruhig und beherrscht, während sie vor ihm in der Luft schwebte. Doch was er in diesem Moment auch zu tun gedachte, es war zu spät. Der Körper Ruben Goldsteins, des großen Mechanikers mit dem verdorbenen Geist, der alles geschaffen hatte, durch das sie sich bis hierher gekämpft hatten, lag mit verrenktem Hals am Boden.

Aber Winter war jähzornig und rachsüchtig. Womöglich immer schon gewesen. Seit seinen Jahren in dem verfluchten Gemälde war er es auf jeden Fall. Die alten Meister hatten aus jemandem, den sie für ein Monster gehalten hatten, ein noch viel grausameres Monster geformt, indem sie ihn weggesperrt und über Jahre mit sich und seinem Verfall allein gelassen hatten.

Myra Jones flog hoch hinauf und krachte gegen die Höhlendecke, um von dort in die Tiefe zu stürzen. Schon beim ersten

Zusammenprall mit dem Stein hätte sie tot sein müssen, spätestens aber, als sie wieder auf dem Boden auftraf.

Doch Winter ließ sie ein weiteres Mal gegen die Decke prallen. Und wieder schlug der Körper der Kommissarin auf dem Boden auf. Etwas fiel neben sie. Es war ihr Arm.

Lara starrte auf das schreckliche Schauspiel, das sich ihr bot, völlig außerstande, irgendetwas zu unternehmen. Auch Geneva neben ihr blieb starr vor Entsetzen.

Und hätte Lara sich umgedreht, hätte sie in diesem Moment auch den frisch eingetroffenen Patrick Davenport hinter ihr fassungslos in die Knie gehen sehen.

Ein weiteres Mal fuhr der Körper zur Decke.

Immer mehr Teile fielen ab, mehrere Finger, ein Fuß.

Schließlich blieb die leblose Kommissarin am Boden liegen.

Kein Blut war zu sehen, keine durchtrennten Muskelfasern oder Gefäße.

Zahnräder lagen dort, Speichen und Riemen. Und Schrauben, Nieten und mechanische Gelenke.

Wie war das möglich?

Myra Jones – eine Mechanik? Aber sie hatte so lebendig gewirkt all die Zeit. Sie hatte gesprochen, war zornig geworden, hatte … Rache geübt.

Auf der anderen Seite, schoss es Lara durch den Kopf, hatte sie die Kommissarin niemals etwas essen sehen. Und immerzu hatte sie diese albernen weißen Handschuhe und dicken Sachen getragen. Immerzu. Sie hatte keine Körperwärme abstrahlen können und nicht gewollt, dass es jemand bemerkte.

Dann richteten sich alle Augen auf Roland Winter, der auf seinem mechanischen Thron saß.

Langsam erhob er sich. Derjenige, der sich von seinen Anhängern Grauer Lord hatte nennen lassen. Das Aufstehen wirkte jedoch keinesfalls schwerfällig oder gebrechlich und in gar keiner Weise mühselig. Es war eine einzige fließende Bewegung – nichts war mehr geblieben von dem nahezu zerstörten, nur knapp menschenähnlichen Wesen, das vor Jahren dem Gemälde entstiegen war.

»Mein Lord, wartet!«, rief eine Stimme. Hinter dem mechanischen Thron kam Dottore Lippi hervor, eilig, mit etwas in der Hand, das einer größeren Spritze ähnelte. Behände erklomm er den Unterbau des Thrones von der Seite und hantierte an den Schläuchen herum, die Roland Winter mit dem Thron verbanden.

»Lass das!«, knurrte der Graue Lord. »Sieh nach Ruben!«

»Jawohl«, katzbuckelte der blasse Dottore und entfernte sich von der unheimlichen Apparatur. Er drehte sich um und sein Blick fiel erstmals auf Ruben Goldstein und die in Einzelteile zerlegte Kommissarin.

»Um Gottes willen«, hörte man ihn flüstern.

Der Thron hinter ihm klackte. Alle Schläuche glitten auf einmal aus Winters Körper heraus.

Lara, Geneva und Patrick standen wie angewurzelt da. Was gerade um sie herum geschah, wollte noch nicht voll und ganz in ihre Gedanken vordringen. Doch was hätten sie auch tun können? Allein in einem Saal von einer Höhle, zusammen mit einer Horde blitzgefährlicher mechanischer Männer und dem mächtigsten Schreiber der Welt.

Winter fischte ein weißes Hemd von einem Haken rechts neben seiner Armlehne, streifte es über und begann, die vorderen Knöpfe der Reihe nach zuzuknöpfen.

»Du bist Lara McLane, nicht wahr?«, sprach Roland Winter vor sich hin, ohne Lara dabei anzublicken. Stattdessen kümmerte er sich um seine Manschettenknöpfe.

Lara schluckte, Schweiß trat auf ihre Stirn. Dies hier war der skurrilste Moment in ihrem Leben, schlimmer noch als Highgate.

»Aber natürlich«, fuhr Winter fort, mehr zu sich selbst. Er zog ein dunkles Jackett über und strich es glatt. »Ich erkenne dich wieder von unserer ersten Begegnung auf dem Friedhof. Du –«

Er hielt inne.

»– oder sagen wir mal, dein Vater hat mir vor langer Zeit einige größere Scherereien gemacht. Kleinigkeiten. Ärgerlich, aber nicht so sehr wie die Falle, die die alten Meister mir damals gestellt haben.

Aber reden wir nicht mehr davon. Ich würde sagen, der Posten eines Mechanikers in meinem … *Team* ist gerade vakant geworden. Also falls du Interesse hast …«

Es wirkte, als redete ein mächtiger Banker beiläufig über ein paar kleinere Aktienkäufe.

»Sie –«

Lara wollte auffahren, es war ein Reflex, doch sie brachte keine Worte mehr hervor. Völlig fassungslos versuchte sie das, was hier gerade vor sich ging, irgendwie in ihren Verstand zu lassen. Doch sie war sich nicht sicher, ob es ihr gelang.

»Und du siehst aus wie dein Vater, Junge«, meinte Winter, während er an Lara vorbei auf Patrick blickte und sich das mit Grau durchsetzte Haar zu einem Scheitel glattstrich.

Aus den Augenwinkeln konnte Lara sehen, wie unruhig Geneva war. Die Nachtwächterin musste ihren ganzen Willen aufbringen, um sich zu beherrschen. Alles andere hätte sicherlich ihren sofortigen Tod bedeutet.

»Was wissen *Sie* denn schon von *meinem* Vater?«, zischte Patrick verächtlich.

»Ah«, Winter rieb sich die Hände. Er schritt die Stufen zu seinem mechanischen Thron hinab, ohne Patrick dabei aus den kalten Augen zu lassen. »*Dein* Vater hat mir damals ähnlich viel Ärger gemacht wie Mr McLane.«

»Nur dass Sie *ihn* nicht umgebracht haben?«, konterte Patrick scharf.

»Ich glaube, du missverstehst das alles«, sagte Winter – und wurde unterbrochen.

Im Tunnel waren laute Geräusche zu hören. Einen Augenblick später hetzten erst Francesco Bastiani und schließlich Lord Hester in die Höhle mit dem mechanischen Thron.

Außer Atem blieben sie stehen. Lord Hester hatte eine breite, blutige Schramme über der Stirn. Seinen blauen Zylinder hatte er verloren und sein Haar wirkte zerzaust.

Doch die Contenance des Rabenlords war beachtlich. Es dauerte vielleicht eine oder zwei Sekunden, bis er die Szenerie, die sich ihm bot, durchschaut hatte. Mit purer Willenskraft schien er seinen Atem zu kontrollieren und strahlte sofort eine immense Ruhe aus. Es schien völlig unmöglich angesichts ihrer Situation, doch der Effekt war deutlich spürbar: Der Lord strahlte Zuversicht aus – und wenn es auch bloß für seine Mitstreiter war.

Die mechanischen Diener klickerten nervös und einige fokussierten mit ihren Uhrwerk-Blicken die beiden Neuankömmlinge.

»Na endlich«, applaudierte Roland Winter spöttisch, als sein Blick denjenigen des Rabenlords traf. »Lord Charles Hester, Herr der geflügelten Armada von Ravinia. Willkommen in Epicordia!«

»Roland Winter«, bemerkte Lord Hester, ohne auch nur den Hauch einer Unsicherheit in der Stimme. »Überrascht, mich hier zu sehen?«

»Unsinn«, höhnte Winter. »Ich habe dich genau hier, wo ich dich haben will.«

Er ging einige Schritte seitlich um seinen Thron herum und verschränkte die Arme hinter dem Rücken. Es schien beinahe, als würde hier ein Duell um die größere Autorität, die größere Wirkung des einen auf den jeweils anderen ausgetragen.

Lord gegen Lord. Der eine von einer eigenartigen Magie erwählt, der andere selbst ernannt.

»Deshalb die Entführungen«, sagte der Rabenlord, so als erklärte es sich nun endlich von selbst. Er wirkte nicht im Mindesten geschockt – oder zumindest ließ er es sich nicht anmerken. Er nickte in Richtung des mechanischen Throns. »Roland, ich muss anerkennen, dass du hinter eine ganze

Menge Geheimnisse gekommen bist, hinter die niemals jemand hätte kommen dürfen.«

»Ach«, winkte der Graue Lord ab, als verwehre er sich zu viel des Lobes. »Ein brillanter Einfall meiner Sturmbringer.«

Er ging noch einige Schritte, blieb stehen und drehte sich um, damit er dem Rabenlord wieder direkt ins Gesicht sehen konnte.

»Ich hatte eine Menge fähige Mitarbeiter«, erklärte er. »Interessant ist bloß die Tatsache, *wie schnell* all die guten Einfälle manchmal zum Erfolg führen. Ich hatte zum Beispiel nicht damit gerechnet, dich *heute* schon hier unten anzutreffen. Dass der Spiegelmacher irgendwann bei dir angelaufen kommen würde, war bloß logisch. Aber dass es so schnell geht … nun, ich muss sagen, ich finde es großartig, dass die Kommunikationswege in Ravinia so kurz sind.«

Er lächelte süffisant. Bestechend, gefährlich und völlig kaltblütig.

»Aber genug der Worte«, schloss er. »Den Rest findet ihr sicherlich allein heraus.«

Er zog einen Schlüssel aus seiner Jacketttasche und steckte ihn in das Schloss der Tür, die in die Höhlenwand eingelassen war.

Dottore Lippi verschwendete keine Zeit und hetzte an Roland Winters Seite.

»Nein«, rief Lord Hester. Rabenfedern schossen aus den Ärmeln seines blauen Mantels hervor. Doch eine Handbewegung Winters genügte, um sie auseinanderstieben zu lassen wie eine Staubwolke.

»Tötet sie einfach!«, rief Winter den mechanischen Dienern im Raum zu und zog die Tür hinter sich zu.

Ein Knall ertönte und sie wurden Zeugen einer letzten mechanischen Erfindung von Ruben Goldstein: Das Schloss der Tür wurde von einer kleinen, aber zielgerichteten Explosion in tausend kleine Teile zersprengt.

Roland Winter war fort – hatte sie in einem teuflisch ausgeklügelten Plan hierher in die tiefsten Tiefen von Epicordia gelockt. In jede Richtung waren sie Stunden vom nächsten Ausweg entfernt. Und tödliche Mechaniken umgaben sie, egal, wohin sie sich wendeten.

»Na kommt schon!«, brüllte Geneva die mechanischen Diener todesmutig an. Dabei ließ sie ihr schlankes Schwert drohend vor dem Körper kreisen.

Lara wusste, dass die Nachtwächterin nicht den Hauch einer Chance gegen ein ganzes Dutzend dieser Uhrwerk-Menschen mit ihren blitzenden Klingen hatte. Gegen einen oder zwei der mechanischen Diener ja, problemlos wahrscheinlich sogar. Aber nicht gegen so viele. Doch diese setzten sich nach einer Sekunde des Zögerns in Bewegung, um Lara und ihren Freunden den Garaus zu machen.

Francesco, der ein Brecheisen in der einen und einen Baseballschläger in der anderen Hand schwang, drängte sich vor Lara und drückte Patrick den Schläger in die Finger.

Was für ein Gentleman, dachte Lara sarkastisch und verdrehte genervt die Augen. Entweder hatte Lord Hester einen Trick auf Lager oder ihnen würden auch keine zweihundert Baseballschläger nützen.

Doch der Rabenlord hielt, was seine Präsenz versprach.

Ströme von Rabenfedern flossen aus seinen Ärmeln, schossen mit spitzen Federkielen voran in die mechanischen Diener hinein. Filigrane Zahnräder und Achsen flogen in alle Richtungen. Für einen Augenblick schienen die mechanischen Diener klickend und ratternd zu protestieren, doch einer nach dem anderen ging in die Knie. Gelenke brachen unter dem eigenen Gewicht auseinander, Glieder fielen ab.

Geneva drehte sich mit einem irren Kampfschrei in ihre Gegner hinein, doch sie kam kaum dazu, einen nennenswerten Effekt heraufzubeschwören.

Nach wenigen Augenblicken glich die Höhle um den mechanischen Thron demjenigen Tunnel, den die Gottesanbeterinnen zuerst verteidigt hatten. Reste von nicht mehr funktionsfähigen Mechaniken lagen überall verstreut. Myriaden von kleineren Einzelteilen waren durch die gesamte Höhle gespritzt. Die mechanischen Diener waren größer und schwerfälliger als die Gottesanbeterinnen. Das ideale Ziel für die kleinen, wendigen Rabenfedern.

Geneva ließ das Schwert sinken und nickte Lord Hester anerkennend zu. Dem Rabenlord wiederum stand die Anstrengung förmlich ins Gesicht geschrieben. Auf einmal wirkte er wie ein alter, erschöpfter Mann.

Die Rabenfedern erhoben sich von den Trümmern der mechanischen Diener und fuhren von allen Seiten in den Thron hinein. Zunächst ohne erkennbaren Effekt, doch Lara wusste, dass der Thron und alles, was er eventuell zu tun vermochte, auf diese Weise blockiert wurde.

Lord Hester schlurfte zu dem unheimlichen Sitzmöbel hinüber, stieg die drei Stufen des Unterbaus hinauf und ließ sich auf die Sitzfläche sinken. Nachdenklich stützte er seinen Kopf in eine Hand.

»Lord Hester?«, fragte Geneva verunsichert und näherte sich vorsichtig dem Thron, geschickt die Schrottteile umgehend.

Der Rabenlord blickte sie müde an.

»Sieht so aus, als ob wir geschlagen wären, stimmt's?«, sagte er mit einem traurigen Lächeln.

»Wenn ... wenn Sie es so sehen«, meinte Geneva vorsichtig.

»Ach«, seufzte der Lord. »Ich brauche mich jetzt nicht in Selbstmitleid darüber zu ergehen, dass ich ohnehin nie der größte der Lords von Ravinia gewesen wäre und so weiter. Fest steht aber, dass ich mich ganz schön ins Abseits habe manövrieren lassen.«

»Lord?«, hakte Geneva nach. »Was ist in der Fabrikhalle? Was ist mit den Gottesanbeterinnen?«

»Die sind erledigt«, stellte Francesco fest. »Falls dich das beruhigt.«

»Oh, na klar tut es das«, murmelte Geneva sarkastisch und betrübt zugleich. Sie wirkte wie eine Veteranin, die es trotz aller gemachten Erfahrungen immer wieder aufs Neue traf, wie verheerend der Krieg doch war. »Und bitte, erspar mir die Liste von Toten und Verletzten. Wenigstens einen Augenblick.«

»Ich ...«, Francesco zuckte mit den Schultern. »Es ... ist gar nicht so schlecht gelaufen.«

Er winkte ab.

»Ist doch egal«, meinte er. »*Wir* sind Roland Winter jetzt los, dafür habt *ihr* ihn jetzt am Hals.«

»Super, danke für die feinfühlige Bemerkung«, versetzte Geneva.

Da wurde es Lara zu bunt.

»Es reicht!«, rief sie. »Hört auf mit dem Unsinn!«

Sie lief in die Mitte, stolperte beinahe über einen zerlegten Diener und trat wutentbrannt gegen das nächstgelegene Teil aus Blech, dass sie fand. Geneva duckte sich, um dem Geschoss auszuweichen.

»Was zum Teufel soll das?«, schrie Lara. »Wenn Roland Winter jetzt in Ravinia ist, dann ist es *unsere verdammte Pflicht*, ihn aufzuhalten.«

»Ach ja?«, fuhr Geneva sie an. »Du hast es ja gerade einfach, so was von dir zu geben, kleine Schlüsselmacherin. Dann *tu* doch verdammt noch mal etwas!«

Ein Schwall von Rabenfedern fegte sie beide hinweg, wie eine mit Sand durchsetzte Welle am Strand. Kullernd landeten sie beide am Boden.

»Die junge Ms McLane hat recht«, betonte der Rabenlord, als sie sich beide aufrappelten. »Es ist unsere *verdammte* Pflicht. Wenn sich die beiden Damen also bitte benehmen würden.«

Wütend sahen Lara und Geneva einander an, dann den Lord.

»Der schnellste Weg nach oben führt da durch«, stellte der Rabenlord fest und deutete auf die Tür mit dem zerstörten Schloss. »Der Weg zu Fuß an die Oberfläche dauert Stunden.«

Dann blickte er ausgerechnet Lara äußerst eindringlich an.

»Und deshalb braucht diese Tür ein neues Schloss, Lara.

Du bist nun mal die einzige Schlüsselmacherin hier unten. Und wegen solcher Dinge habe ich dich schließlich mitgenommen.«

»Die besonderen Talente der Bewohner von Ravinia sind auf eine bestimmte Art und Weise an deren Lebensenergie gebunden«, erklärte Lord Hester auf dem Thron sitzend.

Lara hatte sich überall in den Höhlen diverser Teile bedient. Ein passendes Türschloss war nicht dabei gewesen. Dafür jedoch jede Menge Werkzeug sowie diverse Arbeitstische und Werkbänke, die Ruben wohl genutzt hatte. Und so feilte, lötete und schraubte das Mädchen, deren Leben zu einem wilden Herbststurm geworden war.

Derweil hatten die Übrigen ein wenig Aufräumarbeit geleistet. Sie hatten Decken gefunden und Ruben Goldsteins Körper sowie die Überreste von Myra Jones darin eingewickelt. Schweißtreibende Arbeit lenkte sie von ihren Emotionen ab. Ansonsten wären sie ihrer Trauer oder ihrem Zorn erlegen.

Und sie hatten Vermutungen angestellt, wie der Plan Roland Winters ausgetüftelt worden war und warum er funktioniert haben könnte.

Eines der letzten fehlenden Puzzlestücke lieferte ihnen der Rabenlord, der sich von den Strapazen erholte. Er trug seinen Zylinder wieder, nachdem sie ihn wiedergefunden hatten. Er hatte einen Schnitt abbekommen, der die Krempe an einer Seite herunterhängen ließ.

»Roland Winters Sturmbringer müssen einen Weg gefunden haben, diese Lebensenergie von einem Körper in den anderen zu leiten. Auf medizinischer Basis.

Doch das Ganze muss ein langer, möglicherweise über Jahre andauernder Prozess gewesen sein. Was wiederum heißt, dass viel von dem hier lange vor der Befreiung Winters aus dem Gemälde geplant gewesen sein kann.«

»Dann war die Sache mit der gefrorenen Melodie nur eine vorübergehende Lösung?«, erkundigte Geneva sich.

Lord Hester nickte.

»Ich denke schon. Es muss die einfachste und schnellste Möglichkeit gewesen sein, Roland Winter am Leben zu erhalten, bis dieser eigenartige Stuhl hier«, der Lord tätschelte die Armlehne des Throns, »vollständig funktionierte.«

»Dumm also, dass Winter sich vorher auf einen Rachefeldzug begeben hat und in Highgate gescheitert ist.«

»Winter ist ein Monster geworden – sofern er es nicht auch vor seiner Gefangenschaft in dem Bild schon gewesen ist. Ich schätze, es ist für seine Sturmbringer ebenso schwer geworden, ihm mit vernünftigen Argumenten Einhalt zu gebieten, wie irgendwem sonst.«

»Und deshalb auch die Entführungen?«

»Ich schätze schon. Die Auswahl der Opfer war geschickt. Es handelte sich stets um Leute, die am Rande der Gesellschaft standen. Nicht über die Maßen begabt, nicht von vielen Freunden und Gönnern umgeben, nicht im absoluten Fokus. Ihnen haben sie dann ihre Lebensenergie in irgendeiner Form entzogen, um sie Winter zuzuführen. In kleinen Dosen, gerade so viel, dass es nicht unbedingt weiter auffiel. Zumal, wenn die entsprechenden Person ohnehin nicht übermäßig begabt waren.«

»Und die Spiegel?«

»Waren Teil des Plans und Ablenkungsmanöver zugleich.« Lord Hester seufzte.

»Ich weiß nicht, wo die Sturmbringer damit begonnen haben. Aber irgendwann in den letzten Monaten müssen sie dies hier unten eingerichtet haben. Ganz bewusst, um in einem bestimmten Moment Aufmerksamkeit auf sich zu ziehen. Sie haben geschickt dafür gesorgt, dass ich mich früher oder später einmischen werde, denn ich bin möglicherweise der Einzige, der Winter ernsthaft gefährlich werden kann.

Luigi Lippis Spiegel wird nur der erste Ausgangspunkt gewesen sein, um mit dem Bau der mechanischen Gottesanbeterinnen zu beginnen. Ich schätze, dass sie sehr schnell eine Tür hier unten hatten. Und von da an war es leicht, alles Mögliche herzubringen. Keiner von uns kann sagen, wie lange und wie schnell Ruben an diesem riesigen mechanischen Imperium getüftelt hat. Wahrscheinlich schon seit Jahren. Dann musste er die Maschinen bloß noch herbringen. Und ich bin sicher, dass es den Sturmbringern auch am liebsten gewesen wäre, wenn ich hier unten das Zeitliche gesegnet hätte.«

Er seufzte wieder und richtete sich im Sitzen etwas auf.

»Wie auch immer. Es ist ihnen gelungen. Ich habe mich auf dieses Spielchen eingelassen und nun stecken wir erst mal für eine Weile fest. Weiß der Himmel, was Roland Winter in dieser Zeit alles anzustellen vermag.«

»Denken wir besser erst mal nicht darüber nach«, murmelte Geneva zerknirscht. Und Lara – die selbstverständlich mit einem Ohr zuhörte, während sie werkelte – konnte sich lebhaft vorstellen, warum Geneva nichts davon hören wollte, was wohl gerade oben in Ravinia geschah. Man brauchte kein Genie zu sein, um festzustellen, wer in Ravinia in ernsten Notfällen am schnellsten die mächtigste Exekutive auf die Beine stellen konnte.

Die Nachtwächter.

Und nach allem, was Lara gesehen hatte, konnte sie sich ausmalen, dass Roland Winter, der Herr über Wind und Staub, keine Probleme haben dürfte, es mit allen Nachtwächtern der Stadt auf einmal aufzunehmen. Mechanische Diener mit gefährlichen Schwertarmen hin oder her.

Derweil beschäftigte sie allerdings noch ein weiterer Gedanke. Die Geschichte von Joshua Mendel ging ihr nicht aus dem Kopf. Und auch wenn sich Meister Ma'Haraz als wesentlich resistenter erwiesen hatte als gedacht, so hatte Lara doch eines daraus gelernt: Jeder Mensch hatte eine Schwachstelle. Eine Schwachstelle tief im Innern, dort, wo die wichtigsten Geheimnisse und Emotionen lagen, vielleicht über Jahre unbeachtet und doch von einem regen Geist gehütet und gepflegt. Egal, was aus Ravinia werden mochte – auch Roland Winter würde so eine Schwachstelle besitzen. Und wenn alle Stricke rissen, würde es sich möglicherweise als sehr sinnvoll erweisen, auf die Suche nach diesem Schwachpunkt in Winters Vergangenheit zu gehen.

Vielleicht war die Lösung einfach. Vielleicht war sogar Laras verstorbene Großmutter Elisabeth Joel die Hauptursache des Ganzen. Doch das erschien ihr nicht ganz einleuchtend. Und wenn es hart auf hart käme, würde Lara sich auf die Suche nach dieser Lösung machen müssen.

Sie blickte auf ihre Arbeit. Und wog das Ergebnis ihrer Mühen mit abschätzendem Blick in der Hand. Vielleicht würde dies schon reichen.

Sie hatte ein Vorhängeschloss an einer der Maschinen gefunden. Rohlinge für Schlüssel hatte Ruben nicht viele gehabt, doch sie reichten für Laras Zwecke aus. Schließlich hatte sie eine Vorrichtung geschaffen, um aus der Schließmechanik des Vorhängeschlosses eine größere, improvisierte Mechanik zu fertigen, die sie in die zerstörte Tür einpassen konnte.

Bei dem Schlüssel hatte sie sich ebenfalls so viel Mühe gegeben, wie es ihr die vorhandenen Werkstoffe ermöglichten. Er war schön geworden und Lara hoffte inständig, dass er sie irgendwo hinführen würde, von wo aus sie schnell weiterreisen konnten.

Sie machte sich an der Tür zu schaffen.

Diese war aus Stahl, der Durchlasstür, die in diese Höhle führte, nicht unähnlich.

Mit einem Hammer und mehreren Zangen bog sie die zerstörten Teile halbwegs gerade und schaffte es tatsächlich erstaunlich schnell, ihre improvisierte Schließmechanik in die Tür einzupassen.

Nachdem sie alles fixiert hatte, stand sie auf, atmete tief durch. Sie drehte den Schlüssel und öffnete vorsichtig die Tür.

Feuchte Luft schlug ihr entgegen und ihr Herz machte einen Sprung, als sie auf eine von Tannen gesäumte Hügellandschaft blickte, über der ein Sommergewitter niederging.

Ein wenig Regen schlug ihr entgegen und trotz aller schweren Schläge und Enttäuschungen der letzten Stunden stahl sich ein Lächeln auf Lara McLanes Gesicht. Ein Regentropfen lief ihr am Haar hinab.

And I am the rain king …

Sie hatten immer noch eine Chance.

12. Kapitel, *in dem erneut ein Sturm losbricht.*

Der Gefangene kommt aus dem Teppich wieder heraus,
entschlossen, sich an der ganzen Welt zu rächen,
und die Zauberer und Helden dieser Zeit müssen sich
zusammentun und ihn umbringen oder, wie es
üblicherweise geschieht, ihn für weitere Tausend Jahre
ein zweites Mal in ein noch grässlicheres Gefängnis
einsperren.

Susanna Clarke

– Szenenwechsel.

Gefühle sind wie ein Sturm.

Er wirbelt so unverhofft die See der Emotionen auf, flaut ab, schwillt wieder an. Was vorgestern noch schön, heil und gut war, konnte sich bereits übermorgen in eine staubige Ruine verwandelt haben. Abgeschliffen von Wind und Wetter, alt und verbraucht.

Liza betrachtete ihren jungen Wahrsager, wie er dort im Krankenhausbett scheinbar friedlich schlummerte. Sein rechter Arm war dick bandagiert und verströmte einen sterilen Geruch nach Medizin, Desinfektionsmitteln und frischen Verbänden. In seinem linken Arm steckte eine Kanüle, von der aus ein dünner Schlauch hin zu einem Tropf ging. Sie hatten ihn zunächst ruhiggestellt, hatte man ihr erklärt, doch mittlerweile schlief sein geschundener Körper nur mehr den Schlaf der Gerechten. Über und über war er mit Pflastern und Verbänden übersät, um die vielen kleinen Schrammen und Prellungen zu behandeln, die er sich zugezogen hatte.

Tapferkeit war vielleicht ein Markenzeichen, mit dem Lee Crooks sich schmücken konnte. Gutgläubigkeit war ein anderes.

Sie war bereits über eine Stunde hier, hatte in dieser Zeit zweimal den Kaffeeautomaten ein Stockwerk tiefer aufgesucht und die leeren Plastikbecher zerknüllt auf die Fensterbank gestellt. Sie kämpfte gegen die eigene Müdigkeit an, die vergangene Nacht hatte ihnen allen so viel abverlangt. Vor allem ihrem tapferen Lee.

Sie lehnte sich auf dem Kunststoffstuhl nach hinten und dachte über das Geschehene nach, während ihr Blick auf den flimmernden Fernseher oben in der Zimmerecke fiel. Lees Zimmergenosse – ein älterer Mann mit einem Bierbauch und einem derben Gesicht – schaute desinteressiert eine dieser unsäglichen Nachmittags-Talk-Shows. Vielleicht schlief auch er, das konnte Liza nicht sehen, die klobigen Kopfhörer des Mannes versperrten ihr die Sicht auf seine Augen.

Seufzend sah sie aus dem Fenster. Draußen brütete die nachmittägliche Junisonne alles nieder. Zum Glück war es hier klimatisiert.

Ihr Blick fiel wieder auf Lee. Natürlich hatte er sie in alles eingeweiht und sie konnte sich sehr gut vorstellen, worum es für jeden in Ravinia bei all dem ging.

Und dann war da noch Patrick gewesen, der ihr erst geholfen hatte, damit der miese, düstere Wahrsager Lee nicht tötete, und später dann mit ihr zusammen Lord Hester Rede und Antwort gestanden hatte.

Liebe macht angeblich blind.

Verliebtheit auf jeden Fall. Gemischt mit Adrenalin und dem Willen, irgendetwas zu unternehmen, hatte sie mit Patrick kurzerhand die wahnwitzige Idee ausgebrütet, die Geschwister Skinner aus dem Gefängnis zu holen. Wie gottverdammt hirnrissig! Eigentlich wollten sie in Dismas nur anklopfen und fragen, ob es wenigstens möglich sei, mit den beiden gefangenen Akrobaten ein Gespräch zu führen. Doch dann waren ihnen die Nerven durchgegangen.

Was folgte, war die zweite Hälfte der Nacht in Dismas. Und hätte Lord Hester nicht entschieden, dass er Patrick gerne für seine Zwecke einspannen wollte, säßen sie dort vermutlich immer noch und würden auf leere Wüsten oder endlose Salzseen hinausstarren.

Verdammt noch mal. Lee. Warum brachten die jugendlich fiebrigen Gedanken über Lieben und Geliebtwerden nur jeglichen Funken an gewöhnlichem Verstand zum Erlöschen?

Sie hätte heulen können.

Denn das Bitterste kam immer erst zum Schluss: die Erkenntnis.

Lee hatte sich vor Lara *geworfen. Er hatte diese dämliche, braunblonde Schlüsselmacherin mit seinem eigenen Leben beschützt. Verflucht! Irgendetwas verband die beiden, und dieses Etwas war stärker als alles sonst. Vor allem aber war es stärker als das Band zwischen* ihnen.

Liza hätte es riechen müssen. Vom Moment des ersten Kusses bis hin zu all jenen Gelegenheiten, wo er ihr stets beteuert hatte, dass zwischen Lee Crooks und Lara McLane bloß Freundschaft herrschte.

Sie musste schlucken.

Aber vermutlich war das Schicksal noch grausamer. Vermutlich redeten sie sich tatsächlich beide ein, dass sie so etwas wie Freunde, wie Geschwister wären, die gemeinsam Pferde stehlen konnten und durch dick und dünn miteinander gingen.

Konnte Schicksal nicht etwas Grässliches sein?

Lee regte sich im Bett.

Sofort war Lizas gesamte Aufmerksamkeit auf ihn gerichtet.

Verschlafen blinzelte er unter seinen rotbraunen Haarsträhnen hervor, öffnete seine Augen, die so seltsam tief in die Seele eines Menschen blicken konnten. Liza hätte manchmal geschworen, sie wären wie echte Abgründe, in die man hineinfallen konnte.

»Hey«, brachte er müde hervor und streckte den gesunden Arm aus.

Ihre Hände umfassten einander und Liza biss sich auf die Unterlippe. Doch auch der Schmerz ihrer Zahnabdrücke konnte nicht verhindern, dass eine Träne ihre Wange hinabkullerte, während sie um Fassung rang.

»Hey«, sagte sie leise.

Gefühle sind wie ein Sturm.

Und der Sturm kam über Ravinia. Erst leise und kaum vernehmlich, dann lauter und immer dröhnender.

Die Bewohner der Stadt – allen voran Adel und Rat – hatten die Fähigkeit zur Ignoranz über Jahre hinweg kultiviert, gepflegt wie einen schönen Garten. Sie hatten sie mehr oder weniger perfektioniert. So glaubten sie nicht nur, dass die Welt aus ihrer Sicht heraus in Ordnung war, sondern sie schafften es darüber hinaus auch, andere mit diesem Glauben anzustecken.

Und niemanden trifft das Schicksal härter als die Ahnungslosen …

Laras Herz raste erneut.

Sie hetzten durch die Straßen von Ravinia.

Ein eigenartiger Singsang lag in der Luft. Es klang wie ein Choral, der die gesamte Stadt erfüllte. Lara konnte nicht erkennen, woher der Gesang kam, doch die Luft war erfüllt von ihm.

Aber andere Dinge waren wichtiger und sie wagte nicht, eine vermeintlich einfach zu beantwortende Frage zu stellen.

Francesco hatte nicht hinaus ins Tageslicht gekonnt, auch wenn es bloß eine Farce von Tageslicht war. Ein unangenehm stürmisches Wetter war aufgezogen. Graue Wolken hingen tief über der Stadt und verhießen Regen. Doch noch waren die Straßen staubtrocken.

Die Rauchfahnen aus der Oberstadt waren eindeutig. Die Geräusche hingegen, die aus der Ferne zu ihnen herüberschallten, konnten alles und nichts bedeuten. Blindlings versuchten Lara und Patrick mit Lord Hester Schritt zu halten, der ihnen wie der Wind davonzueilen drohte. Woher der alte Mann seine Energie nahm, war ihnen ein Rätsel.

Geneva hatte sich schon vor einigen Minuten von ihnen abgesetzt und war schneller noch, viel schneller in Richtung Oberstadt gelaufen.

Eine immer dichter werdende Wolke aus Raben bildete sich über ihren Köpfen, der sich immer neue schwarze Vögel anschlossen. Ihr wildes Gekrächze klang aufgeregt.

Als sie den Marktplatz überquerten, bog auf Höhe des alten Kinos vor ihnen ein Motorrad auf die Hauptstraße ein, gefahren von einer Frau, deren rötliches Haar wie wild durcheinanderfegte.

Alisha auf ihrem wahnwitzigen Brutus!

Keine gewöhnliche motorisierte Maschine hätte die holprige Kopfsteinpflasterstraße hin zur Oberstadt in dieser Geschwindigkeit meistern können. Lara erhaschte noch einen Blick auf den Beiwagen und meinte Tom zu erkennen, wie er sich darin festkrallte, die rabenschwarzen Haare flatterten im Gegenwind. Dann waren sie ihrem Blick auch schon entschwunden.

Immer mehr Bewohner der Stadt schlossen sich ihnen an, rannten hinauf in die Oberstadt.

Wenige Minuten später kamen auch Lara, Patrick und Lord Hester endlich am Ort des Geschehens an.

Und was sie dort erwartete, war schrecklich.

Das einst festungsgleiche Gebäude der Wache lag in einem gewaltigen Trümmerhaufen da. Halbe Wände und zersplitterte Balken ragten daraus hervor, Rauchfahnen stiegen teils zum Himmel empor, teils wurden sie vom Wind verwirbelt. Berge und Täler aus zertrümmerten Teilen des Gebäudes breiteten sich als grauenerregende Landschaft vor Lara aus.

Das Chaos um sie herum war so unermesslich, dass Lara einen Augenblick der Orientierung benötigte. Sie kannte Bilder von den Zerstörungen des Krieges in Europa, der vor vielen Jahrzehnten stattgefunden hatte. Es war, als wäre sie mitten in ein solches hineinversetzt worden. Vielleicht sah es hier noch schlimmer aus.

Links und rechts von ihnen waren die Steine und Balken der Wache weit bis auf die andere Seite des Platzes gefegt worden. Die umliegenden Gebäude hatten ebenfalls beträchtliche Schäden erlitten. Auch das Kommissariat war arg in Mitleidenschaft gezogen worden.

Über allem wehte ein zehrender Geruch aus Verderben. Verkohlt, zerstört, geschliffen. Vernichtet.

Patrick wich auf einmal von Laras Seite.

Er stürzte zu Alisha, die am Rande des zerstörten Gebäudes zur Hälfte unter ihrem Motorrad begraben lag. Brutus gab ein klägliches Quietschen und Brummen von sich, es klang schwach und er konnte sich nicht von seiner Erbauerin erheben.

Und Tom war nicht mehr bei ihnen!

Lord Hester bahnte sich einen Weg in die Trümmerlandschaft hinein, Rabenflügel versuchten ihm den Rauch aus dem Gesicht zu halten.

Und Lara McLane in all ihrer stürmischen Unbedarftheit fasste kurzerhand einen blinden Entschluss und folgte dem Rabenlord hinein in die Trümmer der Wache.

Sie stiefelten an einem leblosen Körper vorüber, der Kleidung nach zu urteilen einst ein Nachtwächter. Lara schlug die Hände vor die Augen, stolperte und landete in einem Schutthaufen.

Hustend stemmte sie sich hoch.

Sie hatte den Rabenlord verloren. Er war außer Sicht, irgendwo zwischen Wänden ohne Decken und Rauchfahnen verschwunden.

Dafür hatte sie Tom gesehen. Aus dem Augenwinkel. Ganz sicher. In einem Durchgang.

Irgendwo hier musste er also sein. Tränen rannen ihr heiß aus den Augen, irgendwo zwischen Schmerz und Wirklichkeit. Sie brannten vom vielen Staub in der Luft.

Verdammt. Tom durfte nicht hier sein! Niemand durfte hier sein, in diesem Wahnsinn. Aber Tom ganz sicher nicht! Und Geneva auch nicht. Und alle anderen, die sie liebte …

Ihr dünner Pullover blieb an einem Stück Draht hängen und zerriss an der Seite. Sie achtete nicht darauf, wischte mit dem zerfetzten Ärmel Tränen aus ihrem Gesicht. Heiße Tränen der Verzweiflung und Wut.

Sie musste klar sehen! Jetzt ganz besonders.

Alles, was zählte, war, Lord Hester wiederzufinden, denn ansonsten war sie am Ende auch noch selbst verloren.

Sie musste über die eingestürzten Teile des Gebäudes blicken, sich einen Überblick verschaffen. Dringend. Also erklomm sie den nächsten Berg aus Schutt und wischte sich die bernsteinfarbenen Locken aus dem Gesicht. Sie waren feucht vom Schweiß und … vom Blut. Helle rote Streifen zogen sich über Laras Hand, dort, wo sie sich über die Stirn gewischt hatte. Sie musste sich beim Sturz verletzt haben.

Schließlich lichtete sich der Rauch und sie konnte einen Blick erhaschen auf einen grotesken Kampf.

Der Graue Lord stand auf einem Trümmerhaufen und spielte regelrecht mit vier oder fünf Nachtwächtern. Der von ihm kontrollierte Wind hob sie hoch und warf sie durcheinander wie Kegel beim Bowling. Es war grausam anzusehen.

Er lachte und wischte mit der Hand durch die Luft, woraufhin eine Nachtwächterin gegen eine drei Fuß hoch aufragende Wand geschleudert wurde und kaum noch imstande war, sich aufzurappeln. Völlig makellos stand der Graue Lord dort in Hemd und Jackett, unberührt von dem Chaos um sich herum, das er heraufbeschworen hatte.

Lara musste erneut husten.

Oh, wie sie ihn verabscheute für alles, was er tat.

Die Nachtwächter hatten nicht den Hauch einer Chance. Bewusstlos – oder vielleicht schlimmer – lagen sie um ihn herum. Für ihn waren sie nicht mehr als ein lästiges Ärgernis. Und sich dessen zu erwehren bereitete ihm eine sadistische Freude.

Doch plötzlich wurde Winter zur Seite geworfen und purzelte ein paar Schritte den Trümmerhaufen hinab, auf dem er Stellung bezogen hatte.

»Monster!«, schrie jemand, dessen Stimme Lara möglicherweise noch nie derart wutentbrannt hatte aufheulen hören, dass sie sich überschlug.

Tom trat nach dem gestürzten Roland Winter, doch bevor er ihn erreichte, wurde er in die Luft gehoben und schwebte einige Handbreit über dem Boden, während Winter aufstand.

»Verdammter Schlüsselmacher«, fluchte er und klopfte sich den Staub von der Hose, ehe er Tom düster fixierte.

»Der *begabteste* Kopf seines Fachs«, meinte er abschätzig. »Und *du* willst *mir* Paroli bieten? Was zum Donnerwetter fällt dir eigentlich ein, Truska?«

Doch Tom erwiderte nichts. Er verschwand einfach so vor Winters Augen, tauchte hinter ihm wieder auf und trat ihm in die Nieren. Der Graue Lord stöhnte, fiel vornüber und rollte ein Stück den Trümmerhaufen hinab.

Doch er lachte, während er sich hochstemmte.

Er lachte, dass es über den gesamten zerstörten Platz hin zu hören sein musste. Und der Wind trug sein Gelächter weiter, noch viel weiter. Schauerlich und kalt und absolut vernichtend.

»Gut, gut«, rief er als sein Lachen endlich versiegt war. Er hatte sich erneut aufgerichtet. Sein linker Ärmel hing in Fetzen herab. »Ich scheine also nicht der Einzige zu sein, der sich mit verbotenem Wissen auseinandergesetzt hat.«

Anerkennend nickte er Tom zu.

»Und nun?«, fragte er weiter. »Halten wir uns stundenlang gegenseitig in Schach?«

Tom schüttelte den Kopf.

Verschwand.

Tauchte an Winters Seite wieder auf und streckte ihn mit einem Fausthieb ins Gesicht zu Boden.

Gleichzeitig jedoch wurde er von einer Böe erfasst und flog einige Meter rückwärts in den Staub.

Hustend kamen beide wieder hoch.

»Verlassen Sie diese Stadt!«, rief Tom dem Herrn über Wind und Staub entgegen.

Doch Roland Winter lachte wieder – kurz und trocken und erbarmungslos diesmal.

»Warum sollte ich? All meine Mühen umsonst? Vergebens?«

Er schüttelte den Kopf.

»Nein, das könnte ich nicht. Und warum sollte ich auch?«

Tom schnaubte. Wütend. Hilflos angesichts der ihn umgebenden Zerstörung.

»Ich kann ihnen ein Messer zwischen die Rippen stoßen«, schrie er. »Ohne Weiteres. Sie wären niemals schnell genug, Sie könnten es gar nicht verhindern.«

Winter winkte ab.

»Tom Truska, ich bitte Sie. Das würden Sie niemals tun, hören Sie? *Niemals*!«

Erneut ging der Graue Lord zu Boden. Und erneut wurde auch Tom in den Staub geschleudert.

»Ich warne Sie!«, rief Tom und spuckte Staub und Sand aus. Lara merkte, wie ihr Meister mit den Tränen kämpfte. Seine ohnehin schon knappen Kraftreserven verließen ihn – genau wie seine Gefasstheit. »Sie lassen mir keine Wahl. Was könnte ich denn anderes tun, als Sie umzubringen?«

Da traf der spitze Federkiel einer Rabenfeder Roland Winter in den Oberarm.

Sofort hob er eine Hand, lenkte den Wind und zerstreute alle weiteren Federn, die der ersten folgten. Sein wütender Blick wandte sich in die Richtung, aus der er attackiert worden war.

»Tom!«, mahnte Lord Hester beschwichtigend, der zwischen zwei halb eingestürzten Wänden hervorgetreten war. »Lass es sein, Tom. Es gibt andere Mittel und Wege, um die Stadt vor dem Allerschlimmsten zu bewahren.«

Gekrächze ertönte überall um sie herum und der Himmel wurde dunkel, als die Raben von Ravinia sich über ihren Köpfen versammelten.

Winter blickte nach oben, verfolgte das Schauspiel mit interessierter Miene. Ihm war nicht anzusehen, ob ihn das Auftauchen Lord Hesters überraschte. Aber recht konnte es ihm keinesfalls sein.

Lara machte, dass sie von ihrem erhöhten Standort herunterkam. Sie kletterte hastig, hielt sich kaum an einzelnen Schuttteilen fest, stolperte mehr schlecht als recht. Sie sah nicht, was zwischen Roland Winter und dem Rabenlord vorging, und sie hörte nichts außer dem tosenden Gekrächze der Raben in der Luft. Aber dort lag Tom – er hatte es nicht mehr geschafft sich aufzurappeln. Ihm musste sie einfach helfen.

»Was für eine gelungene Überraschung«, quittierte Roland Winter schließlich die Einmischung Lord Hesters. Schaurig war er selbst dort überall zu hören, wo Lara keinen direkten Sichtkontakt zu den beiden hatte. »Ich hatte ehrlicherweise gehofft, dich etwas länger dort unten festzuhalten, Rabenlord.«

»Danke für die Blumen«, knurrte Lord Hester. »Ich hatte kompetente Hilfe.«

»Keine Ursache. Auch wenn das hier mit uns schließlich nur Ärger bedeuten kann.«

Der Rabenlord schüttelte den Kopf.

»Am Ende bedeutet es bloß Ärger für *dich*, Roland.«

»Das glaube ich ehrlich gesagt nicht«, entgegnete Winter. Er hob die Arme und die Luft um sie herum geriet in Wallung. Die Raben über ihnen wurden aufgeregter. Schließlich vollführte Winter eine Art Schwimmbewegung und der riesige Rabenschwarm wurde wie eine gebrochene Welle in zwei Richtungen gedrückt, sodass der graue Himmel über ihnen wieder zum Vorschein kam.

Staub wirbelte auf und begann einen Bogen um sie herum zu beschreiben. Es ähnelte dem Kampf, den Lara und ihre

Freunde im Circle of Lebanon auf dem Friedhof von Highgate mit Winter und seinen Sturmbringern ausgetragen hatten. Auch damals hatte Winter denselben Effekt heraufbeschworen, denselben Zauber gewirkt. Vielleicht war es sein Markenzeichen? Vielleicht sein Habitus – die Gewohnheit eines Raubtiers, mit seiner Beute zu spielen. Sie einzusperren, nicht entkommen zu lassen.

Der Wind regte sich in immer größeren Schichten. Gewaltige Luftmassen begannen erst langsam, dann immer schneller um sie herum zu kreisen. Ein Wirbelsturm entstand, riss Staub und Trümmerteile mit sich. Er umgab sie wie die Begrenzung einer Arena – ein kleines Amphitheater, in dem sich eine ganze Welt abspielte. Das Rauschen des Windes schwoll an und übertönte bald alle Geräusche von außerhalb. Das Auge des Sturms mochte vielleicht fünfzehn oder zwanzig Meter messen – und es war völlig abgeschirmt von seiner Außenwelt. Hier waren nur die beiden Lords. Und Lara und Tom und –

– während sie sich die letzten Meter hin zu Tom kämpfte, wurde Lara am Arm gepackt und zur Seite gerissen. Sie stolperte und fiel auf Geneva. Über ihnen krachten einige vom Sturm heruntergerissene Dachziegel gegen einen Mauerrest.

Lara blickte hoch in das Gesicht der Nachtwächterin. Doch sie erkannte ihre Freundin beinahe nicht wieder. Dreck und Tränen – zumindest aus dem ihr verbliebenen Auge – waren über ihre Wangen verschmiert, Ohnmacht, Schmerz und Zorn hatten sich in ihre Gesichtszüge eingebrannt.

»Sieh einer an«, hörte Lara Winters teuflische Stimme irgendwo hinter sich. Sie mussten ihm mehr oder weniger vor die Füße gepurzelt sein. »Wir haben also noch Zuschauer.«

Lara spürte, wie etwas an ihr zerrte und zog und bevor sie sich versehen hatte, flog sie durch die Luft, hilflos mit den Armen rudernd. Zu überrascht, um zu schreien, polterte sie in Tom hinein, der ihr nicht auswich, sondern sich bemühte, sie aufzufangen. Neben ihr schlug Geneva im Schutt auf.

»Ich würde vorschlagen, ich verbanne Sie allesamt einmal in die Ecke, wie unartige Schulkinder«, höhnte Winter zu ihnen herüber. Und es war unschwer zu erraten, wie er sich über seine eigene Boshaftigkeit amüsieren musste, während Tom versuchte, Lara wenigstens aufrecht hinzusetzen. Doch Lara hatte Glück im Unglück gehabt, ihr schien nicht viel zu fehlen.

»Es reicht!«, fuhr Lord Hester scharf dazwischen. Rabenfedern strömten aus seinen Ärmeln und Taschen und mischten sich in den Sturm, der um sie her tobte. Langsam verwandelte sich der große Wirbel aus Luft und Trümmern und Dreck um sie herum in eine kreisende schwarze Wand aus Federn, die sie umgab wie ein Sichtschutz. Das Tosen wurde gedämpft, wenn auch nicht sehr.

Winter schüttelte gespielt tadelnd den Kopf.

»Was machst du denn da, Charles? Du kannst dir diese alberne Dekoration meines Werkes sparen.«

Lord Hester seufzte.

»Nein, kann ich nicht«, meinte der Lord ruhig. »Es muss nicht jeder sehen, was hier drin gleich geschehen wird.«

»Aha, du glaubst also, dass es blutig wird?«, fragte Winter hämisch.

Doch Lord Hester schüttelte den Kopf.

»Nein, aber ich denke, ich werde dieses Treiben jetzt beenden.«

Abschätzig zog Winter die Augenbrauen in die Höhe.

»Ich wüsste nicht, was du mit deinen albernen Federtricks gegen mich unternehmen könntest«, versetzte er und ergänzte: »Du hast dich doch schon vor all den Jahren nicht getraut, mich zu fordern.«

Wieder ein Seufzen aus Lord Hesters Mund. Trotz des Rabenfedersturms um sie herum war es für alle gut zu hören.

»Das stimmt«, gestand der Lord. »Und ich bereue, dass ich es nicht getan habe. Ich habe dich damals unterschätzt, Roland. Ich dachte, du würdest dich bloß als Unruhestifter geben. Ich dachte, du würdest den Stadtrat herausfordern und die Stadt zu ihrem Vorteil verändern.«

»Das habe ich getan«, rief Winter ihm zu. »Ich wollte Ravinia zu etwas anderem machen. Du weißt genau, wie grausam der Stadtrat sein kann.«

»Das brauche ich gar nicht zu bestreiten. Der Rat hat seine Schwächen, so wie alle Menschen ihre Schwächen haben.«

»Lügner!«, schrie Winter ihm ins Gesicht. Mit einem Mal war die gespielte Gelassenheit passé. »Der Rat ist grausam und ungerecht.«

»Und das wärst du nicht?«

»Vieles, was der Rat seinerzeit gefordert und geduldet hat, gäbe es nicht mehr.«

»Aber zu welchem Preis, Roland?«

Lord Hester rang sichtlich mit den Sätzen, die ihm über die Lippen kamen. Es war ein tödliches Stelldichein, noch ausgetragen auf der Ebene der schönen und schlimmen, aber immerhin bloß gesprochenen Worte.

Geneva war neben Lara wieder auf die Beine gekommen und wollte sich mit einem Schrei auf den Herrn über Wind und Staub stürzen. Doch sie taumelte gegen eine unsichtbare Wand aus sich aufwallender Luft.

Tom stand bereits wieder, wenn auch zitternd vor Anstrengung. Er hatte seine mit Kratzern und Schnitten übersäte Hand auf Laras Schulter gelegt und murmelte bedauernd: »Tut mir leid, Geneva. Ich hab es doch selbst schon versucht.«

Er sah die stolze Nachtwächterin an und Lara konnte das Band aus Magie und Traurigkeit in ihren Blicken förmlich spüren.

»Es herrscht kein Frieden in Ravinia, wenn du jeden verfolgst und umbringen lässt, der sich deinen Idealen widersetzt!«, rief Lord Hester Roland Winter zu.

»Natürlich!«, donnerte der Herr über Wind und Staub. »Natürlich herrscht dann Frieden in der Stadt, wenn alle an einem Strang ziehen.«

Lord Hester schüttelte nur bedauernd den Kopf.

»Und das befugt dich dazu, Säuglingen die Eltern zu nehmen? Verrate mir, Roland, wie viel von deiner Seele hast du verkauft für solche Einsichten? Oder hat dir deine Macht über Wind und Staub den Verstand geraubt?«

»Vorsichtig, alter Mann«, drohte Winter außer sich vor Zorn. »Diese Macht werde ich dazu verwenden, dich ein für alle Mal aus dem Weg zu räumen.«

»Und dann?«, reckte Lord Hester das Kinn. »Was geschieht dann? Es wird einen neuen Rabenlord geben und nach ihm wieder einen. Ich selbst habe keinen starken Charakter. Ich bin nicht so, wie ich gerne wäre. Kein Held. Es gibt so vieles, auf das ich nicht stolz zu sein behaupten kann. Mehr Rückgrat zu haben als ich ist nicht schwer. Aber glaube mir: *Jeder*, der mir nachfolgt, würde dir das Leben erschweren.«

»Na und?«, tönte Winter. »Was kann ein Rabenlord mir schon anhaben? Was kannst *du* mir anhaben? Deine lächerlichen Raben und ihre noch lächerlicheren Federn sind keiner meiner Fähigkeiten gewachsen.«

»Das stimmt«, pflichtete Lord Hester ihm bei. »Und trotzdem kann ich nicht zulassen, dass du in Ravinia das Sagen übernimmst. Ich habe vor vielen Jahren versäumt, dir die Stirn zu bieten, und ich werde diesen Fehler nicht wiederholen. Du stürzt diese Stadt sehenden Auges ins Verderben, und das kann und werde ich nicht zulassen.«

Roland Winter schnaubte.

»Das ist Selbstmord, alter Mann.«

Doch Lord Hester ignorierte den Kommentar.

»Ich biete dir dasselbe an, was Tomek Truska vorhin schon von dir verlangt hat: Verlass Ravinia und kehr nie wieder hierhin zurück!«

»Verflucht«, spie Winter aus. Er streckte einen Arm aus und ballte eine Faust, als würde er nach etwas greifen.

Lord Hester wurde gepackt und in die Luft gehoben. Aufrecht ließ Winter ihn dort verharren und funkelte ihn zornig an.

»Ich mache dir ein einmaliges Gegenangebot, Charles Hester«, rief er dem Rabenlord entgegen. »Du verlässt Ravinia an meiner statt. Und deine Raben und ihre Federn mit dir!«

Und in diesem Moment war die Traurigkeit in Lord Hesters Blick so offensichtlich und unübersehbar, dass es Lara und ihren beiden zum Zusehen verdammten Freunden selbst heiße Tränen der Verzweiflung und Resignation in die Augen trieb. Der Rabenlord sah auf einmal so unbedeutend, so unscheinbar aus, wie er dort von Winter in der Luft gefangen gehalten wurde, dass es wehtat. Es tat weh, brannte auf der Seele und schrie vor Ungerechtigkeit.

Und Lord Hester ließ traurig den Kopf hängen.

»Dann sei es so«, seufzte er ein letztes Mal.

Und langsam, ganz langsam glitt er zu Boden, als würde der Luftstrom um ihn herum ihn behutsam absetzen.

»Was zum –«, warf Roland Winter ein, dem der Wind auf einmal nicht mehr zu gehorchen schien.

Der Rabenfedersturm um sie herum änderte erneut die Frequenz seines Tosens – langsam, ganz langsam wurde er ruhiger, verlor an Geschwindigkeit. Unmerklich zuerst.

Doch niemand achtete auf den Sturm.

Denn es war Roland Winter, der alle Blicke auf sich zog.

Federn bildeten sich an seinem schwarzen Jackett. Erst einzelne, dann immer mehr.

Der Herr über Wind und Staub verlor an Größe, während auf seinem Körper immer weitere glänzend nachtschwarze Federn wuchsen.

Er schrie und schlug um sich, wusste nicht, wie ihm geschah.

Und der Klang der Schreie bekam eine neue Farbe, wurde rauer, höher und am Ende mehr und mehr zu einem Krächzen.

Schließlich saß vor ihnen im Auge des immer schwächer werdenden Sturmes ein schwarzer Rabe, von den übrigen Raben der Stadt nicht zu unterscheiden.

Er blickte mit schwarzen Knopfaugen zu Lord Hester, herüber zu Lara und Tom und Geneva und schließlich zurück zu Lord Hester.

Und während der Sturm um sie herum die letzte Kraft einbüßte, schwang sich der Rabe, der einst Roland Winter gewesen war, in die Luft und entschwand ihren Blicken.

Lord Hester sah ihm bloß nach, unternahm nichts, nicht den kleinsten Versuch, ihn aufzuhalten. In seinem Blick lag nur Bedauern, tiefstes, aufrichtiges Bedauern.

Er sagte nichts.

Lange Zeit nichts.

Rings um sie herum fielen die Rabenfedern zu Boden und blieben in einem riesigen schwarzen Kreis auf den Trümmern der zerstörten Wache liegen.

Tränen waren wie Staub und Gefühle schwarz wie Ruß.

Der Gesang des mysteriösen Chorals war einer Trauermelodie gewichen – und Lara hatte endlich erfahren, worum es sich dabei handelte.

Die Gargylen, die lebendigen Wasserspeier, von denen die botanischen Gärten und die Kathedrale St. Anna Rosa bewacht wurden, hatten gesungen. Die steinernen, geflügelten Wesen lebten in ihrem eigenen Kosmos von Schwarz und Weiß, von Gut und Böse. Selten ließen sie sich auf herkömmliche Art und Weise überzeugen für eine Sache zu kämpfen oder nicht. Bloß durch tiefe, ureigene oder magische Versprechen ließen sie sich binden. Oder dann, wenn sie es tatsächlich selbst wollten.

Alte Berichte, teils bloß Legenden, besagten, dass die Gargoyle zu singen begönnen, wenn Ravinia von schweren Zeiten heimgesucht werde. Es schien ihre Art zu sein, ihrer Verbundenheit mit diesem seltsamen, düstergoldenen Ort Ausdruck zu verleihen.

Robert Garbow erklärte es Lara später einmal. Er hatte es in einem der alten, handgeschriebenen Bücher gelesen, die er sich von Zeit zu Zeit von Tom lieh, um sich mit Wissen vollzustopfen. Wissen aus der Vergangenheit Ravinias, aus früheren Generationen, aus anderen Zeiten.

Geneva war in den Trümmern der Wache verschwunden. Zu viele ihrer Freunde und Kollegen lagen dort. Umgebracht oder zumindest doch verletzt von Ravinias einzigem wahr gewordenen Albtraum.

Was wäre wohl geschehen, hätte sich Lara McLane nicht als eine der besten Schlüsselmacherinnen erwiesen? Oder wenn Roland Winter tatsächlich noch einige Stunden gehabt hätte, um zu vollenden, wofür er hergekommen war?

Selbst die wundersame Verwandlung in einen Raben, die Lord Hester bewirkt hatte, konnte nicht wiedergutmachen, was allein in der Zeit geschehen war, die Roland Winter zu Verfügung gestanden hatte.

Ravinia trug Narben davon – und die Menschen, die in der Stadt wohnten, trugen sie mit ihr. Manche schwerer, manche leichter, manche bloß an der Oberfläche. Doch unberührt blieb niemand, auch wenn er es sich noch so lange einreden mochte.

Die Nachtwächter waren in Zeiten der Gefahr die Lebensversicherung Ravinias. Zumindest hatten dies immer alle geglaubt. Roland Winters Demonstration seiner absoluten Macht, der nicht einmal die Nachtwächter etwas entgegenzusetzen gehabt hatten, schockierte die Stadt und ihre Bewohner zutiefst.

Wenn die Nachtwächter Ravinia nicht beschützen konnten, wer dann?

Und jetzt, da nur noch wenige von ihnen übrig geblieben waren, wirkte es beinahe, als könnte bereits der nächste Herbststurm alles mit sich fortreißen. Die Stadt schien nackt, verwundbar.

Unsicher.

Ravinia war kein Paradies.

Die Stadt war nicht gegründet worden, um eines zu sein, noch hatte sie es jemals zu einem solchen Ort gebracht. In Ravinia wohnten seit jeher Menschen. Und Menschen waren ungerecht, rachsüchtig, habgierig. Sie hatten ihre Fehler. Alle. Ja, ihnen wohnte ein göttlicher Funke inne, doch sie verstanden es gut, ihm das Leben schwer zu machen.

Doch waren Menschen auch Menschen, weil sie Schmerz empfanden, Freude, weil sie lachen und vergeben konnten. Und lieben.

Und die Liebe war ein eigenes Kapitel für sich, beinahe so umfangreich wie das Leben.

Und in Liebe flüchteten sich manche Menschen – und manche auch nur in ein schwaches Abbild davon. Das wusste Lara McLane nun, deren Leben ein Herbstregen war – auch, wenn er kälter war, als ihr lieb gewesen wäre.

Sie seufzte.

Es gab so viel zu tun.

So viel Leid zu lindern.

Zu ertragen.

So viel zu bewältigen.

Tom lächelte sie schwach an. Lara würde ihn hier herausschaffen. Oder zumindest dafür sorgen, dass er wach blieb. Denn jetzt würde bald Hilfe kommen. Da war sie sicher.

Lara blinzelte in den Himmel.

Der Sturm und seine Wolken waren verflogen und die Sonne streckte ihre ersten Strahlen nach der düstergoldenen Stadt aus. Wie eine feige Verräterin.

Epilog

Der Mond und der Schlaf und die Einsamkeit wissen
über uns Bescheid.
Oh.
Ich war die Hälfte der Strecke davon ausgegangen,
du erinnerst dich an mich und wir gehen zusammen.
Oh.

Jan Plewka

– Szenenwechsel.

Geringschätzung und Eitelkeiten werden einem niemals zu Freunden – wohl zu treuen Begleitern, aber niemals zu Freunden.

Francesco Bastiani stand im dunklen Anzug neben seinem Vater auf der Piazza Elo. Die Menge um sie herum interessierte beide Männer für einen Augenblick nicht, obwohl der ausgelassene Trubel sie doch eigentlich hätte mitreißen müssen. Ihre Frauen waren irgendwo zwischen den jubelnden Gästen verschwunden. Gemeinsam wohlgemerkt!

In diesem einen besonderen Augenblick gab es nur die beiden Männer. Vater und Sohn. Einen stolzen Vater und seinen ältesten Sohn, weit entrückt von allen Idealen, die ihre Familie über Generationen aufgetürmt hatte, um sich dahinter zu verschanzen. Eitel und misstrauisch waren sie geworden. Und sie würden es wohl noch eine ganze Weile bleiben.

Doch möglicherweise waren sie durch die Wirren um Epicordia dazu gezwungen worden, die Welt ein wenig anders zu sehen. Keinem Stolz der Welt konnte es entsprechen, wenn man zurechtgewiesen wurde, obwohl man es hätte unterbinden können. Doch so war es nun mal mit dem Stolz, der sich bisweilen auch Eitelkeit zu nennen pflegte: Er versperrte einem den ungetrübten Blick auf die Welt, wie sie sein sollte.

Die Aufräumarbeiten in den tiefsten Tiefen würden noch ihre Zeit in Anspruch nehmen. Etwas zögerlich hatte man der Zusammenarbeit mit den Mechanikern aus der düstergoldenen Stadt zugestimmt. Aber schließlich hatte man es pragmatisch betrachtet: Was hätte man schließlich auch mit den vielen Zahnrädern, Federn und Speichen tun können? So viel Schrott hatte sich dort unten angesammelt.

Wie durch eine Fügung hatten alle Beteiligten der Schlacht in den tiefsten Tiefen, *wie man sie nun nannte, überlebt. Grund genug, ausgelassen zu sein. Doch das war lange nicht alles.*

Fernando Bastiani blickte zu seinem Sohn hoch, der ihn immerhin um einen ganzen Kopf überragte. Ein großer, dünner Kerl war er geworden, immer leicht trottelig wirkend, wenn er sich nicht gerade auf etwas konzentrierte. Die ersten grauen Haare zeigten sich mittlerweile auch an ihm. Doch das Clanoberhaupt der Bastianis musste sich eingestehen, dass Francesco wohl am meisten Courage von allen hier besaß. Wem Stolz nichts bedeutete, der konnte eben leicht über einen solchen hinwegsehen, das hatte er seinem Sohn ein halbes Leben lang vorgeworfen. Doch wer sich von seinem Stolz gefangen nehmen ließ, war bloß eine Geisel seiner Überheblichkeiten, bloß ein Geist der Größe, die er einst hatte erreichen wollen. Und das war eine Erkenntnis, von der Fernando Bastiani nun beschlossen hatte, dass sie ihn den Rest seiner verbleibenden Jahre beschäftigen sollte.

Zögernd legte er eine Hand auf die Schulter seines ältesten Sohnes und drückte sie.

Francesco nickte ihm zu und in seinem Blick lag alles, was Fernando sich wünschen konnte.

Sie fielen in den Applaus mit ein, der sich um sie herum erhob, als Milan Petric seine Robina in dem wallenden Kleid auf den Brunnen hob, aus dem noch nie Wasser geflossen war. Sie küssten sich leidenschaftlich.

Francesco, der wusste, wie schwer es einem die Umstände, in die man schuldlos hineingeboren war, machen konnten, wischte sich einen feuchten Schimmer aus dem rechten Auge – und applaudierte weiter. Er wünschte ihnen alles Gute, von Herzen. Ein Leben, eine Liebe und einen Namen teilen zu können war nicht immer einfach, das kannte er. Und besonders galt dies dann, wenn die Menschen um einen herum doch bloß misstrauisch beäugten, wenn es jemand wagte, die Normen zu durchbrechen. So, wie auch er es getan hatte.

Robina Petric …

Er ließ sich den Gedanken auf der Zunge zergehen.

Und er gefiel ihm.

Etwas abseits von all dem stand ein junger Mann, der von Liebe eine Idee hatte. Und einst würde er sie bestimmt finden, die Liebe. Und sie ihn. Sie würde aufhören, ihn heimzusuchen, ihn verhungern zu lassen.

Es war alles richtig so, wie es gelaufen war. Manchmal fühlte er sich zwar wie der König der traurigen Gestalten, doch das würde vorbeigehen. Sicherlich. Sein Verstand hatte bereits akzeptiert, wovon sein Herz bislang nur eine Ahnung hatte.

Lara McLane war eine wunderbare Frau. Viel wunderbarer, als sie es sich selbst gegenüber wahrhaben wollte. Das lag nicht bloß daran, dass sie schön wie der Morgen war. Es lag vor allem daran, dass sie ein schillerndes Herz besaß. Eine Aura von Begeisterung und Menschlichkeit, wild und frei.

Frei.

Ja.

Patrick Davenport kratzte sich verlegen am Hinterkopf und wippte auf den Füßen. Es tat gut zu sehen, was hier geschah. Es machte einem das Herz leichter.

Lara war ehrlich zu ihm gewesen. Das heißt, sie hatte es sein wollen, doch das war überflüssig gewesen. Als er spürte, was geschehen würde, war er so fair gewesen und hatte es ihr abgenommen.

Die Worte hallten in ihm immer noch nach.

»Du magst mich«, hatte er gesagt. Und Lara McLane, die wunderbare Lara McLane, hatte genickt und den Blick niedergeschlagen, denn sie hatte gewusst, dass er sie durchschaut hatte.

»Aber ich bin nicht der, um den sich alles dreht, oder?«

Er würde niemals leugnen, dass ein kleines Fünkchen Hoffnung in diesem »oder?« gesteckt hatte. Das letzte Glimmen einer angestaubten Hoffnung.

Und Lara hatte eingeatmet, ein letztes Mal in sich hineingehorcht und ihm die letztgültigste aller Antworten in dieser Geschichte gegeben.

»Nein.«

Und so würde auch dieses Mädchen, diese zweite kurz aufflackernde Liebe, nicht Teil seiner Welt werden. Zumindest nicht so, wie er es sich erhofft hatte.

Er hatte einfach zur richtigen Zeit die richtigen Lieder gehört.

Oder eben die falschen Lieder zur falschen Zeit.

Wie man es auch drehte und wendete, Lara McLane war mit ihrem Herbstregen in sein Leben geweht worden und hatte sich doch nicht darin verloren. Nicht so, wie er sich in Lara verloren hatte.

Immerhin, die Hochzeit von Milan und Robina verschaffte seinem Herzen etwas Linderung.

Robina zwinkerte ihm zu, während sie mit ihrem Milan auf dem Rand des Brunnens herumalberte.

Ja, dachte Patrick Davenport. Irgendwie tat es gut, Freunde zu haben, auch wenn sie noch so eigenartig waren. Er dachte daran, seine Zelte in Epicordia abzubrechen und zurückzukehren in das traurigste Haus Ravinias. Etwas, das er schon viel zu lange vor sich herschob. Einige Dinge mussten dort in Angriff genommen werden, die traurigen Geister aus der Villa gescheucht werden.

Doch einige Abenteuer waren immer gut.

Und so erfreute er sich für den Moment daran, der einzige geduldete Gast bei den Familien des Mondvolkes zu sein.

Hier unten in Epicordia.

Flatternde Nerven konnten auf vielfache Art und Weise beruhigt werden.

Am ehesten durch das Gefühl von Geborgenheit.

Und hier, im Pfarrhaus von Ravinia, war Lara geborgen. Es regnete nicht durchgehend, auch im Herbst nicht. Ständig war es erfüllt von süßlichen Düften nach orientalischem Gebäck und nach Kräutern aus einer anderen Welt. Die am Nahen Osten orientierte Einrichtung des Hauses war eine ebenso skurrile wie liebenswerte Marotte des Priesters.

Robert Garbows Tür stand Lara immer offen, und das wusste sie zu schätzen. Er war seit den Wirren des Sturmtages beinahe im Dauereinsatz. Zu viele Menschen waren körperlich, aber vor allem seelisch zu Schaden gekommen und bedurften eines offenen Ohrs und eines ehrlichen Wortes. Meistens war dies schon ein kleiner Trost in einer Welt, die vielen auf einmal so ungerecht erschien.

Robert legte bei all diesen Dingen eine derartige Energie an den Tag, dass Lara sich manchmal fragte, ob es nicht doch eine Art göttliche Unterstützung geben könnte. Sie konnte nicht nachvollziehen, wie jemand fähig sein sollte, all die von Leid geplagten Stimmen und Gedanken in sich aufzunehmen, geduldig zu sein und dabei nicht vor Überdruss zu platzen. Dass der Seelsorger Robert derart standhaft sein konnte, war etwas, das Lara zutiefst bewunderte.

Nun kam er aus der Küche, seinen rundlichen Bauch vor sich her tragend und in den mit Topflappen bedeckten Händen ein Backblech voller frisch duftender und warmer Baklava balancierend.

Er stellte das Blech auf ein freies Sitzkissen neben dem niedrigen Tisch und pflanzte seinen massigen Leib in das einzig verbliebene freie Kissen.

Er rieb sich die Hände mit einem wohligen Grinsen, wie es jemand bloß nach getaner harter Arbeit tun konnte, und schenkte sich und seinem Besuch Tee ein. Lara bedankte sich und ebenso auch Alisha Folders, die der Einladung des Priesters gerne gefolgt war. Auch wenn ihre Krücken sie vor ein echtes Problem gestellt hatten, als sie bemerkt hatte, worauf die Anwesenheit im Pfarrhaus von Ravinia hinauslief: Sitzkissen. Doch irgendwie hatten sie der Mechanikerin an den niedrigen Tisch geholfen und sich von den Ereignissen der letzten Tage berichten lassen.

Mit eingegipstem Bein und sich jeweils mit Rollstuhl oder Krücken bewegend, hatte Alisha die meiste Zeit darin investiert, Brutus zu reparieren. King Kong war ihrer Aussage nach ganz gut dazu in der Lage, das Haus im Lavendelfeld allein zu bewirtschaften. Also hatte sie die Werkstätten im Uhrenturm in Beschlag genommen, um dem Hospital und gleichzeitig ihren neuen und wiedergewonnenen Freunden nahe zu sein.

Die Stimmung in der Stadt war merkwürdig geworden. Unheimlich beinahe. An allen Ecken und Enden machte sich Unmut breit, vor allem zu Lasten des Stadtrates. Die Bewohner des Rondells waren ohnehin ungehalten über das Maß an Ignoranz, das der Rat ihnen zuteilwerden ließ. Kein offizieller Vertreter der Stadt hatte sich bei ihnen blicken lassen. Niemand außer Naomi Steiner, die als Zunftvorsteherin der Wahrsager auch ihren Sitz im Rat bekleidete und die sich unglaubwürdigerweise bemühte, den Stadtrat nicht allzu schlecht dastehen zu lassen.

Doch das positive Echo auf Mrs Steiners Bemühungen war mehr als verhalten. Allerorts schimpfte man in den südwestlichen Vierteln der Stadt auf den Rat, der sich einen Dreck um die Wiederaufbauarbeiten im Rondell zu scheren schien. Und nicht nur dort schimpfte man. Die Wahrsager und alle, die im

Rondell wohnten, erfuhren in den übrigen Stadtvierteln in diesen Tagen eine ungewohnt hohe Solidarität.

Das zweite alles beherrschende Thema war selbstverständlich die Rückkehr von Roland Winter. Wo sich die Menschen des Gedankens über Jahre hinweg hatten erwehren können, war nun nicht mehr und nicht weniger als blankes Entsetzen geblieben. Menschen waren nun einmal Meister des Verdrängens. So hatten viele in Ravinia geglaubt, Winter wäre vor all den Jahren heimlich durch einen Nachtwächter ermordet worden und man hätte kein Aufheben darum machen wollen. Da dies zum ganz offensichtlichen Wohle der Stadt geschehen war, hatten die Leute es stillschweigend hingenommen, leise dankbar für diese Fügung der Ereignisse.

Winters Rückkehr nach Ravinia im vorletzten Jahr hatte erst eine Welle von Gerüchten in die Stadt geschwemmt. Immerhin war er damals nirgendwo öffentlich in Erscheinung getreten und man hatte lange Zeit gerätselt, wie nun ausgerechnet die alten Meister zu Tode gekommen waren. Hässliche Verdächtigungen waren erhoben worden, bis der Stadtrat diese mit einer gezwungenen Abkündigung abgewendet hatte.

Doch das Hinterfragen des machtpolitischen Systems in Ravinia hatte seitdem wie ein Schwelbrand Bestand gehabt. Und all die Verschwörungstheoretiker, einfach jeder, der versuchte, ein wenig ins Dunkel zu spähen, fühlte sich in diesen Tagen bestätigt.

Es würden schwere Zeiten auf den Rat zukommen, wenn nicht gar ein Umbruch der Verhältnisse in Ravinia. Zu lange schon loderte im Verborgenen der Hass der ungerecht Behandelten. Der düstergoldenen Stadt standen einige gravierende Veränderungen ins Haus.

Lara jedoch befand, dass gerechtere Verhältnisse und eine Ablösung der Einflussnahme durch die Aristokratie der Stadt gar nicht mal so schlecht zu Gesicht stünden – solange das Ganze ohne Gewalt vonstattenginge. Doch genau darin lag eines der Hauptprobleme. Die Nachtwächter waren seit jeher Garant dafür gewesen, dass die Verhältnisse blieben, wie sie waren. Das hatte auch Winter gewusst. Ebenso, wie er um die Tatsache gewusst hatte, dass es die Nachtwächter waren, die ihm und seinen Sturmbringern möglicherweise am schnellsten gefährlich hätten werden können. Insofern war der Angriff auf die Wache nur eine logische Konsequenz strategischen Denkens gewesen.

Doch hatte er so viel Schmerz und Leid über der Stadt ausgeschüttet, dass man sich fühlte, als wäre das eigene Herz in Stein gefasst worden. Frierend in einer Kälte, gegen die man keine Kleidung anziehen konnte.

Robert und Alisha waren derselben Meinung.

Es wurde in den letzten Tagen allgemein viel diskutiert in der Stadt. Sehr viel. Nicht bloß am Tisch des Pfarrhauses bei Tee und Baklava.

Schließlich räusperte sich Alisha Folders. Sie lächelte, aber die traurigen Falten um ihre Augen wollten diese Mimik nicht authentisch wirken lassen.

»Es … gibt da noch etwas, das dich sicherlich interessieren wird, Lara«, begann sie zögerlich.

Lara horchte auf.

»Ja?«

Die alte Meisterin ihrer Mutter atmete langsam, hörbar, um sich zu konzentrieren.

»Du hast dich sicherlich schon gefragt, was es mit Myra Jones auf sich hatte, oder?«

Bei der Erwähnung der toten Kommissarin war Lara auf der Stelle Feuer und Flamme. Sie hatte die rothaarige Schönheit nicht gemocht, arrogant und kalt und rechthaberisch war sie gewesen. Dennoch hatte sie das Ende der Frau aufs Tiefste bestürzt – wenn man denn überhaupt von einer Frau sprechen konnte. Denn Myra Jones war eine Mechanik gewesen. Wie auch immer es ihr möglich gewesen war, sich als Mensch zu verkaufen. Genauer gesagt hatte Lara sogar mehr über dieses Phänomen nachgedacht als über das eigenartige Ende, das sie vor Laras Augen gefunden hatte.

Natürlich, jemandem, der die ganze Zeit über mit Mechaniken zu tun hatte (wenn es auch nicht gerade Laras Spezialgebiet war), gab die Existenz von Myra Jones unausweichlich ein Rätsel auf. Sie hatte noch nicht mit Tom darüber sprechen können, und er hatte vom Tod der Kommissarin hoffentlich auch noch nicht erfahren. Immerhin war er mehr oder weniger ins Hospital der Stadt verbannt worden.

Alisha Folders hatte es schnell leidgetan, dass sie aus purer Feigheit verschwunden war, als Lord Hester sie um Hilfe gebeten hatte. Doch als sie nach Ravinia zurückgekehrt war, war Ma'Haraz' Attacke auf das Rondell bereits geschehen und der Rabenlord bereits aufgebrochen.

Schuldbewusst hatte sie versucht, sich doch noch nützlich zu machen. So hatte sie eine Weile nach Tom gesucht, auf der Burg von Ravinia und in Edinburgh. Auch hatte sie die Verwüstungen im Rondell begutachtet, ohne jedoch irgendjemandem dort zur Hand gehen zu können. Patzig war ihre Hilfe abgewiesen worden – wenn sich der Rest der Stadt ansonsten nicht um das Rondell schere, dann könne er den Leuten dort auch gerne komplett gestohlen bleiben. Das war ihr so oder so ähnlich an den Kopf geworfen worden.

Schließlich hatte sie Tom im Hospital gefunden und mit ihm die ein oder andere unbeholfene Fachsimpelei ausgetauscht. Lara konnte sich lebhaft vorstellen, wie ihr wortkarger Meister sich ein Gespräch hatte aufdrängen lassen.

Als dann der Sturm losgebrochen war, hatte sich Tom in den Wirren kurzerhand selbst entlassen. Es stand ihm auch nicht besonders gut, an ein Bett gefesselt zu sein. Im Gegenteil, Lara hätte sich diesen Zustand auch gar nicht richtig vorstellen können – nun gut, sie war eines Besseren belehrt worden in den letzten Tagen, denn Tom war mittlerweile von mehr oder weniger allen Seiten das Verlassen seines Krankenzimmers untersagt worden. Und er fügte sich mürrisch.

»Und was … *ist* nun ihre Geschichte?«, fragte Lara schließlich, als sie merkte, dass Alisha die weiteren Worte nicht gerade leicht über die Lippen kamen.

»Tja, wo fange ich an?«, fragte die alte Meisterin und kaute auf ihrer Unterlippe.

Schließlich riss sie sich zusammen.

»Ruben Goldstein ist …«, sie suchte ein Wort, »… ein Schwein. Nein, das trifft es nicht richtig. Wahrscheinlich ist er ein einsamer, fehlgeleiteter, von seinen Machtphantasien eingenommener Mann gewesen.«

Gewesen, ja, Ruben lebte ja nicht mehr. Und trotz all der grässlichen Dinge, die er zu verantworten hatte, hatte Robert der Gilde im Uhrenturm gegenüber darauf bestanden, dass er ein menschenwürdiges Begräbnis erhielt.

Zähneknirschend hatte Eusebius schließlich zugestimmt, doch hatten sie beschlossen, das Ganze heimlich in einer Nacht-und-Nebel-Aktion hinter sich zu bringen, um dem Affront, den viele nicht so einsichtige Leute dahinter hätten vermuten können, aus dem Weg zu gehen.

»Es ist zumindest nicht so furchtbar schwer vorstellbar«, fuhr Alisha zögernd fort, »dass Ruben keine Frau an seiner Seite hatte, oder? Und er fand auch keine. Und, na ja, jeder von uns hat Bedürfnisse. Seelische und körperliche.«

Sie warf einen Blick auf den Priester, aber Robert ließ keinen Kommentar vernehmen, sondern biss stattdessen in sein nächstes Stück Baklava, als hätte er nichts bemerkt.

»Ruben ist – wie du bemerkt haben dürftest – ein ziemlich unglaublicher Mechaniker gewesen.«

»Das steht ja wohl außer Frage«, gestand Lara.

»Und was er so alles an mechanischem Getier im Laufe seiner Zeit gefertigt hat, hast du ja auch gesehen.«

In der Tat. Und Lara würde es nie und nimmer vergessen können. Ihr Leben lang nicht.

»Du willst sagen, dass Ruben Ms Myra Jones –«

»Gefertigt hat«, beendete Alisha die Frage und nickte Lara

dabei ernst zu. »Myra war Rubens perfekteste und einzigartigste Erfindung – sein persönlicher Mount Everest sozusagen. Myra war nach außen hin wie eine normale Frau. Und zwar in jeglicher Hinsicht. Wie die perfekte Frau, von der alle Männer träumen.«

»Das ist völlig irre«, rief Lara.

»Natürlich ist es das. Aber du kannst dir ja denken, dass es tatsächlich so war.«

Lara nickte bloß.

»Gut, also hatte Ruben sich jemanden geschaffen, der an seiner Seite stehen sollte. Ich sage bewusst *sollte*, denn Myra hatte einen Fehler – zumindest aus Rubens Sicht: Sie besaß wirklich und wahrhaftig einen eigenen Charakter, ein eigenes Wesen. Ja, vielleicht sogar eine Seele. Sie traf ihre eigenen Entscheidungen darüber, was sie wollte und was nicht, was ihr gefiel, was sie als ästhetisch empfand, was ihr sympathisch war und was nicht.

Also musste Ruben sie mehr oder weniger mit Gewalt unter seine Fuchtel zwingen. Er hielt sie gefangen, misshandelte sie, um sie gefügig zu machen, versuchte sie zu brechen. Aber es gelang ihm nicht. Rubens Allmachtsphantasien steckten Myra niemals an. Doch schürte Ruben beharrlich den Zorn seines perfektesten Werks. Und der Wille seines eigenen Werks richtete sich immer mehr gegen ihn.

Eines Tages bot sich für Myra die Gelegenheit zu fliehen, und sie nahm sie wahr. Jedoch nicht, ohne durch Rubens mechanische Wächter immense Schäden davonzutragen.

Tage und Wochen irrte sie durch die Welt, nur mit den wenigen Informationen ausgestattet, die sie von Ruben selbst hatte, aus seinem Gerede über Pläne und Macht und Gier.

Schließlich fand sie eines kalten Herbsttages ihren Weg zu mir in die Provence. Ruben hatte mich irgendwann einmal erwähnt und mit Glück und einem bemerkenswerten Kombinationsgeschick schaffte Myra Jones es bis an meine Haustür.

Und ich nahm sie auf. Zunächst vollkommen fasziniert davon, was Myra war. Ich säuberte sie und reparierte sie in mühevollster Kleinarbeit. Ich erzählte ihr von allem, was ich wusste. Von Ravinia, von dem, was ich über Ruben und Roland Winter wusste, einfach von allem. Ich wollte, dass sie eine Chance hat, verstehst du? Einfach eine Chance, egal, wozu sie sie nutzen würde.

Schließlich verließ Myra mich nach einigen Wochen wieder, bereit, irgendetwas aus ihrem Leben zu machen. Ich wünschte ihr Glück dabei und war frohen Herzens, dass ein so einzigartiges Geschöpf seine Chance in der Welt bekam – oder sie sich zumindest suchen wollte. Ich war gefangen irgendwo zwischen Faszination und Selbstverliebtheit, denn schließlich hatte ich sie ja repariert und wieder völlig funktionstüchtig gemacht.

Dass Myra schließlich als Kommissarin in Ravinia landen würde, hatte ich nicht gewusst. Ich war seit Jahren nicht mehr in der Stadt gewesen, aber das weißt du ja.

Und ebenso wenig konnte ich ahnen, dass das alles bloß dazu führen würde, dass Myra blutige Rache an Ruben nehmen würde.

Ich meine, ich hätte es ahnen können. Vielleicht. Wenn ich gewollt hätte, möglicherweise. Aber ich war einfach nur völlig fasziniert von ihr.«

Alisha schwieg. Damit war alles raus. Alles, was ihr auf dem Herzen gelegen hatte. Sie fixierte die Krümel auf ihrem Teller und ihr war deutlich anzusehen, wie sehr sie sich für alles Vorgefallene schämte.

Doch Robert legte seine massige Hand auf ihre und drückte sie.

»Ich kann dich verstehen«, sagte Lara schließlich freiheraus. »Ich weiß, wie es ist, nicht widerstehen zu können, weil einen etwas aus Zahnrädern und Federn so unglaublich in den Bann zieht, dass alles andere daneben scheinbar unwichtig wird.«

Alisha schenkte ihr den Blick einer Getrösteten. Das Lächeln in ihren Augen war dieses Mal echt.

»Glaub mir«, meinte Lara. »So ist das nun einmal mit unseren besonderen Talenten. Sie sind etwas ganz Besonderes, etwas Einzigartiges. Aber sie machen uns das Leben deshalb nicht unbedingt einfacher.«

Es war eine Erkenntnis, die Lara schon oft im Unterbewusstsein gespürt hatte. Es war eine endlich, endlich in Worte gefasste Ahnung, das wurde ihr gerade in diesem Moment bewusst. Das Besondere hieß eben nicht, dass alles dadurch unbeschwerter wurde. Je besonderer etwas war, desto besonderer waren wohl zwangsläufig die Konsequenzen und Probleme, die damit einhergingen.

Gefühle sind wie ein Sturm.

Und genau wie ein Sturm konnten sie sich legen und beruhigen, sich von der Sonne umfangen lassen und den Sommer einatmen.

Weitere Tage vergingen, während sich Ravinia und die Menschen und Gefühle der Stadt nur sehr langsam erholten. Die Folgen der Rückkehr Roland Winters waren noch lange nicht abzusehen.

Doch der Herr über Wind und Staub war von Lord Hester in einen Raben verwandelt worden. Möglicherweise wohl so etwas wie die Höchststrafe, der letzte Strohhalm, nach dem der Rabenlord greifen konnte, wenn er sich nicht mehr anders zu helfen wusste.

Und trotzdem war es irgendwie eine elegante Lösung, fand Lara. Niemand hatte sich eines Mordes schuldig gemacht, um die Sache zu beenden. Kein Opfer zum höheren Wohl.

Doch fragte sich Lara natürlich auch, warum Lord Hester nicht schon vor all den Jahren zu dieser Lösung gegriffen hatte? So viel hätte ihnen dadurch erspart bleiben können.

Vor allem Laras eigenes Leben wäre von Grund auf anders verlaufen.

Sie beschloss, Lord Hester zu fragen, wenn sie ihn das nächste Mal sähe. Doch dazu war es noch nicht gekommen. Lara hatte bemerkt, wie sehr den Lord all das getroffen hatte, was in Ravinia vorgefallen war. Sie konnte also verstehen, wenn er sich eine Weile zurückzog. Immerhin hatte er mit seiner Verantwortung fertigzuwerden.

Alles hätte anders laufen können, hallte es versteckt in ihrem Kopf nach. Die Sehnsucht nach ihren Eltern war nie gänzlich verklungen. Aber wie auch während der letzten Jahre versuchte Lara, sie mehr und mehr wie einen Teil von sich zu behandeln. Es gelang – die meiste Zeit über.

Auf der anderen Seite brachte es nichts, sich im Schmerz über eine weit zurückliegende Vergangenheit zu suhlen. Sie wollte nach vorne blicken. Es gab so viel, worüber sie sich freuen konnte – oder zumindest erleichtert, weil es so gekommen war.

You remind me of home, hallte es durch Laras Gedanken. Ben Gibbard beschallte das Mädchen, dessen Leben wie ein Herbstregen war, mit seiner Gitarre und seiner Stimme. Ja, Lara hatte ihren heiß geliebten MP3-Player wieder und all ihre über viele Jahre gesammelte Musik. Endlich, endlich. Denn für Lara war Musik fast so etwas wie ein Grundnahrungsmittel.

Für Patrick war es genauso gewesen. Ein Stich durchfuhr ihr Herz. Es machte sie betroffen, dass es so gekommen war, wie es gekommen war.

Er hatte einfach zur richtigen Zeit die richtige Musik gehört. Aber er hatte auch eingesehen, dass er eines nicht war: derjenige, für den ihr Herz wirklich und wahrhaftig schlug. Sie würde sehen müssen, was das Leben ihrem Herzen noch bescheren würde. Aber dem jungen Schreiber aus dem Haus der Traurigkeiten gehörte es nicht. Ihm gehörte nur ein kleiner Teil, aber nicht der, den er sich gewünscht hätte – oder den Lara sich zu geben gewünscht hätte. Es hatte nur eines einzigen Hineinhorchens in ihr Innerstes in einem ruhigen Moment bedurft, um letztendlich zu begreifen, dass Patrick Davenport und sie auf eine andere Weise glücklich werden mussten – jeder auf seine eigene.

Gefühle waren nun einmal wie ein Sturm.

Und das war leider nicht zu ändern.

Wohin die Wogen einen trugen, konnte sich niemand aussuchen, nur hoffen und versuchen, den Kurs mit den arg begrenzten eigenen Möglichkeiten ein wenig zu beeinflussen.

Die Sonne brach durch das Blätterdach der Bäume, die den kleinen Park überdachten. Hierhin wurde den Patienten des Hospitals von Ravinia Ausgang gewährt, um frische Luft zu schnappen.

Hier wollte sie Tom treffen. Tom, der mit tiefen Schnitten verletzt aus dem Geschehen katapultiert worden war. Oder besser gesagt, er war energisch aus dem Verkehr befohlen worden. Und nun musste er den Anweisungen der Ärzte des Hospitals gehorchen.

Sie folgte einem Kiesweg, während die Temperaturen davon kündeten, dass es einer jener brütend heißen Tage werden könnte, an deren Ende man bloß noch Durst verspürte. Zwei kleine Teiche waren in den perfekten britischen Rasen eingelassen. Es war derart widersinnig idyllisch an diesem Flecken der Stadt, dass man kaum auf den Gedanken hätte kommen können, es wäre in letzter Zeit etwas Weltbewegendes geschehen.

Tom saß auf einer Parkbank, wie Henry McLane es ihm häufig diktierte in diesen Tagen. Und er tat etwas, das irgendwie nicht so recht zu ihm passen wollte: Er spielte Schach. Ein großes Schachbrett von mehreren Metern Kantenlänge und Figuren von der Größe kleiner Kinder war mit Platten in den Rasen eingelassen. Sein Gegner hieß Henry McLane, der es sich nicht nehmen ließ, in Ravinia zu helfen, wo er konnte – solange es seine Arbeitszeiten in Edinburgh zuließen. Er hatte eben das großväterlichste Herz, das man sich nur wünschen konnte. Und Lara war unendlich dankbar dafür, dass die Kräfte des alten Mannes, der schon so viele Schrecken durchlebt hatte, nicht abzunehmen schienen.

Sie fielen sich in die Arme, als hätten sie sich monatelang nicht gesehen. Dabei war das letzte Mal erst gestern gewesen. Doch sie waren einander alles, was ihnen von der Familie McLane geblieben war.

Henry hob seine Enkelin in seinen Armen leicht hoch, gerade so weit, dass die junge Frau den Boden unter den Füßen verlor – nur, um sie ebenso sanft wieder abzusetzen.

»Du siehst gut aus«, machte er ihr ein Kompliment und strich ihr eine Strähne des bernsteinfarbenen Haares aus dem Gesicht.

»Danke«, strahlte sie. Dann sah sie Tom an. »Hey!«

»Hi«, begrüßte Tom sie und zwinkerte ihr zu, genauso, wie es Baltasar Quibbes einst getan hatte. Na immerhin hatte Tom das Lächeln nicht gleich wieder verlernt, dachte Lara. Vielleicht hatte er eingesehen, dass es einem viel eleganter durch die schwereren Stunden des Lebens half als jedes mürrische Gegrübel.

»Und?«, fragte Lara in die Runde. »Wie geht's?«

»Hm«, machte Henry. »Ich würde ja behaupten, Tom rehabilitiert sich ganz gut. Nur bei mir bin ich mir nicht so ganz sicher.«

»Wieso?«

»Hast du schon einmal gegen einen Uhrmacher Schach gespielt? Ich komme mir ein wenig wie Sisyphos vor – oder ich werde langsam alt.«

»Quatsch«, lehnte Lara entschieden ab. »Alt wirst du nicht. Es liegt wohl wirklich am Schach.«

»Du bist ein Schatz«, bemerkte Henry und schenkte ihr sein Großvaterlächeln.

Lara setzte sich auf die zweite Bank und beobachtete die beiden eine Weile beim Spiel. Tom durfte so wenig wie möglich aufstehen, also gab er Spielanweisungen an Henry weiter, die dieser dann zwischen den Figuren umherspazierend umzusetzen hatte. Sie verstand – abgesehen davon, dass sie die Regeln kannte – nicht besonders viel von Schach, aber es reichte, um zu durchschauen, wie sehr Tom ihren Großvater ins Schwitzen brachte. Und zwar nicht bloß wegen der zusätzlichen Bewegung, die Henry zugemutet wurde. Gegen einen messerscharfen Verstand wie den von Tom Schach zu spielen, musste ungemein aussichtslos sein.

Das macht nichts, dachte Lara. Wenn Henry schon auf ihren Beschluss hin nicht alt werden durfte, dann war es nur klug, wenn Tom dafür sorgte, dass er im Kopf jung blieb.

Schließlich hatte Tom den armen Henry in die hinterletzte Ecke des Spielfeldes gedrängt, als sie plötzlich auf der anderen Seite des Kiesweges jemanden winken sahen.

Geneva kam zu ihnen herüber. Sie wirkte ziemlich gefasst, etwas, das Lara bewunderte. Waren doch die letzten beiden Wochen für sie besonders hart gewesen. Ihr blondes Haar verwehte lässig durch eine kurze Brise und ihre gefärbte Locke tanzte vor ihrem Gesicht. Ihre smaragdgrünen Augen, von denen eines nicht echt war, wirkten bloß einen winzigen Deut müder als in leichteren Zeiten.

Nun stand Tom auf, um ihr entgegenzugehen – und Henry ließ ihn gewähren. Toms Bewegungen wirkten erschreckend schwerfällig, dachte Lara. Doch war Tom einem harten Trainingsprogramm unterworfen, um eine dauerhafte Schädigung von Nerven und Muskeln zu verhindern. Man gab sich zuversichtlich, dass er bald wieder werden würde wie früher.

Lara beobachtete ihre beiden Freunde, wie sie nebeneinanderher an einem der Teiche entlangspazierten.

»Na immerhin hat das ganze Chaos doch etwas Gutes hervorgebracht«, meinte Henry bedeutungsschwer und ließ sich neben seiner Enkeltochter auf der Bank nieder.

Lara blickte auf das Spielfeld.

»Du hast die Figuren umgesetzt«, schalt sie ihn mit einem breiten Grinsen.

Henry McLane tat unschuldig.

»Ach was«, meinte er. »Das ist ihm doch ohnehin völlig egal. Der macht mich auch so fertig.«

Lara schüttelte laut lachend den Kopf.

Und dann folgte sie der Handbewegung ihres Großvaters und sah, dass er das Schachspiel keineswegs gemeint hatte.

Vor einem der Teiche schlang Geneva McNamar, die treue und toughe Nachtwächterin, ihre Arme um Tom Truskas Nacken und küsste ihn sachte, während der Sommerwind des Vormittags ein schwarz-blondes Gestrüpp aus den Haaren der beiden machte.

Lara schlug die Hände vor den Mund.

»Oh mein Gott«, rief sie. Außer sich vor Freude.

Tomek Leonard Truska hatte das Herz einer Frau für sich gewonnen. Wie auch immer er das angestellt hatte. Aber das war auch egal, denn es machte Lara glücklich, die beiden so zu sehen.

Henry legte ihr einen Arm um die Schulter und sie ließen das Leben auf sich regnen. Die Menschen, die sie liebte, umgaben Lara und erinnerten sie daran, was es hieß, zu Hause zu sein.

Gefühle waren wie ein Sturm.

Immer und überall.

Lara dachte daran, dass sie ihre Musik schon wieder ausgeschaltet hatte. Doch das machte nichts, denn ihr Kopf war voll von der schönsten Musik.

Und trotz der Sonne fiel ein leiser Regen auf Laras Herz. Leiser Regen aus Geborgenheit, der Verse sang und Träume wie Blüten erwachsen ließ.

You remind me of home.

Nachwort und Danksagungen

Nach »Ravinia« habe ich ab und an zu hören bekommen, dass das dortige Nachwort ja im strengen Sinne gar kein ordentliches Nachwort gewesen sei, sondern bloß ein Aneinanderreihen von Danksagungen. Vielleicht mache ich beim zweiten Versuch meine Sache etwas besser.

Zumindest bin ich nun einmal mehr hier angekommen, am Ende eines Buches. Dankbar, Laras Geschichte weitererzählen und der jungen Schlüsselmacherin noch ein wenig über die Schulter schauen zu dürfen.

Ein erstes großes Dankeschön geht also an alle Leser, die bis hierhin durchgehalten haben und sich haben entführen lassen auf Lavendelfelder, in dunkle Erinnerungen, traurige Häuser und nach Epicordia.

Ohne euch wäre das Geschichtenerzählen kein solches. Danke!

Das Schreiben selbst war diesmal gar nicht immer so einfach und federleicht, wie ich es gerne gehabt hätte. Denn es war begleitet von einer Menge Umständen, die für Bücher nicht unbedingt förderlich sind:

Ich habe während des Schreibens in drei verschiedenen Städten und vier verschiedenen Wohnungen gewohnt (teils gewollt, teils ungewollt), habe das Schreiben immer wieder für ein paar Wochen unterbrechen müssen, weil andere Dinge plötzlich wichtiger wurden. Zu allem Überfluss ist es auch noch auf drei verschiedenen Rechnern und mit drei verschiedenen Programmen getippt und von mir aus vielen Versatzstücken wie ein Puzzle zusammengefügt worden.

Und so bin ich Michelle Gyo, meiner Lektorin bei Piper, unglaublich dankbar, dass sie den Überblick bewahrt hat. Dass »Epicordia« nicht bloß eine Sammlung aus unübersichtlichen, völlig verkopften und halbpoetischen Sätzen geworden ist, ist in erster Linie ihrer liebevollen Arbeit am Text und ihrem Glauben an Ravinia und ihre Bewohner zu verdanken.

Aber natürlich auch Carsten Polzin, der mir als Programmchef bei Piper-Fantasy erneut das Vertrauen für ein Buch schenkt, das nicht im großen Wasser des Mainstreams schwimmt.

Ein Geschichtenerzähler erfindet nicht bloß Geschichten, nein, er konsumiert sie auch. Die Geschichten, die ich lese oder höre, faszinieren und berühren mich und feuern mich an, stets das Beste für meine eigenen Geschichten zu geben, um sie nach Möglichkeit genauso faszinierend zu erzählen.

Danke an Ralf Isau für unendlich viele Wunder und einen sehr lieben Brief. An Oliver Plaschka für die Magie am Montparnasse. An Christoph Marzi – unter anderem dafür, dass sein Name so oft dann fällt, wenn von mir oder Ravinia die Rede ist. An Kai Meyer, Neil Gaiman, Cornelia Funke und Matt Ruff für unzählige zauberhafte Worte …

Genauso inspirierend wie geschriebene Geschichten ist für mich auch die Musik. Sie ist ein Lebenselixier, das das eigene Empfinden mit so vielen Facetten erfüllt. Quasi ein Grundnahrungsmittel.

Den Musikern, die den Soundtrack zu »Epicordia« geliefert und die Schauplätze darin mit ihren Farben angestrichen haben, gilt also ebenfalls ein besonderer Dank. Vor allem Emmerson, Lake and Palmer, The Cranberries, Counting Crows und natürlich immer wieder Yann Tiersen.

Großen Anteil an »Epicordia« haben auch meine beiden Agentinnen Natalja Schmidt und Julia Abrahams, die mir helfen, mich durch den Dschungel der Verlags-, Vertrags-, Exposé- und Bücherwelt zu kämpfen und den Durchblick zu bewahren. Ohne sie stünde ich häufig auf ziemlich verlorenem Posten.

Am meisten aber gebührt mein Dank natürlich meiner Familie, meinen Freunden und all den Leuten, die es gut mit mir meinen. Eigentlich verdienen sie alle einen Fensterplatz in diesen Danksagungen und ich hoffe, ich werde dem wenigstens ansatzweise gerecht:

Thomas Plischke und Ole Christiansen sind in vielen Bereichen der Bücherwelt kurzweilige Ratgeber und Augenöffner für mich gewesen.

Johannes Tepaße, Mareike Hromek und Susann Perlow haben jeweils ihre ganz eigenen Möglichkeiten des privaten Marketings für »Ravinia« ausgeschöpft – und mich sprachlos gemacht.

Meine Eltern Brigitte und Rolf, mein Bruder Gero und meine Schwester Julie besitzen die Macht der wundervollen Worte genau zur richtigen Zeit – und sie sind jeweils auf ihre eigene Art und Weise große Stützen auf dem Weg. Ihre Namen gehören einfach zwischen diese Buchdeckel!

Gesche von Alemann saß einen ganzen Nachmittag mit dem Laptop auf dem Bett, unfähig, sich vom Text zu lösen – ein größeres Kompliment gibt es für einen Geschichtenerzähler kaum. Und außerdem ist sie einer der liebsten Menschen auf diesem Planeten.

Uwe Reckzeh ist ehrlich, herzlich, völlig verrückt und so viel mehr, was man sich von einem Freund nur wünschen kann. Mein ständiger Sidekick, ebenso wie andersherum.

Joachim Neethen ist begeistert und begeisternd zugleich – und schreibt die rührendsten Songs der Welt. Felix Popp schreibt ebenfalls eine Menge toller Songs (und hat immer guten Whisky im Haus). Beide zieren ja schon jeweils einen Kapitelanfang.

Bruder Joseph van Scharrel ist der beste Zuhörer, den man nur finden kann. Und er liebt Schottland wohl ähnlich wie ich (und doch ganz anders).

Treue Begleiter und gute Seelen sind das Wichtigste für jeden Menschen. Und vielleicht, ja vielleicht begleiten sie mich ja auch ein drittes Mal in die düstergoldene Stadt am dunklen Fluss. Denn es gibt noch eine Reihe von Geschichten aus Ravinia, die erzählt werden möchten. Sie handeln von Toms Jugend in Polen und Roland Winters Jugend in Wales. Sie handeln von den Raben und den Lords und einem furchtbar schlechten Gewissen, von großer Liebe und der Kunst, immer die falschen Entscheidungen zu treffen.

Und natürlich von einer jungen Frau, die sich anschickt, die größte Schlüsselmacherin aller Zeiten zu werden.

Viele Leser von »Ravinia« waren eine ganze Weile lang der Meinung, es handele sich um einen Einzelband. Ich habe das lange Zeit nicht weiter kommentiert, bis ich im Sommer 2011 die Verträge für die Fortsetzung in der Tasche hatte und somit sicher sein konnte, dass ich tatsächlich weitererzählen darf.

Nun mag man mir kommerzielles Interesse unterstellen, was ich allerdings etwas unfair fände (vor allem in Anbetracht der Tatsache, dass man als deutscher Fantasy-Autor sicher vieles wird, aber ganz sicher nicht reich).

Ich kann jedoch versichern, die Geschichte um Lara McLane war immer schon in mehreren Teilen geplant. Sie liegt, auf endlosen Notizblöcken und -zetteln zusammengepuzzelt und erdacht, seit Jahren in meinen Schreibtischschubladen. Ich möchte sie unbedingt erzählen – und wenn ich das in Form von Büchern tun darf, ist das die größte Ehre.

Denn Geschichtenerzählen ist und bleibt das Größte.

Ganz, ganz zum Schluss bleibt mir nun noch übrig, Anne hier dankend zu erwähnen.

Aber um sie dreht sich ohnehin immer alles.

Und das weiß sie.

Jeden Moment.

PIPER
SEI UNSER
HELD!
PIPER FANTASY
Gleich mitmachen und die magische
Welt der Piper Fantasy erleben! Neugierig?
Dann auf zu www.piper-fantasy.de!
Piper-Fantasy.de